JN028642

倉本 聰

北の国から

'81～'82

理論社

読者へ　倉本 聰

シナリオというものをお読みになったことがありますか？

この本は、テレビドラマのシナリオです。

これまでシナリオは俳優や監督やテレビ・映画の関係者だけが読む、出版されない文学でした。だから普通の小説を読むのとはちょっと違って最初とまどうかもしれません。でもその戸惑いは最初のうちだけです。

シナリオは読みながらその情景や主人公の表情や悲しみや喜びを、みなさんの頭のスクリーンに描きやすいように書かれています。単に「間（ま）」と書かれている時間の中で主人公が何を考えているのか。「誰々の顔」と書かれているところで登場人物がどんな顔をするのか。そういうことを読みながら空想し、頭に映像を創っていくことで、みなさんは自分の創造力の中の監督や俳優になることができるのです。そしてもしかしたら皆さんの創造力は、実際にこのシナリオを元にしてできたドラマより、より深いより高い一つのドラマを頭の中に創ってしまうかもしれません。

シナリオを読むことに馴れてみてください。

そこに皆さんはただ読むだけではない、創るよろこびをも同時に持てるでしょう。

装画　倉本聰
装幀　守先正

「北の国から」

HANG
TEN

写真提供：フジテレビ　写真：島田和之

北の国から

I

黒板令子の顔

手にしたストローの袋を見ている。

静かに流れているクラシック曲。

雪子の声「お義兄さんたち、昨夜発ったわ」

令子「――」

喫茶店

向い合ってすわっている雪子と令子。

間。

雪子「姉さんどうして送りに来なかったの」

令子「――」

間。

クラシック曲。

雪子「純も螢も――。さびしそうだったわ」

令子「――」

間。

雪子「かわいそうで――」

令子「――」

雪子「まともに見てられなかったわ」

令子「――」

令子。

――うつむいたままじっと感情にたえている。

クラシック曲。

間。

雪子「子どもたちにどういう罪があるの？　それに」

令子「(低く) あんたもずいぶん残酷なことというわね」

雪子「――」

令子。

令子「行きたかったわよ」

雪子「――」

令子。

令子「行って、駅から純と螢を――力づくでも取返したかったわよ」

雪子「――」

間。
雪子「今ごろ勝手なこというもンじゃないわよ」
令子「――」
雪子「悪いのはもともと姉さんのほうじゃない」
令子「――」
雪子「お義兄さんの気持を本当に考えたの？」
令子「――」
間。
令子「（しゃがれて）わかってるわよ」
雪子「――」
令子「もういわないでよ」
雪子「――」
令子「悪いのは私よ。よくわかっているわよ」
雪子「――」
令子「だけど――」
雪子「――」
令子。
クラシック曲。
令子「あの人には東京が重すぎたのよ」
雪子。
雪子「子どもたちにも？」
令子「――」
令子。
間。
無視するようにジュースをすこし飲む。
その手がとまる。
クラシック曲。
令子「母親の気持があんたにわかるの？」
雪子「――」
令子。
間。
令子「本当は私――」
雪子「――」
令子「上野に行ったわ」
雪子。
間。
列車の走行音低くしのびこむ。

走る列車内

ゆられている五郎の顔。
――しばらく。
螢の声「川！」

五郎、ぼんやり螢を見る。
窓外を見る。
流れている川。
五郎「(ボソリ) 空知川だよ」
語り「恵子ちゃん。お見送りありがとうございました」
じっと窓外を見つめている純。
列車の走行音。
語り「北海道に。——今日、着きました」
音楽——テーマ曲。イン。
タイトル流れて。

1

布部駅ホーム

列車がすべりこむ。
ホームにおり立つ五郎、純、螢。
三人、階段のほうへ歩く。
歩きつつ五郎、改札のほうを目でさがす。
純と螢をつつき、改札のほうを指し示す。

同・改札

伸びあがって手をふっている北村草太。

同・駅・表

車へ歩く草太と三人。歩きつつ。
草太「よく来たよく来た。お前が純か」
純「ハイ」
草太「あんまり純って面でもねえもンな。ハハッ。お前は何ていったっけ」
螢「ホタル」
草太「アアそうだ、ホタルな。イヤイヤしゃれっぽい名前をつけたもンな。夜になるとお尻光っちゃうンでないの? ヒヒッ」
螢「——」
草太「だけどおじさん。この子めんこいわ。奥さんに似たンだな。よかったな。ヒヒッ。
ああこの車」
車をけとばす。
草太「ボロだべ。たまげたかい? さ、乗ってくれ!」

車窓 (フロントガラス)

街から出はずれて国道がのびる。

草太の口笛。ふとやめて、
草太の声「どうした。螢。変な顔して――。ああ。くせえんだべ。窓開けれ」

走る車内

運転する草太。大声で笑って、
草太「イヤイヤこないだミンクつかまえてよ。この車ン中ほうりこんどいたの。そしたら小便しやがってよ。ヒヒッ。くせえのなんの。あんまりくせえからオーデコロン、ドバドバまいたらよ、その上におっかァが醬油こぼしやがって、その三つが入りまじってこのにおい。ヒヒッ。たまンねべ」
五郎「ボクシングはいまでもまだやってンのかい」
草太「まァね。だけどなかなか。農繁期にゃこき使われるし。いつになったらモノになるンだか。ゆれるぞ。ここで舗装は終わりッ」

車窓（フロントガラス）

画面いきなり激しくブレる。
音楽――静かな旋律ではいる。B・G。

紅葉（山道）

車窓にあざやかな色彩をばらまいて。

共同農場

草太の車がはねながらはいって行く。

牛舎

ネコ（手押車）でサイレージを運んできた清吉の妻（草太の母）正子足をとめる。
入口にはいってくる草太と三人。
草太「おっかァ。ついたゾ」
正子「まァ。よォ来たねえ」
五郎「おせわになります」
純・螢「（頭を下げる）」
正子「子どもかい。五郎さんの。よォ来たよォ来た、つかれたっしょう」
草太「おやじは」
正子「あんた！」
五郎ふりむく。
サイレージを押して立っている清吉。
音楽――ゆっくりもりあがって以下へ。

丘

のどかに草をはむ牛の群れ。

サイロ

牧草を投げ入れる牧夫。

庭

刈りとった牧草を運搬車で運んでくる草太。

牛舎

正子と別の女、牛の糞尿の掃除をしている。恐る恐る牛に触れんとしている純と螢。（螢のほうが度胸がよい）

庭

採乳車（ホクレン）に牛乳を入れている清吉。

物置前

軽トラの説明をきいている五郎。中へはいって具合をためす。

紅葉

清吉の子どもに教えられ、木の実をとっている純と螢。

山

全山紅葉。
その果てに落ちていく真っ赤な夕陽。
音楽——静かに消えていって。

牧場（夜）

ポツンとともっている清吉の家の灯。テレビから流れている歌謡曲。
（この牧場は、何軒かの共同経営である）
五郎の声「（低くしのびこむ）もしもし。——中ちゃんか。いろいろありがとう」

清吉の家

隣室でテレビを見ている子どもたち。
電話に出ている五郎。
五郎「ああ。さっき着いた。従兄のところだ。ああ、北村の」

清吉「(子どもに、小声で)テレビ、もすこし小さくしろ」
五郎「車、さっき見た。――ありがとう」
　間。
五郎「家のほうどうだ」
　間。
五郎「うン。――うン」
　間。
五郎「悪いな本当に、何から何まで」
　間。
五郎「明日行くよ朝。現地へはそのまま」
　間。
五郎「ああ。――ああ。――そういうことでよろしくたのむ」
　間。
五郎「わかった。中ちゃん、――本当にありがとう。みずえちゃんにもくれぐれもよろしく。――うン。じゃ」
　席へもどる。
　清吉、――黙ってコップに酒をついでやる。
正子「(つまみを持ってくる)昨日父さんと見てきたよ家」
五郎「――スイマセン」
正子「思いだしちゃったよ、あン時のまンまだもン」
　正子、手酌で酒をくむ。
正子「あンたが出てって、その後しばらくして、おじちゃんやおばちゃんが出てったときのまま。鍋なンかそのまま流しにあってさ」
五郎「――」
正子「大変だったもンねえ、あンときゃ急でさ。私ゃ夜逃げってのはじめて見たよ」
清吉「オイ」
正子「ン?」
清吉「あんまし調子にのって飲むな」
正子「いいじゃない久しぶりにゴロさんに会ってンだもン」
清吉「――」
正子「あのあと三年とたたなかったもンね。おじちゃんもおばちゃんもお骨で帰ってきて。ア。お墓。お盆に草むしりしといたから」
五郎「スミマセン」
正子「ナンモサ。うちのも並んでンだから」
清吉「何かちょっと、――持ってこい」
正子「何を」
清吉「何かあるだろう。氷下魚(こまい)かなンか」

正子「食うかい？　氷下魚」
五郎「いやもう」
正子「いいかい？　いやけどゴロさん本当に住む気かい？
　いっちゃなンだけど相当荒れてるよ？」
五郎「――」
正子「あんたはむかしなれてるだろうけど、あの子たちは
　ずっと東京育ちだろ？」
五郎「――」
正子「だいいちこれから冬にむかうってのに」
清吉「オイ」
　正子。
間。
正子「ハイ」
清吉「氷下魚、――裂いて。マヨネーズと一味持って来い」
正子「五郎さんいいって」
清吉「オレが食うンだ」
正子「うン」
　正子立って台所へ。
男二人。
清吉。――黙ってまた酒をつぐ。
間。
清吉「（ポツリ）別れたンか」
　間。
五郎「令子かい」
　間。
清吉「うン」
　間。
五郎「うン」
　間。
清吉「子どもたちよく――」
五郎「――」
清吉「こっちについて来たな」
五郎「――」
　間。
五郎「男がいるンだ」
清吉「――」
五郎「いっしょに住んでるらしい」
　間。
清吉「うン」
五郎「――」
　間。
清吉「まァコノ人生。――いろいろあるさ」

語り「恵子ちゃん。ぼくは今、富良野の伯父さんのうちにいる」

テレビを見ている純の顔。

語り「本当はないしょにしたかったンだけど、父さんと母さんは別れちゃったンだ」

音楽――静かな旋律でイン。B・G。

ストーブ

薪が、ごうごう燃えている。

語り「母さんはよそに好きな人ができて、父さんを置いて半年前出てった」

同・一室

並んで眠っている一家三人。

語り「母さんはきれいだし、頭もいいし、美容師の仕事も忙しいし、いつもモソッと頼りない父さんとはもともと釣合いがとれなかったわけ」

純の寝顔。

螢の寝顔。

語り「母さんはぼくや螢のことを、自分といっしょにつれていきたかったらしいンだけど、そのことに関しては父さんはつっぱって、どうしてもうンていわなかったみたい。おかげでぼくらは父さんの故郷の北海道に来ることになっちゃった。でも――」

丘に

しらじら明けがせまっている。

語り「恵子ちゃんがこの前いったように、北海道はロマンチックです」

牛舎（朝まだき）

草太が牛を小屋から追い出す。

紅葉

朝の光の中にある。

その中をぬって走る五郎の軽トラ。

語り「ぼくらがこれから暮らす所はむかし父さんが育った場所で、富良野から二〇キロも奥へはいった麓郷という過疎の村で――」

走る運転席

純「父さん」

五郎「？」
純「過疎ってどんな字書くンですか？」
　五郎。
　間。
五郎「見てごらんホラ。紅葉がきれいだ」
　純。
　間。
純の声「字、知らねえンだ」

道（フロントグラスから）
　丘陵地帯を走っている。
　音楽——ゆっくりもりあがって終わる。

中畑木材・事務所前
　五郎の軽トラとまっている。

同・土場
　倉庫から古い道具類をかついで中畑和夫と五郎が出てくる。二人、歩きつつ。
和夫「ストーブ、ランプ、必要なものは、だいたい全部運ばしといた」
五郎「ウン」
和夫「布団はいいンだな」
五郎「シュラフがあるから」
和夫「ああそのほうがなんぼかぬくいな」
五郎「大工道具は」
和夫「一式そろえてな、クマに持たして先行かしてる。あクマってのは松下っていってな、うちで働いてる若い衆だ。そいつがもうきれいにしてるはずだから。（木材の山で遊んでいる純と螢に）オオイ！　行くぞォ！」
　走ってくる純と螢。
和夫「少々トロイけど何でもやるから、用があったらいいつけてやってくれ」
五郎「悪いな」

走る車窓（フロントグラス）
　うっそうたる森の中をぬって行く。
螢の声「どんな家？」
和夫の声「いい家だぞォ」

走る車内

四人。

螢「いいって？」

和夫「西部劇あるだろ。映画の西部劇。ああいうのに出てくるみたいな家だ」

螢「やったァ」

和夫「裏の森にゃキタキツネもいるしな。リスも出てくるゾ。それからエゾシカもやってくるし」

螢「リスが見れるの?!」

和夫「見れる見れる」

螢「やったァ！」

純「オジさん、熊もいるンですか？」

和夫「ああいる。クマって仇名の兄ちゃんがな。ハハハハ」

純「──」

和夫「ついたぜ」

廃屋（黒板家）

熊笹の中にある。

トラックが一台、近くにとまっている。

カメラゆっくり廃屋に近づく。

音楽──ゆっくりしのびこむ。B・G。

カメラ、熊笹を分け傾きかけた廃屋の前へ。

和夫「（叫ぶ）クマ！　──クマ!!」

純。

ぼう然と入口に立つ。

和夫の声「なんでえあの野郎何(なあん)も片づけとらんじゃないの!!　クマ!!　おいクマ!!」

純の顔。

家のつき当たりの壁が破けてそこからむこうの紅葉が見える。

とつぜん天井でオーウという声がする。

和夫「どこにいるの！　こっちおりてこい!!」

松下豪介（クマ）おりてくる。

和夫「眠っとったンだべ。これでお前何を住めるようにしたつもりよ！」

クマ「屋根裏に子どもら寝れるようにするンで、梁二本入れて、板張って。だいじょうぶですこれで。何とか住める」

和夫「何いってンだ！　この穴ふさがんでどうするの！」

クマ「むこうの紅葉があんまり見事で。せっかくだから見してやろうと思って。（五郎に）ね、──きれいでしょ」

穴のむこうの紅葉。

純「(螢にささやく) これがオレたちの住む家かよ!」
音楽——くだける。

2

壁の穴
五郎が黙々と張っている。

屋根
クマが柾屋根を補修している。

表
和夫と螢が不要物を運び出す。

室内
純がほうきではいている。
純「(つぶやく) 信じられんぜ!」

表
焚火に不要物が、がんがんほうりこまれる。

裏
トイレにからまったつたをとる五郎。
純が来る。
純「父さん」
五郎「?」
純「水道の蛇口がどこにもないンです」
五郎「水道そのものがないンですよ」
純「————!」
五郎「この裏の森はいって行くときれいな沢が流れてます。それがこれからうちの水道です。螢と水くんで来てください」
純「ミ——。何にくむンですか?」
五郎「鍋か何かがあったでしょう」
純「あるけど——。汚なくて使えません」
五郎「ちょうどいい、洗ってきれいにして来てください」
五郎、作業にもどる。
純、ふん然と何かいいかけるが、——あきらめて表へ。

表
さびついた鍋とバケツをさげて、純と螢が家から出てくる。

ちょうど梯子からおりてきたクマに、
純「おじさん、沢ってどっちですか」
クマ「(指す) 道がある」
螢「ハイ」
行きかける螢。その手を純おさえ、
純「おじさん」
クマ「?」
純「ここらは熊出ませんか」
クマ「なンもだ。平気だ。ここらの熊は、気立てがいいか
ら」
クマ、去る。
純「——!!」
音楽——低く断続的リズムではいる。B・G。

森の中

道なき道を分けて行く二人。
純「(ふん然) 道なんてぜんぜんないじゃないか!」
螢「ふんだあとあるわ」
純「急ぐなよ」
螢「急いでないもン」
純「熊に気をつけろ」
螢「(笑う) 熊なンていないよ!」
純「いたらどうするンだ!」
螢「死んだふりするもん」
純「そんな余裕があると思うかよ!」
螢「うわァ見て見て! かわいい花! 何だろう!」
純「何だっていいだろう?!」
螢「摘んでいっても叱られないかな」
純「そんなこといってる場合かよ!」
二人、また歩く。
純「(ブップツ) 自分で行きゃあいいンだよ」
螢「何が?」
純「父さんさ。自分は行かないで危険なとこに子どもを」
螢「(急にとまる) ア!」
純、パッと逃げだす。
螢「お兄ちゃんホラきいて!」
ふりむくがもう純はいない。
螢「お兄ちゃん?」
静寂。
かすかに沢の音がきこえる。
螢「(叫ぶ) どうしたの?!」
間。

草むらからソッと純現れる。

純「――！」

螢「どうしたのよ」

純「――何かいたのかよ」

螢「ちがうよ。沢の音がホラ。――（うれしげに）聞こえてきた！」

沢

清冽な流れである。

二人、鍋とバケツを洗っている。

洗いつつ純、完全に頭にきてしまっていて、

純「信じられないよ!!」

螢「――」

純「まったくもうどうするの！」

螢「――」

純「あんなところに本気で住む気かよ!!」

螢「――」

純「あれは家じゃないぜ。あれはもう小屋だぜ」

螢「――」

純「オレもう人生、真っ暗になった」

螢「――」

沢。

純「だから母さんについてこうっていったンだ」

螢「――」

純「母さんついて来て欲しかったンだから」

螢「――」

純「そうすりゃ、いまごろこんな目に合わなくても」

螢「――」

純、チラと螢を見る。

目をもどす。

また、螢を見る。

螢。

――鍋を洗いつつ、涙にたえている。

純。

――目をもどし、バケツを洗う。

沢の音。

純「（ポツン）ゴメン」

螢「――」

間。

螢「その話はもうしないって約束したじゃない」

純「――」

間。

純「ゴメン」
螢「――」
間。
螢「螢はさァ」
螢とつぜん目をあげ上流を見る。
純も同時に中腰になっている。
沢。
――その上流でバシャバシャと何かが歩く音がする。
二人、鍋とバケツをほうりだし、
純「螢！　木にあがれ!!　木の上に逃げろ!!」
けん命に木をさがし、うろうろ走りまわる。
上流からバシャバシャハンターが一人おりてくる。
二人。
ハンターもびっくりして二人を見ている。
間。
ハンター「何してるのお前らこんなとこで」
純「ア、ア、ハイッ。洗い物をここでしていたわけで」
間。
ハンター「イヤイヤそんなら悪いことしたな。いまこの上で小便したンだ」
二人。

ハンター「ハハハハ。したっけ、心配はいらん。二メートルも流れれば水はきれいになる。ハハハハハハ」

ハンター、バシャバシャとまたくだって行く。

ぼう然と見送っている純と螢。

いきなりたたきつけるホットロック。

草太の車

デコボコ道をはねつつ、つっ走る。
ガンガン鳴っているカーラジオのロック。
運転席の草太と助手席のつらら。
つらら「逃げられたの」
草太「そういうこと」
つらら「子ども二人もいるのに置いて」
草太「男ができたンだ」
つらら「イヤイヤイヤア、やるもンだねえ」
草太「まァあの面じゃなァ」
つらら「よくない」
草太「まァ人間の限界でないかい？」
つらら「イヤイヤイヤア」
草太「おめえだらメンクイだからとてもだめだべな」
つらら「（とつじょけたたましく笑いだす）メンクイなら、

あんたとつきあうわけないッしょう！」

家・表

エンジン切っておりる二人。

草太「おじさんッ、食料運んできたよッ」
五郎「ありがとう」
つらら「コンチハ」
五郎「どうも」
草太「こいつな、つらら。吉本つらら。オレのコレ。農協のスーパーにつとめてンだ」

つららとつぜんケタケタ笑いだし、草太の肩をドスドスたたいて、

つらら「限界ってほどでもないっしょう！　アハハハ」
草太「ア、イヤ」
五郎「何よ限界って」
草太「イヤ何でもねえンだ。どこ入れる」
五郎「とにかく中に運びこんでくれ」
草太「オウ。——オイつらら！　こっち！」
つらら「ハイッ」

同・内

二人、中へ。
つらら、入口でぼう然。

草太「ここへ積むか」
つらら「——ちょっとおじさんたち、ここに住もうっての」
草太「そうだ、たまげるべ」
つらら「イヤイヤイヤア——。信じられンもねえ」
純「(二階から)父さん、電気のスイッチどこですか？」
草太「アハハハ、純坊。電気なンてねえよ。この家には電気はいってないの」

二階

純の驚愕の顔。

純「電気がないッ?!」

裏

トイレの板壁をはり直している五郎に、純、もうぜんとくい下がる。

純「電気がなかったら暮らせませんよッ」
五郎「そんなことないですよ(作業しつつ)」
純「夜になったらどうするの！」
五郎「夜になったら眠るンです」

純「眠るったって。だって、ごはんとか勉強とか」
五郎「ランプがありますよ。いいもンですよ」
純「い――。ごはんやなんかはどうやってつくるのッ?!」
五郎「薪で焚くンです」
純「そ。――そ。――テレビはどうするのッ」
五郎「テレビは置きません」
純「アタア！　けど――けど――冷蔵庫は」
五郎「そんなもンなまじ冷蔵庫よりおっぽっといたほうがよっぽど冷えますよ。こっちじゃ冷蔵庫の役目っていったら物を凍らさないために使うくらいで」
和夫「(顔出す) 純坊！　森に薪集めに行くぞ!!」
純――絶望と怒りに口もきけない。
純「(口の中で) 信じられないよッ」
ふん然と行く。
音楽――静かな旋律でイン。B・G。

外壁

クマが煙突をとりつけている。

森

和夫、純、蛍、薪を集めている。
純、もう半ばやけくそである。

屋内

五郎がランプをつっている。

山並に

夕陽が落ちていく。

家

夕映えの中で働いている一同。

茂み

キョトンと見ているキタキツネが一尾。
音楽――ゆっくりもりあがって。

3

ランプ

青い灯がともっている。

ストーブ

薪がバチバチと燃えている。
その上でぐつぐつ煮えている鍋。

居間

三人、無言で食事をとっている。
純はもはや怒りに口もきかない。

二人「―――」
五郎「（ニコニコ）よくなったねえ。ウン、よくなった」
五郎「ここまできれいになるとは思ってもいなかった」
二人「―――」
五郎「むかしは――。そっちに馬がいてね」
螢「馬がいたの？」
五郎「いたンだ」
螢「大きいの？」
五郎「大きい」
螢「馬飼うといいね」
五郎「そのうち飼おう」
螢「本当?!」
五郎「飼うさ。働いて、お金ためてな」
螢「螢も働く」
五郎「頼りにしてるぜ」

ストーブがバチバチ音をたてる。

螢「馬に乗れる？」
五郎「父さんか？」
螢「ウン」
五郎「むかしァ毎日乗ってたもん」
螢「螢も乗れるかな」
五郎「ああすぐ乗れる」
螢「やったァ！　そしたら水くみに馬で行けるよね」
五郎「ああ行けるとも」
螢「薪拾うのも？」
五郎「何だって馬が手伝ってくれる」
螢「学校に行くときも馬で行けるかな？」
五郎「行けるんじゃないすか？　馬ってものは夜もな、どんなに真っ暗闇でも、それからどんな吹雪の時でも馬にまかしてのっかってたら黙って家までつれてってくれる」
螢「本当?!」
五郎「本当さ。馬ってのァかしこいもンなんだ」
螢「夜中でも目が見えるンだ」
五郎「見える。そう」
螢「最高！　螢、学校に馬で通う！」

五郎「うン」
螢「ロマンチックだね」
五郎「ロマンチックだろ？」
純の声「何がロマンチックだ！」
五郎「ホラ食え。煮えてるぞ」
螢「ハイ」
五郎「純君もどんどん食べなさい」
語り「恵子ちゃん。サギだ！　ぜんぜん！　サギです」
　純、飛んできた虫を追う。
語り「北海道がロマンチックなンて」

共同牧場・清吉の家

正子「だいじょうぶなンだろうか。本当にほっといて」
　ストーブ
　清吉、和夫、そして正子。
和夫「あの家じゃまず冬は無理だべな」
正子「ねえ」
和夫「あんな壁、寒さはどんどん通しちまう。なんぼストーブガンガン焚いたって表にいるのと大して変らん」
　清吉。
　――黙って茶を飲んでいる。
正子「むかしァどこでもそうだったけどねえ」
二人「――」
正子「夜具のここンとこが白ォく凍ってさ」
和夫「東京育ちの子どもらには無理だべさ」
　長い間。
　ストーブがバチバチ燃えている。
和夫「きいたかい？」
　間。
清吉「何を」
和夫「あの家のすぐ裏の演習林との境の野っ原にミツバチの巣箱が置いてあったろう」
清吉「――」
和夫「それが五日前熊にやられてさ」
正子「熊?!」
和夫「ああ」
正子「出たンかい」
和夫「ああ」
正子「あの家とどのくらい離れたところ？」
和夫「二〇〇メートルと離れちゃいねえよ」
正子「ホント――?!」
和夫「猟友会がいま追っかけてってる」

正子「ゴロさんにそのこと、話したの」
和夫「一応耳うちはしといたけどな」
正子「何だっていってた」
和夫「あすこはむかしからちょくちょく出たんだと」
正子「――」
和夫「まだいるンかいって、なつかしそうにしてた

間。

正子「ちょっとあんた本当にやめさしたほうがいいよ！
おとなだけならともかく、子どもまでいるンだよ?!
何もあンなとこ住まなくたって、ちょっと無理すりゃ
もっと町のほうに」
清吉「ゴロにはゴロの考えがあるんだべ」
正子「――」
清吉「あいつはあいつなりに――。東京でいろいろ――」

家・一階

ランプに青い灯がともっている。
斧に砥石をかけている五郎。
黙々と作業するその五郎の顔に、
令子の声「電気も水道もないところ?!」
五郎の作業。
令子の声「ちょっと！　冗談もいいかげんにしてよ！」
五郎の顔。
令子の声「そりゃあ、あなたはできるかもしれないけど、
純や螢はまだあの齢なのよ。それを――ちょっと
冗談も休み休みいってよ」
五郎の声「オレは冗談でいっているつもりはない」
令子の声「――」
五郎の声「オレは真面目に考えてきたンだ」
喫茶店の音楽――低くしのびこむ。

喫茶店（東京・記憶）

五郎、令子。――そして雪子。
令子「そりゃあまじめはよくわかってるわ。だけど現実に
――。あの子たちはまだ子どもよ」
五郎「――」
令子「東京をいちどもはなれたことだってないのよ」
五郎「――」
令子「それをいきなり、北海道の。そんな――。マイナス
二〇度にもなる」
五郎「――」
令子「それなら引き取らして。私引き取る」

五郎「――」
令子「そんなこと私――ぜったい許さない」
五郎「――」
令子「引き取る。お願い。私に引き取らして。雪子ちょっとこの人に何とかいって」
雪子。
――無言でコップをいじっている。
令子「そりゃァ私何もいえないわ。いう権利ないことはわかってるわ。だから何も主張しなかったわ。でも」
五郎「オレは君には感謝してるンだ」
令子。
雪子。
五郎「これまでずっと――おやじとしてあいつらに――」
令子「――」
五郎「オレは何一つしてやっていない」
令子「そんなことないわよあなたは」
五郎「いやしていない――何もできなかった」
令子「――」
五郎「オレは――能なしだし。教育も何も――。全部君ひとりにまかせっぱなしだった」
令子「そんなことありませんよ」
五郎「いやそうだった」
雪子。
――チラッと五郎を見る。
令子「じゃ、かりにそうだとして」
五郎「君が出てってからずっと考えた」
雪子のごく短い一切。
五郎「あいつらのことを――ずっと考えた」
令子「――」
間。
五郎「そしてそう決めた。オレは悪いけど――もうそう決めた」
令子「ちょっと待って！　だけど、あの子たちにとって」
(しゃべりつづける)
音楽――テーマ曲、低くはいる。

家・一階

黙々と斧を磨く五郎の顔。
薪のはぜる音。
風がすこし出てきたらしい。
廃屋をガタガタゆすっている。
音楽――テーマ曲低くつづいている。B・G。

カメラ、ゆっくり上へあがって二階。

同・二階

梁につるされたランプの灯の中で、シュラフにくるまって眠っている純と螢。
その純の顔にゆっくり寄るカメラ。
風がガタガタ廃屋をゆする。
その音がヒュウと森を通り抜け、どこかで無気味なふくろうの声。

純の夢

暗黒の森の中である。
木々が風の中で黒々と揺れている。
純、泣きそうに歩いている。

純「螢――。螢――」

木のきしみ。
どこかで枝のボキッと折れる音。
ホウ、ホウ、とフクロウの声がする。
ふいに純、ギクッと足をとめる。
目の前の木の枝に、何か白いものが下がっている。

純「――（口の中で）螢？」

恐る恐る近づく。
頭上の太い枝から、ブラリ下がってゆれている首つりのお化け。
純、ストンと腰を抜かす。
そのままはって逃げようとする。

純「アワワワ。アワワワ」

その手が、ガイコツの手につかまれる。
純、悲鳴をあげ、逃げようとするが、ガイコツの手はしっかり純をつかんで離さない。

純「アワワ。アワ。アワ。オトウサン」

螢の声「（とつぜん耳もとで）お兄ちゃん。お兄ちゃん」

家・二階

純、蒼白な顔で目をさます。
音楽――中断。
螢が純の手をつかみ、真剣な顔でゆり起こしている。
純、シュラフごとガバと身を起こす。

螢「しッ」

純「ナ、ナニサッ」

螢。
――純を制し外を指さして耳をすます。

螢「何か、表を歩いてる」
純「──!!」
静寂。
とつぜんガサゴソと分けて歩く音。
──とまる。
純「(うわずって。下へささやく) オ父サン」
五郎の声「わかってる!」
純「ク、──熊ですか?!」
五郎の声「わからん。そこにじっとしてろ」
純「──」
螢、シュラフにパッともぐりこむ。純も螢のシュラフにとびこむ。

同・一階

五郎、緊張して耳をすましている。

反対方向でまた音がする。

五郎、ソロソロと斧を引きよせる。

音楽──津波のように押しよせてくだける。

4

ストーブ。

そのふたをソッと五郎の手があける。

中から火のついた薪をとり出す。

ふたたび、ガサゴソと外で物音。

家・二階

シュラフの中から純と螢のもうぜんたる早口の「主の祈り」がきこえる。
二人「天にましますわれらの父よ。願わくば御名をあがめさせ給え。御国を来たらせ給え。御心の天になる如く地にもなさせ給え」

同・一階

五郎、片手に斧、片手に薪を持ち、みずからも口中二階の声に和して、ソロソロ土間へおり、馬小屋のほうへ。

ガサゴソという音がすぐ表でし、とまる。

五郎。

静寂。

五郎「(ややふるえて) だれ?」

長い間。

風の音。

五郎「だれかいる?」

同・二階

けん命の主の祈り。

馬小屋

五郎。

五郎「(変にあいそよく) だァれ?」

間。

薪の火をつき出す。

その火の中にヌッと浮きあがる松下豪介の顔。

五郎、反射的に尻もちをつく。

豪介、ガラッと中へはいる。

家・二階

主の祈りもうぜん高くなる。

馬小屋

腰がぬけしばらく立てない五郎。

豪介。

モソッと手をのばし、五郎をひっぱって立たしてやる。

五郎、あまりのショックのためになぜかヘラヘラヘラヘラ笑って、

クマ「だいじょうぶですか」

五郎「(ヘラヘラ) だいじょうぶ、だいじょうぶ。どうしたのいったい」

クマ「いや、中畑の和夫さんから、心配だから見に行ってやれって」

五郎「(ヘラヘラ) アホントオ。ハハハハ、だいじょうぶ。やってる。ハハハハハハハハ」

ヘラヘラヘラヘラ、意味なく笑っている。

大地に——

しらじら明けが迫っている。

音楽——静かな旋律でイン。B・G。

森の中に——

小鳥たちが、活動を始めている。

ゴジュウガラ。
赤ゲラ。
ミヤマルリカケス。
——そして。

紅葉

その中に、エゾシカがゆうぜんと登場する。

十勝岳

白く煙を噴き、朝陽が染めている。

家・表

煙突からのぼっている白い煙。
家の前で、五郎が黙々と天秤棒を作っている。
螢が中から出る。

螢「おはよう」
五郎「よォ、おはよう。ねられたか」
螢「うン。お兄ちゃんはずっとねられなかったみたい」
五郎「起きてるのかもうお兄ちゃんも」
螢「ううん、いま寝てる」
五郎「そうか」
螢「気持いい！　螢水くみに行ってくる」
五郎「よし。父さんといっしょに行こう！」
螢「やったァ！」

森

小鳥のさえずり。
木もれ陽。
その中を行く五郎と螢。
五郎、急にとまり、螢をおさえて、そっと近くの木の幹を指す。

幹

クマゲラが、コンコン木をたたいている。
音楽——そっと消えていく。

森

螢——息をつめそれを見ている。
五郎。
螢。
間。
螢、父を見あげ、二人ニッと笑う。

――ソッとまた歩きだす。

沢

朝の光の中、清冽に流れる。
顔を洗っている五郎と螢。
螢。
――けん命に歯をみがいている。
五郎「(ポツンと)螢」
螢「ン?(父を見る)」
五郎。
五郎「こんなところに君らをつれてきて――。君は――父さんをうらんでいるか?」
螢。
間。
――急に激しく首をふる。
沢。
五郎「お兄ちゃんはどうだ」
間。
螢「わかンない」
五郎「――」
螢「でも――」

五郎「――」
螢「だいじょうぶだと思う」
五郎。
間。
五郎「そうか」
螢。
――沢の水でごしごし顔を洗っている。
洗いつつ、
螢「父さん」
五郎「あ?」
螢「もしも、私たちがいなくなっても、父さんここで一人で暮らした?」
五郎。
沢の音。
間。
五郎「そうだな」
間。
五郎「考えただろうな」
間。
五郎「でも――」
間。

五郎「さびしいけどきっと——」
間。
五郎「暮らしてただろうな」
間。
五郎「だれだってそうやって——」
螢「——」
五郎「最後は一人に」
螢「心配しないでいい」
五郎「——」
螢「螢はずっと——父さんといっしょにいる」
五郎。
間。
——ゆっくり沢で顔を洗いかける。
螢「(急に低く) 父さん!」
五郎「(見る)」
螢。
——目を輝かして枝を指す。
五郎、見る。

枝

リスがチョコチョコ遊んでいる。

沢

五郎。
間。
——そっと螢を見る。
目を輝かし、リスを見ている螢の集中。
音楽——テーマ曲、イン。
純の声「そのころぼくは、眠ってなンかいなかった」

家・二階

シュラフの中で天井をにらんでいる純。
純の声「ぼくは真剣に作戦をねっていた。東京に逃げ出す作戦のことをだ」
音楽——急激にもりあがって。テーマ曲。

2

早朝

原野に霜。薪を割る音。

語り「恵子ちゃん！　どうか助けてください！」

家・二階

シュラフからようやくぬけ出た純、ガタガタガタガタガタ

ふるえている。

はく息の白さ。

語り「あれからもう五日、毎日こき使われ、家の中は最悪の

寒さであり」

同・表

五郎、黙々と薪を割っている。

語り「思うに、父さんは、逃げた母さんへの腹いせにぼくら

をここで殺す気と思われ」

螢の声「お兄ちゃん！」

同・二階

ふるえつつふりむく純。

螢、梯子から顔を出し、

螢「さ、起きましょう！　元気を出して！　沢に水くみに

行く時間！」

音楽――テーマ曲、イン。

タイトル流れて。

1

家・一階

朝食。食べつつ、

五郎「(ニコニコと) だいぶ、生活になれてきたみたいで

すね」

純「(不機嫌きわまりなく食べている)」

五郎「暮らしてみると楽しいでしょう？」

純「――」

五郎「ねえ」
純「――」
五郎「(螢に) ねえ」
螢「楽しい」
五郎「(うれしげに) ウン」
二人「――」
五郎「(螢に) ねてて寒くない?」
螢「だいじょうぶ」
純の声「冗談じゃねえや!」
五郎「学校の手続きもしなくちゃいけないけど、まァもうすこし待ってください。その前にやることがいっぱいある」
螢「やったァ!」
五郎「何しろもうすこしで雪が来ますからね。雪が来る前に、全部準備をしとかなくちゃなんない」
螢「今日は何やるの?」
五郎「君たちには石集めをやってもらいます」
螢「石集め」
五郎「そう」
螢「石を集めてどうするの?」
五郎「丘ムロってもンをつくります」
螢「それはなあに?」
五郎「食料の貯蔵庫。冬の間の。冬は買物に行けなくなるから」
純「すこし質問していいですか」
五郎「ハイ」
純「ここらは雪はどのくらいつもるんですか?」
五郎「いまは――。そうですね。むかしとちがってたいしたことはないって話ですよ」
純「――」
五郎「一メートル。一メートル五〇はいかんでしょう」
純の声「ぼくの頭より上じゃんか」
五郎「雪が降るとそりゃあきれいですよ」
純「雪が降ったら車ははいるンですか?」
五郎「ちょっとここまでは無理でしょうね」
純「どこまではいるンですか?」
五郎「あっちのほうでしょう」
純「あっちって?」
五郎「まァあの、あすこの――。あっちのあたり」
純「買物に行くのはどうするンですか」
五郎「冬になったら買物はしません。だから冬場の食料を全部、丘ムロにあらかじめ貯蔵しとくわけです。――

そうだ、君たちお金を持ってますか？」
螢「持ってる」
純「持ってません、先月からお小遣いもとどこおっており」
五郎「すこしはあるでしょう」
純「――」
五郎「すこしくらいは」
純「ほんのすこしですよ」
五郎「それ出しなさい」
純「どうしてですか?!」
五郎「いいから出しなさい。螢君も出しなさい」
螢「ハイ」
螢、金を出す。
純も――しぶしぶ金を出す。
五郎「これは父さんがあずかります」
純「ア！　イヤ、シカシ」
五郎「ここの生活に金はいりません。欲しいもんがあったら――もしもどうしても欲しいもンがあったら――自分で工夫してつくっていくンです」
純「（ふん然）だ、だけどそんなことといったって！」
五郎「つくるのがどうしても面倒くさかったら、それはたいして欲しくないってことです」
純「（口の中で）アヤ、しかし、ソリャ」
五郎「（ニコニコと立って）さてと、それじゃあ働きますか。今日も一日、元気でいきましょう！」

道

ネコ（手押一輪車）を押して行く純と螢。
純「頭にきた！　完全に頭にきた！」
螢「石ってお兄ちゃんどこ行きゃあるのかな」
純「知るかそんなこと」
螢「なるべく大きいのって父さんいってたよ」
純「殺す気なンだ」
螢、畑で働いている女の人（つららの義姉友子）に、
螢「おばさァん！　どっかに石ありますか？」
友子「石？」
螢「ハアイ！」
友子「石ならあっちになんぼでも積んである！（仕事にもどりつつ）ここらアもともと石だらけの土地だから」

石塚

二人、ネコいっぱいに石を積む。
螢「もういいンじゃない？」

純「―――」
　純、動かそうとする。
　たちまちよろけてネコはひっくりかえり、積んだ石は
　全部路上にこぼれる。
　顔見合わせる二人。

道

　わずかに積んだネコを押す純。
純「(口の中でブツブツ) 殺す気だ。ぜったい殺す気だ」
　歩く。
　――とまる。
純「ダメダ。休もう」
螢「もう休むの?」
純「そんじゃあお前やってみろよッ」
螢「よオし」
　螢、こころみる。
　フラフラゆれつつ危っかしく行く。
純「見ちゃおれませんよ」

家の前

　汗だくで風倒木をかついでくる五郎。
　純と螢、かろうじて到着。
純「どこに置くんですか」
五郎「ああそこンとこに積んでください」
　二人、石をあける。
純「やりました」
五郎「ハイ。またたのみます」
純「(ふくれあがる)」
　ふたたびネコを引いて螢と歩きつつ、
純「(ブツブツ) よくやりました、とか、ありがとうとか、
　ひと言くらいいったらどうなンだ!」

石塚

　ネコにふたたび石を積む二人。
　車とまって、つらら顔を出す。
つらら「いよッ。やってるねッ、労働者諸君ッ」
純「児童ぎゃくたいもいいとこですよ」
つらら「ハハハハ。ぼやかないぼやかないッ。若いうち若
　いうち。苦労は若いうちッ! アハハハハ」
　行ってしまう。
純「ナーニいってヤンで、あの、ブスが!!」
　音楽――静かな旋律ではいる。B・G。

労働

石を運ぶ二人。
風倒木を鋸で引く五郎。
石をあける二人。
純「まだですかァ！」
五郎「あと五〇回！」
純、目をむいて。
純「(螢にささやく) きいたかオイ、やっぱり殺す気だ」

森の中

風倒木を集めている五郎。
フト立ちどまる。
大きな洞(うろ)の木が倒れている。
五郎。
中をのぞく。
動かしてみる。
——動かない。
じっと何かを考える。

家の前

五郎帰ってくる。見る。
螢一人よろよろとネコを押してくる。

石塚の上

純、大の字にダウンしている。

森

一定の長さに風倒木をきる。

道

純と螢、ネコで石を運ぶ。

家の表

五郎と螢、昼めしのにぎりめしを食っている。
音楽——静かに消えていって。
クマが車でやってくる。

家の中

螢、食器を洗っている。

家の脇

スコップを持った五郎とクマ、丘ムロの位置を検討している。

二階

完全にバテて、眠っている純。
その顔に、
しのびこんでくるハッピーバースデーの子どもらの合唱。

記憶（東京・純の家）

バースデー・ケーキに九本のローソク。
純の誕生パーティ。
令子もいる。螢もいる。そして、恵子もいる。
歌終わり、拍手。
令子何かいい、純、ローソクの灯を吹き消す。
一同の拍手。
照れている純。
学友たち。そしてその中に拍手している恵子の笑顔。
クマの声「オイ。オイ」
音楽——中断。

家・二階

純、はね起きる。
目の前にあるクマの顔。
クマ「仕事。笹刈り。昼休み終了」
純「——!!」

熊笹刈り

熊笹を刈る純、螢、クマ。刈りつつ、
クマ「楽しいべ、こったら働くのは」
二人「——」
クマ「こったらコツコツ働いていれば人間だんだん謙虚になる」
二人「——」
クマ「お日さんをせながさしょえば、はんの木もくだげて光る、鉄のかんがみ」
二人「——」
クマ「(刈りつつ) お日さんは、はんの木の向さ、降りでてもすすぎ、ぎんがぎがまぶしまんぶし」
螢、手を休め、へんな顔してクマを見る。

クマ「ぎんがぎがの
すすぎの中さ立ちあがる
はんの木のすねの
長んがい、かげぼうし」
純も変な顔でクマを見る。
クマ「ぎんがぎがの
すすぎの底の日暮れかだ
苔の野はらを
蟻こも行がず」
キョトンとしている二人。
純「何ですか、それ」
クマ「(ちょっと照れて)宮沢賢治」
音楽――静かな旋律ではいる。B・G。

丘ムロ

土をすこし掘り、石と木でかこみ、熊笹で周囲をびっちりおおった丘ムロがすこしずつできていく。

夕陽

山の端に沈んでいく。
音楽――ゆっくり消えていって。

夜

焚火の火。虫のすだき。
その前で丘ムロを完成せんと黙々と働いている五郎。
螢がそばに来て黙って手伝う。
五郎「どうだ、立派なのができちゃったろう?」
螢「――」
五郎「これでもう食い物はだいじょうぶだ」
五郎「(フト)どうしたンだ」
螢。
――黙々と手伝っているが、
螢「(小声で、ポソリ)お兄ちゃん、母さんに手紙書いてる」
五郎。
螢「呼びもどしてもらうようにたのむんだって」
五郎「――」
螢「父さんには、ぜったい秘密だぞって」
五郎「――」
間。
五郎「そこの熊笹とってくれ」
螢「(とって渡す)」

間。
虫のすだき。
五郎「螢」
螢「ハイ」
間。
五郎「告げ口はいけないな」
螢「――」
五郎「お兄ちゃんは君のこと信用して、こっそり教えてくれたンだろう？」
螢「――」
五郎「秘密は人にもらしちゃいかんな」
螢。
螢「ゴメンナサイ」
五郎「――」
間。
五郎「今日はいっぱい働いたな」
螢「うん」
五郎「君たちが手伝ってくれたからこんな立派な丘ムロができた」
螢「うん」
五郎「よし！　ごほうびにいいものを見せようか」
螢「なあに?!」
五郎「お兄ちゃんを呼んどいで。車で行こう」
螢「やったァ!!（バッと立つ）」

丘の上

車のライトがあがってくる。
とまる。
五郎「さァここだ（おりる）」
子どもらもおりる。
五郎「ホラ。見てごらん」
螢「うわァ！　きれいだァ!!　町の灯が見えるウ!!」
五郎「富良野の町だよ」
純の顔。

町（富良野）

はるか山間（やまあい）に、宝石を散りばめたようにある。
かすかに流れこむムード曲。

喫茶店「くるみ割り」

その灯がポツンと町はずれにある。
単車が来てとまり、草太がおりる。

同・内

草太とびこむ。
ムード曲。

つらら「ウンもうッ。いつも待たせるンだからッ」

草太「ごめんごめんイヤもう呼出しくっちゃってよ。警察。たまンねえよ。あともう三点だと。ヒヒッ。ア、コーヒー。うまいのな。それと――」

草太、フッと一点に目が吸いつく。
奥の席でマンガを読んでいる木谷涼子。
――チラと草太を見る。

草太「(ニヤリ)イヨッ。元気?! 生きてた、ちゃんと。ヒヒッ。(立っている女に)なに」

女「コーヒーとそれと――。どうするの」

草太「ア。そうか。――いいや。いい。ウン。いい」

つらら「だァれ?」

草太「なにが。ア、分校の先生。(声ひそめ)マンガ読んでやんの学校の先生が。ククッ」

つらら「なにかあるンだ」

草太「なにが」

つらら「草ちゃんと」

草太「アバカ。コノバカ。シットするなバカ」
ヒソヒソ話になってきこえなくなる。

草太話しつつククッと笑う。
カメラ、ゆっくり木谷涼子に寄る。
無表情にマンガを読んでいる涼子。
音楽――

2

分校風景

男女二人の小学生の声が、すさまじい勢いで議論している。

教室

涼子先生、教壇にほおづえをつき、勝手に議論をやらせている。
口角あわをとばしている六年のすみえと四年の正吉。
それと関係なく絵を描いている一年の順子。
黒板に書かれている「北の宿から」の歌詞。
子どもらはその冒頭の「あなたかわりはないですか」の「あなた」がいまどこにいるだれかについてもうぜ

ん激論をたたかわしているのである。
涼子、時計を見、机の上の鐘をならす。
涼子「はい、じゃあ結論は来週に持ち越し。お昼にしよう」
順子、たちまち弁当を出し食いだす。涼子も弁当を出しフタをあける。
涼子、箸をとりながらふと窓を見る。
びっくりした顔で窓からのぞいている五郎。

同・職員室

じっと書類を見ている涼子。
その前に五郎。
間。
涼子「勉強——できるみたいですね」
五郎「ハイ。上のほうはまァわりと——できたみたいで」
涼子「塾かなんかにも——行かせてらした」
五郎「ええあの——母親が——そういうの好きだったンで」
涼子「——」
五郎「ただ、この下の子は、決してできるとは」
涼子「あんまり私——気が進まないな」
五郎「ハ？」
涼子「ちょっとあるけど本校のほうに通学なすったほうがいいンじゃないですか？」
五郎「ア、イヤしかし、役場でこちらに通うようにと」
間。
涼子「来年の夏には廃校になるンですよここ」
五郎「ア、ハイ」
涼子「だからどうせならいまからそっちに通ってたほうが。なんなら私から役場へいいますけど」
五郎。
五郎「ア、イヤしかし、廃校になるまでは。——ぜひともこちらに」
間。
涼子「できるンでしょ？」
間。
五郎「ア、イヤ別に。できるといっても」
間。
涼子「東京の子って。——気が重いのよね」
五郎「ハア」
涼子「それに——」
間。
五郎「ハ？」

間。
涼子「教師として私。――よくありませんよ」
五郎「ア、イヤそんな（笑う）何をおっしゃいます」
涼子「そういうおベンチャラ。好きじゃないのよね」
五郎「ハイ」
間。
涼子「二十三だし。健康だし。女だし。だから。――人格者であるわけないし」
五郎「――」
涼子「そう思いません？」
五郎「そりゃァ。――ハイ」
涼子「――」
五郎「それで――いいンじゃないスか？」
涼子「――（もう一度書類を見る）」
三人の児童ワアワアととびこむ。
すみえ「先生！　正ちゃんがスカートまくった！」
正吉「ワアワアウソウソワアワア」
涼子「正ちゃんのズボンおろしてやんなさい」
すみえ「よォし、許可出たぞォ!!」
ワアワアワイワイとんで去る。
間。

五郎「先生。オレは――いえ私は――アレッす。――これまで、――子どもは――母親まかせで――。いやそれはコノ、――もともとオレが――こっちの――。麓郷の――農家のせがれで。――それにひきかえ――女房は東京で」
涼子。
五郎「だからアノあれっす。――女房のほうが――。教育とかそういうのには。――オレはぜんぜん。だけど。――だけどコノ。――それはもちろん女房は責任なく――むしろほっといたオレの罪だけど。――ただ――どういうのか。――どういうかこの子どもが――」
涼子――はじめてゆっくり五郎を見る。
五郎「なにも――。実際に――、一人でやれんのに――。知識ばっかは――いっぱい知っとって。――それが――。どういうか――。それがまァいまの――。小学校の教育かもしらんが――」
涼子「――」
五郎「オレにとっては――。そんなのはコノ――何ちゅうか――人間が生きていく上でコノ」
涼子「――」
五郎「人間が――一人で――生きてく上で――」

涼子「―――」
　五郎――汗をふく。
　音楽――テーマ曲、低くはいる。B・G。
五郎「オレは――馬鹿だから、――うまくいえんが」
　涼子。――じいっと五郎を見ている。
　五郎汗みずくで必死に言葉をさがしている。
五郎「要するにオレは――。そこらへんとこを」

家・台所

純「螢」
　野菜を洗っていた螢、ふりむく。
　真剣な顔で立っている純。
螢「どうしたの？」
純「父さん――何時ごろ帰るっていってた？」
螢「夕方だって。学校から清吉おじさんとこにまわるから」
純「―――」
螢「どうしたの？」
純「町へ行く道、お前わかるか」
螢「わかるよ」
純「行ってきてくれ」
螢「何しに？」
純「手紙だ。――母さんに手紙書いた」
　螢――手をふき、向きなおる。
螢「呼びもどしてくれって？」
純「父さんにはぜったいないしょだぞ」
螢「いやだ私。お兄ちゃん自分で行ってくれれば？」
純「螢」
螢「―――」
純「父さんにいいつけたらただじゃおかないぞ」
螢「いいつけやしないけど」
純「（手紙をさし出す）行ってこい」
螢「だけど――」
純「オレは父さんにいわれた仕事がある。夕方までに仕あげなくちゃなんない。行ってくれ」
螢「お兄ちゃん」
純「お前には事態がわかってないンだ。こんなとこで冬が越せると思うのか？　殺されるンだゾ。本当に――マジに――凍死しちゃうンだぞ（ポケットから出した金を渡す）」
螢「なあにこれ」
純「ついでに町でお菓子買ってこい」
螢「お金、かくして持ってたンだ！」

純「いいじゃねえか、なァたのむよ」
螢「自分で行ってくればいいのに」
純「ジュースも飲んでいいからよ」
螢「こわいンだ」
純「何が」
螢「途中の森が」
純「バカ」
螢「じゃあ行けば？」
純「ア、そういう態度」
螢「(ため息) わかったわ、それじゃ行ってきてあげる。
いまこのお芋、洗っちゃったらね」
純「愛シテルヨ」

共同牧場

五郎の車がはいって行く。

同・庭

五郎、車をおり、家のほうへ歩きかける。
牛舎からとび出してくる正子。

正子「ゴロさん！」
五郎「ああこんちは」
正子「いま使いの者出すとこだったンだ。お客さんだよ。
東京から」
五郎「お客さん？」
正子「だれだい。女の子。めんこい娘だよ！」
五郎「？」
五郎、牛舎へ歩く。

牛

五郎、はいる。
逆光の中、牛を見ながら歩いてくる女。
——五郎に気づいて立ちどまる。
五郎。

五郎「——雪ちゃん！」

雪子。
間。
複雑に、笑ってみせた。
音楽——ある衝撃。

3

森の中の道

清冽に流れる溪流の脇の道を螢がスタスタ歩いて行く。
音楽――明るいリズムで。Ｂ・Ｇ。
歩く螢。
手にした純の手紙。
歩く螢のいくつかのショットのつみ重ね。
やがて森がきれ――。

村道

螢、テクテクとはずむように歩く。

橋

螢通る。
通りかけてフト、足をとめる。
下の流れのすぐわきに、きれいな花が咲いている。
螢。
間。
封筒を橋のらんかんに置き、花をつむべく川へおりる。
けん命に手をのばし、花をつもうとする。
橋の上をその時ダンプが通る。
螢、上を見る。
ダンプの勢いにあおられて、封筒がヒラと舞い、川に落ちる。螢の顔。
音楽――中断。
螢、あわてて封筒へ手をのばす。
だが封筒は沢の中央へ落ち、流れにのってそのまま下流へ走る。
螢、ぎょうてんし沢ぞいに走る。

溪流

封筒、流れてきて岩にひっかかる。
熊笹を分けて沢のふちへ出た螢。
棒をさがし封筒をひきよせようとする。
封筒――ぎゃくに岩を離れ、さらに下流へと急激に流れる。
螢。
――蒼白に沢づたいに追いかける。
音楽――急テンポでたたきつけはいる。Ｂ・Ｇ。

封筒

流れをぐいぐいと走る。

螢

けん命に道なき道を追う。

封筒

流れはふたたび森の中へはいる。

その森を――。

螢

沢づたいに。

あるいは熊笹を分け。

あおくなって追いかけるけん命の螢。

音楽――ぐいぐいともりあがって。

ガンとくだける。

牧草地

牛がのんびり草をはんでいる。

牧草にすわっている五郎と雪子。

雪子「ごめんなさい。いきなり訪ねてきたりして」

五郎「――」

間。

雪子「元気にしてるの？――純と螢」

五郎「――」

間。

五郎「令子に見てこいっていわれて来たの？」

雪子「ちがうわ。私が勝手に来たの」

五郎「――」

間。

雪子「迷惑だった？」

間。

五郎「そうだね――多少はね」

雪子「――ゴメンナサイ」

間。

五郎「いますこしずつ――なれてるところだからな」

雪子「――」

五郎「君を見りゃ――きっとあいつら――忘れかけてた東京のことを――」

間。

雪子「ゴメンナサイ」

五郎「――」

間。

雪子「いいのよ。べつに会わなくても」

五郎「――」

間。

雪子、——カバンから包みを出す。
雪子「これ。——すこしだけ——。純たちに」
五郎「——」
雪子「お義兄さんにも。——つまんないもンだけど」
五郎「——」
間。
五郎「仕事は——。休んで来たのかい」
間。
雪子「行ってないのよ。この頃ほとんど」
五郎「どうして」
雪子「——」
五郎「井関君——困るだろうに」
雪子「——」
間。
雪子。
——ちょっと笑う。
雪子「やめたのよ。そのこと」
五郎。
五郎「どうして」
雪子「——」
五郎「けんかしたのかい」

雪子「——（首をふる）」
五郎「——」
雪子「赤ちゃんができたのよ」
五郎。
間。
五郎「だれに」
雪子「あちらに」
五郎「——」
間。
雪子「奥さんもともと。——いらっしゃるのよ」
五郎「——」
間。
五郎「知らなかったのか」
雪子「知ってたわ」
五郎「——」
間。
雪子「ねえ、すぐ帰るから。——ちょっとだけ、住んでるとこ、——見に行っちゃいけない？」
五郎「——」
間。
五郎「（たつ）行こう」

雪子「ゴメンナサイ」
音楽――静かな旋律ではいる。かすかなB・G。

牧場・庭

車の所へやってくる二人。
車に牛乳や野菜を積みこんでいる草太。
草太「牛乳、すこし、積んどきました」
五郎「悪いな（のりかける）」
草太「いえ。それとアノ、じゃがいもと玉ねぎも」
五郎「ありがとう（のりかける）」
草太「いえ。――ア、それににんじんも多少はいってます」
五郎「どうも（のりかける）」
草太「ア、それとアレ――ホレ、落葉キノコの塩漬け――持ってきますか？」
五郎「いやまた今度」
草太「アホント」
五郎と雪子、車にのりかける。
その五郎を草太わきへ引っぱる。
五郎「？」
草太「（ガラッと態度変って）紹介してよ紹介してよオ、水くさいべサ、紹介してよォ!!」
五郎「ああ、雪ちゃんこれ親戚の、北村草太」
雪子「はじめまして」
草太「イヤイヤアレだもな。さすがどっかしらちがうもな。オラ、〝東京〟ッて感じ、一目でするもんな。ヒヒッ。オラ、草太。コレ（ボクシング）やってンのコレ。昼間働いて。コッチ（頭）はまるでコレ（パア）ヒヒッ。しばらくいるの？」
雪子「いえ、ちょっとだけ」
草太「いればいいべさァ!! いろ？ な？ うンと――ゆっくりしてけ。とにかく今夜アレ、仕事すんだら。――行く。おじさん後で行く。落葉キノコ持って行く。ウン。ホンジャナ。後でな。ウン。オレまだ仕事の途中だからな？ ウン」

富良野岳

夕映えの中にある。
その下を行く五郎の車。

麓郷・農協スーパー

すでにシャッターをおろしかけている。
五郎とともに、ダンボールの買物を車へ運ぶつらら。

つらら「いってくれればいいっしょう。うちはおたくから
一番近いンだし。なァンも帰りによってあげる。い
るもンあったら朝いってくれれば――アレ？」
つらら、雪子に気づく。
雪子――目礼。
つららも――目礼。
つらら「（五郎にささやく）オッちゃんやるンダ！　クク
ッ。その顔でやるンダッ。なかなか景色のいい娘で
ないかい？　アレかい。やっぱ東京でとれた娘？」

ガタガタ道（農道）

五郎の車、家に帰って行く。
音楽――静かに消えていって。

家

二人歩いて家に近づく。
雪子、ちょっと足をとめ、家を見る。
中からトントンと葉をきざむ音。
すでに夕闇が近づいている。

同・一階

葉をきざんでいる純。
五郎「ただいま」
純「（ふりかえらず）おかえんなさい」
五郎「おッ？　今日は純君の手料理ですか。螢は？」
純「さア」
五郎「純君、――めずらしいお客さんですよ」
純「――」
純――ふりかえる。
雪子の笑顔。
純。
純「雪子おばさん――!!」
雪子にだきつく。
五郎、笑顔でランプに灯をともす。
五郎「螢！――螢!!」
雪子の胸に顔をうずめたまま、いまにも泣きそうな純
の顔。
五郎の声「螢！　オイ螢!!　どこにいるンだ、螢!!」
音楽――鈍い衝撃。
津波のようにもりあがる。

4

夕暮（すでに夜に近い）

家

炉に薪が、バチバチ燃えている。
五郎と雪子と純。
間。
五郎「町のほうって――、なにしに町へ行ったンですか」
純「――イヤよく知らないけど――町のほうじゃあないかなあって」
間。
雪子「本当に町に行ったのね？」
純「――だと思うけど」
雪子「だと思うって――」
五郎。
――チラと時計を見る。
七時をすこしまわっている。
純の不安な顔。
五郎「（立つ）ちょっと出てくる」

つららの家（農家）

電話をかけている五郎。
五郎「そうなンだ。うン。なんだか町へ出かけたらしいンだ。――一人で、ああ。――そう」
心配そうにきいている友子、つらら。友子の夫辰巳。
五郎「いや出たのはまだ二時前だったから。――いや、沢の道行ったみたいだって」
友子、辰巳に何かささやく。
五郎「――悪いな。うン。そう。――悪いな。――たのむ。（きって）すみません」
辰巳「町に来とらんて？」
五郎「うン、よくわからん」
つらら「農協のスーパーには来なかったもンね」
辰巳「道は知っとるの、町行く道は」
五郎「いや車では一度走ったけど」
友子「何しに行ったの町へ一人で」
五郎「それが――なんだかよくわからんで」

家・一階

雪子と純。

雪子「何しに行ったの？」
純「――」
雪子「はじめてなンでしょ？」
純。

中畑木材
クマと和夫出て車にのりこむ。

走る車内
ヘッドライトが切りさく闇を、目をこらしてさがしていく五郎の不安。

中畑木材
和夫の妻みずえが電話でしゃべっている。
みずえ「見なかった？　女の子。――小学二年の」

家
包みをかかえた草太とびこむ。
草太「おばんでしたッ。――イヤイヤ牛のヤツ産気づきやがって。まいったもなァこういう日に限って。アレ？おじさんは？」
雪子と純。
草太「どうしたの？」

道
懐中電灯をつけた五郎、道ばたの沢へはいりこむ。
「熊出没注意!!」の看板。

沢
電灯の灯に浮きだす流れ。

別の道
和夫がおなじく螢をさがす。

山道
クマが同じく螢をさがす。

中畑木材前
草太が二輪に純をのせ到着。

同・中
みずえ――かけていた電話からふりむく。

草太と純はいる。
草太「いたかい?」
みずえ、首をふる。
音楽——低く不安定なリズムではいる。B・G。

道端

五郎が叫びながら歩く。
五郎「螢ーッ! 螢ーッ!」

別の道

おなじく和夫が、
和夫「螢ちゃーん! 螢ちゃーん!」

沢伝い

クマが懐中電灯を持ち、強引に草むらを分けて行く。

時計

もうじき九時である。
コチコチと時をきざんでいる。

中畑木材

草太とみずえ、純がふりむく。
表に車が止まり、五郎と和夫おりてくる。
とび出す三人。
首をふる和夫。
みずえ「——警察にいったほうがいいンじゃないの?」

同・表

五郎、——煙草に火をつける。
ヘッドライトが来て、五郎の前にとまる。
おりる清吉。
五郎。
清吉「——心配いらん」
五郎「——」
清吉「じきに見つかる」
五郎「——」

家

ランプの灯の下でふりむく雪子。
懐中電灯の灯が近づいてくる。
とび出す雪子。

同・表

雪子とび出す。
やって来た涼子。
——立ちどまる。

涼子「ご主人は？」
雪子「——（首をふる）」
涼子。
——雪子の切迫した顔に気づく。

涼子「？」
闇の中を近づいてくる車のライト。
雪子、そっちへ走りだす。
おりてくる辰巳。

辰巳「いたかい?!」
雪子「（首をふる）」
涼子「なにか、あったンですか？」
音楽——急激にもりあがって、終わる。

中畑木材事務所

時計がコチコチと九時半をまわっている。
不安にふるえている純の顔、五郎。

五郎「（チラと見て）寒くないですか」
純「——（首をふる）」
間。

五郎「だいじょうぶですよ」
純「——」
五郎「どっかで道にまよったンでしょう」
間。

純「父さん」
五郎「？」
純。

純「蛍を——町に行かしたのは——」
五郎「——」
純「ぼくなので」
五郎。
純。

純「（泣きそうに）ぼくが——母さんに手紙を書いて——東京にどうしても帰りたいから——」
五郎。

純「その手紙を出してこいって蛍にいったので」
五郎「——」
間。

純「責任はぼくに——、全部あるので」

五郎「――」
　間。
純「だけど――」
五郎「――」
純「だけど――」
五郎「――」
純「ぼくの体質には――」
五郎「――」
純「北海道は合わないと思われ――」
五郎「――」
純「やはり――東京が――合ってると思われ」
五郎「――」
　純――けん命に涙をこらえている。
　五郎。
　音楽――低い旋律ではいる。B・G。
　五郎。
　間。
　ゆっくり立ってちょっと純の肩をたたく。
　表へ出る。

同・表

　五郎。
　間。
　大きく息を吸う。
　――ゆっくり土場のほうへ歩いて行く。
　そのうしろ姿に、
　焚火の音。
涼子の声「あなたは――ご主人の妹さん？」

家

　涼子と雪子。
雪子「義理の妹です。――別れた姉の」
涼子「―― （ちょっとうなずく）」
　間。
雪子「ずっといっしょに住んでました」
涼子「――」
雪子「姉が――」
涼子「――」
雪子「ひとりで家を出たあとも」
涼子「――」
　ランプの火。
　焚火の音。

涼子「こんなこと——」
雪子「——」
涼子「よけいなお世話かもしれないけど」
雪子「——」
間。
涼子「この家で冬を迎えるのは無理よ」
雪子「——」
涼子「すくなくとも東京の子どもたちにはね」
雪子「——」
涼子「お義兄さんの考えてる気持はわかるけど」
雪子「——」
焚火。
涼子「いまの子はちがうのよ。——都会の子どもは」
雪子「——」
涼子「むかし、お義兄さんが——育ったころとは」
雪子「——」
間。
涼子——チラッと雪子を見る。
涼子「子どもだけじゃなく、——おとなだってね」
雪子「——」
音楽——ゆっくりもりあがって、以下へ。

星空

降るように満天に輝いている。

中畑木材土場

ポツンと立っている五郎。
無言で煙草を吸っている。
五郎。

道

自動車のヘッドライトが、何台か急激に角をまがってくる。
それらは中畑木材の前へ来てとまる。

土場

五郎、チラとその車を見るが、
——また背を向ける。

事務所前

音楽——消える。
とびおりる一同。
その中に螢。

一同、まっすぐ事務所にとびこむ。

土場

五郎。
間。
煙草を地べたへ捨ててふみ消す。
間。
なに気なくふりむく五郎。
その目に。
事務所から螢がとび出してくる。
まっすぐ五郎へむかって走り、五郎の胸にとびこんでくる。
五郎、螢をだきしめる。
間。
清吉がいつかそばへ立つ。
清吉「布部の村道を歩いてたンだ」
五郎「――――」
清吉「川ぞいに――あっちまで行っちまったらしい」
一同、こっちに近づいてくる。

事務所入口

純が一人ポツンと立っている。
純は父親に近づけずにいる――。
音楽――にぶい衝撃音。

家・表

虫のすだき。
中から涼子、清吉、雪子、五郎が出る。
涼子、清吉と歩きかけ、五郎をふりかえる。
五郎。
間。
涼子「学校。――いつからでもいらっしゃい」
五郎「――――」
間。
涼子「分校からさっき歩いてみたら、おとなの足で四十分かかるわ」
五郎「先生」
涼子「――――?」
間。
五郎「いえ、アノー」
涼子「――――」
五郎「ありがとうございます」

清吉、五郎の肩をたたく。
清吉「雪子さんは、ちゃんとホテルへ送るから」
五郎「——」
清吉と涼子、雪子、車へ歩く。
五郎。
——そのまま動かない。
間。
虫のすだき。
雪子の声「お義兄さん」
いつかもどってきている雪子。
五郎。
雪子「純——なにかあったの?」
五郎「——」
ゆっくりと雪子を見る。
雪子「何だかあの子」
五郎「——」
雪子「何だか——ぜんぜん——東京にいたときと」
五郎「——」
雪子「ごめんなさい、明日また来ます」
五郎「——」
雪子去る。

螢の声「(ささやく) お兄ちゃん」

同・二階

シュラフにくるまった螢と純。
螢「手紙——川に落としちゃったの」
純「——」
螢「螢、ずうっとそれ追っかけて。追っかけたけど見つからなかったの」
純「——」
螢「ゴメンナサイ。だけど——」
純「——」
螢「いってないから」
純「——」
螢「手紙のこと父さんには、——いわなかったから」
語り「拝啓恵子ちゃん」
音楽——テーマ曲、静かにはいる。B・G。
語り「ぼくは——」
天井をじいっと見つめている純。
語り「ぼくは——」
音楽——もりあがって。

3

家

シュラフの中で目をあけている五郎。
その顔に、
純の声「父さん」
間。
純の声「螢を——町に行かしたのは——ぼくなので」

記憶

中畑木材事務所。

五郎と純。

純「(泣きそうに)ぼくが——母さんに手紙を書いて——東京にどうしても帰りたいから——」

五郎。

純「その手紙を出してこいって螢にいったので」
五郎「————」
間。
純「責任はぼくに——、全部あるので」
五郎「————」
間。
純「だけど——」
五郎「————」
純「だけど——」
五郎「————」
純「ぼくの体質には——」
五郎「————」
純「北海道は合わないと思われ——」
五郎「————」
純「やはり——東京が——合ってると思われ」

家

五郎。

間。

手をのばし、枕もとの時計を見る。

時計

四時半。

窓が――

わずかに白みかけている。

家

五郎。――シュラフから脱け出てガンピに火をつける。
炉にほうりこみ、ソダをくべる。
音楽――テーマ曲、イン。
タイトル流れて。

1

北の峰

ホテルへの道を軽快にすっとばしていく草太のオートバイ。

ホテル

その表にとまる草太のオートバイ。
草太とびおり、中へはいる。

同・フロント

草太来る。

草太「宮前雪子って人。昨夜から泊ってる。東京の。若い女の子。（売店にいる雪子を発見）ア、イタッ。（そっちへ）ようッ。眠られたッ？　迎えに来た。行こッ。さ行こッ何してンのッ」

同・表

うしろに雪子をのせた草太のオートバイ、スタート。

草太「イヤイヤおやじがはなさなくってよ。仕事。サイレージ仕込みの時期だから。逃げてきた。ヘヘッ」

坂道

オートバイ、町へくだる。

草太の声「いいのいいの。親せきのことだもナ。こういうの何ちゅう関係だ？　オヤジのいとこの嫁さんの妹。何ちゅうの。ハトコ？　もっとか。もっと遠いか。何ちゅうの。イロハニ。ニトコ？　そういうのあるか？」

雪子「（プッと吹きだす）」

草太「(よろこんで) おかしい? オラのしゃべってること おかしい?」

音楽――静かな旋律ではいる。B・G。

森の中

生木にかごをつり、洗濯物を入れて、螢と雪子歩いて行く。

キタキツネ

キョトンとそれを見ている。

家・表

木から木へ生木を渡し、洗濯物を干している二人。

同・別の一劃

純がけん命に焚きつけを割っている。

小鳥

森の中

洞の木になわをかけている五郎とクマ。

大鳶をつかい、動かそうとしている。

道

ネコで石運ぶ雪子と螢。

家の前

草を刈っている純。

森の中

五郎とクマのけん命の作業。

家の前

運んできた石を丸く積み、石炉を組んでいる雪子と螢。

野面

風が野草の群落をなびかせる。

森の中

五郎とクマけん命に洞の木を動かす。
洞の木かすかにずずっと動く。
汗みずくで挑戦する五郎とクマ。

音楽——ゆっくり消えていって。

家の前

純「(ささやく) おばさん」
できあがった炉に火を焚き、鉤をつるす三脚をつくっている雪子。ふりむく。
雪子「?」
純「ぼくちょっとおばさんに話があるンだ」
雪子。
雪子「なあに?」
純。
——森のほうをちょっとふりむく。
純「ここじゃまずいンだ」
雪子「——」
純「つまりアノー　父さんには、——ないしょの話で」
雪子「——」

川

二人。
長い間。
雪子「どうしても東京に帰りたいの?」
純「——ハイ」
間。
雪子「でもまだ来てから一週間じゃない」
純「一週間でも、もうじゅうぶんです」
雪子「——」
純「ぼくにはとても——こっちは合いません」
間。
雪子「それはいささかだらしなさすぎない?」
純「——」
雪子「螢ちゃんは楽しそうにやってるじゃないの」
純「螢とぼくは性格がちがうンだ」
雪子「だって螢ちゃんは女の子よ」
純「女の子であろうと男の子であろうと、だらしがないとどんなにいわれようと——ぼくはダメです。ぜったいにダメ。こういう生活は肌に合わなくて」
雪子「——」
純「お願いです、父さんにたのんでください」
雪子「——」
間。
雪子「どうして自分で頼まないの?」
純「——」

雪子「自分で直接たのめばいいでしょう」
間。
純「だけど——」
間。
雪子「どうしたの？」
間。
純「だけど父さんとは話しにくいし、それに母さんが最後に会ったとき、——もしも困ったことがあったら雪子おばさんに何でもいいえと。そうすればすぐに私に伝わるからって」
雪子「——」
純「それに母さんはこうもいったので——」
雪子「——」
間。
雪子「こうもって、——なんて？」
純「——」
間。
純「つまり、——父さんのほうに行くのか——母さんといっしょに暮らしたいのか、——それは最後は——ぼくたちの意志で」
雪子。

純「だから、——母さんと住みたかったら、——いつでも遠慮なくいっていいンだからって」
雪子。
純。
雪子。
音楽——低い旋律ではいる。Ｂ・Ｇ。
沢の音。
雪子「そう」
純「——」
間。
雪子「わかったわ」
純「——」
間。
雪子「父さんにいうわ」
純「お願いします」
雪子「——」
音楽——もりあがって以下につづく。

森の中

けん命に洞の木を動かしている五郎とクマ。
二人の体は汗みずくである。

音楽——

2

家・中（夜）

つららと純と螢。

つらら「そしたら夜中にブザーの音がしたンだからァ」

螢「夜中って、何時ごろ？」

つらら「もう一時すぎ。そいで出てみたらだァれもいない」

螢「こわいよォ」

つらら「こわいっしょう」

螢「いやだァ。それでどうしたの？」

つらら「眠ったのよ。そしたらまたブザーの音」

螢「いやァん！（耳ふさぐ）」

つらら「お父ちゃん！ 表にだれかいるよッ、て叫んだら、お父ちゃんが、なンもだ、キツネだ。キツネがブザー押してる」

螢「うそだァ！」

つらら「うそじゃないンだ。柱の途中のブザーのでっぱりをさ、何だろうなってキツネが口で押したわけ」

螢「ホントオ?!」

つらら「ホントホント。そのキツネときどきうちの窓からキョトンて中をのぞいてるンだ」

螢「うそォ!!」

つらら「ホントだってば」

螢「かわいい！ それでどうするの？」

二人の話つづく。

純ソッと立ち、窓から外を見る。

その目に——

石炉で焚火をしている五郎と雪子の姿が見える。

つらら「なにしてるのおっちゃんたち。寒いのに外で」

純「——（窓から離れる）」

石炉

焚火に三脚からさがったやかん。

おし黙っている五郎と雪子。

長い間。

五郎「純は——そんなに思いつめてるのか」

雪子「——みたい」

間。

五郎「どうしてもこっちはいやだって？」

雪子「——（うなずく）」

五郎「そうか」
雪子「――」
　間。
　五郎、――生木を焚火にほうりこむ。
　間。
五郎「しかし」
雪子「――」
五郎「あれだな」
雪子「――」
五郎「そうか」
雪子「――」
五郎「うん」
雪子「――」
　音楽――暗い旋律ではいる。B・G。
雪子「義兄さん」
五郎「――」
雪子「私ね」
五郎「――」
雪子「本当いうと私――」
五郎「――」
雪子「私もこっちに移る気で来たのね」
五郎「――」
雪子「もちろん義兄さんが許してくれればだけど」
五郎「――」
雪子「そうすれば純ちゃんも多少は変るでしょう？」
五郎「――」
雪子「お義兄さんだって、――男手一つでやってくよりは」
五郎「そうはいかないよ」
　間。
　雪子。
雪子「どうして？」
五郎「そんなわけには――。そりゃあ――。いかないよ」
雪子「どうして？」
五郎「――」
雪子「それは、私が――」
五郎「――」
雪子「姉さんの妹だから？」
五郎「――」
雪子「だけど」
五郎「雪ちゃん」
雪子「――」
五郎「同情ってやつは」

雪子「同情じゃないわ」
五郎「同情ってやつは男には――つらいんだよ」
雪子「――」
間。
五郎「つらいんだよそういうのは、――男の場合」
雪子「――」
間。
雪子「ちがうのよ義兄さん」
五郎「――」
間。
雪子「置いてほしいのよ」
五郎「――」
間。
雪子「要するに私――。本当のことといって――。せっぱつまってこっちに来たのよ」
五郎「――」
間。
雪子「本当は内心、メロメロなのよ」
五郎「――」
雪子「東京からできるだけ――。離れたいのよ」
五郎「――」
雪子。
雪子「本当はね」
五郎「――」
雪子「本当は。手術して来たのよ」
五郎「――（見る）」
雪子「赤ちゃんをね」
五郎。
音楽――いつか消えている。
雪子「それも――」
五郎「――」
雪子「義兄さん、うそみたいなのよ」
五郎「――」
雪子「あの人――奥さんにも、――赤ちゃんがいたのに」
五郎「――」
間。
雪子「だからね」
五郎「――」
雪子「こっちに置いてほしいの」
五郎「――」
雪子「私、ぜったい――」
五郎「――」

雪子「やってみせるから」

五郎「――」

風の音。

ヘッドライトが近づいてくる。

単車が来て草太がひらりとおりる。

草太「イヤイヤおそくなっちまったもな。待ったべ。おじさん、オラ送ってく。ホテルに雪子さんオラ送ってく――ア？」

家の入口にこわい顔で立っているつらら。

つらら「旭川に行くっていったっしょう！」

草太「ア、イヤ急に予定変って。――（ニコニコ）いいべ。いいべサ。こんどまたつきあう。サ行こ雪子さん。オラ送ってく」

草太、強引に雪子を単車にさそう。

つらら。

――ふん然。

つらら「そういうことか――！」

五郎。

――無言で火をいじっている。その顔に、音楽――ふたたび低くはいる。B・G。

家の中
純。
――二階へあがる。
あがりかけ、そっとまた窓から外を見る。

同・表
石炉の前に動かない五郎。

朝

森の中
螢と純が水くみに歩く。

家の中
雪子が掃除をしている。

森
五郎とクマ、洞の木と格闘している。
その汗みずくの五郎の顔に、

川

黙々と水をくむ純。
螢、一方を指し純に「馬！」と叫ぶ。

森の中

辰巳が馬をひいてくる。

洞の木の所

馬がくる。
螢、うれしくとんでくる。
五郎、クマ、辰巳、洞の木にワイヤをかける。
働いている五郎の顔に、

森の中

純が黙々と水を運ぶ。

洞の木

馬が洞の木をけん命にひっぱる。
ずるっ、ずるっ、と洞の木が動く。
見ている螢。
働く五郎の顔中の汗。

家の表

純が焚きつけを割っている。

山並に

夕陽が落ちかけて、

家の前

洞の木がようやく到着している。
火口にあたる部分を切りとっている五郎。
一方クマは屋根づくり。
雪子と純がそれを見ている。
純「(雪子にささやく) 何をしてるの？」
雪子「これでクンセイ作るンですって」
走ってきた螢、小声でもう然雪子をひっぱる。
雪子「？」
螢「(一方を指し) シカがいる！」
ふりむく一同。

山裾——草原

エゾシカが数頭登場している。

木の陰

走ってきてそっと見る一同。

草原

エゾシカ、ゆう然と群れをなして歩く。
音楽――もりあがって、終わる。

炉に

薪がバチバチと燃えている。
そのわきで、ナタに柄をつけている五郎。
螢と純と雪子、表から洗い物を下げてはいってくる。
雪子「ハイ、これで終了。おつかれさまでした」
螢「おつかれさまァ」
雪子「さァもう二階にあがっていいわよ」
螢「うン。おやすみなさァい」
純「(ちいさく) おやすみなさい」
二人、二階へあがろうとする。
五郎、作業をつづけつつポツリ。
五郎「純君」
純「――」
五郎「どうしても東京に帰りたいンですか」
純。
雪子。
螢。
五郎「え?」
純。
純「ハイ」
五郎「――」
間。
五郎「どうしてもがまんできませんか」
間。
純「ハイ」
雪子。
五郎。
純。
螢。
間。
五郎「そうですか」
間。
純「スミマセン。でも――」
五郎「――」
純「お願いします」

五郎「――」
純「ぼくは――」
五郎「――」
純「おこらないでください」
五郎。
純「お願いします」
五郎。
純、頭をさげ二階へ行こうとする。
五郎「純君」
純「――」
五郎「父さんは――おこっちゃいません」
純「スミマセン」
五郎「ただ――」
純「――」
五郎「かなしいです。いま――。非常にかなしいです」
純「――」
五郎「帰りたいというのは当然です、かまいません。ただ――、そのことを――。父さんに直接しゃべることをせず、――雪子おばさんをとおしていう君は――」
純「――」
五郎「卑怯です。とっても卑怯なことです」
純。
雪子。
五郎「そのことが父さんは、非常にかなしいです」
純。
間。
五郎「帰ることについては、よくわかりました」
純「――」
音楽――低い旋律ではいる。B・G。

ヘッドライトが闇を裂いて走る

走る車内

運転している五郎。
助手席に無言ですわっている雪子。
五郎。
雪子、チラと五郎を見る。
五郎。
――無言で闇を見ている。
音楽――ゆっくりともりあがって、終わる。

3

分校（昼）

校庭で遊んでいる三人の生徒。

同・職員室

向い合っている五郎と涼子。

長い間。

校庭からきこえる子どもたちの声。

涼子「（ポツリと）そんなこと私答えられませんよ」

五郎「――――」

間。

涼子「私はただの教師ですから」

五郎「――――」

涼子「どうすればいいかっておっしゃられたって――」

五郎「――――」

涼子「私には正直、わからないですね。おたくの――それは問題なンですから」

五郎。

涼子「むしろ別れた奥さまのほうともういちど話されたらいかがなんですか」

五郎。

長い間。

どこか遠くから、津波のように流れこんでくる東京の音楽。

東京

圧倒的なその音楽。

――以下へつづいて笑い声。

美容院「REI」

客のセットをしながら笑っている令子。

客（女）「そういうことってよくあるわよ。私もこないだあるパーティでさ。もらった引出物が小さいのにやたら重いのよ。これは何だって気になっちゃって気になっちゃって、ホテルから乗ったタクシーの中でさっそく開いて中を見たわよ」

令子「何だったの？」

女「文鎮。それはいいんだけど信号でとまってねひょっとわき見たら、ならンだ車ン中で同じように開いてる人がいるの。（店内の笑い）それが――あなただれだと思う？」
令子「だれ？」
女「理事長の奥さんよォ。静御前よォ。静御前がコソコソ
　開いてさァ（店内の笑い）」
絹子（弟子）「先生お電話です」
令子「――すみません。ちょっと」
　令子、絹子とかわり、電話へ歩く。
令子「（他の客に）いらっしゃいませ。もうすぐですから。
　（電話へ）もしもしお待たせいたしました」
　令子の顔。
　顔がこわばる。
令子「――ハイ
　――元気」
　令子、黙る。
　――きいている。
　長い間。
令子「――きいてる」

牧場・電話口

　かけている五郎。
五郎「だから――。いまさらそんなこといえた筋じゃない
　が――。純がどうしてもとそういうじょう――」

美容院「ＲＥＩ」

　令子。
　客たちの笑い。
　長い間。
令子「わかった。それで――雪子いまそっちにまだいるの
　ね」
　間。
令子「わかった。――とにかく、
　――雪子と話す。
　――何が」
　間。
令子「もちろんいつでも。
　――もちろんそんなこと何とでもする」
　間。
令子「ちょっと待って、雪子のいるホテルの名前――。
　――わかった」

牧場

　五郎。

——コトリと電話を置く。
音楽——低い旋律ではいるB・G。
清吉、牛乳を一升びんに入れて立っている。
　五郎。
清吉「牛乳——。持ってけ」
五郎「——（受取る）」
清吉「仕事のこと——どうなった」
五郎「中畑の豚舎で——つかってくれるそうだ」
清吉「ウン」
五郎「電話ありがとう」
　五郎、去ろうとする。
清吉「子ども——東京に帰すんか」
　五郎。
五郎「帰るというんだ」
　清吉。
清吉「うん」
音楽——ゆっくりもりあがってつづく。

家の前

　洞の木が立ち、焚き口からオガクズを入れてテストしている雪子、螢。

螢「煙出てるよ！」
雪子「ウン、大成功」
螢「やったァ！　お肉は上からつるすわけ？」
雪子「そうだって」
螢「お魚もいっしょにつるすのかな」
　五郎、帰ってくる。
螢「ア父さん！　ホラ見て！　うまくいったよ！」
　五郎、無言で焚き口をのぞく。
雪子「これでいいのかしら」
五郎「ああ」
　五郎、焚き口のふたを閉める。
　ネコで石を運んでくる純。
　五郎、つと立ち、純のそばへ。
五郎「純君——母さんと話しましたよ」
　純。
　螢。
　雪子。
五郎「東京へ帰りなさい。雪子おばさんといっしょに」
　純。
　雪子。
　螢。

五郎、斧を持ち、森のほうへ歩く。

森の中

歩く五郎の顔

その顔に、

中里の声「あんたに子ども二人育てられるもんか！」

記憶

二人の男。（中里と大井）

森の中

歩く五郎の屈辱。

記憶

中里「そんなカッコいいことといったってねえ」

大井「令子さん、引き取るっていってるンだろう?!」

五郎「——」

大井「まかしたほうがいいンだよ女にまかしたほうが」

中里「そのうちぜったいお手あげになるって」

大井「だいいち、そういっちゃなんだけど——子どもはどっちになついてるのよ」

森の中

歩く五郎。

そのいくつかのショットのつみ重ね。

音楽——ゆっくり消えていき、かわりに沢音はいってくる。

川

五郎、沢のふちに立つ。

じっと沢を見て動かない。

五郎をおそっている激しい屈辱。

ふと。

——ふりかえる。

螢がいる。

五郎。

無言で斧を置き、沢の水でごしごし顔を洗う。

螢「父さん」

五郎「——」

五郎のわきに立っている螢。

螢「私は東京へは帰りたくないから」

五郎「——」

五郎の視線。

沢の流れ。

螢「私はずっと――。父さんといるから」

五郎「――」

五郎。

――またごしごしと顔を洗う。

森の中

雪子がそれをソッと見ている。

家の前

純、洞の木にオガクズを入れている。

音楽――

4

家の前・道

草むらの中を荷物を持って、雪子と車へ歩いて行く純。

語り「ぼくが麓郷を発ったのはそれから三日目の朝だった」

家の前にポツンと立っている螢と五郎。

語り「清吉おじさんが迎えに来てくれて、ぼくはその車で駅へむかった」

道

歩きつつチラとふりかえる純。

語り「ふりかえると父さんと螢が見えた」

純すぐ目をもどし、黙々と歩く。

語り「父さんの気持を想像すると、かなり心が痛みましたが、――ここで迷えばもとも子もなくなり――。親子はいずれ――別れるものであり」

家の前に立っている五郎と螢。

――秋草の中に遠ざかる。

風。

布部駅

駅のノイズ。

同・構内

時刻掲示板と時計。

清吉の声「ちょっと早く着きすぎたな」

二人「――」

清吉の声「お茶でも飲むか」

しのびこんでくる中島みゆきの歌。

喫茶店

三人。

――中島みゆき。

雪子「おいそがしいのにすみません」

清吉「――」

雪子「あとはもう私――だいじょうぶですから」

清吉「見送りにはなれてるよ」

雪子「――」

清吉「なんどもここで――見送ったからな」

雪子「――」

間。

清吉「『なみだ舟』って歌――知っているかね」

雪子「？　ハイ」

清吉「うン」

雪子「――」

間。

清吉「ふしぎなもンだな」

雪子「――」

清吉「流行歌ってやつはさ、――。その歌きくとその歌が流行ってた――その時代の出来事を想いだす」

雪子「――」

清吉「あの年はひどい冷害でね」

雪子「――」

清吉「おまけにトラクターが導入されて営農方式がどんどん変ってさ」

雪子「――」

清吉「いっしょに入植した連中がつぎつぎに――家をたたんで麓郷を出ていった」

雪子「――」

間。

清吉「十一月だったな。――親しかった仲間が――四軒いっしょに離農してってね」

雪子「――」

清吉「そんときわし――やっぱり送りに来たもンだ」

雪子「――」

清吉「雪がもうチラホラ降りはじめてたな」

雪子「――」

清吉「北島三郎が――流行ってた」

雪子「――」

清吉「出て行くもんの家族が四組」

雪子「――」
清吉「送るほうはわしと、女房の二人。だれも一言もしゃべらんかった」
雪子「――」
清吉「だけどな」
雪子「――」
清吉「そんときわしが心ん中で、――正直何を考えてたかいおうか」
二人「――」
清吉「お前ら――。
　いいか――。
　敗けて逃げるンだぞ」
　雪子。
　清吉。
清吉「二十何年いっしょに働き――お前らの苦しさも、かなしみもくやしさもわしはいっさい知っているつもりだ。だから他人にはとやかくいわせん。他人にえらそうな批判はさせん。しかしわしにはいう権利がある」
　純。
　雪子。
清吉「お前ら敗けて逃げて行くんじゃ」
　純。
清吉「わしらを裏切って逃げ出して行くンじゃ」
　純。
清吉「そのことだけはようおぼえとけ」
　純。
　雪子。
草太「(とびこむ)いやいやいやァ、やっぱりここかい。おやじがまさか喫茶店はいるとは思わンもンな。いやたまげたな。ア、コーヒー。どうしたの。むずかしい顔して」
音楽――静かな旋律ではいる。B・G。

ホーム

　列車がすべりこむ。
　草太、荷を持ち、中へ入れてやる。

改札口

　ポツンと立って見送っている清吉。

列車内

　草太、二人の席を発見し、大声で呼ぶ。

ホーム

発車のベルが鳴る。

列車から

草太、とびおりる。
デッキに立っている雪子と純。
その目に、

改札口

清吉。

ホーム

草太、週刊誌を買い、雪子のほうへ走る。
戸が閉まり、草太渡せない。
列車、ガタンと出発する。
ついて窓ごしに何かわめく草太。
デッキの雪子と純。
その目に、

改札口

清吉の姿、遠ざかる。

車窓

走る風景。
町並が去り、十勝岳連峰があざやかに流れる。

走る車内

純、その情景をじっと見ている。
雪子、その純をチラと見る。

前富良野岳

眼前にそびえて。

分校・校庭

活発に遊んでいる土地の子ども。
ポツンと壁ぎわに立って見ている螢。

走る車内

じっと窓外を見ている純。

校庭

螢。

同・職員室

五郎。

そして涼子。

音楽――ゆっくり消えていって。

涼子、茶を飲みポツンという。

涼子「ごめんなさい」

五郎「(見る) 何がですか?」

涼子。

涼子「この前。――ご相談うけたとき――冷たい返事しかできなくて」

五郎「とんでもないです」

涼子「――」

五郎「これはオレのほうの――問題ですから」

涼子「――」

五郎「とにかく――そういうわけなンで――娘だけはよろしくお願いします」

涼子「―― (ちょっとうなずく)」

五郎「それじゃあ」

立って、出ようとする五郎。

涼子「黒板さん」

五郎「?」

涼子「私ね」

五郎「――」

涼子「教師のくせに。――本当はぜんぜん自信ないのね」

五郎「――」

涼子「東京で――」

五郎「――」

涼子「去年――、教師をしていて」

五郎「――」

涼子「受持の生徒に死なれたんですね」

五郎。

涼子「自殺」

五郎の顔。

涼子「私に――当てつけるといって」

五郎。

涼子。

涼子「わずか十歳の子が――飛降り自殺」

五郎「――」

涼子。

――かすかに、笑ってみせた。

涼子「自信ないんですよ。教師として私」
五郎。
列車の走行音低くはいる。

走る車窓

同・車内
雪子。
そして純。
間。

雪子「純ちゃん」
純「——」
雪子「おばさん、本当いうとね」
純「——」
雪子「こっちにいっしょに住む気で来たのよ」
純「——」
間。

走る車窓

同・車内
二人。
雪子「その考えはね」
純「——」
雪子「変ってないわ」
純「——」

走る車窓

同・車内
二人。
雪子「あなたを東京に送りとどけたら、私もういちどもどってくるつもりよ」
純「——」
雪子「だからね」
純「——」
雪子「いっしょには住めなくなっちゃうの」
純「——」
雪子「あなただいじょうぶね」
純「——」
雪子「これからは一人よ」
純「——」

雪子「母さんはいっしょだけど」
純「――」
雪子「だけど一人よ」
清吉の声「(とつぜんよみがえる)お前ら――。いいか――。敗けて逃げるんだぞ」
　純。
　ことさら窓外に目をむけている。
清吉の声「お前ら敗けて逃げて行くんじゃ」
　純。
　――窓外をはりつくように見ている。
清吉の声「わしらを裏切って逃げだして行くんじゃ」
　純。
清吉の声「そのことだけはようおぼえとけ」

記憶
　家の前にポツンと立っていた父と妹。

走る列車内
　純。
　走行音。

車窓
　走っていく北海道。

列車内
　純。

車窓
　走る風景。

列車内
　純。

記憶(フラッシュ)
　シカの群れ。

列車内
　純。

記憶
　シカの群れ。
　音楽――とつぜん圧倒的に流れこんでB・G。

列車内

純。

記憶モンタージュ

・森の中を歩いた純と螢。
・リス
・薪を割っていた父。
・石を二人で運んだあの作業。
・キタキツネ。
・草太。
・つらら。
・紅葉。
・螢。
・そして父。

列車内

雪子、チラと純を見る。
窓外に顔をそむけている純。
その純の目にあふれている涙。
音楽——急激にもりあがって、終わる。

家の中（夜）

虫が鳴いている。
ストーブのそばでぬい物をしている五郎と、ランプのホヤをみがいている螢。

螢「父さん」
五郎「ん？」
螢「学校で今日、男の子にきかれた」
五郎「——何て」
螢「お前の名前、どうして螢っていうンだって」
五郎「——（ぬい物をつづけている）」
螢「どうして？」
五郎「——」
間。
五郎「むかし——父さんがこの村を出たときな」
螢「うン」
五郎「父さん、家中のだれにもいわずに、こっそり夜中に一人で抜け出して——真暗ン中を富良野まで歩いたンだ」
螢「——うン」
五郎「そのころ——ここらはホタルがいっぱいいて——そ

れが父さんにまとわりついてな」
螢「螢、ホタルってまだ見たことない」
間。
五郎「ホタルの光ってのは——チロチロ飛んでな。それが
——父さんの、前や後や——まるで——行くなってい
ってるみたいで」
螢「——」
間。
螢「だから私に螢ってつけたの？」
五郎「ああ」
間。
螢「じゃあお兄ちゃんは？　純って名前は？」
五郎「——」
螢「純って名前はどうしてつけたの？」
五郎「——」
間。
五郎「あれはお父さんじゃない。——母さんがつけたン
だ」
窓にとつぜん自動車のライトが横切る。
螢、ふりむく。
螢「だれか来た」

螢、外へ出る。
無言でぬい物をつづけている五郎。

イメージ（一瞬）

ホタルが闇に飛ぶ。

家

五郎。
——手を休めストーブに火をくべる。
その手がとまる。

イメージ

ホタルが飛ぶ。

家

五郎。
——ストーブの火をかきまわす。
とつぜん、螢が中へとびこむ。
父にとびつき表を指す。
五郎。
——ゆっくり入口をふりかえる。

五郎の顔。
そこに立っている純と雪子。
五郎。
純。
雪子がそっとその肩をおす。

語り「結局ぼくは帰って来てしまった」

ストーブ

その火にゆっくり近よっていくカメラ。

語り「だからってぼくは急に気がかわり、こっちがいいって思ったわけじゃない。だけど恵子ちゃん――覚悟は決めた。雪子おばさんもいることになったし」

白い画面（窓）

音楽――静かにテーマ曲、イン。
画面ゆっくりとピントがあい窓外に降っている雪片となる。

語り「その翌日はじめて雪が降った」

野面

雪が降っている。

語り「冬が、もうすぐそこまで来ていた」

音楽――もりあがって。

4

窓外（朝）

みぞれがかすかに舞っている。
螢と純の声「おはよう」
五郎と雪子の声「おはよう」

家・一階

二階からおりてきた純と螢。

純「お父さん、二階寒くてたまりません」
五郎「そうでしょう」
純「あれじゃ眠られません。何とかしてください」
五郎「（明るく）だから早いとこ何とかしなさいってこの前から父さんいってたでしょうが」
純「ぼくが自分でやるンですか?!」
五郎「そりゃそうですよ。上は君たち三人が寝てるンだし、中で男は君だけなンですから」
純「だって——じゃァお金ください！　予算がなければ」
五郎「（ほがらかに）お金があったら苦労しませんよ。お金を使わずに何とかしてはじめて、男の仕事っていえるンじゃないですか」
純「オトコ——！　だってボクまだ子どもですよ!!」
五郎「子どもだって男は男でしょうが。知ってますよちゃんとオチンチンついてるの」
雪子「たよりにしてるわよ。純ちゃん何とかして」
純「——!!」

純、ふん然と表へ歩きつつ、

純「（口の中で）コレデスモノコレデスモノ。タマリマセンヨ!!」

音楽——テーマ曲、イン。
タイトル流れて。

道　1

霜柱をふんで行く純と螢の足。

純「サギストなンじゃねえか？　あの人すこし」
螢「サギストってなに？」
純「人をいじめるのが趣味のやつじゃねえか」
螢「恵子ちゃんみたいなんだ」
純「ア、バカ！　恵子ちゃんはサギストじゃねえよ」
螢「年じゅう東京でいじめられてたくせに！」
純「ア、オレがいついじめられたよ！」
螢「短足短足っていわれてたじゃない！」
純「しょうがねえじゃねえか！　オレ短足だもン」
螢「そりゃそうだけどさ」

オートバイで来る草太。

草太「オッス！　元気かッ」
二人「おはよう！」
草太「雪子おばさん製材所に出てるか」
純「今日は家にいますッ」
草太「そうか。おばさんあいかわらずきれいか」
純「主観の問題じゃないですか」
草太「えぐるぞこのガキ（行きかける）」
純「ア！　お兄ちゃん、お願いあるンですけど。二階寒くて困ってるンです。何とか考えてくれませんか！」
草太「自分で考えろ！（行きかける）」
純「ア！　雪子おばさんも寒いンです！」

草太。

草太「あとで行ってやるよ！」

草太去る。

純。

純「まったく近ごろの若者ときたら！」

豚舎

働いている五郎と中川。

中川「むかしァどこもそうだったもンな」
五郎「――――」
中川「グラスウールだの新建材だの、そんなもなどこにもなかったしよ。朝起きると布団のえりしろォく凍ってて」
みずえの声「五郎さん！」
五郎「（ふりかえる）ア、おはようございます」
みずえ「ちょっと！」

五郎、入口にいるみずえのほうへ。

同・入口

みずえ「（表を目で指し、低く）お客さん、東京から。女の人」
名刺を出す。
五郎「?」
名刺を見る。
「弁護士、本多好子」とある。
五郎。
――事務所のほうを見る。
とまっているタクシーと一人の女。
音楽――鈍い衝撃。

中畑木材・表

帰ってきた和夫とみずえ。
和夫「東京から弁護士?」
みずえ「(うなずく)女の人」
和夫「――何の用で」
みずえ「令子さんのことで来たンじゃない?」
和夫。
和夫「どこで会ってるンだ」
みずえ「畜産の事務所で」

中畑畜産事務所

ストーブに火がごうごうと燃えている。
五郎と本多。
本多「単刀直入におたずねしますよ」
五郎「――」
本多「奥さんをゆるす気は本当にないンですか?」
五郎「――」
本多「つまり、もういちど、もとにもどす気は」
五郎「――」
間。
本多「これまでのいろんないきさつについては、奥さん反省してらっしゃるンですよ」
五郎「――」
間。
本多「それじゃァあくまであなたのほうでは、あくまで離婚を主張なさるわけですね」
ストーブにバチバチ火が燃える。
五郎「――」
間。
本多「奥さんはそれを望んでらっしゃらない。だけどあなたは望まれるわけですね」
五郎「――」

本多「そう解釈してよろしいわけですね」
五郎「――」
間。
本多「わかりました。それじゃあそういうことだとして。その場合お子さんの引き取り手の問題ですが、これまで東京での生活の上で、お子さんの面倒――たとえば教育から何から何まで、あなたはほとんど奥さんにまかせっぱなしだったはずですね」
五郎「(見る)」
本多「お子さんたちもあなたより奥さんにすべてに関してなついていらした、それは周囲のみとめるところですよね」
五郎「――(何かいいかける)」
本多「こちらにお子さんを連れていらしたのは、あなたの意志ですか、お子さんの意志ですか」
五郎「――」
本多「お子さんたちは本当に自分から、こっちにきたいっておっしゃったンですか」
五郎「――」
五郎。
音楽――低く、不安定なリズムではいる。B・G。

五郎「しかし、――子どもたちはまだ齢もいかず」
本多「それじゃああなたの意志なンですね」
五郎「――」
本多「あなたの意志だけでお連れになったンですね」
五郎。
五郎「自分は」
本多「ついでにも一つおききしたいンですが、こちらにいらしてからもうひと月と――すこしですか？　その間に奥さんからお子さんたちに当てて三回手紙を出してるそうなンですが――中畑木材の、中畑和夫さん気付けで。それは受取っていらっしゃいますね」
五郎。
五郎「(口の中で)ハイ」
本多「その手紙はお子さんに渡っていますね」
五郎。
五郎「――ハイ」
本多「お子さんたちたしかに読んでますね」
五郎「ハイ」
本多。
五郎。
本多の声「そうですか！それなら安心しました。奥さん、

ちゃんと返信用の封筒まで入れたのに、一通も返
　事が来ないもンだから、もしかしたらとどいてな
　いンじゃないかって（しゃべりつづける）」
音楽――ぐいぐい異常にもりあがって切れる。

豚舎

五郎、ゆっくりはいってくる。
通路、中央で立ちどまる。
その目の下に――

ブタ

生まれたばかりの子ブタが、母ブタの乳にむらがって
いる。

豚舎

五郎。
その顔に――。
しのびこんでくる歌謡曲。
令子の声「（やさしく）だから私はいってるでしょう？」
　五郎。
令子の声「ゆるしてもらえなくても――それはいいのよ」

子ブタ

乳に集まっている。
令子の声「ただ――」

記憶

令子の顔。
間。
令子「（けん命に笑って）お金も何もいらないのよ私。み
　んな、北海道に持っていっていいのよ。ただ」
五郎「――」
令子「子どもはね」
五郎「――」
令子「子どもは別でしょう？」
五郎「――」
令子「子どもたちのことだけはそれとは別じゃない」
五郎「――」
　間。
令子「あなた、あの子たちに今までなにした？」
五郎「――」
令子「（ふるえる）産んだのは私よ」
五郎「――」

令子「育てたのだって」
歌謡曲、中断。

豚舎

ふりかえる五郎。
立っている和夫。
和夫「何だったンだ」
五郎「――いや」
音楽――低い旋律ではいる。B・G。

家・表（夕暮）

帰ってくる五郎。
洞の木から煙があがっている。
五郎、火口をあけ、中を見る。
中からトントンと釘を打つ音。
雪子「(出て）アラ、お帰りなさい」
五郎「純――（二階）やってるのか」
雪子「(首ふる）やってるのは螢。だめよ兄さん、純、すこし叱って。辰巳さんとこにまたテレビ見に行ってるの」
五郎。
五郎「(洞をさし)火はもういいよ。今夜あけよう(中へ)」
雪子「うまくいったかしら。あけるのたのしみ」

同・中

五郎はいって服をぬぎかける。
二階への梯子をソッとあがる。のぞく。

同・二階

螢、けん命に板を張っている。

梯子・上

五郎。
上へあがる。
螢の頭をなでてかわる。
螢「あ、おかえンなさい！　螢、ここまでやったンだよ」
五郎「手伝おう」
螢「うン」
二人、作業。
物音にふりかえる。
立っている純。
純「ゴメンナサイ」
五郎。

間。
金づちを純に渡し、ちょっとその頭をなでて下へ。
音楽——ゆっくりもりあがって。

2

洞の木

できあがったクンセイを取り出す四人。

語り「その晩、父さんはクンセイを取り出した。クンセイを作るのはもう三度目で。だからぼくたちもその作業になれ」

四人各自のその作業。

語り「塩の仕方からチップの燃やし方、洞の木の上からつるすやり方」

家・二階

梁からできあがったクンセイをつるす。

語り「クンセイに関してはいまやもうぼくも、ちょっとしたベテランになったと思われ。恵子ちゃん、何でもきいてください」

音楽——静かな旋律でイン。B・G。

闇に

かすかに雪が舞っている。

語り「十二月にはいって昼はどんどん短くなり、五時にはほとんどもうこの暗さで」

ヘッドライト

こっちにむかって走ってくる。

語り「夜になると、しょっちゅう草太兄ちゃんが来た」

草太

草むらを歩いてくる。

語り「お兄ちゃんは月曜と土曜の夜は富良野のボクシングジムに通っており、だからつかれてるはずなンだけど、それでも土曜日には必ず来た」

風呂場

もうもうたる煙。

語り「なぜかというと土曜日の夜がうちがお風呂をたく日に決まっており、しかもお兄ちゃんの来たおそい時間は雪子おばさんのはいる時間であり」

風呂・焚き口

火吹竹で火を焚いている草太。

語り「まったく、近ごろの若者ときたら!」

草太「(吹きつつ) 東京に出ようかってずい分考えたよ。うン。学生時代の仲間ァほとんど、東京とか札幌に出てっちまったしな」

雪子「――」

草太「まァアレよ。オラのつきあってたやつらァだいたいがトッポイやつ多かったしな。勉強するのもイヤ、農業つぐのもイヤ。だからひとりがいま旋盤工だべ? もうひとりが床屋な、もひとりが板前、――ぬるくない?」

雪子の声「だいじょうぶ。とってもいいお湯」

草太「うン。――哲ってそいつ、板前やってるやつ。ワルでよ、年じゅう警察のやっかいばかし。へヘッ。知らない? 大森の。――アレ? 目白かな? ――忠臣蔵って有名な料理屋。知らない?」

雪子の声「知らない」

雪子、洗い場にあがったらしい。

湯をかける音。

草太。

草太「大きいンだってよ。――有名だって――きいたことない? ――忠臣蔵」

草太、そろそろと中をのぞこうとする。

雪子の声「知らない!」

草太あわててかがみこみ火を吹く。煙にむせる。

雪子の声「だけどわかンない。どうしてみんな東京に出たがるの?」

草太「そりゃァ出たいわ。オラだっていまに出る」

雪子の声「どうして? こっちのほうがずっといいでしょうに」

草太「なンもだ! こっちでやっていてみろ! 農家の嫁なンて来るやついねえ」

雪子の声「草太さんとこは牧場じゃない」

草太「牧場だって同じだ。だってあんた朝の四時ごろ起こされてよ。こき使われてみれ? 来るやついるか? おまけにサイレージのにおいしみついて」

ザアッとお湯かける音。

草太「北海道の牧場なンていったら内地の女の子ァ目の色変えてよ『うわァ、すごいわァ、ロマンチックだわァ、すてきィ』なァンもだ、そんなら嫁に来るか? 『それは別よォ。それは考えちゃう』――いつもこうだもなァ、それはねえべさ」

雪子の声「――」

草太「あんたならどうだ？　そういわれたら」

雪子の声「――」

草太「一日じゅう牛のクソまみれになったりよ？地べたの上をはいずりまわって――。そういう暮らしができると思うか？」

雪子の声「――」

草太「え？」

雪子の声「――」

草太。

ザァッとかけ湯の音。

――ふたたびソロソロと腰をあげる草太。

格子からソッと中をのぞく。

間。

ポカンとうしろから棒でたたかれる。

草太「イッ――」

頭をおさえてゆっくりふりむく。

こわい顔して立っているつらら。

草太。

つらら「何してンのそこで」
草太。
草太「農村における嫁不足の問題――ゆっくりお話ししてただけでしょう」
いきなりたたきつけるカーラジオの音楽。

ヘッドライト

すさまじい勢いで蛇行してくる。

草太の声「(悲鳴に近く)やめろ！　危いべ！　ちょっと！　やめれ！」

ヘッドライト、草むらにつっこんでガンととまる。

ライト消える。

カーラジオの音楽。

車の中

草太のくちびるをうばっているつらら。

間。

はなれる。

草太――深呼吸。

間。

つらら「このごろ草ちゃん冷たいンだから」

草太「そんなことねえべ。——つかれてるだけだ」
つらら「つかれてるならなぜあすこにいたのさ」
草太「用あったンでしょう！」
つらら「用ってのぞきか」
草太「チェッ。アア——もう、バカ」
草太。
——つららをだいてキスする。
間。
つらら「処女じゃないよ」
草太「何が」
つらら「あの人——雪子さん」
草太「ア、もう——だれでもおまえといっしょにするな！」
つらら「あ、じゃァ処女だと思ってるンだ！」
草太「いいべ、そんなこと」
つらら「バカだね草ちゃん、東京であのくらいめんこくて
——やってないわけないっしょう!!」
草太「(うんざり) やるとかやらね えとか そういう下品な
——」
つらら「———」
草太「わかった、もういいよ。わかった！　何でもいい！」
間。
つらら「おこった——」
草太「———」
つらら「ねえ」
草太「———」
つらら「今日、——安全」
間。
草太「何が」
つらら「基礎体温」
間。
草太「(うんざり) 今日はボクシングの練習してきて、つかれているっていったべさ」
間。
つらら「前は、ボクシングでつかれてるときは、かえってしたいンだっていったでしょう！」
草太「———」
間。
つらら「やっぱ、あの人にほれてるンだ」
草太「———」
間。
草太「やるべ (バンドはずす)」
つらら「(明るく) やる!!」

草太「パッとな」
つらら「うン、パッとやろ!!（仕たく）」
草太「（ブッブツ）生産調整――人間にもねえかな」
涼子の声「生産調整って知ってる人」
正吉の声「ハイハイハイ!!」

分校・教室

涼子「ハイ正吉君」
正吉「牧場の牛なンかがいっぱい牛乳出しすぎると――アレ、ホラ、会社の人が来て、牛乳に赤い紅まぜちゃうアレ」
涼子「それも一つね。ほかには？」
すみえ「ハイ！」
涼子「ハイ、すみえちゃん」
すみえ「ビートなンかでもオ、農協からの割り当ていじょうに取れちゃうと――」
涼子「そうするとどうなるの」
すみえ「取っちゃいけないの」
涼子「それでも取れたら？」
すみえ「捨てちゃう」
正吉「ア、玉ネギなンかな」
涼子「玉ネギもよく捨てるね。だけど――せっかく食べられるものをよ？　苦労して作ったのにわざわざ捨てちゃう。――もったいないねえ」
正吉・すみえ「もったいない」
涼子「――純君、どう思う？」
純「――サア」
涼子「スーパーに行けば玉ネギ一こいくらってかいてあるよね。捨ててあるとこ行って拾ってくればただだよね。どうしてただのほうみんなとらないンだろ」
螢「うちは父さん拾ってくるよ」
涼子「ア、螢ちゃんとこは拾ってくるの」
螢「うン、アノ、ニンジンもね、オジャガもね、畠行くとごろごろ捨ててあるから」
正吉「そういうの拾っちゃいけないンだゾ」
涼子「どうしていけないの」
正吉「だって買わなければ農家は困る」
涼子「それじゃ捨てないで売ればいいじゃない」
語「ぼくが、その人に会ったのはその日、学校から帰る途中だった」
本多の声「純君でしょ？」

道

ふりむいた純と螢。
車からおりてきた本多。
純「ハイ」
本多「(微笑) あなたは――螢ちゃん、そうね?」
螢「――(うなずく)」
本多「私、東京からお母さんのおつかいで来たの。ちょっとそこらで話さない?」
純。
螢。
音楽――鋭く切りつけてはいる。B・G。
螢「(しりぞく) お兄ちゃん、行こう」
本多「ぜんぜん変な話じゃないのよ。お母さんあなた方にとっても会いたくて」
螢「(しりぞく。低く) 行こう!」
本多「ちょっと待って」
純「ぼく」
螢「お兄ちゃん、私行く!」
螢かけだそうとする。
追おうとした純を本多つかまえる。
本多「純君」
純「ぼくは」
本多「お母さん返事を待ってるわよ! もう何回も手紙出したでしょ!」
純「(見る)」
本多「読んだンでしょ、お母さんの手紙」
螢。
純。
本多「手紙見たでしょ」
純。
螢「お兄ちゃん!」
本多「読んでないの?!」
純。
本多「どうして?! 中畑さんの所気付けで、もう三回は出してるわよ母さん」
純。
本多「その手紙あなたたちに渡ってないの?!」
螢「お兄ちゃん!」
純。
――ふりほどき、かけだそうとする。
本多「(つかんで) わかった。じゃこれ読んで! あずかってきてるの。お母さんから」

純「（もがく）」
本多「読んで返事ちょうだい。お母さんに渡してあげるから。私は本多。今夜はホテルに泊ってるから」
螢「お兄ちゃん！　私行く！（バッとかけだす）」
純もふりほどいてバッと逃げる。
本多「待って！　純君！　お母さんの手紙よ!!」
純、もうぜんと走りだす。
本多「読まないの?!　純君!!　待って！　純君!!」

道

純、もうぜんと螢を追って走る。
螢も走る。
二人、もうぜんとあぜ道を走る。
音楽――かん高くもりあがって。

3

中畑木材

機械が原木を板にしていく。
その中を、伝票を調べながら歩いてくるみずえ。ふと。

土場のすみにいる純とすみえを見る。
すみえ――急に純から離れて、みずえのほうに走ってくる。

土場

純。
みずえ、作業場の入口に出てきて、
みずえ「純ちゃん、どうしたの？」
純。
純「何でもありません」
みずえ「お父さんなら豚舎のほうよ」
純「（首ふって歩きだす）」
クマの声「オイ！」
純「（ふりむく）」
クマ「（来る）家に帰るならのせてくぞ」

納屋

純「螢」
純と螢。
純「すみえちゃんとこでたしかめてきたンだ。さっきの女の人のいったこと本当らしいゾ」

螢。

純「父さん手紙を受けとってかくしてる」

螢。

純「これは本当なら大事件だぞ。明日こっそりホテルに行かないか」

螢。

純「さっきの女の人に――話たしかめに」

螢。――首ふる。

純「どうして」

螢「――（首ふる）」

純「父さんきっとだましてるンだゾ」

クマ「（ふいにはいる）水くみに行こう」

二人「――」

クマ「どうしたンだ」

夕陽

枯草の中を、螢を肩車したクマがくる。螢の手の水桶。

クマ「雪の降る日はひるまでも、そらはいちめん真っ暗で、わずかにカリの行く道が、ぼんやり白く見えるのだ」

音楽――低い旋律ではいる。B・G。

ゆられている螢。

クマの声「砂がこごえて飛んできて、枯れたよもぎをひっこぬく」

イメージ・螢の顔に（一瞬）

本多弁護士の姿。

クマの背にゆられている螢

クマの声「抜けたよもぎはつぎつぎと都のほうへ飛んでいく」

イメージ（一瞬）

本多。

家・窓

純がビニールを張っている。

イメージ

本多。（〝読んでないの？〟と純にいったあの顔）

ストーブに

薪がバチバチ燃えている。

部屋

　雪子、草太、純、螢。

草太「(鍋をつつきつつ) おやじすっかり落ちこんじまってる」

一同「――」

草太「来年からはまた生産調整でよ。とれた牛乳も捨てるってンだから」

雪子「捨てるって?」

草太「食紅まぜられてよ。市場に出せねえようにされるンだ」

雪子「――」

草太「赤い牛乳なンてだれも飲まねべ?」

雪子「どうするのそういうのは」

草太「仔牛にやるンだ。そうすると仔牛のよ、口のまわりが真っ赤になってよ」

純「(食べつつ　ポツリ) おばさん」

雪子「ん?」

純「――うちには郵便屋さん来ないけど、――うちに来る手紙はぜんぜんないの?」

　螢。

　――無言で食べている。

雪子「郵便――中畑さんのところにとどくようになってるわ」

純「それはお父さんが――受取ってくるわけ?」

雪子「そうよ。――どうして?」

　螢。

　――食べている。

純「(食べつつ) 父さんは――母さんからぼくらに来た手紙を――ぼくらに見せるのは、いやなのかな」

　螢――食べている。

　雪子。

　草太。

　音楽――いつか消えている。

雪子「どういう意味」

　純。

雪子「手紙なンて別に来てないでしょ?」

　純。

　螢。

雪子「来たら見せるに決まってるじゃない」

　純と螢。

　――食べる。

純「そうかな」
雪子「あたりまえでしょう」
草太「何だお前アレか。おふくろさんから来た手紙を、おやじさんがかくしてにぎりつぶしてるって――そういうふうに思ってるのか」
純。
草太「アホかお前は！　お前のおやじさんはな、そんなけちなことする人間じゃねえよ」
純。
草太「くだくだいってないで早く食えこの！」
純「だけど――。あの人はそういったので」
草太「だれが」
雪子「あの人ってだれのこと？」

家・表

はいりかけ立ちすくんでいる五郎。

間。

雪子の声「だれがいったの」

草太の声「だれだよあの人って」

五郎。

――中へ。

同・一階

ふりむく一同。

一同「おかえんなさい」

五郎。

――黙ってジャンパーをぬぐ。

純。

――スッと立ち、食器を洗い場へ。

純「ごちそうさま」

二階へ行こうとする。

五郎「純君。君たちに母さんから――手紙ですよ」

渡す。

純。

螢。

雪子。

草太。

五郎「今日会ったでしょう女の人に。あの人が母さんからことづかってきたそうです」

雪子。

五郎「純君も螢も今夜返事を書きなさい。明日ホテルに君たちをつれていきます。あの人に直接話をなさい」

純、上へ行きかける。
五郎「純君」
純「――」
五郎「父さんかくしていたけど――」
純「――」
五郎「本当は前にも三通ほど来てたんです」
純――凍りつく。
五郎「父さんが勝手に――処分しました」
純。
雪子。
草太。
螢――一人で食べている。
五郎「焼きました。父さんの独断でです」
雪子。
純。
五郎「今日君、中畑のすみえちゃんとこに、こっそりききに行ったそうですけど、中畑のおじさんたちはぐるじゃありません。ちゃんと父さんに渡してたンです」
純「――」
五郎「雪子おばさんも知らないことです。父さんひとりが勝手にやりました」

純「――」
純。
――二階にかけあがる。
五郎、梯子の下へ行き立つ。
五郎「(二階へ) 純君、父さんはけちな人間です。――君たちを――父さんから離したくなくて――母さんの手紙をやぶいて焼きました」
純「――」
間。
五郎「軽べつしていいです」

同・二階

純。

――茶封筒をほどきひっくりかえす純。

中から十数枚、切手をはってあて名を書いた返信用の封筒が出る。

「黒板令子　行」

「黒板令子　行」

「黒板令子　行」

音楽――圧倒的に流れこむ。B・G。

手紙を見つけてふるえる手で開く純。

令子の声「純ちゃん螢ちゃん元気でいますか？　ちゃんと
　食べてますか？　眠ってますか？　寒くないです
　か？　足りないものはないですか？　困ったこと
　はないですか？　学校行ってますか？　勉強して
　ますか（つづく）」
音楽――急激にもりあがってくだける。

草原

月光。

「ル、ルルル」「ルルルル」

キタキツネが一尾うろついている。

螢、餌を持ってやろうとしている。

「ルルルル」「ルルルル」

家の前

焚火。
ナタをといでいる五郎。
その顔に、かすかに流れこんでくるハイファイセット
の「フィーリング」。
そしてかすかな街の音。
螢の声「(たのしく) びっくりするね」
五郎の声「ああ」
螢の声「知らないもンね」
五郎の声「ああ」
螢の声「父さん今日は夜勤だって。帰らないからって母さ
　んいってたもン」
五郎の声「そのはずだったんだ」
螢の声「螢も帰らないって思ってたンだよ！」
五郎の声「びっくりしたか？」
螢の声「うン。うれしかった」
すこし大きくなる「フィーリング」と街の音。

記憶（東京）

灯の消えているローズ美容院。
螢の声「アレ、もう閉まってる」
五郎の声「閉まってるね」
五郎と螢、入口に近づく。開けてみるが開かない。
カーテンが閉まっている。
螢「帰ったのかな」
五郎「行きちがいかな？」
螢「裏に行ってみよう！」

記憶・同裏路地

　二人来る。螢はスキップ。

　戸の前に立つ二人。

螢「レコードがかかってる!」

五郎「やっぱりまだいたネ」

螢「おどかしちゃおうか」

五郎「そォっとあけてみな」

螢「うン!」

　螢──たのし気にドアをかちゃりと開ける。

　五郎の笑顔。

　二人。

　──そっとのぞく。

　「フィーリング」異様に大きくなる。

　二人の視線。

　もつれあっている男女の影。

　それが──。

　ギクッと固定してスローモーションのようにふりかえった令子。

　五郎。

　長い間。

　螢をだきよせいきなり戸を閉める。

　「フィーリング」急激に遠のきつぎのシーンの中に消える。

草原

　螢。

　「ルルルルルル」

　「ルルルルル」

　キタキツネ逃げる。

　──警戒して近よらない。

　音楽──静かな旋律ではいる。

　螢。

　──ぼんやりキタキツネの行方を見送っている。

　音楽──

ホテル

語り「翌日ぼくは父さんにつれられてその人に会いにホテルに行った」

ホテルの部屋

　戸をあけ、にこやかに純を招じいれる本多。

語り「ホテルの中は暖房がきいていて、そこだけはいかにも都会！って感じであり」
本多「何か飲まない？」
純「(首ふる)」
本多「飲もうよ。おなかは？　すいてない？」
純「すいてません」
本多「食べられるわよ。おばさんもおなかがすいてるの」
本多、勝手にダイヤルをまわす。
純「ア、ボク本当に」
本多「五〇五ですけどね。サンドイッチとお紅茶二つずつ」
語り「サンドイッチ！　ウワオ！　何日ぶり！」
本多、電話をきり、ニッコリ笑って煙草に火をつける。
本多「螢ちゃんは？　いっしょに来なかったの？」
純「ア、ハイ。あいつは——。まだちいさいから」
本多「ホント」
語り「本当いうとあいつには頭にきていた。昨夜も今朝もぼくはあいつに、いっしょに行こうってさそったンだ」

家・二階

螢。——うつむいてる。
語り「だけどあいつは——行かないといい」
螢——首をふる。
語り「理由をきいても何もいわず」
螢。

ホテルの部屋

本多「お母さん会いたくて毎日泣いて暮らしてるンだから」
純「——」
本多「手紙、お父さんが焼いちゃったんだって？」
純「——」
本多「ひどいわねえ本当に、信じられない」
純「——」
本多「昨日あれから問いつめたのよ。中畑さんに立会ってもらって。お父さん焼いたこと白状したわ。中畑さんたちもあきれはててた」
純「——」
本多「昨日の手紙は渡ったんでしょ」
純「——(うなずく)」
本多「読んだ？」
純「——ハイ」
本多「返事は？」
純「——あとで。——ゆっくり書きます」

本多「そう。実はね、——おばさんも時間がないから——
　話だけ急いでしちゃうわね」
純「——」
本多「純君ももう四年生だから、自分の考えはしっかり持
　てるわね」
純「——」
本多「お父さんとお母さんとどっちが好き？」
純「——」
本「え？」
　純。
　間。
純「さァ」
　間。
本多「そういわれてもちょっと無理かな？　それじゃあ
　——東京と北海道は？　——純君どっちで暮らした
　い？」
　純。
本多「ねえ」
　純。
　本多の手の煙草。
　——灰がいまにも落ちそうである。
　見ている純。
本多「そりゃァこの部屋はあったかいけど——純君のいる
　うち、寒いンでしょう？」
　落ちそうな灰。
　純。
本多の声「前にいちど東京に帰りたくて——帰りかけたこ
　とあったンだって？」
　純。
本多の声「どうしてやめたの？」
　純。
　間。
　いまにも落ちそうな煙草の灰。
本多の声「ねえ」
　純、灰皿をとり、本多の煙草の灰の下にさしだす。
本多「アラありがとう。ねえ、純君は本当は東京がいいン
　でしょう？」
　純。
本多「東京でお母さんと暮らすほうが」
　純。
語り「そのときぼくはどういうわけか！　煙草の灰のことを
　思いだしてたわけで」

低くしのびこむハイファイセットの「雨のステイション」

イメージ（一瞬）

煙草の長い灰。

ホテルの部屋

純。

語り「あのころ母さんはハイファイセットという歌のグループに凝っており、父さんが夜勤で帰ってこない日はいつもそのレコードをきいており」

記憶（夜）

語り「あの晩ぼくがトイレに起きると、居間にまだ明りがついていて、母さんが電話でだれかと話してた。そのときぼくは生まれてはじめて、母さんが煙草を吸ってるのを見た」

記憶

戸口のすきまからのぞいている純。

語り「しかも煙草はほとんど灰になっていて、いかにも床に落ちそうであり」

煙草の長い灰。

語り「それは父さんが年じゅうやってはいつも母さんにどなられることで。だから。気がついてない母さんに、教えなきゃいけない。教えなきゃいけないとぼくは部屋ン中に飛びこみたかったけど——。だけどそのときの母さんは——。いつもとちがう別の人みたいで——。母さん！灰落ちる!!」

灰がポトリと床に落ちた。

ホテルの部屋

純。

「雨のステイション」なお低くつづいている。

間。

本多「どうしたの？」

純「——（首ふる）」

本多「それでね」

語り「何日かたってある晩、父さんは、酒を飲み、また母さんにしかられてた。きいてみるとそれはじゅうたんの上の、煙草の灰の焼けこげのことであり」

焼けこげ（記憶）

語り「よく見るとそれはこの前の母さんの――落とした灰の焼けこげのあとで。だけど――」

長い灰（記憶）

語り「母さんは自分がやったとは、頭から気づいていないらしく」

焼けこげ

五郎、ごしごし消そうとしている。

語り「父さんもてんから自分の責任だと疑いもたずにいるらしく――」

純。

語り「口をはさむとややこしくなるからぼくは黙っていたわけで」

ホテルの部屋

純。

語り「そうしてそれから半年たって、――母さんは急に家を出て行き」

ふたたび長い本多の灰。

語り「じゅうたんの焼けこげはそのまま残り」

純。

「雨のステイション」なお静かに続く。

本多「きいてるの？」

間。

純「ハイ」

本多「そう思わない？」

純「――」

本多「悪い人とは思わないけど」

純「――」

本多「だけど――」

純「――」

本多「父さん、普通じゃないわ」

純「――」

本多「手紙を焼いた一件にしたって」

本多の長い灰。

純。

本多「男らしくないわよ」

純。

――灰を凝視。

本多「だからね。私は君や螢ちゃんが一刻も早くこんなとこから」
純、灰皿をとりパッとさしだす。
本多「え？」
音楽――中断。
本多「ああ」
もみ消す。
本多ちょっと笑って、
本多「変なことばかり気にするのね。かんじんな話ちゃんときいてるの？」
本多、笑ってちょっと純のおでこをつつく。
それから電話をとり、ダイヤルをまわす。
純。
語り「きいてた。いいえ。――きいてはいたけど。だけど。――なんだか。――ぼくはつらいので」
電話をかけている本多。
純。
語り「そりゃあ。――母さんは大好きだし、会いたいし。こんなところより東京がいいし。父さんには頭にきっぱなしだけど。だけど――」
本多――電話でしゃべっている。
語り「だけどこの人はぼくに関係がなく。蛍にも父さんにも関係がなく。母さんならいいけど、関係ない人が父さんの悪口をいうのはたえられず」
純。
語り「ぼくはすくなくとも父さんの息子であり」
本多「純君」
純「――」
本多「（受話器をにっこりさし出す）しゃべりなさい。母さんよ」
純「――！」
純、立ちあがり、あとずさる。
本多「どうしたの？　母さんよ。母さん出てるのよ」
純、しりぞきつつかすかに首をふる。
本多「（笑って）どうしたの。（電話に）もしもし。いまかわる。――（純に）ハイ」
純、部屋をとび出す。
本多「純君!!」

ホテルの表

純、とび出して五郎の車へ走る。
語り「自分の気持が、ぼくはわからない。母さんごめんなさい！　電話に出なくてごめんなさい！　だけども――だけども――ぼくは――ぼくは――」

ドアをあけとびのる。

純、涙をふく。

五郎。

五郎「――終わったンですか」

純「――(うなずく)」

五郎。

五郎「母さんと――話――できたンですか」

純「――(首をふる)」

五郎。

間。

エンジンのキイをかける。

草原

「ルルルルルルル」

「ルルルルルルル」

螢がキツネをよんでいる。

キツネ。

螢のそばにいる純。

語り「その日のことは螢にもいわなかった」

「ルルルルルルル」

語り「螢のほうもきこうとしなかった」

音楽――テーマ曲、静かにイン。B・G。

窓に

チラチラ雪が舞っている。
語り「その晩、ぼくは母さんの夢を見た。なつかしい音楽が鳴っていて、母さんは鏡の前にいた」

鏡の前

鏡を背にしてうつむいている令子。
語り「あれは母さんがむかしつとめていたローズ美容院の鏡だと思う。そこで母さんはぼくにいったンだ」
令子「ねえ純。――こっちから電話がかけられないってこと」
間。
令子「電話がどんなにありがたいものか」
間。
令子「電話って、文明の――。最大傑作よ」
間。
令子「いつも身近にありすぎて母さん。――そのありがたさに気づかなかったけど」

家・二階

シュラフの中で目をあけている純。

間。

語り「目がさめてしばらくぼんやりしていた」

語り「いまのはきっと――夢じゃないと思った」

窓外

雪。

語り「母さんがきっとそのとき東京で。――本当にそういったとぼくは思った」

音楽――ゆっくりもりあがって。

5

家の前

木がらしが雪を吹き飛ばす。

石炉のところで、ガンビにけん命に火をつけている純。

語り「風の吹くとこで火をつけるのは、算数をとくよりずっとむずかしい。ガンビっていってる白樺の皮に、まず火をつけてはじめるンだけど」

なかなかつかない火。

語り「父さんはほんの、お札くらいの、ガンビ一枚で火をつけちゃうけど、ぼくの場合は十倍はいるので」

純、けん命にやっている。

語り「火がつかないと風呂も焚けないし、湯タンポがわりの石も焼けないし。アア、これが」

石。

語り「ぼくたちの湯タンポです。これが父さんの、これが螢のでこっちがぼくの。——この石をよく焼いてぼろ布でくるみ、湯タンポがわりにだいて寝るのです」

純、また失敗。

ため息をつく。

語り「つかない。——ダメだ。——どうしてもつかない」

純。

もういちど挑戦する。

語り「父さんほどはうまくないけど、雪子おばさんや螢はこのごろ、火をつけるのがすっかりうまくなり、それにひきかえこのぼくは——。いつまでたっても進歩がないわけで」

純。——またため息。

からっ風。

雪が舞う。

音楽——テーマ曲、イン。

タイトル流れて。

1

家・一階（夜）

五郎「明日から早いよ。山作業に出るンでね」
雪子「山作業?」
純「山作業って何するンですか」
五郎「麓郷は、もともと東大演習林の土地だからね、造林の時期には人手がウンといる。それでその時期山で働くのを条件にむかし開拓をゆるされたンですよ」
螢「どんなことして働くの」
五郎「木をきる」
螢「大きな木?」
五郎「そうだな。大きいのは四、五百年もたってるかな」
雪子「四、五百年っていうとどのくらいの太さ?」
五郎「そうだな」
純「あの洞の木はどのくらいですか。クンセイ焼くのに使ってる」
五郎「あれで——二百年。そんなにたってないかな」
螢「だれか来た!」
螢とびだす。
螢の声「(表から)クマさんだ!」

納屋

山の道具を調べているクマと五郎。

クマ「だいたいこれでだいじょうぶでしょう」
五郎「うン」
クマ「五時に辰巳さんが迎えに来ます」
五郎「ありがとう」
クマ「ああ——。それから、笠松のじいさん——知ってますよね」
五郎「杵さんか」
クマ「ええ。こっちきてからあいさつしましたか」
五郎「いや」
クマ「——」
五郎「何か」
クマ「いや。——まァちょっと変り者だから。気にしないようにってうちの常務が」

家・一階

ストーブに火が燃える。
雪子「だれなの? さっきの——笠松さんて」
五郎「ああ。いや——ここの——古くからいる人さ。むかしおやじの親友だった人でね」
純「ア知ってら! 正吉君のじいちゃんだ」
螢「アア知ってる」

純「ヘナマズルクて有名なンだ」
雪子「なァに純ちゃんヘナマズルイって」
螢「ア知ってる」
純「ズルイってことばあるでしょう？　うンとズルイのがナマズルイ。もっとズルイのがヘナマズルイ」
雪子「（笑って）そんなにその人ヘナマズルイの？」
純「もう有名。みんなそういってる。かかわったらえらい目にあわされるって」
五郎「純君、君は会ったンですか」
純「会ってはいません。だけど草太兄ちゃんもつららさんも」
五郎「会ってもいない人のことがどうしてわかるンです」
純「だけど中畑のすみえちゃんも」
五郎「人がどういおうと、しり馬にのって他人の悪口をいうもンじゃありません」
純「しかし」
五郎「君はつべこべしゃべってる前にやることがいっぱいあるンじゃないですか？　螢がちゃんとできるようになったのに、君は火一つつけられないじゃないですか」
純「——」
五郎「自分がちゃんといっちょ前になって。——人の批評はそれからにしなさい」
純「——ハイ」
五郎「（立つ）螢」
螢「ん？」
五郎「キツネのくる時間だゾ。残り物集めなさい。いっしょに行こう」
螢「やったァ！」

裏の草原

「ルルルルルルル」

「ルルルルルルル」

螢と五郎、キツネを呼んでいる。

チョコンと遠くにすわっているキツネ。

語り「父さんはあれいらい何となく冷たい」

音楽——静かな旋律ではいる。B・G。

風呂

ガンピでけん命に火をつけている純。
語り「あれいらいっていうのは、この前東京から母さんの使いの弁護士さんが来たことで」

記憶

ホテルで会っていた本多と純。

語り「ぼくは父さんがかわいそうになって、母さんの出ている電話にも出ず、そのまま帰って来てしまったのだけど」

風呂

焚いている純。

語り「それでも父さんはこだわっているらしく」

草原

五郎と螢。

語り「螢に対するのとぼくに対するのと、何となく接し方にちがいが感じられ」

音楽——もりあがってダイナミックに変調。B・G。

早朝

辰巳の車が中畑木材前につく。

中畑木材前

三々五々集まってきている山子（きこり）たち。

口々にあいさつ。

五郎。

——離れた丸太にすわっている笠松杵次(67)に気づく。

近よる。

五郎「しばらくです」

杵次「——」

五郎「早いとこあいさつ行こうと思いながら——何やかんやでそのままになっちゃって」

杵次。

——そっぽを向いてキセルを吸っている。

五郎「——よろしくお願いします」

杵次「——（無視）」

音楽——くだける。

分校

黒板にテストと書いてある。

涼子、順子に何か教えてやっている。

答案を書いている純。

正吉がわきから、純をつつく。

正吉「これ、どうするンだ？」

純「——（無視する）」

正吉「よオ、これどうするンだよ」

純「――」
正吉、純の答案をのぞく。
純、かくす。
正吉「アレ？」
純「――」
正吉「どうして教えてくンないの」
純「（ささやく）テストだろ！」
正吉「テストだっていいじゃん」
涼子「どうしたの」
正吉「純君教えてくンないンだ」
涼子「純君、教えてあげなさい」
純。
目を丸くし、しぶしぶ正吉に答案を見せる。
正吉――のぞいてブツブツいい、
正吉「そういうことかア。わかった。サンキュ」
純「――!!」

純の答案

涼子の指がチェックする。
涼子「ハイ、よくできました。百点。いい子（頭なでる）」

教室

涼子、正吉の答案を見る。
正吉。
涼子「ここは？　正吉君、これでいいの？」
正吉「（のぞきこむ）」
涼子「わかンない？」
正吉「――」
涼子「こうじゃないの？」
やってみせる。
正吉「あっそうだ！」
涼子「だから答えは？」
正吉――計算する。
正吉「こうだ！」
涼子「ちがうでしょう」
正吉「え？――」
涼子「――」
正吉「――ア、こうだッ」
涼子「そう。ハイよくできた」
涼子、正吉の答案にも百点をつける。
目を丸くしてのぞいている純。

家（夕暮）

純「あれはないよオ！」

つけ物をつけている雪子と純。

雪子「(笑って）どうして。いいじゃない」

純「よかないよ。カンニングはOKだしさ。まちがっているとこは全部直して、それで全員百点じゃさ、テストの意味なンてありませんよ！」

雪子「いいじゃない、だってホラこの螢の。直されたあとはちゃんとわかるもの」

純「あとがわかったって百点は百点。これじゃ勉強する気がわかないよオ！」

螢「螢わくもン」

純「黙ってろこの！」

中畑木材前

マイクロバスからぞろぞろおりて散らばってゆく山子たち。

それぞれの車へ。

和夫、五郎のそばへより、肩をたたく。

和夫「何いわれたンだ」

五郎「いや」

和夫「あんまり気にするな」

五郎「――(行く)」

和夫「おつかれ」

迎えにでるみずえ。

みずえ「どうしたの？」

和夫「笠松のじいさん。――何か五郎にいったらしい」

みずえ「何を」

和夫「さァ」

五郎、辰巳の車にのりこむ。

家の前

五郎、もどってくる。

純、風呂の焚き口で火をつけようとして、ガンビと格闘。

五郎。

間。

黙ってガンビの小片をとり火をつける。

火いっぺんでつく。

純「(口の中で）アチャ――！」

五郎「帰るまでにわかしとけといったはずですよ。へたならへたなりに早くからやりなさい」

純「——ハイ」

同・一階

食事。

螢「螢テストで百点とったンだよ?!」
純「あんなのぜんぜんインチキじゃないか！」
螢「だって百点だもン」
純「直してもらって百点じゃないか！」
螢「だって」
純「本当は三つも直されたンじゃないか。実際は三つ引かれるわけだから七〇点しかとれてないじゃないか」
五郎「純君」
純「ハイ」
五郎「すこし静かにしなさい」
純「——ハイ」
五郎「——」

雪子、チラと五郎を見る。

雪子「おかわり?」
五郎「(食べつつ、——首をふる)」

五郎の顔に、

記憶（一瞬）

笠松杵次（造材現場）

同・一階

黙々と食う五郎。

記憶

杵次。

——キセルをポンと原木に当てる。

同・一階

雪子「ねえ」

五郎。——見る。

雪子「明日、——草太さんがのせてってくれるっていうから、富良野まで買出しに行ってくるけど、純ちゃんいっしょにつれてってていい?」
純「ボクシングの練習見してくれるンだって！」
五郎「——ああ」
雪子「螢ちゃんは——本当に行かないの?」
螢「行かない」
雪子「どうして?」

螢「どうしても」
雪子「行けばいいのに」
螢「行きたくないンだもン」
　五郎、スッと立つ。
五郎「螢、キツネを見に行こうか」
螢「うンッ」
　二人、外へ。
　間。
純「(ポツリ) 父さん何かおこってるのかな」
　雪子。
雪子「そんなことないわ。——だいじょうぶよ」

草原

螢「ルルルルルルル。ルルルルルルル」
　キツネは出てこない。
螢「まだ早いのかな」
五郎「——」
螢「ルルルルルルル」
　五郎。その顔に杵次の声。
杵次の声「あきれちまって何もいえンさ」

記憶・山

　五郎と杵次。
五郎「何がですか」
杵次「だれに断ってあすこに住んでるンだ」
　五郎。
五郎「だれにって。——(笑う) だってあすこはうちの」
杵次「ありゃオラの土地だ」
　五郎の顔。
五郎「本当ですか?!」
杵次「お前のおやじァ気の毒なことした。上ァ炭鉱でみんな死んじまうし。お前ァ東京に勝手に逃げだすし」
五郎「——」
杵次「助けるもンがだれもおらんから、オラが金だして、最後までみとった」
五郎「——」
杵次「あの土地ァそのカタにオラがもらった」
五郎「——!!」

草原

　五郎。
螢「どうしたの?」

五郎「ん？——いや」
音楽——低い旋律ではいる。
螢「ルルルルルルルル。
ルルルルルルルル」
音楽——急激にもりあがって。

2

富良野・スーパー

はなやかな流行歌。
買物して歩く雪子、草太、純。

美容院前

車からおりる雪子。
草太「わかってるな。『くるみ割り』な。場所わかるよな。
すぐこの先だから」

ボクシング・ジム

草太の練習。
すみで見ている純。
語り「草太兄ちゃんはいつもとちがってピリッとしまって
た」

「くるみ割り」

静かな音楽。
草太と純。
草太「きいちゃっていいかな」
純「何をですか」
草太「だからよ。——お前、きいたこというな」
純「いいません」
草太「本当にいわねえか？　いいそうだな。いうべ」
純「——」
草太「いいや！　きいちゃうッ。——だれかいるのか」
純「何がですか」
草太「雪子おばさん。これ（親指をつきだす）」
純。
純「いたみたいですよ」
草太「（がくり！）——ンだべな。いるべな。まわりがほ
っとくわけねえもンな」
純「でもいまはいないンじゃないですか？」
草太の顔。
間。

草太「どうして！」
純「何となく」
草太「――――」
間。
草太「このヤロこのヤロうれしがらせやがって！――ほんと？」
純「わかりませんけど」
草太「――――」
間。
草太「どう思ってると思う。オラのこと」
間。
純「好意持ってるンじゃないスか？」
語り「ナマズルクでてみた」
間。
草太「腹へってねえか？　何か食わねえか？」
純の声「のったァ！」
純「できればホットドッグ」
草太「（女の子に）ホットドッグな！　うまいの一ちょう！
いや二ちょう！　――いや一ちょう!!」
間。
純「だけど」
草太「ん？」
純「気にしてンじゃないスか？」
草太「何を」
純「つららさんのこと」
間。
草太「雪ちゃんが？」
純「ええ」
間。
草太「どうして」
純「知らないけど」
草太「――――」
間。
草太「気にしてた？」
純「まァ――感じとして」
間。
純「でもだいじょうぶですよ」
草太「（見る）」
純「何とかなりますよ」
草太「――どうして」
純「こういうことはまァ――よくあることだし」
草太「――――」

純「ほうっとけば何とかなるンじゃないスか？」
草太「――」
純「まァ気にしないで――のんびりのんびり」
草太。
間。
草太「オイ」
純「ハイ？」
草太「お前、いくつだ」

家

雪子と純、帰る。螢。
語り「家へ帰ったとき父さんはまだだった。螢の話だと辰巳のおじさんのことづてで、父さんはよそへまわるからということであり」

そばや

酒を飲んでいる杵次と、五郎。
歌謡曲。
五郎「昨日の話ァ本当なンですか」
間。
杵次「本当だ」
間。
五郎「するともう土地の登記もすンでるンですか」
間。
杵次「登記はしてねえ」
間。
五郎「でもゆずるっていったンですね」
杵次「そうだ」
五郎「――」
間。
杵次「あすこはもともとお前のおやじとオラで、長いこと苦労して開いた土地だ」
間。
五郎「おやじはとっつあんにいくら借りたンです」
間。
杵次「当時の金で、五〇万ちょっとだ」
間。
五郎「借用証か何かありますか」
杵次「そんなものァとらねえ」
間。
五郎「それじゃあだれか。――そのときの話を」
杵次「内藤の吉松が立会人だ」

間。

五郎「吉松さんは――いまどこにいます」
杵次「吉松ァ死んだ。三年前の春」

中畑木材事務所

和夫「何だと?!」
五郎。和夫夫妻。
和夫「あの土地が、――笠松に渡ってる?!」
みずえ「そういうの?! 笠松のおじいちゃんが?!」
五郎「――（うなずく）」
みずえ「そんな――！」
五郎「きいてるか中ちゃんそういう話」
和夫「バッカバカしい！ 冗談でねえわ！」
みずえ「だいいち、黒板のおじさんが笠松さんからお金借りたなンて、そんな話きいてないよねえ！」
和夫「だいたい何でお前のおやじが笠松のとっつあんに金借りるンだ」
五郎「知らねえけどただ、おやじと笠松のとっつあんは開拓時代からの親友だったし」
和夫「でたらめでたらめ！」
みずえ「そんなこと五郎さんありえないわぜんぜん」
五郎「しかし」
和夫「わかった。そのことはオラからとっつあんに話つけてやる。――まったくとっつあんも――何ちゅうかヘナマズルイ！ どうしてああいう性格なンだか！」

道

五郎。
――暗然と帰ってくる。

家の前

五郎、はいろうとする。
ふと、風呂の焚き口にほうりだしてあるガンピの一群に気づく。
五郎。
――中から純と螢のはしゃぐ声。

同・一階

暴れまわっている純と螢。
ガラッと戸が開いて五郎が立つ。手にしたガンピの束。
一同「お帰んなさい！」
五郎「（鋭く）純君！ ガンピが片づけてないですよ！」

純。

五郎「君にはまだ物のありがたさってことがぜんぜんわかってないみたいですね！　これだけのガンピは君にとっては一晩で燃しちまう量かもしらんが、ふつうの人はこれだけあれば一週間はじゅうぶんもたせます。それを」

雪子「ごめんなさい。私」

五郎。

雪子「犯人は私」

雪子。

――五郎の手から、ガンピをとって片づけに去る。

五郎。

――いかりのやり場がなくなる。

乱暴にあがって服をぬぐ。

純。

――ゆっくりと二階へあがる。

音楽――繊細にしのびこみB・G。

同・屋根裏

ガタガタと風がゆすっている。

純の声「(低く) おばさん」

雪子の声「どうしたの？」

同・二階

シュラフの中の二人。

風の音。

純「父さん――ぼくのことをきらいなのかな」

間。

雪子「どうして」

純「――」

雪子「(笑う) ばかねえ。何いってンのよ」

純「――」

純――クルッとむこうをむきシュラフにもどる。

雪子。

窓がガタガタ音をたてている。

音楽――

3

造材現場 (山)

巨木がビリビリとうなりをあげて倒れる。

男たち。

その中にいる五郎、クマ、辰巳。
林道をあがってくる一台のジープ。
ジープからおり立つ中畑和夫。
五郎、チラとその和夫を見る。
和夫、主任と打合せ。
五郎、クマと仕事にとりかかる。

山腹
切りとられた木材がつぎつぎと運ばれる。

焚火
ごうせいな焚火である。
それを囲んで茶を飲む山子たち。
ドッと笑う。
すこしはなれた材木の上に、五郎と和夫。
五郎「どうしてじいさん今日来てないンだ」
和夫「(笑う) ゆうべ、一発かましてやったのさ」
五郎「あのことでか」
和夫「ああ」
五郎「何だっていってた」
和夫「そんなことオレはいってねえって」
五郎、和夫を見る。
和夫「うそつけっていったンだ。いいかげんにしろって。五郎がこっちに移ってくるにあたって段取りつけたのは全部オレだ。もしもそういう事実があったなら、オレが責任とらなければならん。本当にそういう事実があったのかって」
五郎「何ていってた」
和夫「ブチブチブチブチロン中でいってたさ。おやじさんの死ぬ前に用立てたとか何とか」
五郎「本当なンだろうか」
和夫「うそさ! 決まってる。借用証も何もありゃしないンだ。あいつが何もなしに金貸すか」
五郎「――――」
和夫「ようするにあいつは根性が悪いンだ。ヘナマズルクてどうもならん。ほっとけ。あんなのだれも相手にしとらん」
五郎「山に来るなって中ちゃんいったのか」
和夫「そうじゃない。すねて出てこんだけよ。なァに明日はしれっと出てくる」
声「常務ゥ、行くよオ!」
和夫「おおう!」

和夫、五郎の肩をたたいて笑う。
和夫「気にするなもうそのことぁ忘れろ（行く）」
五郎「――」
機械がふたたびうなりだす。
軍手をはめる五郎の顔に。
音楽――静かな旋律ではいって。Ｂ・Ｇ。

家の前・石炉

純、一人ガンビで火をつけている。
風の音。
語り「ぼくがはじめてその人に会ったのは、その日の夕方だった」

大ハンゴン草

その中からひょう然とつえをついて現れる笠松杵次。
語り「雪子おばさんと螢は二人で、辰巳さんの家へつけ物の仕方を教わりに行っており」

石炉

純――火をつける練習。
語り「ぼくひとりで、上達しない火のつけ方を練習してたわけで」
純――見あげる。
立っている杵次。
風の音。
杵次「うまくつかんか」
純「――ハイ」
杵次。
――しゃがんで、ガンビをとり、うす皮をはぐ。
杵次「こうしてつけてみろ」
純――やってみる。
杵次「もっとすこしでいい」
語り「その人はすこしお酒のにおいがした」
杵次「うン。うまい」
ソダをたしてくれる。
語り「ついた――！」
火がバチバチと炎をあげる。
杵次「薪はすこしだ。一時にあんまりくべちゃあならん」
純「ハイ」
杵次。
――立ちあがり、周囲をぐるっと見まわす。
風の音。

音楽――いつかやんでいる。

杵次「むかしはずうっと、うっそうたる森じゃった」

純。

純「ここが――ですか？」

杵次「ウン」

純「――」

杵次「熊が遊んどった」

純「――ここらで？」

杵次「ああ」

純「――」

杵次「もともとここらは、熊の土地じゃった」

純「――」

杵次「人間が来て勝手に――熊を追いだした」

純「――」

風の音。

杵次「この奥に古い切り株がまだあろう」

純「ア、ハイ」

杵次「五百年はたっとった。桂の大木で。わしらが鋸できり倒した。そりゃあほえるようなすごい声たてた」

純「――」

杵次「まだあの声は――耳についとる」

純「声って――何の声？」

杵次「木の声。倒される。木は倒されるとき大声をあげる」

純。

杵次「殺生もずいぶんした。――そうして開いた。――反開くのに何年かかったか」

純「――」

杵次「わしらと――馬と――。そまつな道具と」

純「――」

杵次「馬ももうおらん」

純「――」

杵次「トラクターに押されて」

純「――」

杵次「そうして若いもンはみな土地を捨てる」

純「――」

杵次「わしらが、殺生して切りひらいた土地をじゃ」

純「――」

杵次「熊や――木や馬に――。何と申し開く」

純「――」

杵次。

間。

杵次「人間は勝手じゃ」

純「――」
杵次「もすこし薪を入れろ」
純「ハイ」
大ハンゴン草の中を友子と雪子と螢、つけ物の樽を押してくる。
杵次、フラッと歩み去る。
純「おじいさん！」
去って行く杵次。
純「おじいさんはどこの人ですか?!」
杵次、答えず去って行く。雪子らとすれちがう。
友子、杵次にあいさつするが、杵次は答えず飄々と去る。
雪子「だァれ？」
純「さア」
友子「あれが有名な笠松のじいさん。むかしばあちゃんが生きてたころは仏の杵さんで通ってたンだけどね」

家・一階

辰巳、酔っぱらって民謡をうたう。一同の手拍子とヤジ、笑い。
語り「その晩ぼくンちは久しぶりに明るかった。辰巳のおじさんたちとクマさんも来て、それに草太兄ちゃんもいっしょになり、みんなでお酒を飲みはじめたからで」
五郎のひざにだかれている螢。その螢にちょっかいをだしてふざけている純。
語り「父さんも久しぶりに酔っぱらっており」
辰巳の歌終わって一同拍手。
辰巳「だけどよかったじゃない、なァカタついて」
五郎「うン」
友子「笠松のとっつあんかい」
草太「笠松のじじいがどうしたの」
辰巳「いやもうあいつだらまいったわ」
クマ「どうしょうもないもな」
草太「どうしたのどうしたの」
辰巳「この土地、自分のだっていいだしやがってよ」
草太「え?!」
雪子「どういうこと?!」
辰巳「いや、それがよ」
会話がつづく。
純――フト窓から合図しているつららに気づいてソッと立つ。

同・表

純、抜けでる。

つらら。

純「どうしたの」
つらら「草ちゃんそっと呼んで」
純「自分ではいりゃいいじゃない」
つらら「呼んで」
純「――変なの」

純、中へ。

中からドッと笑い声。

雪子の笑い。

つらら。

風の音。

純――また出てくる。

純「はいってこいって」
つらら「――――」
純「はいれば？」
つらら「ちょっと来て欲しいって。ちょっとだけ。呼んで来て」
純「だって」
つらら「お願い」

純。

純「わかった（中へ）」

同・一階

一同、話がもりあがっている。

純、ソッと草太に耳うちする。

草太。

――うるさそうに耳うちをかえす。

純――困って、ためらうが、また外へ。

五郎「何してンだ」
純「イヤ、アノ」
五郎「出たりはいったり寒いじゃないか」
雪子「だれかいるの？」
純「イヤアノ」
草太「（叫ぶ）つらら！　はいればいいべ!!」
辰巳「つらら？」
友子「何してンのよそんなとこで」
五郎「はいンなよつららちゃん」

同・外

純、入口でおずおずと。

純「(つららに) はいれば?」
　つらら。
　――急に首をふり身をひるがえして闇に消える。
草太「(出て) ?――何だあのバカ。――はいろ」
　純の頭をかかえて中へ。
　その純の顔を追いかけるカメラ。
雪子「どうしたの?」
草太「いいンだ」
辰巳「だからそれでさ、中ちゃんにいわせると笠松のとっつあんは――娘がいたのか? その娘にも逃げられて」
友子「その娘の子が正吉。ほら、学校で純ちゃんたちといっしょの」
辰巳「うン、だから、それいらいおかしくなって(しゃべりつづける)」
語り「つららさんの気持が何となくわかった」
　純の顔。
語り「みんなのところにはいりこめないで、一人で消えたつららさんの気持が」

イメージ

　身をひるがえしたつらら。

家・一階

　純の顔。

語り「ぼくの中にもにた気持があった」

　五郎の手が、笑ってしゃべりつつひざの上の螢をなでている。

語り「それはつららさんが草太兄ちゃんからさけられてると思ったように――ぼくも父さんから――さけられているからで」

　音楽――繊細な旋律ではいる。B・G。

語り「それに――」

　一同の笑い。

　もりあがった談笑。

　五郎の饒舌。

　雪子の笑い。

語り「父さんは笠松のおじいさんのことを、ヘナマズルイってぼくがいったら、他人の悪口をいうもンじゃないって目の色変えておこったくせに――いまは自分が悪口をいっており。

　それは明らかに矛盾なわけで。

だいいち。
今日見た笠松のおじいさんて人は、決してそんな悪い人とは思えず」

イメージ

大ハンゴン草の中へ去って行った杵次。

語り「それをみんなで悪口いうのは、どうみてもあの人がかわいそうであり」

家・一階

純、ソッと立ち、表へすべり出る。

語り「あの人もぼくやつららさんと同じ――人からさけられる部類の人で」

草原

純、来て立つ。
音楽――ゆっくり消えていく。
純。
風の音。

語り「恵子ちゃん――。母さん。ぼくはこの家では――明らかに一人だけきらわれており」

純。
その視線に現れるキツネ。
純をうかがい、迷っている。
風の音。
純。
ソロソロとかがんで石をつかむ。
キツネ。

螢の声「(とつぜん) お兄ちゃん!!」

ふりむく純。
五郎に肩車した螢。
キツネ。
純――キツネにむかい石をほうる。
キツネ逃げる。

螢「(泣きそうに) いやだァ!! やめてぇ!!」

純、また石をつかみ、ほうり投げる。
そしてまた。
その手が五郎につかまれる。
五郎、いきなり純のほおをたたく。
純。
五郎、もういちど純のほおをたたく。

草太の声「おじさん!!」

棒立ちになる草太。
純。
──もうぜんと走りだす。
草太、追いかける。
草太「純──!!」
音楽──衝撃でたたきつけはいる。
五郎。
そうして泣いている螢。
音楽──

4

街の灯

眼下にチカチカ光っている。
カーラジオから流れる静かな音楽。

車の中

草太と純。
長い間。
草太「気が落ちついたか」
純「──」
草太「え?」
純「──」
草太、純の頭を乱暴になでる。
草太「何すねてンだ」
純「──」
草太「なぜあんなことした」
純「──」
草太「螢がせっかく、ならしとったンだべ」
純「──」
草太「螢に何かうらみでもあったのか」
純「──」
草太「え?」
純。
カーラジオの音楽。
純「ぼくは──」
草太「──何よ」
純。
純「父さんにきらわれていて」
草太。
──純を見る。
純「父さんは──螢だけをかわいがり」

草太。
間。
――煙草に火をつける。
草太「二度とオラにむかって、そういうハンカクサイこといらんでない」
純「――」
草太「オイ純」
純「――」
草太「いいか」
純「――」
草太「男だらぜったいにいうな」
純「――」
草太「いったら兄ちゃんただですまさん」
純「――」
草太「どこの世界にてめえの子どもを――分けへだてするような親がいる」
純「――」
草太「男のくせにあまったれるな」
純「――」
草太「お前のおやじはお前のそういう――あまっちょろいところをたたき直したくて――一生けん命冷たくしてるンだ」
純「――」
草太「お前のおやじは無器用な男だから――そういうふうに冷たくみえるンだ」
純「――」
草太「勉強ができるならそれくらいわかれコノッ」
純「――」
カーラジオの音楽。
純。
語り「本当は反論したかったンだけど――ぼくは反論することをやめた。
なぜかというとお兄ちゃんのいい方が――とってもやさしくぼくにはきこえたので」
草太「(乱暴に)行くぞ」
自動車にキイをかける。
語り「いい方は乱暴でもお兄ちゃんという人は――とても男っぽくぼくには思われ」
草太――純の視線に気づいて見る。
草太「何だ」
純「――」
草太「何かまだオラにもんくあるのか」

純「──（首ふる）」

車、バック。

語り「雪子おばさんのことかなんかいってよろこばしてやろうかと思ったけど──つららさんへの問題があるから、あまやかさないほうがいいと思い──やめた」

音楽──静かな旋律ではいる。B・G。

家

草太、純を送って入れる。迎え入れる雪子。

語り「家に帰ると驚いたことに、父さんは一人でまだ飲んでおり。──一升びんはほとんどカラで──」

純、父親に「ゴメンナサイ」というが、五郎は酔ってブツブツ何かいっている。

同・二階

純あがり、服をぬいでシュラフにもぐりこむ。

螢「お兄ちゃん」

純「──（見る）」

螢──自分のシュラフから石の湯タンポを出す。

螢「湯タンポ」

純「──（受ける）」

螢「お父さん、あれから雪子おばさんに、お兄ちゃんのことでおこられてたンだよ」

純。

螢「お父さんいってたよ。お兄ちゃんのこと、好きだって」

純。

風がガタガタと板壁をゆする。

純「螢」

螢「──ん？」

間。

純「おこってるか？　──キツネのこと」

間。

螢「おこってない」

純「──」

螢「だいじょうぶ、キツネ──きっとまた来る」

純「──」

雪子、あがってくる。

雪子「まだねてないの？」

螢「お父さんは？」

雪子「（ちょっと笑う）もうダメ。酔っちゃって。ブツブツいってる」

同・一階

五郎、完全に酔っぱらい、一人でブツブツつぶやいている。

五郎「バアヤロ。フザケルナ。フザケチャイケマセンヨ。——エコヒイキナンテ、ソウイウオレハネ、——酒？——ネエジャネエカ。——アマインデスヨ。——ソウイウフウニ女ハスグニネ——。ワカッチャイマセンヨ。バアヤロ。フザケルナ。アレ？　酒、モウナイノ？ドウシテ？　——ネエドウシテ？」

風が壁をゆする。

身ぶるいする五郎。

語り「その晩から本格的寒波が来た」

雪原

「ルルルルル」

「ルルルルル」

螢がキツネを呼んでいる。

語り「螢のキツネはあれきり来なかった」

音楽——ゆっくりもりあがって。

6

分校・教室

涼子と生徒たち。

涼子「熊はどうかな」
正吉・すみえ「冬眠する！」
涼子「冬眠って実際どうやってるンだろ」
すみえ「半分死んでる」
正吉「ちがう！　熊のはうたたねだと。じいちゃんがいってた」
すみえ「それじゃオシッコのときはどうするの？」
正吉「するべ」
すみえ「表へ出て？」
正吉「中でだ」
螢「きたないよ」
涼子「（笑って）きたないねえ」
正吉「したけどちゃんとトイレがあって」
すみえ「うそだァ！」
正吉「トイレなければくそンとき困るべ」
螢「キタナーイ（一同の笑い）」
涼子「ほかにはないかな冬眠するもの」
すみえ「リス！」
正吉「しない！」
すみえ「する！」
涼子「リスにも二種類あるでしょう」
正吉「ア、シマネズミか？」
螢「シマネズミって？」
涼子「シマリスのこと、ここらじゃシマネズミっていうの」
すみえ「エゾリスのことはキネズミ」
涼子「何でそういうのかな」
正吉・すみえ「さァ」
涼子「わかンない？」
一同「——」

間。

涼子「活動する場所は同じかな？」
正吉「アわかった！」

すみえ「(同時に) わかった！　シマリスは地べたをはいまわるけどォ、エゾリスは木の上をとんで歩く」
正吉「そう！　エゾリスは冬眠せんぞ！」
すみえ「シマリスはする！」
正吉「エゾリス、冬でもトウキビ食いに来る」
すみえ「そうそう」
正吉「アレ釣れるンだぞ。馬のしっ尾で」
涼子「リス釣っちゃうの？」
正吉「オラのじいちゃんやってみしてくれた。したけど食ってもあれうまくない」
一同「エ——ッ？」
涼子「リスたべちゃったの？」
正吉「したけどまずい」
涼子「残酷ねえ。ほかには冬眠するものないかな」
一同「ほかにはァ——」
間。
正吉「(急にニヤリと声をひそめて) 先生。いたゾ。人間」
涼子「人間？」
正吉、おかしげに純を指す。
純、たあいなく眠っている。
語り「恵子ちゃん——動物は冬眠の季節にはいり、森でもあんまり見なくなりました」

森

水くみに行く純と螢。

純は眠そう。

語り「しかし人間には冬眠は許されず。こんど生まれてくるときは、熊かシマリスがよいと思われ」

音楽——テーマ曲、イン。

タイトル流れて。

1

家・一階

雪子、マフラーをあんでいる。
純の声「(うたう) 〽あなた、かわりはないですかァ
日ごと寒さがつのりますゥ
着てはもらえぬマフラーをォ」

同・二階

ホヤみがきしている純と螢。
純「〽涙こらえてあんでます」

螢「(低く) だれンだと思うか」
純「(見る) 何が」
螢「おばさんのあんでるあのマフラー」
純「自分のじゃないの?」
螢「(首ふる)」
純「(うれしげに) オレの?」
螢「わけがないでしょう」
純「(ふくれる) ――おまえのか」
螢「(首ふる) 草太兄ちゃんにあげるンだと思う」
純。
螢「クリスマスプレゼント。そうだと思う」
純「キャッホー!」
螢「しッ」
純「兄ちゃんもらったらどんな顔するかな」
螢「こんな顔じゃない?」
螢、両手で目じりをさげてみせる。
純「プハハハハハ (ひっくりかえる)」
螢「お兄ちゃんにいっちゃだめよ」
純「いうわけないだろ」
螢「雪子おばさんこっそり作って、きっとおどかす気でいるンだから」
純「(わくわく) タマリマセンヨタマリマセンヨ」
螢「好きなのかなおばさん。草太兄ちゃんのこと」
純「好きじゃなきゃ、やらないンじゃないですか?」
螢「(うれしげに) だとするとこれはメロドラマですねえ」
純「(うれしく) メロメロドラマじゃないですか?」
二人、口をおさえ、クククッと笑う。

家の前・草むら

草太、牛乳を持って歩いてくる。
ふと足をとめ、変な顔をする。
草むらにかくれ、口をおさえてククッと笑っている純。
草太「何だ」
純「―― (ククク)」
草太「何やってンの」
純。――手まねきする。
草太、けげんな顔で純のいる草むらに。
――かがむ。
草太「どうしたンだ」
純「(うれしげに)お兄ちゃん――えりもと、さむくない?」
草太「えりもと?――べつに」
純「――」

草太「どうして」
純「――」
語り「ぼくの欠点はおしゃべりなことで」
純、草太の耳にないしょ話。
草太。その顔が。――真剣――ゆるみかけ――ひきしめ――またゆるみかけ――あわててひきしめて。
草太「いるのか中に」
純「(あわてて) ないしょですよ」
草太「わかってらバカ。(ゴツン) オイ」
純「ハイ」
草太「そんなこと、子どもがうわさするもンでない」
純「――ハイ」
草太「牛乳――。運んどけ」
純「あがらないンですか?」
草太「いそがしいンだおとなは。師走っていうべ」
コツンとまた、たたいて草むらを去る。
すこしはなれてからウンウンウンンッ、とガッツポーズ。
――遠ざかる。
見送っている純。
語り「喜んでやンの。単純バカ」

牧場

はでな音楽をまきちらして草太の車、もうぜんとはいる。
草太、エンジンを切りスキップで牧舎へ。
働いてる正子をドスンとたたいて、
草太「オッカア、生きてるかッ。長生きしろよッ (牧舎の中へ)」
正子。
――じいっと見送って、
正子「何いってンだあのバカ」
牧舎の中から牛にあいさつする草太の大声。
草太の声「オスッ。オッス。元気かッ。早くハラメこの!」
牛の声「モオ――」

窓 (夜)

チラホラ雪が舞っている。

北村家

清吉「草太まだ牛舎か」
正子「うン、そうらしい」
清吉「今夜ァアレか?――どれか予定日の牛いたか?」

正子「まだのはずなンだけどね。何だか夕方からはりきっちゃって」

牧舎

牛の顔を見ながらはりきって歩く草太。

草太「よしッ。よしッ。よくねろッ。よくねろッ。よくねろよッ。よくねて早くコッコ産めッ。よしッ。よしッ（入口へ）」

草太。

草太「オッ。雪か。ウンよしッ」

家のほうへ雪の中を歩きだす。

草太「雪だ。雪だ雪だ。雪だな？　雪だ。ウン雪だ。（うたいだす）

〽ユーキがフールウ、アナタハ来ナイ――!!」

音楽――アダモの「雪が降る」しのびこむ。B・G。

雪原

螢、ルルルルとキツネを呼んでいる。

語り「ぼくがあの晩石をぶつけてから、螢のキツネは現れなかった」

ランプ

語り「父さんはあい変らず山作業に出ており、つかれて帰って食事をすますと、何か図面を引いており」

家・一階

五郎――図面を前に考えこんでいる。

そのそばで雪子。

――黙々とマフラーをあんでいる。

語り「雪子おばさんはマフラーをあみつづけ」

あんでいる雪子の顔。

語り「おばさんは、ぼくがマフラーのことを草太兄ちゃんにこっそり教えたのは、ぜんぜん知らないであんでるわけであり。草太兄ちゃん、だまっててくれるかな」

アダモ、華麗にもりあがって以下へ。

牧場・草太の部屋

草太、寝床の中で天井をじっとにらんでいる。

その顔に。

イメージ

雪。

その中からスローモーションで現れる雪子。
草太の首にマフラーをかけてくれる。
その雪子の体を抱きとめて、草太、美しく雪子と接ぷん。

寝床

さっきのまま天井をにらんでいる草太。
すこし、ポカンと口が開いている。
アダモ——ゆっくり遠ざかっていって。
かわりに時計のセコンド音はいる。

時計

午前三時をまわっている。
セコンド音。
清吉のいびき、しのびこむ。

清吉の部屋

清吉と正子——眠っている。
正子。
その肩がなんどかゆすられる。
正子、気がつき、パッとはね起きる。

正子「どうしたのッ」
　清吉も反射的にはね起きる。
　草太。——いる。
清吉「な、何だ」
草太「——変なンだ」
正子「何がッ」
清吉「牛かッ」
草太「イヤ、オラだ」
正子「どうしたの！」
草太「寝ようと思ってもぜんぜん眠れん」
二人「——」
草太「どうも不眠症にかかったみたいだ」
二人「——」
　間。
清吉「バカ、コノ」
草太「——」
清吉「何時だと思ってるンだ」
草太「——」
清吉「布団かぶって——羊の数、数えろ！」
　清吉、布団にもぐりこむ。
草太。

草太「うン」
草太の声「(しのびこむ)羊が一匹、羊が二匹」

草太の部屋

布団から首出し、数えている草太。
草太「(ブチブチ)羊が三匹、羊が四匹――」
アダモ、ふたたびしのびこむ。

イメージ

雪子、雪の中をスローモーションで走ってくる。
草太の声「羊が十四、羊が十一匹」

牧場

朝の光になっている。
草太、眠そうに働いている。
働きつつブツブツまだやっている草太。
草太「羊が五六三二匹、羊が五六三三匹」
音楽――朝、しずかにはいる。B・G。
草太のつぶやき以下へずりさがって。

中畑木材前

マイクロにのりこむ山子たち。
中に五郎。

道

登校する純と螢。

沢

鍋を洗っている雪子。

牧場

採乳車、牧場へはいってくる。
おり立つ草太の友人、川島竹次(通称タケ)
タケ「(草太のほうへ歩いて)オス」
草太「(ブチブチ)羊が六九六八匹、羊が六九六八匹、羊が六九六八匹」
タケ。
間。
タケ「何いってんだお前」
音楽――急にもりあがる。

2

牧場・庭

草太とタケ。

タケ「バカか。そんなこと何でなやむの」
草太「したって」
タケ「ほれたらまっすぐ口説きゃいいべさ」
草太「大学出てンだゾ、相手は大学」
タケ「大学出てたって女は女だべ。風呂にはいるときゃみな同じだ」
草太「したけど」
タケ「大学出てたらお願いするのに英語で口説かにゃなンねえってもンか？」
草太「したけどタケさん、そういう人には何かこう、オラたちの知らねえような常識つうもンがあるンでないべか」
タケ「常識って何よ」
草太「たとえばホレアノ——外国文学か？　ああいう、何ちゅうの？　むずかしい本の、殺し文句の一つもいうとかよ」
タケ「なンも、そんなのいるわけねえべ」
草太「タケさん、農家の女しかしらねえから」
タケ「農家も都会も変りがあるかバカ。ガバッとやりゃいいンだ。女はそれが一番よろこぶ」
草太「ガバッとか」
タケ「ふつう通りに、ガバッとだ」
草太「ンだべか」
タケ「当り前だべ。ガバッとおさえてよ。ブチュッとキスしてポンでしまいよ」
草太「何だそのポンて」
タケ「決まってるべさ、肩たたくのよ」
草太「キスしたあとで、肩たたくのか」
タケ「そうよ」
草太「タケさん、いつもそうするのか」
タケ「ま、いつもってわけのもンでもねえけどな。キスのあとクドクドへたなことというよりよ、ポンと肩たたきゃあ、すべてを語れるべ」
草太「そういうもンか」
タケ「そういうもンだ」
草太「そんなふうにゆくかな」
タケ「まずやってみれ、ハイ伝票」

草太「うン」
タケ「来年ちょっと厳しくなるゾ」
草太「生産調整だべ」
タケ「五%くらいいくンでないかい？　不景気にならンうちに早いとこガバッといけ」
草太「ガバッとなァ——？」
ムード曲しのびこむ。

分校

テスト。

純。

語り「冬休みが近づいて、テストがつづいていた」

語り「涼子先生はテストになると必ずカセットでムード曲を流した。でもぼくはぜんぜん気がのらなかった。だってどうやってもみんな百点だし、だいいちここの勉強は東京にくらべればヘみたいなもンで」

涼子。

——蛍に教えてやっている。

語り「拝啓恵子ちゃん。ヘみたいなもンです」

塾（記憶）

勉強している都会の子どもたち。

純、そして恵子。

語り「このままでいくとまちがいなくぼくは都会のみんなからおくれてゆき」

恵子。

語り「成績だけならいいけれど、センスも話も合わなくなり」

教室

純。

ボオッと空想にふけっている。

語り「そのうち恵子ちゃんは慶応か早稲田へきっとすンなり入学して、ぼくなどハナもひっかけなくなり、やがて東大出のオムコさんなンかもらって外交官夫人になるわけで」

純。

——「外行官夫人」と書く。

語り「そのころぼくはまだここにいて——ブタの世話なンかしてるにちがいなく」

純。

——ドキンと目をあげる。

すぐ目の前に立っている涼子。

純。
——あわててテストに専念するふり。
「外行官夫人」の文字を消す。
涼子「純君」
純「——ハイ」
涼子「外交官夫人の交の字はネ、——こう。（書く）」
純「——（絶望的表情）」
涼子「わかった？」
純「ハイ。——アソウカァ！」
涼子、にっこり純の頭をなでて正吉のほうへうつる。
純。
語り「どうなってンだ、この先生！」

家・二階（夜）

螢「お兄ちゃん」
勉強している純と螢。
純、見る。
螢「螢、カンチガイしてた」
純「何が」
螢——雪子の箱から例のあみかけのマフラーをソッと出す。
螢「これ」
純「——それがどうしたの」
螢。
——あみこまれたイニシャルを見せる。
純——のぞく。
「T・I」
螢「北村草太。——S・K——ちがうでしょう」
純。
純「ゲェッ?!」
もいちど見る。
純「だれだT・Iって」
螢「あの人よホラ——東京でよくおばさんとこに来てた」
純「あいつ！　わかった！　あいつあいつ！」
螢「あの人にあげるマフラーだったンだ！」
純。
純「だけど今ごろ！　そんなのないぜ！」
螢「何が？」
純「だってそんなこと——草太兄ちゃんやばいぜ！」
螢「べつに草太兄ちゃんはまだ知らないもン」
純。
——口の中でブツブツいう。

純「雪子おばさん、どこにいるンだ」
螢「さっき出てった。草太兄ちゃんと」
純「ウヘェ!!」
しのびこんでくるカーラジオの音楽。

車

雪明りの中にとまっている。
その中にいる雪子と草太。

雪子「どうしたの？」
草太「うン」
雪子「話ってなあに？」
草太「うン」
雪子「――」
草太「イヤあれ、――雪ちゃん、不眠症ってかかったことある」
雪子「不眠症？」
草太「うン」
雪子「不眠症っていえば、わりと年じゅう不眠症だけど」
草太「床についてからどのくらいで寝つく」
雪子「四〇分くらいかな」
草太「四〇分！　毎日かい！」
雪子「そのくらいはかかるわね」
草太「イヤイヤオラだらバタンキューだもな。ゴロッといったらコトンだもなァ」
雪子「うらやましいわァ」
草太「まァふだんはな」
雪子「ホントオ」
草太「うン」
雪子「それで不眠症がどうしたの？」
草太「うン」
間。
草太「手、見してみれ？」
雪子「手？」
草太「うン」
雪子「(見せる)」
草太「(手にとって――観察)」
雪子「手と不眠症と関係あるの」
草太「そっちの手」
雪子「(見せる)」
草太、――観察。
長い間。
雪子「どうしたの？」

草太。

間。

草太「白子のような指だもなァ」

雪子「白魚のようなっていってほしいなァ（笑う）」

間。

草太「（かすれて）オラの指だら、――ホラ見れ？こんな、フシだらけできたなくて――こう――くらべると――大きさ」

草太、右手と雪子の左手、自分の左手と雪子の右手を合わす。

それぞれの手をガッチリ組合わせる。

草太「（うわずって）な？」

草太。

雪子。

草太、そのままぐいと引きよせて、両手を組んでひろげたままキス。

雪子。ちょっともがくがほとんどさからわない。

カーラジオのムード曲。

草太。

――キスしたまま目をあけ雪子を見る。

雪子。も見ている。

――しばらく。

――。

草太、はなれる。

間。

雪子の肩をポンとたたく。

雪子。

草太。

間。

草太、煙草を出し口にくわえる。

急に窓外に目をこらす。

草太「アレ？」

雪子「？」

草太「キツネだべか。いま目が光ったゾ！」

草太、車からおり闇の中へ。

間。

草太の声「ア、キツネだキツネだ！　ちょっと来てみれ!!

キツネがいるゾ来てみれ雪子！」

語り「そんな事件は知らなかった」

音楽――軽快にイン。B・G。

森

水くみに歩く草太、雪子、純、蛍。
語り「でも何となく変だゾって思った。だってもうすぐその翌日から、草太兄ちゃんはおばさんのことを、雪子、雪子って呼びすてにしたからで」
音楽――変調。B・G。

夜

語り「つららさんが来たのは何日か後だった」

風呂の焚き口

立ちあがる雪子。
立っているつらら。
つらら「ちょっと――いい？」
雪子「私？――いいわよ」
語り「つららさんは何となく、いつもとちがった」
音楽――もりあがって。

3

家・一階

雪子とつらら。

雪子「どうしたの？」
つらら「ウン」
雪子「――」
つらら「あのさァ」
雪子「――」
つらら「どう話していいかわからないンだ！　したけど――」
雪子「――何の話？」
間。
つらら「雪子さんのことはさァ、――私好きだよ、きらいでない。ウン。それは最初にいっときたいンだ」
雪子「――」
間。
つらら「雪子さんずっとこっちにいるつもり？」
雪子「さァ」
つらら「決めてない？」
雪子「――わかンない」
つらら「――」
雪子「たぶん――いないと思う」
つらら「――」
間。

つらら「ずっといないならそれでいいンだ」
雪子「どうして？」
つらら「――――」
雪子「いるとどうなるの？」
間。
つらら「でもまだ覚悟はしてないっしょう」
雪子「――――」
つらら「覚悟いるンだよね。まず、いるためには。うン」
雪子「――――」
つらら「好きな人ができたからこっちに住むって――そう簡単にはいかないですもねええ」
雪子「――――」
つらら「これが札幌や大阪だったら、ハイ住む、暮らすっていえるかもしれんけど、――北海道で――しかも農家だら――、べつの覚悟がまずいるンですから」
雪子。
間。
つらら「私さァ」
雪子「――――」
つらら「バカだからすっかりその気なンだもう」
雪子「――何が」
つらら「うン」
雪子「――――」
つらら「草ちゃんのお嫁に――なっちゃおうってさ」
雪子。
つらら「したけど――」
雪子「――――」
つらら「草ちゃん雪子さん来てから、すっかり雪子さんにのぼせちゃってさ」
雪子「――――」
つらら「そりゃ私わかるよ」
雪子「――――」
つらら「雪子さん、私とはぜんぜんちがうしさ」
雪子「――――」
つらら「女が見たってめんこいしさ」
雪子「――――」
つらら「あの人が不眠症にかかるなンて――そんな、ありえんこと起こったって――、わかるような気がするよ――うん。よくわかる」
雪子「――――」
つらら「けどさ」
雪子「――――」

間。
つらら「私もうつったンだよね」
雪子「――」
つらら「その話きいてさ、――不眠症がね」
雪子「――」
つらら「眠れないンだよね、ここンとこずっと」
雪子「――」
つらら「笑うかもしれンけど。――本当なンだよね」
語り「はじめてきいた」

同・二階

きき耳たてている純。（螢は勉強）
純。
語り「ぼくは落ちこんでもすぐ眠ってしまい、それはたぶん
まだ子どもだからで」

同・一階

つらら。
語り「だから不眠症ってことばには、何となくおとな的であ
こがれがあり。――しかもインテリのにおいがし」
つらら「はっきりいうよ」
雪子「――」
つらら「本当は――ごめんね。――」
間。
つらら「雪子さんにあんまりいてほしくないンだよね」
雪子「――」
つらら「とっても失礼ないい方だけど。――それはよく自
分でわかってるけど」
雪子「――」
つらら「これいじょういられると、たぶん私あんたに――
敵意持っちゃうと思うンだよね」
雪子「――」
つらら「そういうこと私――。なりたくないしさ」
雪子「――」
つらら「わかってくれない？」
雪子「――」
ストーブの火がバチバチ燃える。
雪子「わかるわ。だけど――」
雪子。

イメージ（一瞬）

井関。

同・一階

雪子。

雪子「そうなったらそうなったで」

イメージ（一瞬）

井関。

同・一階

雪子。

雪子「しかたないンじゃない？　人間同士だもの」

つらら——見る。

火を見ている雪子。

イメージ（やや長く）

井関。

同・一階

雪子。

雪子「もちろんいま私、草太さんに対して、何の感情もいだいてないわ。でも——」

つらら「——」

雪子「私には私の人生があるわ」

つらら「——（凝視）」

雪子「私がどこで暮らそうとそれは——」

つらら。

雪子「人からとやかくいわれることじゃないわ」

つらら「——」

雪子「——ちがう？」

同・二階

息をつめきいている純。

同・一階

二人。

間。

語り「それきり二人は黙ってしまった。そうしてしばらくしてつららさんは帰った」

ランプ

語り「雪子おばさんは見送りもしなかった」

音楽——静かな旋律ではいる。B・G。

語り「ぼくはおばさんのそういうきつい一面を、その晩はじめて見たわけであり」

同・二階

純「おばさん」
雪子——見る。
立っている純。
雪子「なあに?」
純。
雪子の手にあるあみさしのマフラー。
雪子「なあに?」
純「——何でもない」
純。
——二階へ。
雪子。
間。
外へ出る。

風呂場

雪子、焚き口の火かげんを見る。
その顔に、

イメージ

井関。

焚き口

雪子。

イメージ

井関。
握手しようとにっこり手を出す。
雪子「どうして?」
井関——微笑。
井関「さよならするンだろう?」

焚き口

雪子の顔。

記憶（喫茶店）

雪子。——手を出さない。
井関——手をひく。
井関「（笑って）さよならしないのか?」

店内に流れているムード曲。
間。
雪子「どうしてさよならに握手がいるの?」
井関。
井関「(微笑) いやじゃないか」
雪子「何が」
井関「——いつかまたぐう然どっかで会ったとき——あいさつもできない、そういう別れ方は」
雪子「いいじゃない、本当に別れるンだったら」
井関「——」
雪子「ぐう然会うなンて——考えないわ私」
井関「——」
雪子「下北沢には二度と来ないし」
井関「——」
雪子「別れたら来ないわ。そういうとこ私——」
井関「——」
雪子「多分、一生来ないと思うわ」
井関「——」
雪子「何年たっても、——井の頭線や、小田急にのっても、——下北沢にはもうおりないわ」
井関「——」
雪子「私の東京の地図の中では——」
井関「——」
雪子「下北沢は永遠にまっ白」
井関「——」
雪子。
雪子「人が別れるってそういうことじゃない?」
ムード曲、もりあがって以下につづく。

家・一階

雪子、——ゆっくりもどってくる。
ストーブに木をくべ、——マフラーを手にとる。
じっと見ている。
音楽——静かに流れこんで。
ごうごう燃えあがってくるストーブの火。
音楽——異常にもりあがる。

4

夜

家の灯。
語り「その晩父さんはうんとおそかった」

家・一階

五郎と雪子。

語り「帰って来たときは、ぼくはもう眠っていた」
雪子「おそかったのね」
五郎「北村にいってたンだ」
雪子「ホント」
五郎「――草太、来てたのか?」
雪子「ううん。今夜はボクシングのけい古じゃない?」
五郎「ああ」
雪子「――どうして?」
五郎「いや」

五郎、ストーブのやかんをとり、茶を入れる。

その顔に、

清吉の声「ききたいことが一つあるンだ」

清吉の家（記憶）

清吉と五郎。

五郎「何」
清吉「雪子さんていうのか?――お前ンとこにいる娘さん」
五郎「(見る) ああ」
清吉「――」
五郎「雪ちゃんが何か――」
清吉「その人は――草太に気があるのか?」

五郎。

五郎「そんなことないだろう」
清吉「そうでもないらしい」

五郎。

五郎「どうして」
清吉「そういう仲だと本人はいってる」
五郎「草太君が?」
清吉「ああ」
五郎「(笑う) まさか」
清吉「あいつは単純だ。すぐにのぼせる。だからあいつにいってやったンだ。手のとどかん女にほれるのはよせって」

五郎。

清吉「そしたらあいつ笑っていいやがった。手はとどいてる。むこうもその気だ」

五郎。

清吉「本当だろうか」

五郎。

五郎「オラァ信じられん」

ストーブの火。

間。

清吉「五郎」

五郎「ああ」

清吉「オレは心配だ」

五郎「――」

清吉「若い者が娘を好きになるのはしかたない。それについてとやかくいうつもりはない。――しかし――」

五郎「――」

清吉「そのことで村を捨てられるのは困る」

五郎。

清吉「そういう例をオレらは見過ぎた」

五郎。

清吉「その娘は本気でここに落着く気か」

音楽――静かな旋律ではいる。B・G。

五郎「――」

清吉「それとも都会の娘の気まぐれで――ただ、一時的に遊びに来てるのか」

家・一階

五郎。

雪子――弁当をつくっている。

音楽――低く続いている。

雪子「義兄さん」

五郎「――（見る）」

雪子「私、いちど東京に、――ちょっとだけ帰ってきたいンだけど」

五郎。

雪子「荷物、姉さんにあずけっぱなしだし」

五郎「――ああ」

雪子「勝手いってごめんなさい。――一週間か、――十日で帰るから」

五郎「――金は？」

雪子「だいじょうぶ。ちゃんととってあります」

五郎「うン」

ストーブに薪をほうりこむ五郎。

五郎「雪ちゃん」

雪子「ン？」

五郎「一つだけきいといていいか？」

雪子「――」

間。

五郎「北村の家で——心配している」

雪子「——」

五郎「草太が君に——ほれてるらしい」

雪子「——」

五郎「あいつは前から都会に出たがってる」

雪子「——」

五郎「何とかこれまで必死に引きとめて——牧場をつぐ気にやっとさせたとこだ」

雪子「——」

五郎「だからやつの場合どうしてもこっちで——嫁にくる者をさがさにゃならん」

雪子「——」

五郎「あいつとつき合うにはその覚悟がいる」

雪子「お義兄さん」

五郎「——」

雪子「その話私いま——」

五郎「——」

雪子「話したくないわ」

五郎。

音楽——いつか消えている。

雪子「でも——」

五郎「——」

雪子「お義兄さんのいってる意味わかる」

五郎「——」

雪子「それも東京で——」

五郎「——」

雪子「考えてこさせて」

五郎。

五郎「ああ」

雪子。

——五郎の弁当をつめる。

おかず入れに、——そまつなおかずがつめられる。

バス停

雪子と純、螢。

語り「翌々日おばさんは急用ができて、しばらく東京へ行くことになった。

バス停に送ったら、おばさんはぼくらに——母さんへことづけがあるかときいた。

元気にしてます、とそれだけたのんだ」

バス来る。

音楽——テーマ曲、イン。B・G。

語り「おばさんはずっと口数がすくなく、すぐ帰るからとぼくらにいった」

雪子をのせてバス、去って行く。

見送って立っている純と螢。

語り「だけど、何となくぼくらはおばさんがそのまま帰ってこない気がした」

道

純と螢、家へ歩く。

語り「ぼくたちはまた三人になった」

家の灯（夜）

語り「その晩おそく草太兄ちゃんが、何も知らずにやって来た。お兄ちゃんはショックを受けたらしい」

家の前

五郎と草太。

語り「外で長いこと父さんと話していた」

雪

語り「その晩からまた雪が降りだした」

螢の声「ルルルルル。ルルルルルルル」

語り「螢のキツネはもどってこなかった」

音楽——ゆっくりもりあがって。

7

家の前・原野（朝）

　雪はね（雪かき）している純と螢。

語り「恵子ちゃん、お元気ですか。もう十二月もなかばを過ぎ、東京はきっとクリスマスの雰囲気で、みんなたのしくやってると思います。なのにぼくらは毎日雪はねで。――雪をはねてもその道を通って、サンタクロースは来てくれそうになく」

　音楽――テーマ曲、イン。

　タイトル、流れて。

雪の道

　並んで下校する純、螢、すみえ。

語り「雪子おばさんが東京に出てから、ぼくらは父さんが山仕事の間、中畑さんちの世話になることになった。学校が終わると、ぼくらはすみえちゃんとまっすぐ中畑さんの家に行き、そこでいっしょに勉強して、父さんたちの帰りを待つわけだけど」

中畑家・居間

　テレビ。

語り「中畑さんちにはテレビがあり」

みずえ「(はいる) またテレビ?」

三人「(テレビに熱中)」

みずえ「あなたたち、ちゃんと勉強はすませたの?」

三人「――」

みずえ「もうじき冬休みにはいるンでしょ。テストの準備しなくていいの?」

　みずえ、テレビを消す。

三人「ああ――!!」

みずえ「いけません。テレビはごはんまでおあずけ!」

　三人、しぶしぶと勉強へ。

語り「すみえちゃんのお母さんは厳しかった。だけど――」

台所

料理するみずえのうしろ姿。

語り「料理がとってもうまくて――いっちゃ悪いけど、雪子おばさんのとはくらべものにならないほど凝っており」

中畑家・居間

勉強する純。

語り「さすがにそれは主婦という感じで――ぼくは――母さんを思いだし」

電話鳴る。

すみえ「（とって）ハイ。中畑です。――おじちゃん！――うン元気。ちょっと待って！　母さーん！」

みずえ「（はいる）だあれ」

すみえ「東京の道夫おじちゃん」

みずえ「本当。（かわる）もしもし。みずえです。――（パッと明るく）いつ！　――本当!!　どっち!!　――女の子!!　おめでとう!!　それで？　利子さんは？　――本当ォ、よかった！　――ハイ、いま山だけど帰ったらすぐ――電話させます。――ハイわかった。――ハイわかった。じゃあ（きる）」

すみえ「おじちゃんとこ、赤ちゃんが生まれたンだ!!」

みずえ「そうだって。女の子！」

すみえ「うわァ、名前は？」

みずえ「名前はまだよ」

ドッと笑う声。

同（夜）

五郎、和夫が加わって、夕食がいま終わりかけたところ。

五郎「あのミッちゃんにもう子どもかねえ」

和夫「お前によくあのころ、泣かされてたのになァ」

五郎「バカオレは泣かさんよ」

すみえ「おじちゃん泣かしたの？」

みずえ「ウソよ。あれは岡村の信ちゃんよ」

和夫「こいつが裏で糸ひいてたンだ」

すみえ「黒幕だ」

螢「なぁに黒幕って」

五郎「黒い幕のこと」

和夫「（笑う）だけどあいつはよ、お前が東京のガソリンスタンドにつとめたってきいて」

みずえ「お話し中ですけど、芦別のおばあちゃんに早く電話してておあげなさいよ」
和夫「あ、そうだ。忘れてた（電話をとってダイヤルまわす）」
みずえ「このごろすぐに忘れちゃうンだから」
螢「父さんも忘れるよ」
みずえ「アラホント」
すみえ「そういう齢なンだ」
五郎「なぐるぞお前ら（ドッと笑う）」
和夫「もしもし。あ、和夫です。おばあちゃんいるかな？」
無言で夕食をとっている純。

ランプ

青い灯を燃やしている。

家・二階

純と螢。

螢「雪子おばさんどうしたかな」
純「――」
螢「クリスマスまでに帰ると思う？」
純「――」
螢「おばちゃん帰らないと、草太お兄ちゃんも来ないしさ」
純「――」
螢「ねえ」
純「――」
螢「おばちゃん本当に帰ってくるのかな」
純の顔。

イメージ（一瞬）

中畑家の電話。

同・二階

純。

螢の声「螢はきっとさァ」

イメージ（一瞬）

電話。

同・二階

純。

螢「――お兄ちゃん」
純。

イメージ

電話器。

同・二階

純。

螢「どうしたの？」

純「いや」

間。

螢「螢はさァ」

語り「本当いうとぼくはそのとき、あることがとっても気になりだしてたンだ。それは、何かというと、中畑さんちの電話のことであり」

シュラフの中

純。

——目を開けている。

語り「さっき中畑のおじさんは、帰るとすぐに東京に、ダイヤルをまわして電話をかけ」

記憶（中畑家・居間）

電話をかけていた和夫。

語り「電話のむこうには東京があり——。ダイヤルをまわせばすぐ出るわけで」

音楽——低くしのびこむ。B・G。

シュラフの中の純

語り「ぼくはさっきから、いつかの夜の、母さんの夢を思いだしており」

夢（記憶）

令子。

令子「ねえ純。——こっちから電話がかけられないってこと」

間。

令子「電話がどんなにありがたいものか」

語り「そうなンだ」

シュラフの中の純

語り「ここには電話がないから、母さんは電話がかけられない。だけど——」

ランプ

語り「こっちからは電話がかけられる」
音楽——異常にもりあがって、くだける。

森の中

雪をかき分けて行く五郎の水くみ。
——小鳥たちのカットバック。

語り「雪が森ではもう根雪になり、水くみの作業はぼくらでは無理になったので、このごろは父さんが自分で出かけた」

沢

天秤棒を置き水くむ五郎。

語り「父さんはそれを朝早く起きてやり、それから山作業に出かけて行った」

道

下校する純、蛍、すみえ。

語り「ぼくらはあい変らず学校が終わると中畑さんの家に直行していた。だけどあれからぼくの頭では、電話がますます気になりだしており」

すみえの声「どうしたの?」

中畑家・居間

ノートに目をもどす純。

純「べつに」

部屋のすみの電話。

蛍「だけどスキーってすぐおぼえられる?」
すみえ「運動神経によるンじゃない?」
蛍「お兄ちゃんだめだ」
すみえ「だめかもね」
蛍「だけど短足だと安定いいかな」

ふいに電話鳴る。
ドキンと見る純。

すみえ「(とって)もしもし」

語り「中畑さんの家だけじゃなかった」
音楽——低い旋律ではいる。

分校・職員室

涼子——答案を見ている。
立っている純。
その視線の電話。

語り「学校の電話も気になった」

涼子、答案を指し、何かいう。
のぞきこむ純。

語り「いつか、弁護士のおばさんが母さんの電話に出ろといったのに、ぼくは出ないで逃げて帰った」

中畑木材事務所（外から）

中に、電話をかけている事務員。

語り「母さんはそのことをきっとおこってる」

同・窓の外

そっとその姿を見ている純。

語り「それは——子どもとしていけないことで」

純。

——窓をはなれ、家のほうへ。

中畑家・居間

純、はいる。
だれもいない。
勉強しかけの机の上。
純。
すわって勉強のノートをひろげる。
電話器に目がいく。
目をもどす。
鉛筆を出す。
もう一度電話に目がいく。
純。
間。
——心臓の鼓動音、低くしのびこむ。
純、立ちあがり、廊下へ出る。

事務所

奥のとびらから、純のぞく。

純「あのォ——おばさんや、みんなはどこですか？」

事務員「買物」

純「————」

中畑家・居間

純、もどる。
目の前の電話。
心臓の鼓動音、たかくなる。
純、——窓へ行く。
そっと外を見、——カーテンを閉める。

ノートを出してふるえる手でめくる。
電話に行って、ダイヤルをまわす。
0――3――3――5――
鼓動音、異常にたかくなる。
純の顔のクローズアップ。
――ダイヤルをまわす。
とつぜん玄関のドアがガラガラと開く。
鼓動音中断。
純――パッととび、机にむかって勉強中のポーズ。
つららの声「こんにちはッ」
純「――――」
つらら「だれもいない」

同・玄関

つらら、食料を運びこむ。
純――オズオズと出る。
つらら「何だ。あんたいたの」
純「だれもいません」
つらら「だれもいないって――あんたがいるっしょう！」
純「アハイ、ぼくは――います」
つらら「だれもいないってのは、あんたもいないってことでしょうが」
純「ア、ハイ、たしかに――理屈では」
つらら「理屈も何も、そうだべさ」
純「ハイ」
つらら「うン」
つらら去る。
純。
つららの去ったのを確認して居間へもどりかける。ふたたびドアがガラッと開く。
純「アハイッ」
つらら。
つらら「あの人――。行ったっきり？」
純「だれですか」
つらら「――雪子さん」
純「ア、ハイ」
つらら「うン」
純「――――」
つらら「もうこっちには帰ってこないって？」
純「帰ってくるっていってましたけど」
つらら「――――」
純「わかりません」

間。
つらら「そう」
つらら、去る。
純。
間。
ドアをソッと開け、去ったのを確認する。

同・居間

純、もどり、電話をとる。
ノートを見ながらダイヤルをまわす。
心臓の鼓動音ふたたびしのびこむ。
ダイヤルをまわしきる純の指。
待つ。
静寂。
ようやく相手の呼出し音が鳴る。
純、待つ。
とつぜん相手が出る。
鼓動音中断。
絹子の声「美容院レイでございます」
純の顔。
絹子の声「もしもし」
純「ア、アノ、——黒板令子さんお願いします」
絹子の声「——少々お待ちください」
語り「母さんにサンなんてつけちゃった」

美容院「REI」

絹子、令子の耳に、
絹子「お電話です」
令子「(小声で指示してかわる)」
令子、電話へ。
令子「お待たせしました。黒板です」
間。
令子「もしもし。——どちらさまでしょうか」

中畑家・居間

純の顔のクローズアップ。
令子の声「もしもし——。変ねえ。——もしもし——もしもし」
純。
——コトリと電話をきる。
純の顔。
音楽——するどく切りつけてはいる。

2

家の前

雪はねしている純。

その顔に、
令子の声「もしもし。——どちらさまでしょうか。もしもし。——変ねえ。——もしもし。——もしもし」

草太の声「純！」

純、顔あげる。

草太、牛乳を持ってやってくる。

語(り)「何日かぶりに草太兄ちゃんが来たのは、その翌日のことだった」

ストーブ

薪をくべる草太。
草太「(くべつつ)あれからぜんぜん連絡ねぇのか」
純「雪子おばさんですか？」
草太「ああ」
純「ありません」
草太「ウン」
間。
草太「すぐ帰るとはいって出たンだべ？」
純「もう帰ってこないンじゃないですか？」
草太。
——見る。
草太「どうして！」
純「ただ、カンですけど」
草太「——」
純「ぼくのカンわりと当たるンです」
間。
草太「意外といやな性格だなお前」
語(り)「それはたしかにいえるわけで」
草太「いつかいったべ。お前おらにむかって」
純「何ですか」
草太「雪子に——だれか——前にいたって」
純「そうでしたっけ」
草太「いったでないか！」
純「まァまァあんまり興奮しないで」
間。
草太「どんなヤツだそいつは」
純「どんなヤツって」

草太「いくつくらいだ」
純「さァ」
草太「何してるヤツだ」
純「さァ」
草太「いつごろからのつきあいだ」
純「さァ」
間。
草太「オイ」
純「────」
草太「あんまり人をなめるンでないぞ」
純「なめてなンかいません」
草太「──ああいやこういう、こういやああいう。まったく近ごろのガキときたら」
純「どうせガキですから何もわかりません」
間。
草太「なァオイたのむよ。どうなってンだ」
純「────」
草太「そいつとはまだつづいてるのか？」
純「────」
草太「東京でそいつと──、会ってると思うか？」
純「────」
草太「なァ純たのむよ。教えてくれよォ！」

雪

しぶい老人の追分けが流れる。

中畑木材広間

納会。
山子たちと、その家族の酒盛り。
語り「その日は山仕事の終わった日で、中畑木材の広間で山子さんや家族の慰労会が開かれ」

廊下

酒肴を持って行き来する女たち。
語り「ぼくたちもそこでごちそうをよばれ」

台所

友子らいそがしく立ち働く。
みずえ「(はいって) お酒まだかしら」
友子「いますぐ持ってきます」
みずえ「急いでね (出かけて) あ、それと友子さん、純ちゃん見なかった？」

友子「純ちゃんですか？　いいえ、見ませんよ」
みずえ「どこへ行ったのかしら」
急いで廊下へ。

廊下

女「(来る) 奥さんお酒」
みずえ「いますぐあがります」

広間

追分け終わって大拍手。
みんなにすすめられ別の山子がうたいだす。
その声が、

表

凍てついた道路にもこぼれてきている。
ポツンとともっている中畑木材事務所の灯。
カメラ――ゆっくり、その窓による。

事務所

机の上の電話を床にひっぱり、純がこっそりダイヤルをまわしている。

まわりを気にして相手の出るのを待つ。
宴会のノイズが遠のいていって――
純の顔。
長い間。
相手が出る。
絹子の声「美容院レイでございます」
純。
純「黒板令子さんお願いしたいンですが」
絹子の声「失礼ですけどどちらさまでしょう」
純。
絹子の声「もしもし――」
純「――ハイ」
絹子の声「少々お待ちください」
純の顔。
その耳に――
受話器を通して流れてくるジングルベル。

美容院「REI」

絹子が令子に何かささやく。
令子、うなずき、絹子とかわると、急いで電話のところに来る。

　　受話器をとって——壁をむく。
令子「もしもし」
　　間。
令子「もしもし」
　　間。
令子「純ちゃん？」

事務所
　　純のクローズアップ。
令子の声「そうでしょう？　純ちゃんなンでしょう？」
純「——」
令子の声「もしもし」
純「——」
令子の声「純ちゃんね」
　　純。
純「ウン」

美容院「REI」
　　令子。
令子「——元気なの?!　母さん——心配してたのよ！　いまそれ、どこなの?!」

純
純「中畑さんていうおじさんとこの事務所で」

令子
令子「すぐかけなおす。番号教えて！」

純
純「いい！」
令子の声「どうして?!　よそのおたくなンでしょ！」
純「——」
令子の声「だれかいるのそこに。螢もいっしょ?!」
純「だれもいないよ。ぼくひとりだけ」

令子
令子「螢は——。螢も元気なのね?!」
純の声「ウン」
令子「寒いンでしょ？　雪は？　学校はいつまで」
純の声「母さん」
令子「え？」

純

純「またかける。だから」
令子の声「ちょっと待って！」
純「またかけるよ。いまは――人が来るから」
令子の声「お願い！　お願いねッ！」
純「じゃあ」

令子

令子「ちょっと待って、純ちゃん!!　うれしいわ!!　母さん――うれしかったわ!!　ありがとう!!　純ちゃん!!
　本当にありがとう!!」

事務所

純「じゃあ」
　きる。
　純。
　電話をそっと卓上にもどす。
　間。
　音楽――低い旋律ではいる。

廊下

　純、そっと廊下を広間へと歩く。
　すれちがう女たち。
　みずえが何かいう。
　無視して歩く純。

広間

　珍妙な踊りがはじまっている。
　げらげら笑って見ている人々。手拍子。
　純、片すみにそっとすわる。
　その視線に、五郎とそのひざの螢。
　純。
　――目をそらし、踊りのほうを見る。
　音楽――急激にもりあがって。

3

森

　はいって行く五郎のうしろ姿。
語り「山仕事が終わってすこし休むかと思ったら、父さんは翌朝から森にはいって何かひとりでやりだした」

森の中

考えこんでいる五郎。

測量のためのひもを木に結びつける。

語り「本当は父さんはぼくや螢に手伝ってほしいそぶりだったンだけど、勉強があるとことわった」

道

純と螢、歩く。

語り「ぼくは螢をつれ、中畑さんの家へかよった」

クリスマスツリー（中畑家）

飾りつけをする純、螢、すみえ。

語り「勉強というのは本当はウソで、クリスマスの仕度を手伝うためです。だって恵子ちゃん、父さんときたら、クリスマスのことなンかぜんぜん考えず」

和夫「（はいる）お？　何だ、お前らもきてたのか」

純「ハイ。おじゃましてます」

和夫「おやじの仕事、手伝わんでいいのか」

純「いいんです（ツリーを飾りつつ）」

和夫「どうして。おやじさん――当てにしてたぞ」

純「力仕事はぼくらには無理ですよ」

和夫「力仕事ばかりじゃないだろう」

純「だけど、何もいいませんでしたから」

和夫「これからおれたちも手伝いに行くンだ。いっしょにのせてくぞ」

純「いいえ、えんりょします」

すみえ「そっちの取って」

螢「これ？」

すみえ「ウンそれ」

和夫「そうか」

和夫、出る。

飾りつけをやる三人。

語り「じつは、ぼくには秘密の計画があったンだ。それは、こっそり母さんにまた電話して、螢としゃべらしてやろうという計画で。だけど――」

音楽――低く不安定なリズムではいる。B・G。

飾りつけする螢の無邪気さ。

語り「螢に最初からいうと、こいつは父さんに義理だてして、そんなのいやだというにちがいなく」

純。――飾りつけ。

語り「でも。この前の母さんのよろこび方からしても、母さんはぼくや螢の声を毎日ききたくてしかたないと思われ。

父さんとは毎日しゃべっているのに、しゃべれない母さんはかわいそうで。それに――」
みずえはいってすみえに何かいう。
語り「ぶっちゃけて白状しちゃうと、ぼくひとりだけが母さんとこっそり電話でしゃべったのでは具合が悪く。
螢を共犯者にしたかったわけであり」
みずえ「純ちゃん」
純「ハイ」
みずえ「悪いけどちょっとお留守番たのめる?」
純。
純「ハイ」
みずえ「すみえと豚舎にちょっと行ってくるから」
純「――いいですよ」
語り「チャンスが来た!」
音楽――くだける。

表

みずえとすみえ、出かけて行く。

中畑家・居間

クリスマスツリーを飾る螢。
純。
――そっと窓から外をうかがう。
螢「お兄ちゃん」
純「――ん?」
螢「父さん、森ン中で何してるのかな」
純「――」
螢「手伝わなくていいのかな」
純――廊下へ。
螢「どこ行くの?」
純「ちょっと」
純、出る。
螢。
――飾りつけ。
その顔に。

イメージ

森の中。
一人で重い水を運んでいる父。

中畑家・居間

螢――飾りつけする。

イメージ

深雪に足をとられ、運んで来た水をひっくりかえしてしまう父。

中畑家・居間

螢。

イメージ

父――ぼう然。

間。

天秤と桶を持ちなおし、また、森の中にはいって行く。

中畑家・居間

飾りつけしている螢の顔。

その顔に、

音楽――静かな旋律ではいる。

イメージ（森の中）

雪が木から落ちる。

その中を一歩一歩ふみしめるように、水を運んでいる父の姿。

歯をくいしばっているその顔。

純の声「（ささやく）螢！」

音楽――中断。

中畑家・居間

螢、ふりむく。

廊下への戸口からのぞいている純。

純「ちょっと来い早く！」

螢「？（急いで立つ）」

事務所

螢とびこむ。

螢「なあに？」

純、電話をさしだして、

純「ちょっと。出てみな！」

螢「？ ――だあれ？」

受話器をとる。

螢「もしもし」

令子の声「螢?! 元気だったの?! わかる?! 母さんよ!! もしもし!!」

螢の顔へ急激によるカメラ。

令子の声「螢ちゃん?!　母さんよ!!　もしもし!!　――きこえてる?!　――もしもし!!　――もしもし!!――もしもし!!」

螢、電話をガチャンときる。とび出す。

純「螢!!」

音楽――鋭く切り裂くようにはいる。B・G。

表

螢、とび出して雪の道を走る。

純、追いかける。

純「螢!!」

道

走る螢。

追いかける純。

純、螢になかなか追いつけない。

音楽――ぐいぐいもりあがってくだける。

ランプ

その灯がチチチとゆれる。

家・二階

純と螢。

純「(ささやき)悪かったよ」

螢「――」

純「だけどオレは、お前をよろこばそうと思ってやったンだゾ」

螢「――」

純「父さんにいう気かよ」

螢。

――首ふる。

純「悪かったよ」

語り「その日から螢は、ぼくに対してほとんど口をきかなくなった」

山

陽光に、銀色に映えている。

語り「十二月二十四日、クリスマスイブ。学校は今日で終わりになった。こっちはこれから一月二十日まで、冬休みがずっと長くつづくんだ」

分校・校庭

　ソリで遊んでいる子どもたち。

五郎の声「それじゃあ、いろいろありがとうございました」

涼子の声「ちょっと待ってください」

分校・職員室

五郎「は?」

　五郎と涼子。

涼子「じつは――ちょっと一つ――お話ししときたいこと
　があるンですね」

五郎「何でしょう」

涼子「実は」

五郎「――」

涼子「昨日のことなンですね」

五郎「――何か」

涼子「授業が終わって――お掃除がすんで。――みんなも
　う帰ったと思ってたンですね」

　五郎。

涼子「それが私が近くまでちょっと出て。帰って職員室に
　はいろうとしたら、中から声がきこえたンです。小声
　で、電話をかけてる声が」

記憶（教室）

　涼子、職員室にはいりかけ足をとめる。

螢の声「もしもし。――母さん? ――うン。螢」

記憶（職員室）

　机の下で電話をかけている螢。

螢「――うン。元気」

　間。

螢「――うン。だいじょうぶ」

　間。

螢「――そんなことない」

　間。

螢「――そんなことない」

　螢の目に涙がにじんでいる。

　戸口のすき間から見ている涼子の顔。

涼子の声「私――。黙ってそのままかくれたンですね」

職員室

　涼子の顔。

涼子「螢ちゃん、それからまもなく電話をきって──それで、──裏口から出てったンです」
五郎の顔。
涼子「東京のお母さんと話してたみたいですね」
五郎。
涼子「まァ、──よけいなつげ口みたいだけど──。そういうことがありました」
五郎。
間。
涼子「話っていうのはそれだけです」
五郎。
間。
五郎「(かすれる) すみません」
涼子「──」
五郎「電話代は──あとで」
涼子「そんなのはいいンです」
五郎。
間。
五郎「すみません。──いずれ」
涼子「──」
五郎立つ。
涼子に頭をさげ、出ようとする。
ふりかえる。
五郎「先生──純はいなかったンですか」
涼子「いませんでした」
間。
五郎「本当にそれはアノ──螢なンですね。──純ではなくて──螢のほうなンですね」
涼子「そうです」
五郎。
五郎「どうも」
音楽──鋭い衝撃ではいる。B・G。

校庭

五郎、出る。
純と螢がとんでくる。

職員室(窓)

涼子が見ている。

道

歩く三人。

螢は父の手にすがりついている。

純「父さん、今夜中畑さんちでクリスマスやってきていいですか」
五郎「——ああ」
純「やったァ！　——螢、行こうぜ！」
螢「私は行かない」
純「どうして」
螢「どうしても。行きたくない」
純「どうして！」
螢「行かない」
五郎「行っといで」
螢「(五郎を見る)」

五郎、螢の手をほどき、車のほうへ歩いて行く。

螢。

音楽——

4

テレビ画面

キャンドルサービスが中継されている。クリスマスキャロル。

中畑家・居間

見ている純たち。

すみえ「母さん。おなかすいたァ」

みずえ、料理を運んでくる。

すみえ「うわッ、来た！」

純たち急いで食卓へつく。

台所から重箱の包みを持って和夫が出る。

和夫「さァ、純と螢。家へ送ろう」
純「エ？」
和夫「お前らのごちそうはちゃんと用意した。父さんの分もだ。おうちへ帰ろう」
すみえ「どうして！　だって今夜は純君たちうちで」
和夫「いや、純たちは父さんが待ってる」
純「ア、イヤ、父さんは行ってきていいって」
和夫「それはダメだ」
純「しかし」
和夫「そっちがよくてもこっちがダメだ。クリスマスは各自、自分ちでやるもンだ」
純「あ、イヤしかし、うちは、父さんはクリスマスは何も」
螢「お兄ちゃん（立つ）帰ろう」

純「イヤ、アノ、しかし」
すみえ「父さん」
和夫「したくしなさい。送って行こう」
螢「ハイ」
みずえ「螢ちゃん、ハイこれ。お父さんにね」
螢「アリガトウ」

ヘッドライト

闇を切りさいていく。

和夫の声「螢はクリスマスが何の日か知ってるか」
螢の声「知ってるよ」
和夫の声「えらいな。何の日だ」
螢の声「エス様の生まれた日」
和夫の声「ほう。よく知ってるな」
螢の声「日曜学校に行ってたもン」
和夫の声「日曜学校か。純も行ってたのか？」
純の声「――」
和夫の声「え？」
螢の声「お兄ちゃんも行ってた」
和夫の声「そうか」

間。

和夫の声「それじゃあクリスマスの歌うたえるか」
螢の声「うたえる」
和夫の声「うたってみろ」
螢の声「いっぱいあるもン」
和夫の声「何でもいい、うたってみろ、純と二人で」
螢の声「お兄ちゃん、何うたう？」
純の声「――」
螢の声「それじゃね。〽清し、この夜、星は光り――」
和夫の声「純はどうした」
螢の声「(うたいつづける)」
和夫の声「うたわないのか」

螢の声だけがうたっている。

風の音。

雪原

車がとまり、二人おりる。

二人「サヨナラ」
和夫「純」

純。

純「――ハイ」
和夫「お前――。うちのクリスマスから追い出して、おじさんを冷たいと思ったか」
純。風の音。
和夫「しかしな」
純「――」
和夫「お前らがうちでクリスマスをやったら、父さんひとりで家でどうする。え？」
純「――」
和夫「お前も男だろう。父さんのこともすこし考えろ」
純。
螢。
和夫「母さんがいなくてさびしいのは、お前も父さんも同じことだ」
純「――」
和夫「いや本当いうと父さんのほうがもっとさびしいンだ。父さんはお前よりずっと早くから母さんといっしょに暮らしてたンだからな」
純「――」
和夫「その父さんがさびしいのをがまんして、ああやって必死にがんばってる」
純。風の音。
和夫「本当に――おじさんが見て涙が出るほど――お前の父さんはよくがんばってる」
螢。
雪がチラホラ三人の上に舞う。
和夫「お前――あの家で、ねてて寒くないか」
純。
純「寒いです」
和夫「そうだ。そりゃ寒い。だけどこごえてない。そうやって生きてる。なぜだかわかるか」
純「――」
和夫「父さんが毎晩ストーブの火を絶やさないように、なんども起きて薪をくべてる。だから二階はうンとあったかい」
純「――」
和夫「そういうことをお前は知ってるか」
純。
螢。
語り「知らなかった」
和夫「それにくらべてお前はダメだ。父さんの手助けを何もしていない」
純。
和夫「女の螢よりも働いていない」

純。

和夫「東京とちがっていざとなったら、ここではだれにもたよっていられない。もうじき本当の冬になったらわかる。そういうとき、もしも父さんが倒れたら、その日からお前は一家の柱だ」

純。

和夫「わかるか。男は子どもでも柱だ。それが家ってもンだ。ここではそうだ。いまのままではお前はダメだ」

純。

和夫「さァ、これを持ってけ。おじさんは帰る」

和夫、重箱の包みを純に渡し、車にのってバックさせる。

見送っている二人。

螢、チラッと純を見る。

必死に涙をたえている純。

語り「おじさんのいうことがビンビンひびいた」

家への道

雪明りの中を行く純と螢のシルエット。

語り「拝啓、恵子ちゃん。おじさんのいったとおりです」

音楽——静かな旋律ではいる。

語り「ぼくは男なのにいつも女々しく、力仕事はできるだけさぼり。そうしてずるがしこく頭だけまわり」

家・一階

二人はいる。

二人「ただいま」

だれもいない。

ストーブの火も消えかかっている。

螢「父さん？——父さん！——父さん！」

純、螢をつかむ。

螢、兄を見る。

純の指さした部屋の奥に、子ども用のスキーが二つ。

螢「（口の中で）スキーだ！」

純。

かけよる螢。

純をふりかえって何か叫ぶ。

語り「それは——父さんのクリスマスプレゼントだった」

純。

語り「クリスマスプレゼントだとわかったのは、スキーが、なぜかぼくらのくつ下を、チョコンとはいて立っていたからで」

スキー。

語り「サンタクロースはクリスマスプレゼントを、くつ下の中に入れてくれるンだけど、スキーは長くてはいりきらないから、ぎゃくにくつ下をはいたのだと思われ」

螢「(さがして)父さん——！　(外へとびだす)父さん！」

同・表

螢、とびだす。

森のほうから懐中電灯の灯が近づく。

螢。

螢「(口の中で)——父さん」

走りだす。

雪まみれになって深雪の中を来る五郎。

螢、その父にとんで行ってとびつく。

戸口のところで立っている純。

音楽——静かに消えていく。

雪

しんしんと降っている。

語り「その晩、ぼくらは父さんといっしょに、ストーブのそばで並んで寝た」

表をヒョーと過ぎる風の音。

螢「(ポツリ)父さん」

五郎「あ？」

螢「螢——あやまることがある」

五郎「——(見る)何だ」

螢。

螢「螢——母さんにないしょで電話した」

ギクッと見る純。

五郎。

螢「学校の電話で、こっそりかけた」

五郎「——」

螢「ゴメンナサイ」

純。

——ギュッと目を閉じる。

間。

五郎「そうか」

螢「——」

五郎「母さん——何ていってた」

螢「元気でやってるかって」

間。

五郎「何て答えた」

螢「元気でやってるって」
　五郎。
　間。
五郎「そうか」
　純のインサート。
五郎「よかったな」
螢「――――」
五郎「母さんきっと――よろこんでたろう」
　純。
　風がヒョウと過ぎ、廃屋をゆする。
語り「ぼくも一瞬、白状しかけた。だけど――。タイミングを外してしまった」
　讃美歌「荒野の果てに」。子どもたちの合唱で低くしのびこむ。
夢（森）
語り「その晩ぼくは夢を見た。ぼくが夜中に森の中にいると、どこからかクリスマスの讃美歌がきこえ、森の奥からキャンドルサービスの行列が歌をうたいながら近づいてきたんだ」
　キャンドルサービス。
　森の彼方から雪の中を来る。
語り「見るとその列の先頭には、父さんと母さんと螢がおり。――ぼくは必死に叫ぶんだけど、みんなは気づかずにぼくの前をとおり。――そうしてそのままローソクの列は森のむこうに消えていったわけで」
　しだいに消えていくキャンドルサービスの列。
語り「父さんも、母さんも、それから螢も、ぼくのことには気がつかずに行ってしまい」
　音楽――テーマ曲、静かにはいる。
純の寝顔
　その目にポツンと涙が光っている。
　音楽――

8

家・表

　水路の樋、ほとんど完成している。

　下水路を石でかためている五郎とクマ。手伝っている純と螢。

　森から雪まみれで出てくる和夫。

和夫「どうだ」

五郎「こっちはほとんどＯＫだ。途中はどうだ」

和夫「もう完全に雪にうまってる。おとといの雨がどうひびいたかだ」

五郎「とにかくやってみるか」

和夫「うまく流れればおなぐさみだな」

語り「拝啓恵子ちゃん、お元気ですか。今日は十二月二十九日。今日からうちには水が引けます」

沢（吸水口）

　働く中川。

語り「うちから一キロほどさかのぼった所から、川の水をパイプで引く作業が、いまや大づめを迎えてるわけで」

　五郎と和夫、雪を分けて来る。

語り「これが本当にうまくいけば、もう前みたいに森をとおって、沢まで水くみに行かなくてもよくなり」

　音楽——テーマ曲、イン。

　タイトル流れて。

1

沢

　五郎と和夫、クマ、中川、組んだやぐらへパイプを支え、最後のパイプに連結する。

クマ「いいすか」

和夫「よしッ」

　クマ、パイプぞいに森の中へ走る。

五郎「行くぞ！」

和夫「おさえろ！」

五郎「入れるぞ！」
最後のパイプを沢の水につっ込む。
ぬれる三人。
和夫「固定しろ固定しろ！　そっち固定しろ！」
五郎「縄、縄ッ。その縄ッ!!」
三人、ザブザブと沢の中で働く。

家・表

樋の前で期待して待っている純と螢。

森の中

クマ、走る。

沢

三人、最後のパイプの固定作業。

家・表

待機する純、螢。

森の中

沢から森へ走りこむ中川。

家・表

息をのんでいる純と螢。
クマ走って来て樋を見る。
水はまだ来ない。

沢

吸入口を見ている五郎と和夫。

森の中

走る中川。

沢

五郎、吸入口に手をあててみる。

家・表

中川、森からとびだしてくる。
中川「どうよ」
クマ「(首ふる)」
息をのんでいる子ども二人。
クマ、もう一度森へと走る。

沢

五郎、吸入口から顔あげる。

五郎「流れこんでないぞ」

和夫。

和夫「やっぱりどっか、途中がしばれたな」

音楽——ごく短いアクセント。

家の中

着がえている純。

純「やっぱりうまくいかなかったじゃねえか」

螢「(火をくべる) 途中がどっか凍ってるンだって」

純「しろうとがもともとムリなんですよ。水道局たのみゃいいんだよ水道局」

螢「(洗いもの)」

純「オイ、オレ年賀状出しに行ってくるゾ」

麓郷交差点

語り「麓郷の通りは、いつもより何となく人が多かった」

バス来る。

語り「それは正月に内地のほうから働いている人たちが帰ってくるからで」

バス停

バスからおりる帰省の人びと。

迎える人びと。

バス、去る。

交差点

バスをよけて歩きかける。

ふと一方を見て足をとめる。

バス停にポツンと立っている正吉。

純「オウ」

正吉「オウ」

道

歩く二人。

純「何してたンだ」

正吉「おふくろだよ」

純「帰ってくるのか」

正吉「そのはずなンだけど、帰ってこねぇンだ」

純「フウン」

正吉「オイ、家来ねぇか」
純「仕事あるんだ」
正吉「何いってンだ、暮だぞお前。暮に仕事するバカいるか」

杵次の家

ポッンと煙をあげている。
純の声「じいちゃんは？」
正吉の声「富良野に借金払いに行った。オイ、ちょっとはいえ」

同・内

純「はうって？」
正吉「ここに、四つンばいになるンだよ」
純「？（四つンばいになる）」
正吉、その上にのり、棚の裏から一升びんを出す。
純「何だソレ」
正吉「やろうぜ（湯のみを出す）」
純「酒かよ！」
正吉「決まってンじゃねぇか。ま、ひざくずせや」
純「オレ酒なンて飲んだことないよ！」
正吉「年末年末ッ。ホラ」
ドクドクとつぐ。
純「いや、しかしオレ――ア、もうそれくらいで」
正吉「びくびくするな。男じゃねぇか」
正吉、あぐらかき、自分の湯のみにつぐ。
正吉「そんじゃまァ、――本年ちゅうはいろいろどうも」
純「ア、イヤ、コリァア。こっちこそ（あわてて正座）」
正吉「じゃいいお年を」
純「ア、いいお年を」
二人――飲む。
純。
純「水じゃねぇか」
正吉「ちょっとはいってンだ。じいちゃんの残りによ。このくらいはいってたのに水たしたンだ。ま、水割りよ」
純「なあんだそうかァ」
正吉「ま、あぐらかけや」
純「うン」
正吉「何かつまみがなかったかな」
純「ア、どうぞもう、オカマイナク、オカマイナク」
正吉「そうかア？　わりィなァ」
純「――」

正吉「暮と正月はまァこれに限るって。酒飲んでテレビの紅白でも見て」
純「いいよなァ、テレビのあるうちは」
正吉「そうか！　お前ンとこテレビねぇのか」
純「うン」
正吉「見にこい。じいちゃんにいってやる」
純「だけどなァ。父さんがなんていうかなァ」
正吉「そんなのお前、——子どもの自由じゃねぇか」
純「うン——」
正吉「そんなの黙って来ちゃあいいンだよ」
純「うン——」
正吉「紅白とお前、——歌謡大賞だべ？　ま、オラのカンでは八代亜紀だな。八代亜紀のアレだ。ホラ。（手ぶり）これな」
純「何だそれ」
正吉「アレ？　知らねぇの？」
純「知らない」
正吉「いいやですねぇまったく、おくれてますねぇ。（手ぶり）〽雨々ふれふれもっと降れって、よ。——雨の慕情」
純「——（飲む）」

正吉「ま、もっといけ」
純「あ、いや、もうオレ」
正吉「いいじゃねぇか」
トクトクトク。
純「ア、もう、ホント。——コボレマスコボレマス」
間。
正吉「オレのおふくろ旭川でよ、——水商売やってンだ水商売」
純「——ウン」
間。
正吉「お前のおふくろは？」
純「美容院よ」
正吉「美容院か」
純「うン。レイ美容院」
間。
正吉「どうして別れたンだ」
純「——」
正吉「コレ（親指）できたンだろ」
純「——サァ」
間。
正吉「オレのおふくろにもいるンだチャンとコレ」

馬のいななき。
正吉「(とびあがる) じいちゃんだ！　かくせ!!」
二人、うろうろとその場をつくろう。
杵次、はいる。
正吉「オウ、じいちゃんお帰り。アハハハ、こいつアレ、ホラ。知っとるべ、純」
純「(きわめてあいそよく) おじゃましてまァす」
杵次「おふくろは」
正吉「ダメ。じいちゃん、今年ァ帰ってこない気だぜ」
杵次「(純に) 立ってないですわれ」
純「ア、イエ、ボクもう、——帰りますから」
音楽——低い旋律ではいる。B・G。

家の灯

雪が降っている。
語り「その晩、おそく、食事がすんでから、父さんは麓郷に飲みに出てった」
純の声「わかったのか原因」
螢の声「ダメみたい」

家・一階

スペアのランプのホヤみがく純と螢。
螢「父さんひどくがっかりしてた (みがく)」
純「——— (みがく)」
螢「こないだの雨で雪が重くなって、どっかでパイプが折れてるらしいの。でもその場所が見つかンないンだって」
純「螢」
螢「——ン？」
純「明日、テレビ見に行きたいって、父さんにたのんだらおこられるかな」
螢「だけど父さん明日は一人で、朝から悪い場所さがすって」
純「———」
螢「一人だから、手伝わなきゃかわいそうでしょ？」
純「だけど紅白見たくないかよ」
螢「そりゃ見たいけどさ」
純「たのんでみちゃあまずいかな」
螢「たのまないほうがいいンじゃない？」
純「だけどお前、——こういうの、知ってるか？　(手ぶり)」
螢「何それ」

純「ホラ見ろ何も知らねぇだろ」
螢「何なのよそれ」
純「八代亜紀ですよ八代亜紀、（手ぶり）〽雨々ふれふれ
　母さんと、って——アレ？」

赤提灯（麓郷）

〽クマが出た出たクマが出た
　盛大な酒もりになっている。
　麓郷クマ音頭の大合唱。
　すみのテーブルでにらみ合っている草太と中川。
草太「どういう意味よ」
中川「見っともねえっての」
草太「——」
中川「お前がこっそりやってるつもりでも、みんな知って
　て陰で笑ってンの」
草太「——」
中川「汽車つくたびに布部の駅で雪子さん待ってボソッと
　毎日」
草太「オイ」
中川「大の男が見っともねえっての」
草太「——」
　間。
草太「オイ」
中川「——ン？」
　間。
草太「（ニタニタ）ちょっと表に、いっしょに出ようや」
中川「いいよ」
草太「——」
　二人、外へ。
　盛大な歌。
　五郎、和夫。クマ、山子たち。
　クマの珍妙なはだか踊り。
　間。
　辰巳はいってかってに飲み、いっしょになってうたい
　だす。
　歌、一区切りついてみんなまた、飲みだす。
和夫「アレ？　あいつらァどこ行ったのよ。——中川と草
　太」
辰巳「（のんびり）表で二人でなぐり合いやっとる」
一同「え?!」
辰巳「（うたいだす）」

同・表

とびだす一同。

雪の中で盛大になぐり合っている草太と中川。

五郎、和夫、叫びつつ分けにはいる。なぐられ、参加する形になる。手拍子でうたいつつ面白そうに見ているクマと辰巳。

そのうち二人もなぐり合いに加わる。

大乱闘。

音楽――静かな旋律ではいる。B・G。

酒を飲みつつたのしげに見物する、主任をはじめとする山子たち。

――声援。

音楽――

2

朝

語り「その翌朝はやたら冷えこんだ。寒さでぼくが目をさましたら、もう父さんは森へ出ていた」

森

語り「父さんはパイプの凍結箇所を、どうしても今日中に見つけたいらしく」

雪を掘り、パイプのつぎ目の箇所をひとり黙々と点検する五郎。

ふと顔あげる。

――ゆうべのなぐり合いのあとのあざ。

立っている杵次。

杵次「どうしたンだ（あざを目で指す）」

五郎「――（苦笑）ああ、いや、ちょっと」

杵次「何をしてる」

五郎「イヤ。沢からパイプで水引いたンだけど、――どっかしばれて、つまったらしくて」

杵次。

杵次「水なら知合いが水道課にいる。引くならオラからたのんでやる」

五郎「いや、そら、ありがたい話ですけど。――まァこれが通れば、――ナンですから」

間。

杵次「お前ンちは電気もないそうだな」

五郎「ハイ。まァ」

杵次「子どもがテレビを見たがってる。明日は大晦日だ。

家へよこせ」
五郎「そりゃどうも。したけど。——子どもと相談してみます」
杵次「——」
間。
杵次「五郎」
五郎「ハイ」
間。
杵次「人の好意は——ありがたく受けるもンだ」
五郎「——。ハイ」
杵次「——」
杵次、去る。
五郎。
——また、黙々と働きだす。

家の前

和夫とクマがやってくる。
二人とも顔をはらしている。
純出てきて二人を見、びっくりする。
純「どうしたの！　その顔！」

家・一階

ドッと笑い声。
五郎、和夫、クマ、純。
和夫「したけど盛大になぐり合ったもンだな」
五郎「ああなったらもうだれが相手かわかンなくなる」
クマ「草太さんのパンチ、さすがにきいた」
純「草太兄ちゃんもはいってたの!!」
和夫「おお」
五郎「あのバカまったく、とまンなくなっちゃって」
クマ「いったい何がはじまりだったンですか」
和夫「お前、はじまりもまだきいてねぇのか」
螢の声「(外から）お兄ちゃん手伝って！」
純「いま大事なとこ！」
五郎「行ってきなさい」
純「チェッ。これですよ（外へ）」
和夫「中川だよ中川、あいつが草太からかったの」
クマ「何を」
和夫「草太のヤツここンとこ、布部の駅で毎日雪子さんを待ってるらしい」
五郎「本当なのかね」
和夫「その話か？」

五郎「ああ」
和夫「らしいぜ。小坂の源さんも、飯田のにいちゃんも、——目撃者がたくさんいるらしい」
和夫、ストーブに薪をくべる。
火。
和夫「したけど——」
五郎「——」
和夫「雪子さん本当にどうしたンだ」
五郎「——ウン」
和夫「年内に帰るっていってンだろう?」
五郎。
火。
五郎「いるンだよ東京に。好きな男が」
和夫「——」
螢「(とびこむ) 父さん、また雪! 降ってきた!!」

雪

しんしんと降っている。
その中に——
低くしのびこむ五輪まゆみ「恋人よ」。

東京・下北沢・1980・歳末

「下北沢駅」の文字。
どこからか流れている「恋人よ」。
街。
その雑踏。
歳の市。
その人ごみの中に雪子。
——じっと一点を凝視している。
その視線に——
お飾りを買っている井関利彦とその妻子。
妻のだいている赤ン坊。
雪子のクローズアップ。
雑踏。
お飾りをえらんでいる井関の妻。
井関。
——煙草をくわえ、火をつける。
なにげなくこっちを見たその目が、固定する。
雪子。
井関。
雪子。
お飾りをえらんでいる井関夫人。
雪子。

――手にした紙袋をちょっと見せる。
道のはしに置き、雑踏に消える。
井関。
――妻を見る。
松をえらんでいる妻。
井関。
――さりげなく雑踏を分け、雪子の置いて行った紙袋に近づく。
とりあげる。
中を見る。
雪子のあんだマフラーと、一枚のカードが中から出る。
カード。
――書かれている。
「気にいらなかったら捨てて下さい。
北海道に帰ります。
　　さよなら　雪子」
井関。
マフラー。
T・Iのイニシャル。
井関。
子ども、父を見つけ、走ってくる。
「それ、なァに？」と子どもはたずねたらしい。
「何だろうね。ここにあったンだ」
井関はそんなふうに答えたらしい。
紙袋をまたその場へ置く。
子どもに手を引かれ、妻のほうへ去る。
雑踏の中に置き去られた紙袋。
雑踏。
雪子のクローズアップ。
――物かげからじっとそれを見ている。
雪子の顔に、なぜかかすかに笑いが浮ぶ。
雪子、紙袋に背をむけて、駅のほうへまっすぐ歩きだす。

下北沢駅ホーム

電車がすべりこみ、雪子のりこむ。
閉まったドアに雪子の顔。
雪子。
――急にサングラスをとり出してかける。
動きだす電車と雪子の顔。
「恋人よ」さらに以下へ流れて。

布部駅
列車が雪の中へすべりこんでくる。（夕暮）

同・改札口
おりてくる帰省客。
迎える人びと。
その人波がたちまち去って――。
一人ポツンととり残された草太。
草太。
――間。
煙草に火をつける。
表へむかって歩きかける。
その足がとまる。
表の雪の中に立っているつらら。
つらら。
――草太に、けん命に、笑いかけた。
草太。
歩きだす。
つらら――後を、オズオズと歩く。
音楽――

3

雪（夜）
その中にある小さな食堂。

食堂
歌謡曲。
ラーメンをすすっている草太とつらら。
すすりつつ――
草太「話って何だ」
つらら「私さ」
草太「――」
つらら「旭川に行こうかって思ってるンだ」
間。
草太「行くって」
つらら「あっちに――アパート借りて」
草太「どうして」
つらら「麓郷――、むいてないから」
間。
草太「旭川行って何するの」

つらら「わかンない」
草太「――」
つらら「したけど――先輩もあっちにいるし」
草太「先輩って元山のフクヨのことか」
つらら「――（食べる）」
草太「あいつのつとめ先知ってるのかお前」
つらら「――」
草太「水商売だぞ。――キャバレーだぞ」
つらら「――（食べる）」

間。

草太「（食べつつ）うちはどうするンだ」
つらら「――黙って出るもン」

間。

草太「おまえンちじゃねぇ。おらんちだ」
つらら「――」
草太「おらんちに来るンじゃなかったのか」
つらら「――」
草太「おやじやおふくろは――。待ってるンだ」

つらら。

――食べる。

間。

つらら「だって草ちゃんは――、待ってないンでしょう？」
草太「――」

間。

草太「雪ちゃんのことお前――いってるつもりか」
つらら「――」

間。

草太「あらお前――」
つらら「――」
草太「ふられた」
つらら「――」
草太「見たらわかるべ」
つらら「――」
草太「だいたいお前――」
つらら「――」
草太「最初からわかるべ」
つらら「――」
草太「冷静に考えたら、どだい無理だべ」
つらら「――」
草太「五郎おじさんが、いい見本だわ」
つらら「――」
草太「中途半端にうまくいかねえほうが、傷が浅くてすんだんだわ」
食べる二人。
歌謡曲。
草太「夢見てたンだ」
つらら「――――」
間。
草太「(ラーメンすすりつつ) いっしょになるべ」
つらら。
歌謡曲。
長い間。
つらら「ウソだァ」
草太「ウソでない」
歌謡曲。
つらら「ウソだァ」
草太「――――」
草太、たべる。
つらら。
草太「(食いつつ) 早く食え」
つらら「うン!」
つらら、あわててドンブリに顔つっこむ。

森の中 (昼・大晦日)
雪だらけの純、もうぜんとつっ走る。

家・表
純の声「螢――ッ!! 螢――ッ!!」
とび出す螢。
走ってくる純。
螢「どうしたの?!」
純「わかった!! わかったぞ!! 凍った場所父さんいま発見してとかした!!」
螢「本当?!」
純「ためすから見てろって! 父さんいま沢行った!!」

沢
五郎、一人でパイプを動かす。

家・表
純と螢、樋にたまった雪をかき出す。
涼子の声「純君――!」
ふりかえる二人。
二人「ア、先生!!」

涼子「(来る) 何やってるの?」
純「ハイ! いま水を、父さんが森から」
涼子「水?」
螢「父さん水道つくってるの!」
純「とおるかもしれないンです!! うまくいくといま」
螢「もう何回もやりなおして」

沢

流れにパイプがつっこまれる。
しぶきをあびつつ固定する五郎。
ぎゃくのほうがはずれる。
そっちへ走る五郎。
一人でようやくパイプをつなぎ、針金でぐるぐる固定する。
手をはなす。
五郎「(口の中で) たのむぜ!」

家の前

待機する三人。
長い間。
螢「来ないね」
間。
純「またダメか」
螢「しばれたとこ別にもあるのかな」
純「――」
間。
螢「来ませんねえ」
純「ダメですねえ」
間。
螢「父さんとこ私行ってくる」
走りかける。
涼子「螢ちゃん!」
螢「?」
涼子。
――樋を指す。
樋。
――雪の上をチロチロ水がひとすじ流れている。
それが――。
とつぜんドッと奔流になって、樋を走り一気に排水溝へと流れる。
純と螢、物もいえず、顔を見合わせ手をとりあう。
両手と両手をにぎったまま、その場でピョンピョンとびはねる。
二人「(ようやく声が出る) やったァ!!」
もうぜんと森の中へ走る。
二人「(口ぐちに) 父さんやったよォ!! 水が出たァ!!」
音楽――テーマ曲、イン。B・G。

森の中

もうぜんと走る二人。

「父さん!!」

「やったァ!!」

「水出ましたよォ!!」

「父さん!!」

「父さん!!」

「水!! 水!!」

雪の中走ってくる五郎。

走る二人。

かけよる父と子たち。

父にとびつく二人。

三人「やったァ!! やったァ!!」

音楽――圧倒的にもりあがって以下へ。

樋

水流れる。

鍋にくむ螢。

風呂への、べつの水路つくる五郎。

――手伝う純。

バケツで水運ぶ涼子。

風呂にドドッと水が流れる。

力強く握手する純と五郎。

台所

よごれ物を洗う螢と涼子。

涼子、ニッコリ螢と笑いあう。

樋

流れで顔洗う五郎と純。

純その冷たさにふるえあがる。

五郎、大笑いし、手ぬぐいでごしごしふいてやる。

雪の中、清冽に流れている水。

音楽――もりあがる。

4

家・一階

食事の終わったところ。

涼子、螢とあと片づけを終えて、

涼子「それじゃ純君たち、よいお年をね」

二人「ハイ」

五郎「二人とも外へ出るしたくしなさい」

純「え?」

五郎「先生学校に送ってくついでに、笠松さんちに落としてってやろう。今夜はテレビで紅白見たいンだろう?」

純「ア。イヤしかし――。――本当にいいンですか?」

五郎「二人ともよく働いたからな。ごほうびだ。さ。用意しといで!!」

螢「父さんもいっしょに行く?」

五郎「父さんはちょっと中畑さんちによってくる。紅白が終わるころ迎えに行くよ」

二人「ヤッタァ!!」

二階へかけあがる。

微笑で見ている涼子。

道

車、来る。

笠松家の灯がポッンと見える。

おりる二人。

五郎「じゃあな」

二人「うン」

涼子「正吉君によろしくね」

純「ハイ」

車、去る。

二人。

――笠松家の灯へと歩く。

テレビの歌、手拍子、きこえてくる。

純「やってるぜ!!」

二人走りだす。

笠松家

二人、走ってくる。

純、戸をあける。

純「こんばんは!」

ガンガン鳴っているテレビの歌。――八代亜紀。

純、障子のすき間に手をかける。その笑顔が一瞬とまどったように固定する。
純の視線。
室内。
正吉の母らしい、女がいる。
正吉、そのひざでテレビを見ている。
母、みどり。
——テレビを見つつ正吉にほおずりする。
正吉くすぐったがり身もだえする。
みどりがおかしがってさらにくすぐる。
正吉、げらげら笑いつつ暴れる。
みどりまたくすぐる。
正吉、杵次のひざへと逃げる。
さらに追いかけてくすぐるみどり。
ころげまわる正吉。しつこくせまるみどり。
ころげまわって笑いくるう正吉。
ガンガン鳴っている八代亜紀「雨の慕情」。
土間。
純。
——障子からそっと身をひく。
——螢を見る。

螢。
「雨の慕情」ガンガン流れている。

笠松家の灯

〽雨々ふれふれもっと降れ、——。
家の光が雪の中にもれている。
その家からそっと出る純と螢。
光の中にしばらく立っている。
間。
純、家の戸をそっと閉める。
二人。
——闇のほうへ歩きだす。

分校

玄関にささやかに立てられた門松。
車とまって、凉子がおりる。
五郎「じゃア、よいお年を」
凉子「黒板さん」
五郎「ハ？」
間。
凉子「すてきだわ」

五郎「――何がすか」
涼子「あなたたち」
五郎「――そんな。(笑う) 何を。――何おっしゃいます」
涼子「私――」
五郎「ハ？」
間。
涼子「一つだけうかがっていいですか？」
五郎「何すか」
涼子「黒板さん、どうして純君に対していねいな言葉でしゃべるんですか？」
五郎の顔。
涼子。
涼子「螢ちゃんにはふつうのしゃべり方するでしょう？」
五郎「――――(うなずく)」
涼子「前からふしぎに思ってたンです。あれ、何か理由があるンですか？」
五郎「――いえ」
間。
涼子「よけいなこといってごめんなさい」
五郎「――トンデモナイデス」
涼子「――じゃあ、いいお年を」
五郎「いいお年を」
五郎、車へ。

車内

五郎。
車をバックさせる。

麓郷

車走ってきて、中畑木材の前へとまる。
しんと静まった麓郷の通り。
五郎。
――中畑の家へと歩く。
窓の中から流れている歌。
そうしてどっと笑い声。
五郎。
――その視線の窓の中。

中畑家（窓の中）

帰省してきた兄弟と子どもたち。芦別から来た老夫妻。
一族がテレビの紅白に集中している。

同・表

五郎。

間。

玄関へ歩きかける。

考える。

間。

そして、そっと引きあげる。

音楽——静かな旋律ではいる。B・G。

家・一階

五郎、はいってランプに灯をつける。

間。

ストーブに火をくべ、その前にすわる。

同・表

雪、またさらさらと降りはじめている。

キツネがやって来て、中をのぞく。

樋

水が音もなく流れている。

居間

五郎、——書きかけの年賀状を出す。

間。

机にむかって思いきってペンをとる。

書く。

五郎の声「令子」

間。

五郎の声「子どもらは、元気にしている」

五郎。

間。

五郎の声「君は元気にしているのか」

五郎。

イメージ

日本髪——結ばれる。

家・一階

五郎。

イメージ

レイ美容院。

客の日本髪を結っている令子。

同・一階

五郎。

音楽——いつか消えている。

五郎の声「オレは——」

間。

五郎、ふりむく。

戸が開き、純と螢がとびこむ。

五郎。

——さりげなく賀状をかくす。

五郎「どうしたンだ！」

螢「やめたの」

五郎「どうして！」

螢「どうしても」

五郎。

間。

五郎「よしッ。（立つ）じゃあ三人で久しぶりに、富良野の街の灯でも見に行くか！」

螢「やったァ!!」

街の灯（眼下に）

キラキラとまたたく。

丘

ヘッドライトの中のシルエットの三人。

五郎「二人とも目を閉じろ」

二人「——」

五郎「いいか？　あの灯の一つ一つに、それぞれがそれぞれの大晦日を迎えてる」

二人「——」

五郎「たぶんそのうちの半分いじょうが、紅白歌合戦を見てるンだろう。でもな、そんなもン見なくても、大晦日はちゃんとオレたちにもある」

二人「——」

五郎「純」

純「ハイ」

五郎「螢」

螢「ハイ」

間。

五郎「君たちは本当によくがんばった」

二人「——」

五郎「父さん、——君たちに感謝している」
二人「——」
五郎「今年一年の君たちのことを——父さん、一生忘れないだろう」
二人「——」
間。
五郎「よし。目を開けろ！」

街の灯

間。
五郎「どなろう」
純「どなる？」
五郎「ああ、なンか——大声で、——街にむかってどなろう！」
純「てれますよオ」
五郎「いいじゃないか」
純「ダメですよオ」
間。
五郎「純」
純「ハイ」

丘の上

三人のシルエット。
五郎「父さんこれまでお前に対して、ていねいな言葉でいつもしゃべってきた」
純「——」
五郎「そうするつもりはなかったが——いつからかそういう習慣ができちまった」
純「——」
五郎「でももうやめる」
純「——」
五郎「いまからやめる」
純「——」
五郎「だからお前も——。いっしょにやめろ」
間。
純「ハイ」
五郎「ウン」
間。
五郎「よし。じゃあどなれ」
純「てれますってばァ」
螢「螢へいきだよ」
五郎「よし、じゃあ父さんが最初にどなる。お前ら父さんのまねしてどなれ」
二人「ウン」
五郎「よしッ」
五郎、大きく息を吸いこむ。
間。
五郎「(やめて) 何年ですか今年は」
純「1980年」
五郎「ああそう。1980年」
間。
五郎「(叫ぶ) さよならァ——ッ！ 1980年——ッ！」
かすかなこだま。
五郎「よし！ さァどなれ」
螢「ウン。セエノオ」
三人「さよならァ——ッ。1980年——ッ」
五郎「さよなら——ッ!!」
三人「さよなら——ッ!!!」
かすかなこだま。
音楽——テーマ曲、イン。

家

三人帰ってくる。

戸を開ける。

ストーブのところでにっこり雪子が立つ。

純「雪子おばさん!!」

雪子「ただいま」

螢「おばさん!!!」

とびつく二人。

雪原

草太とつららが歩いてくる。
つらら、はずむように草太にぶらさがって歩く。
草太、がらんと戸をあけて、
草太「おじさん！ これから初詣に行くンだけど——雪ちゃん！」

家

草太。

——たちまち人間がかわる。

草太「雪ちゃん！ イヤイヤ帰ってきたンかい!! イヤイヤ待ってたゾ!! 待ってたゾオラ!! 帰ってきたンかい!! イヤそうかいそうかい」

家・表

化石しているつららの顔。

音楽——もりあがって以下へつづく。

美容院「REI」

絹子があいさつして帰って行く。（「よいお年を」「よいお年を」）

カーテン閉めて、一人になる令子。

間。

鏡の前につかれはててすわる。

そのまま、ぼんやり鏡を見ている。

令子。——その心につきあげる孤独。

雪

その中にある廃屋の灯。

窓にははしゃいでいる一家の影。

音楽——ゆっくりもりあがって。

9

スロープ

　スキーでのぼっていく純。螢。

語り「恵子ちゃん、年賀状ありがとう。こっちに来てからはじめての手紙だからぼくはうれしくてとびあがりました。いま、ぼくはスキーの練習で忙しく、草太兄ちゃんにいわせると、ボクはスキーの素質においては天才的ではないかということで」

草太の声「来ォい!!」

　純、すべる。

木に衝突する純。木の雪落ちて純見えなくなる。

螢、笑いすぎ、ひっくりかえる。

雪まみれになって立ちあがる純。

音楽——テーマ曲、イン。

　タイトル流れて。

1

笠松家

純「(はいる) 正ちゃんいるかァ」

　ちょうど出ようとしたみどりと衝突。

みどり「いるわよ」

純「ア、失礼しました」

みどり「(中へ) じゃたのんだわね」

正吉「OK」

　みどり出る。

正吉「あがれよ」

純「おじいちゃんは?」

正吉「どっかに朝から出てった」

純「おふくろさんか、いまの」

正吉「ああ」

純「いいなァ」

正吉「何がいいもンか、帰ってきたらたちまちじいちゃんと大げんかよ」

純「何で」

正吉「知らねえよ。ま、一ぱいいこうぜ」
純「(うれしげに) やりますか」
純、はう。
正吉、一升びんをとる。
純「いい話あるンだ」
正吉「何だ」
純「大雪にスキーに行くンだ。いっしょに行かねえか」
正吉「オ。行く行く。だれがつれてってくれるンだ」
純「草太兄ちゃんと雪子おばちゃんよ。ま、早くいやダシジャコだけどな」
正吉「正月だからさかずきでいきますか」
純「いいですねえ」
正吉「(出しつつ) れいのブスとの三角関係はどうなったンだ」
純「つららさんか」
正吉「そうそう」
純「それがまァこれから――たいへんなンじゃないですか?」
正吉「やってますねえ、草太兄ちゃんも (つぐ)」
純「ア、こりゃどうも。おつぎします」
正吉「イヤ、こりゃ恐縮」
二人「そンじゃま」
正吉「今年もよろしくってことで」
純「ハイ」
二人、乾盃。
純「ウエッ、これ本当の酒じゃねえか!」
正吉「こないだより、ちょっと濃いってだけですよ」
純「ウーム。うまいすねえ」
正吉「イケマスデショウ?」
純「イケマスイケマス」
正吉「マ、もう一ぱい」
純「ヤ、こりゃ恐縮。辛口ですかこれ」
正吉「辛口はおきらい?」
純「イエイエボクは辛口のほうが」
いきなり戸が開いてみどり帰る。
二人ぎょうてんしてうろうろする。
みどり「何してンの」
純「イエ、アノ」
正吉「ちがうちがう! ちがう! ぜんぜんちがう」
みどり「ねえ、あんた黒板の、五郎さんとこの子?」
純「ア、ハイ」
みどり「やっぱりそうか。私が会いたがってたって、そういっといて」
純「ア、ハイ」
みどり「だけど、ぜんぜん似てないじゃない」
純「(うれしそうに) ありがとうございます。おかげさまで。その点」

五郎の顔

口の中でブツブツいいながら、設計図を作成している。
顔あげる。

家・一階

はいってくるつらら。
つらら「こんにちは」
五郎「おう」
つらら「何書いてンの?」
五郎「うン。まァ、ちょっとな」
つらら「――」
五郎「あがれよ」
つらら「うン、ここでいい」
つらら、ストーブの前の木の株に腰おろす。
五郎「どうしたンだい」
つらら「相談があるンです」
五郎「相談?――何の」
つらら「草ちゃんのこと」
五郎「――」
つらら「私、――あの人――わかンなくなった」
五郎「――どうして」
つらら「この前、――雪子さんが帰ってくる前、――草ちゃん、私にいったンですよね」
五郎「――」
つらら「安心しろって」
五郎「――」
つらら「いっしょになろうって」
五郎「――」
つらら「なのに、雪子さん帰ってきたとたん――」
五郎「――お茶飲むか?」
つらら「(首ふる) すぐ帰るから」
間。
つらら「私さァ」
五郎「――」
つらら「いい女でいたいンですよね」
五郎「――」

つらら「したけど自分が何だかだんだん――いやな女になってくるみたいで」
五郎「――」
つらら「わかるンですよね、自分でそれが」
五郎。
――茶をいれる。
つらら「どうなってンですか、草ちゃんと雪子さん」
五郎「――」
つらら「教えてくれません？　本当のところ」
五郎「――」
つらら「何いわれてもだいじょうぶだから私」
五郎「――」
間。
五郎「(ちょっと笑う) わかンないよオレには、そういうことは」
つらら「――」
五郎「お茶」
つらら「どうも」
間。
五郎「にが手なンだそういう――。そういう話、オレ」
つらら「――」
つらら、五郎を見る。
一瞬目があい、目を落とす五郎。
――ちょっと笑って。
五郎「たくあん、食わない？」
つらら「――」
茶をすする二人。
間。
つらら、ちょっと笑う。
つらら「おじさん、いい人ね」
五郎「？」
つらら「顔に答えが出ちゃってる」
五郎「――」
間。
つらら「私がきいたこと、黙ってて」
五郎「――」
カーラジオの音楽――軽快にたたきつけて、B・G。

雪道

草太の車、軽快に走る。
語り「一月五日、大雪へ行った」
草太の声「何だよ」

純の声「いいんですよ」
草太の声「いいかけて何だよ」
純の声「やめろよお前」
雪子の声「何よ正ちゃん」
純の声「いうなお前」
草太の声「いえよ！」
純の声「ぜったいいうな！」
螢の声「ききたい」
正吉の声「つらさん、さそわなくってよかったンですか」
車、クネクネッとスリップする。

富良野駅

列車が到着する。

改札口

おりてくる人びと。
その中に——令子。
音楽——「令子のテーマ」低くはいる。B・G。

麓郷街道

走るタクシー。

中畑木材前

とまるタクシー。

中畑家

ふりむいた和夫。
和夫「五郎の家を？」
みずえ「(うなずく)」
和夫「だれ」
みずえ「いわないの。きれいな女の人」
和夫「——」
みずえ「ねえ。五郎さんの奥さんじゃない？」

同・表

二人出る。
タクシーのわきに立っている令子。
和夫「失礼ですけど」
令子「中畑さんですか」
和夫「ハイ」
令子「私、五郎の家内です。いつも子どもたちがお世話になってて」

和夫「――イエ」
令子「アノ、あの人たちの家、どう行くンでしょう」
和夫「――」
みずえ。
和夫「ぼくがさがして呼んできます。それまでうちで」
令子「いえ、けっこうです。道だけ教えてくだされば」
和夫「――」
音楽――くだける。

同・中

ジャンパーとる和夫。
みずえ「いいの？　いきなりつれてって」
和夫「しかたないじゃないか、ほっときゃさがして自分で行く」
みずえ「だけど子どもたちは」
和夫「今日はいない。大雪にスキーに行ってる」

同・表

二人出る。
和夫、自分の車の扉を開く。
和夫「どうぞ」
令子「すみません。お忙しいのに」

フロントグラスに

景色が流れる。

道

走って行く和夫の車。
その行手に見えてくる廃屋。

雪原

和夫、車をとめ、
和夫「すみませんがここで待っててください」
有無をいわせずひとりでおりる。

家・一階

ふりむく五郎。
はいる和夫。
五郎「オオ、ちょうどいい。バッテリーのことだけど」
和夫「奥さんが来た」
五郎「奥さん？」
和夫「令子さんだ。いまそこにいる」

五郎「ちょ、ちょっと待て！　そんなお前、いきなり」
和夫「そういったンだ。だけど強引で。子どもらは」
五郎「いない。いやしかし」
　二人、ふりむく。
　入口の外に立っている令子。
　五郎——中腰。
令子「コンニチハ」
　五郎。
五郎「——」
和夫「じゃオレ、帰るわ。じゃ」
五郎「ちょちょちょ——」
　和夫の後を追う。

雪原

　ぐんぐん行く和夫と追いかける五郎。
五郎「ちょっと待てお前！　そんな無責任」
和夫「知らねえよ」
五郎「どどどうするのよ、したってオレひとりで」
和夫「知るかそんなこと」
五郎「行くな。お前。な、ちょっといろ！」
和夫「そんじゃ車で待ってるわ」
五郎「いて！　本当よ?!　おねがいよッ?!」
和夫「わかったよ」

家・一階

　令子。
　——めずらしげに中を見まわしている。
　五郎。
　——はいって立つ。
　令子。
　——かすかに笑って見せた。
令子「来ちゃった」
　音楽——鈍い衝撃。

2

家・一階

　ストーブに火がごうごうと燃えている。
　五郎と令子。
令子「何してたの？」
五郎「ちょっと——設計図をね」
令子「何の？」

五郎「風力発電だよ」
令子「――」
五郎「ここは電気が来てないンでね」
令子「ホント」
五郎「――」
間。
令子「上も部屋？」
五郎「ああ」
令子「――」
五郎「あいつらと――雪ちゃんが使ってる」
間。
令子「見ていい？」
間。
五郎「ああ」
令子、立つ。
五郎「そっちの梯子からあがるンだ」
令子、隣室へ。
梯子をあがりつつ。
令子「こっちはもともと何だったの？」
五郎「馬小屋だ」
令子「ホント」

同・二階

令子、あがってくる。
部屋を見まわす。
令子「子どもたち今日は留守なンですって？」
五郎の声「スキーに行ってる」
令子「――」
五郎の声「雪ちゃんもいっしょだ」
間。
令子「泊るの？」
間。
五郎の声「いいや」
令子「何時ごろ帰るの？」

同・一階

五郎。
間。
五郎「あいつらに会いにわざわざ来たのか」
間。
令子の声「会わせてもらえるの？」
五郎「――」

間。
令子の声「会ってもいい？」
五郎「――」
ガラス戸を表からノックする音。
ふりかえる五郎。
和夫「(のぞいて小声) やっぱオレ帰るわ」
五郎、あわてて外へ出る。
五郎「そんなこというなよ！」
和夫「オレがいないほうがやっぱりいいよ」
五郎「何いうのバカ!!　いてよ!!　もうちょっと！　ちょっと!!」
和夫「――ちょっとだけだぞ」
五郎「――」
和夫、車のほうへ。
五郎。
――中へ。
間。
令子の声「今年はこれで――雪多いほう？」
五郎「――らしいね」
間。
令子の声「水道もないンでしょ？」
五郎「なかったけど、去年の暮――沢から引いた」
令子の声「――」
五郎「純と螢が――よく働いてくれた」
令子の声「――」
五郎「それまでは沢まで一キロ近く――。あいつら水くみに毎日行ってたンだ」
令子の声「――」
間。
五郎。
五郎「オイ」
令子の声「――」
五郎「どうしたンだ」
令子の声「――」
五郎「何してる」

同・二階

令子。
――螢のパジャマを、しっかり胸に抱いている。
五郎の声「令子」
令子「会わしてちょうだい」
五郎の声「――」

令子「お願い。会わして」
五郎の声「――」
音楽――「令子のテーマ」かすかにイン。B・G。

ストーブに

バチバチと火が燃える。

窓

雪がかすかに舞っている。

家・一階

ストーブのわきにいる五郎と令子。
令子「お願い。あなたがいっしょにいていいから」
五郎。
令子。
五郎。
長い間。
五郎「母親が――どうしても会いたいってもンを――拒否する権利なンてなオレにはないよ」
令子「――」
間。
五郎「あいつらも――もちろん――会いたいだろうしな」
令子「――」
間。
五郎「ただね――」
令子「――」
五郎「いまもしお前が会ったら――」
令子「――」
五郎「これまでの暮らしはきっと、くずれるよ」
令子「――」
五郎「これまで――三か月――すこしずつできてきた――オレたちのここでの――暮らし方がな」
令子「――」
五郎「とくに純には――正直手をやいた」
令子「――」
五郎「なんど返そうと思ったかわからない」
令子「――」
五郎「それでもあいつは、すこしずつ変ってきた」
令子「――」
五郎「イヤ――変りかけているというべきなのかな」
令子「――」
五郎「あいつはいま強く――なろうとしかけてる」

令子「――」
五郎「それをいまここで君に会わしたら」
令子「わかるの、あなたのいってる意味は」
五郎「令子」
令子「――」
間。
五郎「こういうふうに考えてくれないか」
令子「――」
五郎「君とオレとがたとえどうなっても――子どもは子どもだ。二人の子どもだ。取りあげようなンてオレは思わない」
令子「――」
五郎「いずれ、あいつらがおとなになったら――イヤ――二年でもいい、一年でもいい――時期がきたらあいつらに――自分の道は自分でえらばせたい。ただ――」
令子「――」
五郎「その前にオレは、あいつらにきちんと――こういう暮らし方も体験させたい」
令子「――」
五郎「東京とちがうここの暮らしをだ」
令子「――」
五郎「それは――」
令子「――」
五郎「ためになるとオレは思ってる」
令子「――」
五郎「君には、オレのいってることがかってにきこえるかもしれないけども――」
令子「――」
五郎「もすこし変えてから君に会わしたい」
令子「――」
五郎「いまはまだダメだと、オレは思ってる」
令子「――」
五郎「いま、会わしても――」
令子「――」
五郎「あいつらにはきっと――」
令子「――」
令子。
――無言でストーブの火を見つめている。
音楽――消えていく。
令子。
五郎。
間。

令子「じゃあ――見るだけは？」
五郎「――」
令子「遠くから見るだけ」
五郎「――」
　間。
　ガラスがコツコツとノックされる。
　五郎。
　――見る。
　のぞいている和夫。
　五郎――立つ。
　戸を開ける。
和夫「オレ、アノ用事忘れてたから」
五郎「いま帰るよ」
和夫「イヤ」
五郎「（令子に）宿は――とってあるのか？」
令子「――（首ふる）」
　五郎。
五郎「とまらずに帰るのか？」
令子「――（首ふる）」
　五郎。
五郎「それじゃあとにかく――いまは行ってくれ。子どもたちがもうじき帰ってくる」
　令子。
五郎「たのむ」
令子「――」
五郎「必ず後で連絡する。（和夫に）悪いけど宿を世話してやってくれ」
　令子。

同・表（雪原）

　車へ歩く三人。

車の所

　のりこむ和夫と令子。
五郎「（急に）中ちゃん」
和夫「――」
五郎「悪いけど明日の昼ごろ、彼女をここまでつれてきてやってくれ」
和夫「――ああ」
五郎「令子」
令子「――」
五郎「車の中からにしてくれ。ぜったい出るな。約束してくれ」
　令子。
令子「わかった」
　和夫、車をスタートさせる。
　じっとその場に立っている五郎。
語り「そんなことはぜんぜん知らなかった」
　音楽――低い旋律ではいる。B・G。

家の灯（夜）
語り「ボクらは大雪で一日じゅうすべり、暗くなってから帰ってきたわけで」

家・一階
純「ぼく、ちゃんと下までおりたンだよ」
雪子「おどろいたわ、純ちゃんうまくなっちゃって」
草太「素質あるわこいつ。なかなかやるわ」
純「へへエ」
　螢、二階からおりてくる。
螢「父さん、うちにだれかきたの？」
　五郎――見る。
五郎「来ないよ」
螢「うそだ、だれか来た」
五郎「中畑のおじさんは来たけどな」
螢「ちがう。おじさんじゃない」
五郎「どうして」
螢「だって二階がきれいになってる」
純「アレ？　これなァに？」
　五郎――ドキンとする。
　純の手にしているデパートの袋（東京の）。
五郎「これか？」
　五郎、さりげなく中味をとりだす。
　包装をバリバリとさく。
　ラジオが出てくる。
螢「ラジオ！」
草太「オッ。カセットもついてるじゃ」
純「どうしたの？」
五郎「お年玉だよ。たのンであったンだ」
子ども「やったァ!!」
純「きいていい？」
五郎「いいよ」
　五郎、デパートの袋と包み紙をまるめ、さりげなく、そっと外へ出る。

家・表

樋に流れが音もなく走っている。
五郎、紙の束をまとめ、火をつけ風呂の焚き口につっこむ。
雪子「(うしろに立つ) 兄さん。だれか来たの?」
五郎。
五郎「令子だよ」
雪子「――」
螢「(出る) どうしたの」
雪子「え?」
五郎「さ、めしにするか。何もないぞ (中へ)」
雪子「さ、行こ」
螢。
――押されつつふりかえって焚き口に燃えている紙を見る。
音楽――

夜。

家・一階

雪子と五郎。
雪子「姉さん子どもたちに会いに来たの?」
五郎「――ああ」
雪子。
雪子「帰ったの?」
五郎「(首ふる) どっかにとまってる」
雪子「――会わすの?」
五郎「――ことわった」
雪子。
五郎「そのかわり明日、――中畑がつれてくる。遠くから見せてやる、あいつらを」
雪子。
ストーブにごうごう燃えている火。
五郎。
間。
五郎「雪ちゃん」
雪子「――」
五郎「オレは――」

雪子「――」
五郎「残酷な男かな」
　雪子。
　音楽――低い旋律ではいる。B・G。
螢の声「(ささやく) 雪子おばさん」

家・二階

　寝床で、ふりかえる雪子。
　シュラフの中から螢の顔。
雪子「どうしたの？　おしっこ？」
螢「(首ふる)父さん――だれも来ないっていったけど――
　本当は来たンでしょう？」
雪子「(ちょっと笑って) だれも来ないわよ」
螢「――」
雪子「だれか来るの？」
　間。
螢「母さん」
　雪子。
雪子「母さん――？」
螢「―― (うなずく)」
雪子「(笑う) どうして母さんが来るの」
螢「――」
　螢、パジャマのそでを鼻につける。
螢「母さんのにおいがしてる」
　雪子。
　螢。
　雪子。
　――螢のパジャマのにおいをかぐ。
　笑う。
雪子「何もにおってやしないじゃない」
螢「―― (はげしく首ふる)」
雪子「――」
　音楽――急激にもりあがって朝へくだける。

設計図 (風力発電)

　朝の光がさしている。
純の声「これで本当に電気がつくれるの？」
五郎の声「つくれるよ」
螢の声「本当かなア」
雪子の声「本当なの？」
五郎の声「むかしはここらでも、こうやってたンだ」

山

キラキラと純白にかがやいている。

語り「翌日はすごくいい天気で、父さんは、はじめてちゃんとぼくらに風力発電の計画を話してくれた」

設計図（家）

純「これは何？」

五郎「プロペラだよ。これをまず、今日は製作にかかる。ここでむずかしいのはこの、ねじれの角度だ」

螢「こっちはなあに？」

五郎「風の向きをこれで決めるンだ。これが風を受けてこういうふうにまわる。プロペラがいちばん風を受けやすいようにする」

表・家

五郎「二人でそっちおさえてくれ」

純と螢、部厚い板をおさえる。

五郎「よし」

螢「だれか来た！」

純「中畑のおじさんだ！」

五郎「だめだ、ちゃんとそこ、しっかりおさえてて」

鋸を引く五郎。

中からさりげなく出てくる雪子。

その視線に、

雪原

歩いてくる和夫。

そのむこうにある和夫の車。

家の前

五郎「純、――かわれ」

純「ぼく切っていい？」

五郎「ああ。螢、しっかりおさえてろ」

螢「うン」

純「しっかりおさえてろ」

和夫、来て五郎に目で合図。

五郎、チラと車のほうを見る。

車

その助手席に、顔をかくすようにすわっている令子。

その目に――

家の前

純と螢。
――たのしげなその作業。
和夫と五郎。
よごれた食器を洗っている雪子。

和夫「柱はどこへ建てるンだ」
五郎「ここのつもりだ」
和夫「雪だいじょうぶかな」
五郎「ここならそんなに影響ないだろう。バッテリーどうした」
和夫「ああ、あるそうだ。12Vのでよかったな」
五郎「いくつくらいはいるって？」
和夫「三つはだいじょうぶだって西ちゃんいってた」
五郎「三つありゃ助かる」
和夫「それからダイナモとレギュレーターも（つづく）」

鋸を使っている純と螢。

純「（たのしげに）信じられンぜ」
螢「何が？」
純「だって電気をつくっちゃうなンて」
螢「尊敬しちゃうね」
純「尊敬しますよ、本当にできたら」

二人、急にふりむく。

遠い道

草太の車が走ってくる。

家・表

ふりむく五郎、和夫と雪子。

道

草太の車、和夫の車のうしろにとまる。
草太、車からおりこっちへ来かかる。
ふと足をとめ、和夫の車の助手席を見る。

家・表

五郎の顔。
和夫の顔。

螢の声「草太兄ちゃんだ」
雪子の声「仕事しなさい」

道

草太、令子をみつけたらしい。

ちょっと頭さげる。

家・表

五郎のごく短いインサート。

雪子のごく短いインサート。

雪原

草太、こっちへ来る。

草太「(近づきつつ) 中さん！　だれだあれ。いやいやな
かなかいい女でしょう！」

雪子「(走る) 草ちゃん!!」

草太、びっくりして足をとめる。

草太「どしたの」

雪子、草太の腕をとり、ぐんぐん押すように車のほう
へもどる。

草太「どうしたの?」

ぐんぐん押されて。

家・表

キョトンと見ている純と蛍。

和夫「ホレ純、さぼるな」

純、あわててまた板を切る。

車の所

草太を押すようにしてくる雪子。

令子。

雪子「姉さん！　かくれて！　むこうから見えてる！」

ドキンと雪子を見、令子を見た草太。

雪子、草太の車にのりこむ。

雪子「草ちゃん、乗って！」

草太「――(乗る)」

家・表

和夫「(チラと時計見て) さ、オレ行くわ」

五郎「(見る)」

和夫「旭川の空港に――用があるから」

五郎「――うン」

和夫「(二人に) しっかりやれよ。じゃあな」

五郎「ありがとう」

和夫、去る。

二人。

――キョトンと、

純「どうしたの？」
五郎「何が」
純「雪子おばさんと草太兄ちゃん」
五郎「どうかしたのかな。さ、早くやれ」
純「ハイ」
三人、ふたたび作業にもどる。
五郎、働きつつチラと見る。
その目に――
草太の車がスタートするのが見える。

車の所

和夫、来て、車にのりこむ。
エンジンをかける。
バックさす。

同・内

令子、必死に首をめぐらす。
令子。
その目に――

家・表（遠く）

三人の働く小さな姿。
和夫の声「行きます」
車、スタートし、家と三人が後になる。

車内

令子、けん命にまた首をめぐらす。

家（遠く）

廃屋と三人、ぐんぐん小さくなる。
音楽――静かな旋律ではいる。Ｂ・Ｇ。

同・表

五郎。
車の音がはるかに去る。
純「切れたッ」
五郎「――（見る）」
螢「切れたよ」
五郎「よし。じゃあ今日はそこまででいい」
純「え？　もういいの？」
五郎「二人とも、スキーをやっといで」
二人「ヤッタァ!!（走りかける）」

五郎「ちゃんと、道具を片づけてからだ」
二人「ハイッ」
二人、急いで道具を片づけ、そのままパッと家へかけこむ。

ストーブに

薪がくべられる。

家・一階

五郎。
——ぼんやり木の株にすわっている。
ふと。
——手をのばし、ラジオにふれる。
そのままじっと動かない。
五郎。
戸が開く。
顔をあげる五郎。
みどり、にっこり笑っている。
みどり「こんちは」
五郎「——(口の中で) みどりちゃん——」
音楽——ゆっくりもりあがる。

4

とまっている車内

雪子と草太。
低く流れているカーラジオの音楽。
草太の顔。
——じっと前方をにらんでいる。
草太「じゃあ会わせもせず追い返したのか」
雪子「——」
間。
草太「二人ともまったく知らされずか」
雪子「——」
間。
雪子「ゆうべ、螢が急にいったのよ」
草太「——」
雪子「うちに母さん来たンでしょうって」
草太「——」
雪子「パジャマに母さんのにおいがするっていうの」
草太「——」
雪子「あの子、——何となく気がついたみたい」

草太。
間。
草太「そりゃねえぜ」
雪子「――――」
間。
草太「そりゃあんまりだぜ」
雪子「――――」
間。
草太「いくらおじさんでも――。そりゃねえぜ」

家・一階

みどりと五郎。
みどり「どうしたの？」
五郎「何が」
みどり「元気がないみたいだから」
五郎「（苦笑）そうかな」
みどり「むかしは元気がありすぎたからね」
五郎「二十年たちゃあだれだって変るぜ」
みどり「それもそうだね」
間。
五郎「別れたンだって？」
みどり「逃げられたのよ（笑う）」
五郎「――――」
みどり「あんたもだって？」
五郎「お互いあわれだな」
みどり「いいンでないかい？」
五郎「（笑う）いいンでないかいか。あい変らずだな」
間。
五郎「生きてるのかい」
みどり「何が」
五郎「別れた亭主」
みどり「生きてるわよ。札幌にいるらしい」
五郎「何してた人」
みどり「土建屋さん」
五郎「フム」
間。
五郎「子どもは――ひとりかい」
みどり「そう、おたくのといっしょ」
五郎「そうなンだってな」
みどり「会ったわこないだ。――たいへんでしょう」
五郎「まァ、そりゃ――たいへんだな」
みどり「男手一つじゃね」

五郎「これまでかみさんにまかせっきりだったンでね」
間。
みどり「よく渡したわね、おくさん、子ども」
五郎「――」
みどり「私なンか狂っちゃった。渡す渡さないで」
五郎「――」
みどり「渡されてもそばにはいてやれないンだけど」
五郎「――」
みどり「会いに来るのが――それだけが生きがい」
五郎。
ストーブの火。
五郎「(ポツリ)そうだろうな」
みどり「女はおなかを痛めてるからね」
五郎「――(うなずく)」
みどり「もとは、体の一部だったンだからね(ちょっと笑う)」
五郎。
間。
みどり「いやだね、せっかく二十年ぶりなのに」
五郎「――(苦笑)」
いきなり戸が開き草太がはいる。つづいて雪子。

草太「おじさん」
雪子「草太さん」
五郎「どうしたンだ」
草太「どうしたンだじゃねえべさおじさん。――純たちは」
五郎「スキーだ」
草太。
――木の切り株をとり、すわる。
草太「おじさんすこしひどいンでないかい?」
五郎「――」
草太「さっきの人、奥さんだそうじゃないか。純たちにわざわざ会いに来たンだべ」
雪子「草太さん」
草太「会わせねえで追っ返したってそれはねえべさ。おじさんにそこまでいう権利あるのか」
みどりのごく短いインサート。
五郎。
草太「そらねえと思うぞ、わざわざ母親が来たもンをよ。純にも螢にも教えなかったっていうンでしょう。いくらなんでもそらねえと思うぞ」
雪子「だけど草太さん」

みどり「それを知らないでガタガタ他人が、心ン中まで踏
　みこむもンじゃないよッ」
草太。
──頭にきてバッととび出そうとする。その目がドキ
ンと固定する。
しきい際にいつ帰ったのか、スキーを持って立ってい
る純と螢。
ふりむきドキンと凍結した雪子。
なにげなく顔あげ化石した五郎。
ふりかえりハッとしたみどりの顔。
純と螢。

旭川空港

ランプにはいってくるYS―11。

同・駐車場

車の中の和夫と令子。
間。
令子「子どものこと、よろしくお願いします」
和夫「奥さん」
令子「──────」

草太「雪ちゃんは黙ってれ。オラァ男同士しゃべってンだ。
おじさんすこし身勝手すぎるべさ。奥さんに対してど
んなうらみがあるか知らんが純や螢には関係ねえべさ。
あいつらの気持考えてやったのか」
五郎。
草太「あいつらにとっては母親だべさ。かけがえのねえた
ったひとりしかいねぇ──別に住んでたって母親だべ
さ。それをひと目も会わせねぇで返すなンて、男のや
ることでないンでないかい？」
五郎。
草太「オラだらそんなけちなまねアしねえぜ。オラだらい
くら奥さんがにくくたって」
みどり「（ふいに）知ったようなこというンじゃないよッ」
草太「オ？」
みどり「──────」
草太「何でぇあんたは」
みどり「何だっていいよ」
　みどり。
みどり「だけどねッ、人にはそれぞれ自分の──理屈にな
　らない気持だってあるンだ！」
草太「──────」

和夫「オレは――」
令子「――」
和夫「うまくいえんけど――」
令子「――」
和夫「あいつの気持もわかってやってほしいです」
令子「――」
和夫「あいつはあいつなりに、――子どもたちのことを」
令子「わかってます」
和夫「――」
令子「頭では――。わかってます」
和夫「――」
令子「わざわざ遠くまで、ありがとうございました」
和夫「いえ。――お気をつけて」
令子「(おりる)」

YS―11

ランプから滑走路へ。

空港柵

じっと立っている和夫。

滑走路

YS―11離陸する。

機内

窓に顔よせ眼下を見ている令子。その目に、

下界

ななめになってひろがる雪の旭川。
音楽――テーマ曲、イン。B・G。

家・一階

夕食をとる一家。
純「父さん、ボクすこしだけ曲れるようになったよ」
螢「私はまだ」
純「いまボーゲンの練習してるンだ。それが終わったらシュテムってンだって」
五郎「(食べつつ) 純」
純「ハイ」
五郎「――螢」
螢「ン?」
間。

五郎「あのラジオだがな。本当いうと——あれは父さんのプレゼントじゃないンだ」
雪子。
五郎「本当は母さんがくれたンだ」
二人「——」
純「(明るく) ねえ、もし電気がはいったらさァ、そのうちテレビも見れるようになるのかな」
五郎「——(食う)」
純「うちの電気はアレなンでしょう? いくら使っても電気料とられないンでしょう?」
五郎「——」
純「そしたらさァ、電気料も水道料も (明るく話しつづける)」
語り「母さんが来たことにぼくは気づいてた。
だけど父さんにいまそれをいうのは——いわないほうがいいとぼくは思ってた」
螢、笑って純に何かいう。
やりあう二人。
語り「螢も同じ気持らしかった」
窓や戸をガタガタと吹雪がゆさぶる。
語り「その晩から風が強くなった」

吹雪(夜の中)
ラジオの声「(かすかに) この風雪は内陸部を中心に今夜半から明日明後日にかけて」
語り「だけどそのときはまだ本当の吹雪のこわさがどんなものなのかぼくは知らなかった」
風雪。
そのすさまじいうなりの中で、
音楽——

10

家・一階

プロペラ（風力発電）をやすりでみがいている純と、
ぬい物の雪子。

純「困っちゃったよオレ」
雪子「どうしたの？」
純「父さんのやっている風力発電のことをさア、正吉君のおじいちゃんにこの前行った時話しちゃったンだよな」
雪子「ウン」
純「そうしたらさア。――父さんにないしょよ」
雪子「どうしたの？」
純「電気なら知り合いにたのんでやるっていうンだよ」
雪子「たのむって？」
純「北電に知ってる人がいるから通すような交渉してやるっていうンだよ」
雪子「――」
純「風力発電の電気なンかじゃさ、テレビなンかとても見えないからって」
雪子「父さんに話したの？」
純「話せるわけないじゃありませんか。よけいなお世話だってしかられるに決まってますよ。そうじゃなくても笠松のおじいちゃんのことになると、ヘナマズルイんだから近づくなって。弱りましたよ、洗濯ばさみですよ」
雪子「洗濯ばさみ？　どういう意味それ」
純「アレ？　いわない？」
雪子「どういう意味かわかンない」
純「（ニタリ）おばさん――本当に大学出てンの？」
雪子「――」
純「洗濯ばさみっていやぁ――（ハッと）ア、板ばさみだ。板ばさみ板ばさみ。アハハハハハ」

音楽――テーマ曲、イン。
タイトル流れて。

1

家・二階

螢、顔を出す。

螢「お兄ちゃん、お兄ちゃん」
純「しッ」
ラジオ「なお、上川留萌地方に大雪注意報がだされました」
螢「水道の屋根やっとけって父さんいって行ったでしょう？」
純「いまやるよ。雪降りだした？」
螢「青空でてる」
純「天気予報、ぜんぜん当たンねぇじゃねぇか」

雪原

友子やってくる。
水道（樋）に雪よけの屋根をつくっている純と螢。

友子「精が出るね」
二人「こんにちは」
友子「五郎さんはいるかい」
純「中畑さんとこ行ってます」
雪子「（出る）アラこんにちは」
友子「ア、いま富良野の西岡電装から五郎さんとこに電話あってね、備品そろったから取りに来てくれって」
雪子「すみませんいつも、わざわざ」
友子「気温あがってるからもうじき雪になるよ（去る）」
雪子「そうですね。――ア、おばさん」
友子「ン？」
雪子「おたくの車――今日あいてます？」
友子「ああ、あいてるよ。使うかい？」
雪子「すみません。後で、貸してください」

家・一階

したくする雪子。

純「街行くの？」
雪子「いまの電話――アレよ。父さんのこないだから待ちこがれてたもの」
純「ア！ わかったアレだ！」
螢「風力発電の！」
純「バッテリーとか何とかいう機械」
雪子「そう。いい？ お父さん留守の間にこっそり取ってきて、帰ってきたらびっくりさせちゃおう」
二人「（興奮）いいいい！」
雪子「もしもお父さんが先に帰ってきても、私がどこ行ったかないしょにしとくのよ」

螢「わかった」
純「おばさん、ぼくも行く！」
雪子「純ちゃんも？」
純「おばさんひとりじゃ持てませんよ。いっぱいあるって父さんいってたし」

辰巳家

車にのりこむ雪子。
辰巳「なるべく早く帰っといでよ、午後から吹雪くって予報が出てるよ」
純「(ニタリ) 天気予報なンて当たりませんよ」
雪子「お借りしまァす」
車スタート。

道

カーラジオから流れる軽快な音楽。
二人の乗った車がすっとぶ。

フロントグラス

麓郷の市街地を通過する。
純の声「ア、ヤバイ！　お父さん！」

道路わきを歩いている五郎のうしろ姿。一瞬にして通過する。
雪子の声「バレたかな」
純の声「気づいていませんよ」

麓郷

五郎、歩いて自動販売機で煙草買う。
もどりかけ、フッと足をとめる。
バス停にポツンといるみどりと正吉。
みどり、五郎に気づき手をあげる。

中畑木材・土場（倉庫）

煙草に火をつける五郎とみどり。そばにしょぼんといる正吉。
五郎「帰るンかい」
みどり「お店そうそう休めないしね」
五郎「うン」
みどり「こんど来たらよってよ、旭川。――サブロク街のポニーって飲屋」
五郎「(うなずき、正吉の頭なでる) さびしくなるな。家遊びに来い」

正吉、逃げるように木材のほうへ。
見送る二人。
みどり「また父ちゃんとやっちゃってね」
五郎「――（見る）」
みどり「来ると必ず帰るときけんか」
五郎「――原因は何だい」
みどり「馬（ちょっと笑う）」
五郎「馬？」
みどり「（うなずく）もう売ればっていったのよ。何の役にも立ってないンだし。かいば料だけで結構かかるし」
五郎「――」
みどり「飼ってても死ぬの待つばかりなンだから」
間。
五郎「何年いたの」
みどり「十八年かな。もう大オジン」
五郎「――」
みどり「じいちゃんの気持もわかるンだけどね。家族同様の馬なンだから」
五郎「――」
みどり「売るったって――馬肉になるだけだしね」
五郎「――」
みどり「でもね」
五郎「――」
みどり「旭川でお客におしりなんかさわらして――送金した金が、かいば料にとんでると思うとね」
五郎「――」
みどり――、ちょっと笑う。
みどり「よせばいいのにやっちゃうンだよね」
五郎「――」
みどり「じいちゃんの気持、――わかってるくせにね」
――正吉のほうをふりかえる。
みどり「正吉！　バス来たよ！　母ちゃん行くよ！」
音楽――静かな旋律ではいる。B・G。

バス停

バスが去って行く。
ポツンと残された正吉と五郎。
五郎、ちょっと正吉の頭をなでる。

豚舎事務所

お茶を飲んでいる和夫、五郎。

和夫「馬もじっさい少なくなったもなァ」
五郎「いま麓郷に何頭いるかンね」
和夫「三、四頭しか残ってないンでないかい？」
五郎「むかしはいたがなァ、どこの家にも」
和夫「馬がなきゃなンもできなかったもな」
五郎「考えてみりゃずいぶん世話ンなってる」
和夫「でもまァいまだら無用の長物だわ。本当はじいさんも売りたいらしいンだわ」
五郎。
音楽――いつか消えている。
五郎「そういう気になってるの」
和夫「この前笹塚に話したらしい。三十万で引き取らんかって」
五郎「三十万」
和夫「笹塚鼻で笑っとったわ。またあの笠松の強欲じじいが、あんな老いぼれ馬十万でも買わんわって」
中川「(はいる) そろそろあのブタ、産気づきかけてるよ」
和夫「(立つ) そうかい」
中川「おそくとも夕方には産むンでないかい？」
和夫「(表へ) お、来た来た、雪が来た。こら天気予報今日は当たりかな」

同・表

雪まみれの車来てクマがおりる。

和夫「ずいぶん雪がくっついてるでないの」
クマ「八幡丘から富丘のあたり、ものすごい雪ですわ。もう何も見えん」
五郎「(車の窓をぬぐって) 湿り雪だなこら」
中川「気温もずいぶんあがってきてるわ」

西岡電装

雪。

雪子「どうもありがとう」
西岡「(荷積みを終わって) ハイご苦労さん (中へ)」
雪子と純、車にのりこんで、
雪子「さて、行きますか (キイかける)」
純「ねぇ」
雪子「ン？」
純「八幡丘の道とおって行かない？」
雪子「どうして」
純「草太兄ちゃんの牧場によってさ。スキーの写真できてるはずだし」
雪子「ああ。――そうするか」

純「(ニタリ) 気がきくでしょう」
雪子「(見る) どういう意味よ」
雪子、純のおでこをつつく。
純、いやらしくヘヘェ、と笑う。
語り「軽い気持でボクはいったンだ」
車、バックする。

国道
雪。
雪子らの車行く。
語り「そのとき富良野はもう雪だったけど、とくにひどいという降り方でもなく」

走る車
そのいくつかのカットのつみ重ね。
語り「このていどの雪はいつも見なれており」

八幡丘への坂
のぼって行く車。
語り「ところが。八幡丘の坂をのぼりはじめていくつかのカーブを曲がってるうちに、とつぜん雪はものすごくなり」

雪
視界をさえぎってしんしんと降る。
せわしなく動くワイパー。
語り「それはもうまるで、信じられないくらい――べつの世界にはいっちゃったみたいで」
音楽――津波のように押しよせてくだける。

2

ワイパー
せわしなく雪をはらう。
視界――零。

速度計
十キロのあたりでブルブルふるえている。
雪子の声「純君見える? 道のはし見える?」

ワイパー
視界――ほとんどなし。
雪子の声「道路のわきのポールをよく見てて!」

路肩指示柱、かすかに見え通過。

雪子の声「わかったでしょいまの！　上からぶらさがってる、矢印のついてるの！」

ワイパーに絶え間なくぶつかってくる雪。

ギア

セカンドからローにシフトダウンされる。

雪子の顔

フロントグラスにほとんど顔をつけ、前方を凝視。

ワイパー

せわしなく動く。

音もなく吹きつける雪。

純の顔

ぼう然と、すこし口をあけている。

雪子の声「純君、右見てて、道の右側！　牧場のゲートがあるはずだから」

ワイパー

動く。

何も見えない。

雪子の顔

ワイパー

純の顔

雪子の声「見えたらいってよ?!　すぐ教えてよ?!」

ワイパー

純の顔

ワイパーの音。

間。

語り「(無声音) 拝啓。恵子ちゃん。——吹雪です」

間。

語り「生まれてはじめて見る北海道の、——これが本当の吹雪です」

ギア

シフトアップ。ローからセカンドへ。

スピードメーター

十五キロくらい。

雪子の顔

ハンドル

ぐらぐらとたよりなく左右にとられている。

ワイパー

せわしなく動いている。

語り「ぼくは必死に道路の右側の、白い吹雪に目をこらしていた」

ダッシュボード

しっかりつかまっている純の手。

語り「富良野の街を出て山道にはいってから、もう三十分はたっぷりすぎていた」

雪子の横顔

けん命に前方をにらみハンドルをさばいている。

語り「だけどのろのろと進んでいるから、右側にあるはずの草太兄ちゃんの、共同牧場の白いゲートが、もう過ぎたのか、——まだ先なのか」

ワイパー

ギア

シフトアップ——サードへ。

スピードメーター

ぐうんと二十から三十キロへ。

とつぜん。

雪子の声「ア！」

メーター、ガンとゆれ、零に落ちる。

ワイパー

とまっている。

純の声「どうしたの」

雪子の声「つっこんだみたい。吹きだまりに」

キイ

雪子の指がまわす。
エンジンがかかる。

車内

雪子。
エンジンをふかす。
純「(見る)――」
雪子「――」
雪子、必死にエンジンをふかす。

車輪

吹雪の中でからまわりしている。

ギア

ローからバックへきりかえられる。

雪子のインサート

エンジンをふかす。

純のインサート

車輪

バックでからまわりする。
――とまる。

車

戸を開け雪子、車の外へ出る。
猛吹雪、雪子にたたきつける。
車輪を見る雪子。
車の下が深く掘れている。
雪子。
純「(のぞく)出ないの?」
雪子「――」
雪子。
行手と、いま来た道を見る。
人家の気配はまったくない。
吹雪の中の雪子。
音楽――津波のように押しよせて衝撃。くだけて繊細なB・G。

家

音もなく降っている雪。

同・二階

螢、ひとりでお手玉をしている。
戸の開く音にふりかえる。
雪の中に立っている杵次。

杵次「父さんは？」
螢「――出てる」
杵次「――――」
螢「――でももうみんな帰ってくると思う」
杵次「――うン」
螢「どうぞ」
杵次「――そうか」

杵次、戸を閉めて中へ。

間。

杵次「わしを知ってるか」
螢「正吉君のおじいちゃん」
杵次「うン」

間。

杵次「お手玉か」
螢「そう」
杵次「だれがつくった」
螢「自分で。辰巳のおばさんに、つくり方ならった」
杵次「そうか。えらいな」

螢。

――お手玉。

杵次。

音楽――消えていく。

杵次「借してみい」
螢（貸す）

杵次。

――低い声でうたい、お手玉をする。

杵次「〽西条さんは霧深し、シクマの川は波はらし、はるかに聞こえる物音は、さかまく波か白波か、のぼる朝日のハツノキの、ひらめく御旗、クルクルクルッ」
螢「うまァーイ！」
杵次「(笑う) むかしはみんなこうして遊んだ」
螢「――――」
杵次「玩具などほしゅうても買えんかった」
螢「――――」

間。

杵次「ずっとランプで暮らしとるンか」

螢「ハイ」
杵次「ホヤはだれがみがく」
螢「お兄ちゃんと私」
杵次「ウン」
螢「――」
杵次「むかしからあれは子どもの仕事じゃった」
螢「――」
杵次「むかしは――」
　戸が開き、五郎はいる。
五郎「どうも」
杵次「――じゃましとる」
五郎「馬ソリでここまでいらしたんですか」
杵次「こういう日にはあれに限る」
螢「馬が来てるの?!」
螢「(立つ) 見てくる! (とび出す)」
五郎「気をつけなさい。後にまわるとけられるよ」
杵次「馬は子どもなどけりゃせん!」
　螢、もう外へ。
　戸が閉まる。
五郎「(ストーブに薪をくべる) あの馬ですか」
杵次「何が」

五郎「いや――。手ばなされるとか」
杵次「――だれがいうた」
五郎「――」
杵次「ばかいえ。馬は手ばなさん」
五郎「――」
杵次「車よりよっぽど役に立つ」
　五郎。
　――火をいじる。
杵次「二、三日うちに上田ちゅうもんがここへ来る」
五郎「上田?」
杵次「北電のもんだ。たのんどいてやった」
　五郎――見る。
杵次「いまどき電気なしじゃ生活できん。すぐにとおせというてやった。ぶつぶついいくさったがどなってやった。じきにこの家にも電気がとおる」
五郎「――」
杵次「金もそうはかからん。それもいうといた」
五郎「ア、イヤちょっと、待ってください」
杵次「――」
五郎「じつは――。電気はいいンです」
杵次「――」

五郎「風力発電が――もうじきできますし」
杵次「風力発電が何の足しになる」
五郎「――」
杵次「あんなもン、子どものオモチャにすぎん」
五郎。
五郎「しかし本当に――電気はいいンです」
杵次「――」
五郎「お気持はとってもうれしいンですが」
杵次。
間。
杵次「たのんでやったのにことわれっていうのか」
煙管に火をつける。
五郎「アアイヤ、――アレです。何でしたら私から」
杵次「――」
五郎「本当にせっかく、――アレなんですが」
杵次。
間。
杵次「五郎」
五郎「――ハイ」
杵次「わしのすることは、お前、何につけことわるな」
五郎「ア、イヤそういう」
杵次「水道のときもことわった」
五郎「イヤソリャ、誤解せんでほしいです。オレは」
杵次「わからんな」
五郎「――ハ？」
杵次「どうしてお前は便利になったもンをわざとのように利用せん」
五郎「イヤそんなわざと利用せんなンて」
杵次「せんじゃないか」
五郎「――」
杵次「むかしこの村には電気がなかった。そのことでわしらはえらい苦労した」
五郎「――」
杵次「その苦労を子どもや孫にまでかけまいと、必死に運動して電気をとおした」
五郎「――」
杵次「中畑のじいさんや、――お前のおやじや――死んだ前川や、飯田の茂や――」
五郎「――」
杵次「富良野まで何度も足を運んで――生意気な役人に頭さげとおして――そうしてようやく電気をひいてもらった」

五郎。
杵次「その電気をお前はひいていらんという」
五郎「いや」
杵次「(はげしく)そういうとるべ！　現実に！」
五郎「――」
間。
杵次「お前のおやじがきいたら何ちゅうか」
五郎。
音楽――低い旋律ではいる。B・G。
五郎「とっつあん」
杵次「むかしァ、なつかしがるだけのもンでない」
五郎「――」
杵次「二度としたくないむかしだってある」
五郎「――」
杵次「お前はまちがっとる」
五郎「――」
杵次「いまに後悔する」
五郎「――」
杵次――入口を見る。
いつか立っている螢。
五郎。
杵次、立ちあがり、表へ歩く。
螢をちょっとなで、雪の中へ消える。
――泣きそうな顔で黙って五郎のひざにすわる螢。
五郎。
――螢をなで、ちょっと笑う。
五郎「おこられちゃったよ」
螢「――」
五郎「純たちはどこ？」

吹雪

その中で――
車の車輪がからまわりする。
スコップでけん命に雪を掘る純。
雪子――車から出る。
雪子「だめだ。さがしてくるどっか近くの家」
純、雪子をつかまえ、けん命に首をふる。
純「車の中で、待ったほうがいいと思う」
雪子「――」
二人、吹雪の中、あたりを見まわす。
何も見えない。
雪子、――ガタガタと恐怖にふるえている。

音楽——急激にもりあがる。

3

雪

すでに日は落ちてしまっている。
雪をついてくる車のヘッドライト。

ヘッドライトが——

闇の中の辰巳家を浮きあがらせる。

辰巳家・表

車のライトをつけっぱなしで五郎が車からおりてくる。玄関の戸をたたき、ガラリと開ける。
懐中電灯をつけ、出てくる辰巳。

五郎「どうしたの電気」
辰巳「停電さ。ついいま」
五郎「停電！」
辰巳「送電線が雪で切れたらしい」
五郎「電話は」
辰巳「電話は通じてる」
五郎「ちょっと借して」
友子「(出る) どうしたの」
五郎「雪ちゃんと純が帰ってこねぇんだ」

同・居間

懐中電灯とローソクの灯が、電話をかけている五郎を照らす。

五郎「何時ごろ？ ——一時？ ——一時にそっちを出てるのかい。それで、——まっすぐ帰るっていってた？」
つらら、出てくる。
五郎「いや、すみません。どうもありがとう (きる)」
友子「来たって？」
五郎「(うなずく) 一時にこっちへむかったって」
辰巳「一時に？」
時計を懐中電灯が照らす。——六時をすこしまわっている。
つらら「草ちゃんの牧場によってるンじゃないの？」

草太の家

ローソクの灯の中で電話に出ている草太。
吹雪のごう音。

草太「え？　何？　雪ちゃん？　来てない来てない。来れるどころの騒ぎでないンだ。昼前からこっちは猛吹雪でよ。車なンてとおれるどころじゃねえよ！　おまけにさっきから停電しやがってよ」

正子の声「草太！　ちょっと早くして！」

草太「わかったよ！（電話に）おじさんちょっとごめん！いま牛舎の暖房が停電で切れちまって。ごめん！（きる）」

正子「（とびこむ）草太！」

草太、手持ちのストーブを持って表へすっとぶ。

辰巳家

五郎、電話をきる。

時計のセコンド音高くなる。

つらら「来てないって？」

五郎「あっちは猛吹雪で車はぜんぜん」

とつぜん電話がけたたましく鳴る。

つらら「ハイ。——そうです。——ああいまちょうど。

（五郎にさし出す）中畑のおじさん」

五郎「（かわる）ハイ」

中畑家・居間

ここも停電。

和夫「ああ五郎！　たのむわ、いいとこいてくれた！　停電でな、豚舎の暖房が全部切れちまったンだ。おまけに水道も断水でよ！　もうじきこっこが生まれるンだ！　人手がないンだ！　たのむわ来てくれ！（きる）」

辰巳家

五郎「アもしもし！　もしもし——」

きる。

雪

その中を来るヘッドライト。

豚舎・庭

その庭を二台の車のヘッドライトで照らし、雪の中で水を運ぶクマと中川。

五郎、車をとめ光の中へ走る。

五郎「中ちゃんは？」

クマ「家です。ついいま家のほうに」

中畑家（停電）

すみえ、毛布にくるまっている。

みずえも和夫もヤッケを着ている。

和夫「(電話に) 何かねいべか！　手持ちの石油コンロでも、もしなンだったら薪ストーブでも」

五郎、はいる。

和夫「たのむわ。イヤイヤ電気切れたらよ、うちの暖房全部パアよ。たのむわ。とにかく何でもいいから (きる)」

すみえ「寒いよオ」

みずえ「がまんしなさいもうちょっと」

和夫「(五郎に) イヤイヤ、したけどこんなことなら工事するンでなかったゾ！　新式の暖房に全部とっかえたら電気が切れたらぜんぜん使えず！　おまけに水までお前ポンプが電気で。イヤイヤ近代的ってのあ不便なもンだゾ」

五郎「――」

和夫「どうしたの」

五郎「雪ちゃんと純が帰ってこないンだ」

電話のベル鳴る。

和夫。

和夫「(五郎を見たまま取る) ああ――そう。――いいや麓郷だけでない。布礼別も富丘も八幡丘も――ずっと広範囲だ。全部とまってる。――そうだ。電線が雪の重みで。――いやその場所はまだわかってない」

きる。

和夫「帰ってこないって――どこへ行ったンだ」

五郎「(首ふる) 悪いけどジープ借してくれるか」

雪

音楽――低く不安定なリズムではいる。B・G。

その中を来るジープのヘッドライト。

ワイパー

せわしなく動いている。

運転席

五郎、運転しつつ周囲に目をこらしている。

中畑家・居間

みずえ「まようような道じゃあないけどねえ」

和夫「辰巳のボロ車借りてったっていうから、どっかで故障しちまったンでないか？」

ワイパー

せわしなく動いている。

五郎

先方を凝視している。

豚舎事務所

クマ「麓郷街道は車とおってるそうですよ」
和夫「――」
クマ「あすこはだいたい谷間だから入口と出口しか吹きだまりもできンし」
中川「(はいる) ブタ、生まれますよ！」
二人(急ぎ立つ)
　外へ出る三人。
　ローソクの灯がゆれる。
　その灯影の中の時計。
　――すでに七時をまわっている。
　セコンド音、音楽に重なってはいる。

ワイパー

せわしなく動いている。
そのむこうから来る車のライト。
五郎、車をとめ、光を上下しホーンを鳴らす。
対向車、わきに停車する。
五郎「(車から首出して)どっかに故障車見なかったかい」
男「いいや」
五郎「この先道は。――吹きだまりはあったかい」
男「なンもだ。どうしたの。何かあったの」

道

二台の車、それぞれ動きだす。

ワイパー

動く。

五郎の顔

ワイパー

動く。
吹きつけてくる雪の中の、ヘッドライトが照らす白い世界。
音楽——遠く去って。中断。

中畑家

すみえ、母親に、ガタガタふるえてしがみついている。
みずえ「(電話に) 何もないって、麓郷街道は。——それで五郎さんもしかしたら——八幡丘の道来たンじゃないだろうかって」
五郎。
みずえ「したって雪子さんそんなこと知らんでしょう」
ふるえているすみえ。
みずえ「あっちには草太さんの牧場もあるし」
五郎「ちょっと (かわる) もしもし」

豚舎事務所

和夫「ウン。——ウン。——草太ンとこには連絡したのか」

中畑家

五郎「してるンだけどだれも出ないンだ。牛舎のほうみんな行ってるらしくて」

豚舎事務所

クマはいる。
和夫「もしも八幡丘の道はいったとあればそりゃあ吹きだまりにつっこんでるゾ。——いやあすこらは猛吹雪らしいから。バスも午後からストップしとるって」

中畑家

みずえ。——すみえをしっかり抱いたまま五郎を凝視。
五郎の声「ジープでも無理だろうか」

豚舎事務所

和夫「いやジープでもとてもはいれんべ。さっきの電話じゃ北電の除雪車が何も見えんてあきらめたらしいから」
クマ「馬ソリならどうです」
和夫「え?——(電話に) ちょっと待て (クマを見る)」
クマ「馬だら人をさがすンでないですか」
和夫。
——クマを凝視。
和夫「(電話に) もしもし」
間。

和夫「ちょっと待て」
もういちどクマのほうを見る。
音楽――ふたたび低くはいる。B・G。

ストーブに

赤く火が燃えている。
馬のいななき。

笠松家

炉ばたからフッとふりかえる杵次。
戸が開き雪まみれで立っている五郎。
杵次。
五郎「とっつあん。――すまんが馬ソリを借りられねぇか」
杵次。
杵次「何があった」
五郎「子どもたちが車で――。帰って来ねぇんだ」
杵次「――――」
音楽――急激にもりあがってくだける。

4

吹雪

その中に、ボウッとかすかな光が見える。
光――もうすこしはっきりする。

車

ライトの前に積った雪をけん命にスコップではねている雪子と純。
しかしそれはもうほとんど徒労である。
すでに車体の半分いじょうを、すっぽりと雪がうめてしまっている。
ずぶぬれになりガチガチふるえながら二人、作業をやめ車にもぐりこむ。

車内

二人。
間。
雪子、時計を見る。
すでに九時近い。
ラジオをつける。
雑音。
雪子チャンネルをまわし、ようやくはっきりした局が出る。
お笑い番組をやっている。
ガチガチふるえている純。
同じくガチガチふるえている雪子。
雪子「だいじょうぶ?」
純「——(うなずく)」
ラジオからドッとわく笑いのうず。
雪子「寒いけどすこし窓開けとくわよ。そうしないと排気ガスたまっちゃうから」
純「——」
間。
雪子「こっちにもっとよりなさい」
雪子、純を抱きよせる。
とまっているワイパー。
そのガラスにべったりはりついている雪。
ワイパーを動かす。
かすかなライトの中の吹雪。
ラジオの笑い。
純「父さんたちさがしてくれてるのかな」
雪子「くれてるわよぜったい。もうじき来てくれるわ」
ワイパーの動き。

純「螢——ひとりで家にいるのかな」
雪子「だいじょうぶよ、だれか——来てくれてるわ」
吹雪のごう音。
ラジオの漫才。
純。
純「この漫才の人——。東京からだよね」
雪子「そうね」
間。
純「この人たちきっと——想像もしないよね」
雪子「——」
純「ぼくらが——こんなとこで、——ラジオきいてること」
雪子「——」
間。
純「(眠そうに) いいよな。——東京の人は」
雪子「——」
純「気楽でいいよな——」
吹雪のごう音。
雪子「純君ダメよ! 眠っちゃダメよ!!」
純「——」
雪子、あわてて窓を開ける。
吹雪のごう音。

雪が吹きこむ。
雪子ふるえて窓を閉める。

雪子「純君！　エンジン、すこし切るからね。そうしないと排気ガス、中にたまるから」
純「ラジオがききたい」
雪子「ラジオはきけるわ。だいじょうぶよ」
エンジンを切る。
ラジオのみ残る。
雪子「純君！　ちょっと！　眠っちゃだめ純君!!」

吹雪

その中にほとんどうまってしまった車。
音楽――低く、美しくはいる。Ｂ・Ｇ。

車内

すっかり雪の中にある。
眠ってしまっている純と雪子。
純。
その顔に――
吹雪のごう音遠ざかって消え、音楽のみかすかに美しく残る。

白い画面

その画面にゆらゆらゆれ動く影。
それがゆっくり像を結ぶと、あたり一面の花畑となる。
その花畑の中を泳ぐように、純と螢がスローモーションで走ってくる。
そしてその後から五郎と令子。
子どもたち、両親に追いかけられて、キャッキャと笑いつつ逃げまわる。
春。
花。
一家。
四人のしあわせ。
とつぜんその夢が破られる。
（音楽中断）

車内

雪子、ガバッと身を起こす。
雪子「純君、起きて!!　ちょっとホラきいて!!」
純「――――（目をさます）」
吹雪のごう音。

その中に――かすかに近づいてくる馬ソリの鈴の音。

雪子。

純。

雪子あわててドアを開けようとする。

ドアはすでに開かない。

雪子、窓をあける。だがその外はただの雪の壁である。

雪子、けん命にホーンを鳴らす。

ホーンはたよりなくこもった音を出す。

それでも狂ったようにホーンを鳴らす。

叫ぶ。

純も必死に叫ぶ。

ドアをゆさぶる。ガンガンとたたく。

雪子、急にとめる。

純を制止する。

馬ソリの音がすぐそばに来る。

そうしてシャンシャンと停止する。

吹雪の中

馬ソリ、とまっている。

首ふる馬の白い息。

ソリからとびおりる五郎と杵次。


五郎、スコップで狂ったように、白くもりあがった雪の山を掘る。

ほとんど腰までうまっている五郎。


語り「ぼくらはそうやって助け出された。

みんなはあとで奇蹟だっていったそうだ」

馬

雪に凍った毛。

ブルルとはく息。


語り「ぼくらが鈴の音をきく前に、馬はぼくらのうまった場所で、急に歩くのをやめたンだそうだ。

馬がいなかったら――。

ぼくたちはダメだった」

家

雪の中にその灯。

語り「吹雪はそれからまる二日続いた」
音楽――テーマ曲、イン。B・G。

家・一階

無言で酒を飲んでいる五郎。

語り「父さんはその間ほとんど口をきかず、ぼんやりした顔
で酒を飲んでた」

同・二階

雪子、シュラフの中に眠りこんでいる。

語り「雪子おばさんもダウンしちゃった」

麓郷交差点

人気なく、雪。（停電）

語り「電気の切れた麓郷の市街地では、暖房もはいらず水も
出ず、それこそみんな大騒ぎだったらしい。
新しい家ほどたいへんだったそうだ」

雪

しんしんと森に降る。

語り「だけどそういう大騒ぎの話は、吹雪が終わってからき
いたことだ。ぼくンちはぜんぜんへいきだった」

家の灯

雪の中に静かにともっている。

語り「ぼくンちはもともと電気もないし、水道も沢から引い
てあるから、いつもと同じ。変りなかった。
そういう意味ではぼくらは吹雪に、何の影響も受けなか
ったわけであり――」

音楽――テーマ曲もりあがって。

馬ソリ

雪の中を遠ざかり、やがてその姿が見えなくなる。

音楽――

11

猛吹雪

その中に、ほとんどうまった一台の車。

同・車内

純、助手席に眠りほうけている。
吹雪の音。
純、くしゃみして目をさます。
寒い。
運転席を見るが雪子はいない。
純「(口の中で)雪子おばさん」
ドアを開けようとする。
雪までまったくドアは開かない。
純、あわてる。
必死に各ドアを押すが開かない。
わずかに雪のない窓をすこし開け、純、けん命に外へと叫ぶ。
純「おばさん！　雪子おばさん！　父さん！　父さん!!
母さん!!」
純の顔にようしゃなくたたきつける吹雪。

家・二階

純、うなされてはね起きる。
間。
ふし穴からもれている真っ白な光。
純、はっていってふし穴から外を見る。

ふし穴の世界

雪があがっている。
蛍の声「お兄ちゃん！　起きれば！　雪やんだわよ！」

家・二階

ふりかえっている純。
とびあがる。

同・表

純、出てくる。

まぶしい。

五郎の声「行くぞオ!!」

螢の声「いいよオ!!」

屋根の雪をおろしている五郎と、下にいる螢。

音楽――テーマ曲、イン。

タイトル流れて。

1

中畑木材事務所

朝。

ストーブにあたっているクマ、中川、和夫。

和夫「イヤイヤまったくまいったぞもう。むかしだったらこんなことなかったもんナ」

中川「暖房ぜんぜんいかれちまったですか」

和夫「こういう、薪ストーブだったら問題ねえんだ？　したけど灯油の。表にタンクあるやつだべ。点火、送風全部電気だ？　いままでぜんぜん気づかなかったけど全部電気の助けかりてたもナア？」

クマ「うちだら何でもなかったですよ」

中川「お前ンとこあ石炭だもナ」

和夫「石炭、薪のストーブだらよ、停電になっても関係ねえんだ。したっけホレうち建て直したべ」

クマ「近代住宅に建てかえたものアみんな被害をこうむったちゅうですよ」

和夫「うちだら水道もとまったもナ」

中川「水道は、ここら中断水したですよ。ここらだらみんなポンプアップに電気の力かりてるンだから」

和夫「結局原始的生活してるもンがこういうときア勝っちゅうもんだ」

草太「(とびこむ) うう寒い寒い。おはよっす」

一同「おはよ」

草太「イヤイヤイヤイヤよく降ったもナ」

和夫「どうだったよお前とこ」

草太「まいったまいった。あの停電でよ。牛舎の暖房全部切れたべさ。仔牛、生まれたての、二、三頭いたし、イヤ一晩じゅうあったためるのに」

クマ「八幡丘のほうひどかったていうもねえ」

中川「雪子さんうまったの、そばだったンだべ」

草太「エ？」

中川「お前ンちから」
草太「何の話」
中川「知らんのかお前」
和夫「大騒ぎしたンだぞ、雪子さんと純が車で吹きだまりつっこんで、あの吹雪じゃ行くに行かれんべさ。もう何時間も居場所わかンなくて」
中川「もうオラダメだと思ったもナ」
草太。
和夫「したけど馬にはまったくまいったナ。ああなったらどんな機械の力でも何もでけん、そういう最後の時によ。馬だらバチッとさがし当てたと」
クマ「馬はすごいすよ」
中川「ああいうの本能の力ちゅうのかね」
和夫「結局最後はコンピューターより動物の本能のほうがたよりになるもなア」
中川「アレ馬いなかったら助からんかったかもナ」
クマ「だめだったでしょう」
和夫「本当だ。イヤイヤ」
草太。
中川「お前、あの騒ぎ知らなかったンか」
草太。
草太「アハハハ、あの騒ぎか、（大笑いして）知らんわけねいべさ。イヤイヤ本当、馬だもナア馬。コンピューターより動物の本能。アレだらアレだもなア。イヤイヤまったく。アハハハハハハ」
一同「――」
草太「雪子さんいったい、どうしたの」

家・一階

ときどき咳きこんでいる雪子と、関係なく威勢いい草太。
草太「イヤイヤさっきよ、さっききいたンだ。いやもうきいてぶったまげてよ。すっとんできた。ウン」
雪子「――」
草太「雪ちゃんののってた車っての見てきた！　うちからホンノ五百メールほどンとこ。すぐだわすぐそこ。屋根までばっちりうまっちまってる」
雪子「――」
草太「イヤイヤしたけどよく助かったもなァ。浦河のほうじゃあれで死んだンだゾ。生きてたのがおまえ奇蹟みてえなもンだ」
雪子「――」

草太「笠松のじいさんの馬が見つけたンだって？　したけど馬ってのはすげえもンだもな。――どうしたの。かぜ？」
雪子「ちょっと」
草太「熱ある？」
雪子「だいじょうぶ」
草太「ちょっとおでこ出せ」
草太、おでことおでこを合わせる。
間。
そのままヒョイとくちびるをぬすむ。
雪子、二階に純がいると指す。
草太、パッとはなれて、
草太「だいじょうぶだいじょうぶ。大して熱くない。アそれよか例の話、たのまれてたこと。うちの牧場で働けんかって話。アレ決めてきた。働け、働こ。明日からでも来い。いっしょに働こ。オラ朝迎えにくる。いっしょに働こ。」
雪子「いいの？」
草太「(笑って) いいって。――したけど本当にかぜのほう――ちょっともいちど」
もいちどおでことおでこ。
そうして接ぷん。
純、二階からドタドタおりてくる。純、外へ。
草太「(パッとはなれて) たいしたことないべ。平熱はいつも――何度くらい？」

家・表

純、出る。
螢「(とんでくる) お兄ちゃん！　早く！」
純「なに」
螢、純の手を引いて裏へ走る。

家・裏

二人、走ってくる。
螢「(指さして) ホラ！」
純「――！」
音楽――明るくイン。B・G。

雪の上

点々とキツネの足あと。
語り「それはキツネの足あとだった。去年の暮ボクが石を投げつけ、それ以来二度と来なくなってた螢のキツネが、またやってきた！」

家・裏

二人。

螢「ネ！　また来るって螢いったでしょ！」

純「うン」

螢「父さん呼んでくる！（走りかける）」

純「父さんいまいないよ！」

螢「（ふりかえる）」

純「笠松のおじいちゃんとこにさっきお礼しに出かけたンだ」

音楽――くだける。

笠松家

杵次。

無言で煙管をすっている。

五郎「本当にオレ何てってお礼いっていいか。ともかくとりあえず、これ」

五郎、酒と小さなのし袋を出す。

五郎「とってください。笑わないで」

酒とのし袋を杵次のほうへ押す。

杵次、じろっとのし袋を見る。

杵次「酒ァわかるが。――そっちのは何だ」

五郎「イヤもうほんの――とっつあんの馬に――えらい世話ンなったから」

杵次「――」

五郎「かいば料です」

杵次「金か」

五郎「金ったってもうオレ――。もともとないスから」

間。

杵次「いくらはいってる」

間。

五郎「ハイ。アノ――一万です」

杵次「一万？」

五郎「――（うなずく）」

間。

杵次「ずい分安いンだな、お前の家族は」

五郎「――」

杵次「二人の命が合わせて一万か」

間。

五郎「イヤアノかえって」

杵次「金はいらねえ。持って帰れ！」

五郎「ハ。イヤ」
杵次「――」
五郎「とっつあん、気分悪くしないでください。ただオラァ、――オラの――、何ちゅうか気持を」
杵次「金を包むなら十万は入れてこい」
五郎「――」
　間。
杵次「オラァ二人の命を救ったンだ」
五郎「――」

中畑家・居間

和夫「金を持ってったのはまずかったな」
五郎「うン」
和夫「あのじじいすぐにヘソ曲げるから」
　五郎、和夫、みずえ、中川、クマ。
五郎「したけど、どうしたらいいだろう」
みずえ「お酒のほうは受けとったの？」
五郎「うン」
みずえ「だったらもうそれでいいンじゃない？」
クマ「いいすよ」
五郎「したけど」
和夫「ほっとけ。いびりゃあ気がすむンだあいつは」
中川「けどまァ百万とか千万よこせちゅうならわかるけど、十万ちゅうとこがリアリティあるもなァ」
和夫「（苦笑）そういうやつだ。あいつはもともと」

牧場

　雪子、草太、正子と働く。
語り「雪子おばさんはその次の日から共同牧場で働きだした。草太兄ちゃんが毎朝迎えに来た」

道

　急ぐ純。

語り「それはいいけどワリくったのはボクだ」

　自動車来てとまり、つらら顔を出し何かいう。

　純、雪原を走って逃げる。

語り「つららさんから毎日逃げまわった。つららさんはボク見ると追っかけてくるンだ」

麓郷市街地

　純行く。

　むこうからダンボールかかえてつらら来る。

純、引きかえす。
つらら気づいて大声で呼び走ってくる。
純、逃げる。

語り「(つづけて)話はアノことに決まってる。草太兄ちゃんと雪子おばさんのことだ。そんなことオレきかれたって困るから、冷たいようだけどただ逃げるわけで」

並木道(防風林の)

純、来る。

語り「草太兄ちゃんも無責任だよ！　調子よく二またかけちゃってぇ！」

声「純！」

純、ギクリと足とめる。
物かげから現れる正吉。

純「オオ」
正吉「ちょっと来い」
純「どうしたの？」
もうひとり現れる大がらの少年隆。(中学一年)
隆「正吉、こいつか」
正吉「ああ」

中畑木材工場裏

なぐられ、雪の中に倒れる純。
はね起きる。

純「なぜだよオ」
隆「なぜ？」
純の手をとってひねりあげる。
純「痛いイタイ！　イタイヨウ！」
隆「(つきはなす)オイ」
純「ハイ」
隆「お前らいったいだれのおかげで吹雪の日に命救われた」
純「ア、ハイ、ソレハ、正吉君のおじいさんの」
隆「(バチンと頰たたく)命助けられて悪口いうのか」
純「悪口？　ボク悪口なンかいってません」
正吉「いいふらしてるじゃねえか！」
純「ボクが？」
正吉「お前とお前のおやじがだよ！」
純「何て」
正吉「うちのじいちゃんが助けたお礼に十万円お前らに請求したって」
純「し、知らないよオレ」

正吉「村じゅうみんな知ってるぜ！　じいちゃん本気で頭にきてた」
純「ボ、ボク知らないし父さんだって、そんな、――父さんそんな悪口」
隆「正吉。はっきりわからしたほうがいいわ」
正吉「(上着ぬぐ) やろうぜ」
純「何を！」
正吉「勝負しようぜ」
純「ア、いや、(あいそ笑い)やったってボクどうせ、――負けますから」
正吉いきなり二、三発純をひっぱたく。
正吉「これでもやらねえのか」
純「ハイ。ボク。――負けますから」
正吉「(ひっぱたく) これでもか」
純「ハ、ハイ。ボク。――降参」
隆「しまンねぇ野郎だぜ」
隆、雪の中に純をけ倒す。
隆「オイお前、年じゅう中畑のすみえのケツッペタばかり追っかけてるそうだな」
純「イヤ、ボクソンナ」
隆「わかってンだよ、おまえんちはよ、おやじもおまえもスケベなンだよ。いっしょに住んでるの。おやじのコレだべ？」
純「ちがいます！　あれは母さんの妹で」
正吉「そんなこと知ってるよ！」
隆「その妹がコレなンだよいまは！」
純「――!!」
正吉「なンだお前ぜんぜん気づいてないのか！」
隆「トロイ野郎だな。みんな知ってるぜ!!」
純「――ウソだ！」
音楽――鋭くつき刺さって、イン。B・G。

土場

急ぎ足で来る純。
すみえ、遠くから見つけて走ってくる。
すみえ「純君！　純君！」
純「(走りだす) ――!!」
すみえ「どうしたの純君!!」

小道

純、ぐいぐいとうつむいて急ぐ。
寒行の御詠歌むこうから来る。

ぐいぐい異常にたかまってくる御詠歌。
音楽と御詠歌、ガンとくだけて。

家・二階（夜）

螢と純。

螢「ねえさっききキツネ、すぐそばまで来たのよ！　ルルルって呼んだら前と同じに！」

純――一点を凝視している。

純「――」

螢「螢こんどキツネに名前つけたの！　何てつけたか！」

螢「ルル。ねッ。ルルルルって呼ぶと来るから！　いい名前でしょ」

純「――」

螢「どうしたのお兄ちゃん」

雪子の声「純君！」

純、急にシュラフにもぐりこむ。

雪子「（あがってくる）純君、おばさんちょっと今日つかれたから――。どうしたの？」

螢「――（首ふる）」

2

牛舎

働く雪子。

同・表

トラック（採乳車）ついて川島竹次おりる。

タケ「（牛舎のほうへ歩く）草太！　オイ草太!!」

足を止める。

雪子――顔あげる。

タケ「アレ？」

雪子「ハイ」

タケ。

――しばしポカンと雪子を見てるが、

タケ「コンチハ」

雪子「――コンチハ」

間。

タケ「イヤイヤそうかい。――へええ。そうだったの。イヤイヤイヤイヤア。しばれるもねええ」

雪子「草太さんですか？」

タケ「イヤ、草太いいンだ。オレ、タケ。友達。川島竹次」
草太「(はいる) おう。いま来たンスか」
タケ「うン」
草太「いよいよ生産調整だって?」
タケ「うン。——お前今夜ジム来るか」
草太「どうしようかって思ってたンだ」
タケ「来い。な? ちょっと来い。すこし、話あるンだ」

飲屋(富良野)

演歌。
草太とタケ。

草太「話って何よ」
タケ「うン。——まァアレよ。飲め(とっくり持つ)」
草太「うン」
タケ「やってるかい」
草太「何を」
タケ「うン。何となく」
草太「やってる」
タケ「うン」
間。
タケ「アレかい」
草太「何が」
タケ「いつか話してた」
草太「何の話」
タケ「さっき牛舎にいた」
草太「ああ——雪子かい」
タケ「雪子さんての」
草太「宮前雪子ってな」
タケ「宮前雪子な」
草太「見た感じどうだ?」
タケ「うン」
草太「正直にいってみれ?」
タケ「見た感じをな」
草太「うン」
タケ「正直にいうンかい」
草太「うン」
タケ「アレだら、ま、ムリだべな」
草太。
タケ「さかだちしたってお前にゃムリだべな」
草太「——」
タケ「アレで女子大卒業しとんだべ?」
草太「——」

タケ「したらマ、ぜんぜん望みねいべな」
草太「――」
タケ「うン」
草太「――」
タケ「マ、飲め」
　タケ、つぐ。
タケ「草太」
草太「タケさん」
タケ「ま、きけ。実はな。つららちゃんに会ったンだ」
　草太。
タケ「来たンだ会いに。ゆんべわざわざ」
　草太。
タケ「話ァきいた。――つららちゃん泣いとった」
草太「タケさん」
タケ「家ではどうなのよ」
草太「何が」
タケ「つららちゃんのこと」
　草太。
草太「気にいっとる」
タケ「だべ。したらそうしろ。雪子さんのことは早いとこあきらめろ。ありゃお前にはまず望みはねえ」
草太「したけどタケさんいったべさ前に。都会の女も田舎の女も」
タケ「草太お前人にァ道ってもンがあるゾ?」
草太「――」
タケ「お前がつららちゃんにやってることは、道にはずれてると思わねぇか?」
草太「――」
タケ「さんざん待たして、期待もたして、――いじくりまわして捨てていいもンか?」
草太「――」
タケ「え?」
　間。
草太「つららに対しては弁解ねえよ」
タケ「ンだべ」
草太「何てってわびればいいもンか。いや――わびたってすむもンでないことはオラ。――よくわかってる。わかってるけど――したけど」
タケ「――したけどなによ」
草太「したけどいまは――どうしようもねえ」
　間。
タケ「草太」

草太「タケさんのいうようにオラァふられる。ふられると思う。——きっとふられるべ。けどオラいまあいつと会っても」
タケ「草太、つららちゃんは」
草太「つららの名前はいま出さねえでくれ」
タケ「———」
草太「たのむからいまは出さねえでくれ」
タケ「——したけどそれァわがままだべお前の」
草太「わがままはわかってる。よくわかってる！　つららのことを考えたら、——かわいそうでオラ本当に、——涙出るンだ」
タケ「なら会ってやれ」
草太「イヤ」
タケ「会うだけ会ってやれ」
草太「イヤいま会っても」
タケ「じつは『くるみ割り』でいま待ってるンだ」
草太「(見る)」
タケ「待たしてあるンだ。お前行かすって」
草太「タケさん」
タケ「会ってやれ、それが人の道ってもンだ。(立つ)オラ行く」
草太「(立つ) 待ってくれ！」
タケ「いいか！　会うンだぞ！　今夜はゆっくり！」

通り

しんと凍てついている。
どこからかかすかに流れてくるクラシック曲。

町の辻

その彼方にポツンと見えている「くるみ割り」の灯。

「くるみ割り」

中にポツンといるつららの姿。
クラシック曲。

町の辻

物かげに単車をとめ、じっと見ている草太の姿。
間。
草太、——単車のむきを変え走り去る。

家・一階

一同 (螢をのぞく) ふりかえる。

ひどくニコニコはいってくるタケ。
タケ「コンバンハ」
五郎「どなた――」
タケ「いいのいいの。(ズカズカ中へ。雪子に) 昼間会ったもナ」
雪子「ハァ」
タケ「おぼえてた? (ひどくなれなれしく) イヤイヤなるほどひどいとこだもナ。アおじさんおかまいなく。本当におかまいなく」
タケ、雪子の隣になれなれしくすわる。ポケットから薬の包み出して、
タケ「これ」
雪子「ハイ?」
タケ「効くンだ。うちのばあちゃんがつくったの。飲め。本当によく効く。うそだと思って飲んでみれ」
雪子「効くって何に――」
タケ「出してたべセキ。イヤよく効くンだ――。な」
と純の頭をなでて、
タケ「坊ちゃんいくつ」
螢「(とびこむ) 父さんキツネ来てる! (とび出す)」
タケ「キツネ?!」

家・表

螢につづいて五郎、雪子、タケとび出す。
やってきた草太、棒立ちになる。
タケも棒立ち。
間。
タケ「何してンだお前! 行かなかったンだべ!」
草太。
――ぼう然。
草太「タケさんここで何してンの!」
タケ。
間。
タケ「キツネよ!」
草太「キツネ?」
螢の声「ルルルルルルル」
タケ「(走りだす) ルルルルルルル」
丘ムロのところで裏をうかがいつつ走りかけたタケを制する五郎。
のぞく一同。
雪子の手が五郎の肩にかかっている。
家の入口からじっと見ている純。

その顔に、
音楽——鋭く刺すようにはいる。くだけて断続的リズムのB・G。

牛乳

食紅が混入される。

牛舎（昼）

それを見ている雪子と正子。
雪子「（正子の耳もとに）何であんなことするンですか」
正子「生産調整。市場に出せんように紅混ぜられるの」

同・庭

草太、歩いてくる。
一方を見てフッと足をとめる。
思いつめた顔で立っている純。
草太「？——（近よる）どうした」
音楽——大きくもりあがって。

3

倉庫二階

わらの中にいる草太と純。
草太「けんかのしかた？」
純「——（うなずく）」
草太「けんかのしかたを教えろってか」
純「ハイ」
草太「純お前だれかとけんかする気か」
純「——」
間。
草太「やめれ」
純「——」
草太「けんかなンてするもンでない」
純「けどお兄ちゃんは年じゅうむかしやってたって」
草太「娯楽がねえからやってただけだ。けどもうやめた。けんかはくだらん」
純「——」
間。
草太「だれとやるンだ」

間。

純「正吉君、それと——知らない中学生」

草太「やられたンかお前」

純「————」

草太「そうだべ。復しゅうする気だな」

純「ちがいます。復しゅうじゃありません」

草太「じゃあ何だ」

純「————」

草太「けんかする原因は何だ」

間。

純「うちの父さんが——ぶじょくされたから」

草太「ぶじょく？」

純「————」

草太「何てってぶじょくされた」

純。

間。

純「雪子おばさんが——父さんのコレだって」

草太。

草太「何ねぼけたこといってンだお前、雪子おばさんは父さんの、義理の妹に当たる人だべ」

純「そうだけどいまはこれだって」

草太「————」

純「村でみんながうわさしてるって」

草太「————」

長い間。

草太「やっちまえ」

雪原

後退する正吉。

純と草太。

正吉「いやだよ」

草太「どうして」

正吉「兄ちゃんぜったい加勢する気だ」

草太「加勢はしない。立ちあうだけだ」

正吉「約束する？」

草太「約束する。やれ！」

正吉いきなり純にとびつく。

不意をつかれてひっくりかえる純。

乱闘。

語り「ボクは草太兄ちゃんに教えられたように、正吉君のアソコをにぎってやろうと必死になってさがしたンだ。だけどいざとなると他人のアソコはなかなかありかが見つからないもので。
アッタあ！」
正吉「イテテ！　イテ！　ギャーッ!!」
音楽――テーマ曲、静かにイン。B・G。
果てしなくつづく二人の乱闘。

自動販売機

ジュースがころげ出る。
それをつかんで車へ歩く草太。

車内

正吉と純にジュースをやる草太。
草太「飲め」
二人「――」
草太「いいか、もう二人ともこの話は終わったンだ。おたがいこれですっきりしたべ。さ、飲め」
二人「――」
二人、飲む。
草太。
草太「ところで正吉、ききてえことがある」
正吉「――」

草太「純のおやじと雪子おばさんができてるってお前、そういったそうだな」
正吉「したけどそれはもう水に流したって」
草太「男同士のことァ水に流した。したけど女の話ァまだだ」
正吉「ソンなァ」
草太「お前は純のおやじだけじゃない。雪子おばさんをぶじょくした。ついでに――オラもぶじょくした」
正吉「――」
草太「その話ァいったいだれがした」
正吉「――」
草太「だれからきいた」
草太、正吉の急所をにぎる。
正吉「イテイテイテ!!」
草太「(にぎったまま) いえ」
正吉「み、みんないってる」
草太「みんなってだれだ」
正吉「じいちゃんがきいてきた。だれがいったかそこまでは知らん！」
草太「よし。くだらんことを二度というな」
正吉「――」

草太「いいいか、本当に二度というな。いったらこんどこそにぎりつぶす」
正吉、車からバッととびおりる。
正吉「バカ！　カバ！　奇人！　変人！　山猿！　不良！　変態!!」
ダアッ――と逃げる。
音楽――もりあがって、次のシーンの中へ消えていく。

牧場

夜。

草太の家

食事を食い終わる草太の一家。
草太立とうとする。と、
清吉「ちょっとすわれ」
草太「？」
清吉「すわれ」
草太「何だい」
清吉「いいからすわれ」
草太――すわる。
清吉「(正子に) お茶」
正子「ハイ」
清吉「ゆうべつららちゃんが話しに来た」
草太立つ。
清吉「すわれ」
草太「その話ならかんべんしてくれよ」
清吉「まァすわれ」
草太「その話ァいいましたくねえんだよ (出ようとする)」
清吉「草太!!」
草太「――」
清吉「東京の女など無理な夢ァ捨てろ」
草太「――」
清吉「だいたいあの女を働かすことにオレがいついったい許可をだした」
草太「――」
清吉「オレはそんな許可だしたおぼえはない」
草太「したけどあれは」
正子「草ちゃん私もきいてなかったよ」
草太「――」
清吉「お前、正気で考えてるのか？」
草太「――」
清吉「あんな人がじっさいにこの牧場で、ふんだらけになって働くと思うか？」
草太「──」
清吉「こんなとこの嫁に来ると思うか？」
草太「──」
清吉「お前、いくつも見てきたンでないか？　北海道がいいいいなンちゅう、都会の女が現実にはどれほど」
草太「(叫ぶ) ガタガタいうなよ、何したっていいべさ!!」
清吉「──」
草太「いてやってンだ!!　オラはこの土地に!!」
清吉──じろっと見る。
草太、とび出す。
正子「草ちゃん！」
いきなりたたきつける激しいロック。

スナック (富良野)

カウンターですごい目で飲んでいる草太。
その耳に、
男1の声「草太草太よ！　こっち来いよ草太！」
草太「──」
男1の声「お前このごろえらいめんこいのを牧場につれてきて働かしてるっていうでない？」
男2の声「アレだよホラアレ」
男1の声「何よ」
すみのボックス。
男たちこそこそ耳うちする。
男3「ハア！　あれがそうかァ」
男1「草太お前ァ知っとんのか」
草太「──」
男1「アレひもつきだと。五郎さんのコレだと。毎晩あの小屋でいっしょにねとると」
男3「ヒヒヒヒ」
男2「五郎さんカミさんの妹に手えつけて、それでカミさんに追いだされたンだと」
いきなり草太けもののように男2につかみかかりはとばす。
「何だ！」
「やるのか!!」
「このガキァ!!」
「パトカー!!　110番！　パトカー！」
「表でやって！　表でやって!!」
ガンガン鳴りひびくジュークボックス。その前でけんかとまったく関係なく、一人リズムとる若い女。

雪

その中に近づくパトカーの点滅灯。サイレン。

4

富良野署表

夜。

同・調べ室

草太――しょぼんとすわっている。

間。

書類持ってはいる同年輩の刑事。

すわって、書類に目をとおす。

刑事「北村草太さん。二十六歳。富良野市八幡丘、か」

草太「――――」

刑事「何やっとんの。いくつにもなって」

草太「――スイマセン」

刑事、煙草に火をつける。

刑事「おぼえとらんか、オラの顔」

草太「(見る)――イヤ」

刑事「――よくやったべさむかし」

草太「――ハ？」

間。

刑事「農業高校だべ」

草太「ハイ」

刑事「オラ富良野高だ」

草太「ア」

刑事「――――」

草太「したら柔道部で、あのころはり合ってた」

刑事、書類に目をとおしている。

刑事「共同牧場、まだやっとるの」

草太「ア、ハイ、おやじと」

刑事「うン」

草太「――――」

間。

刑事「生産調整で今年ァきついべ」

草太「ハイ」

刑事「何パーセントいったの」

草太「結局三・五パーセントでした」

刑事「うン」

草太「――――」

刑事「うちもおやじと中の兄貴が、上富でほそぼそと牛飼っとってな」
草太「ア、ソウスカ」
刑事「吸うかい？　煙草」
草太「ア、ハイ、いただきます」
煙草をくれ火もつけてくれる。
草太「キャビンてこの煙草オラはじめてだもな」
刑事「きついよちょっと、オラの取調べ」
草太「ア、ハイ」
刑事「お前から先に手え出したンだべ？」
草太「いやあっちから」
刑事「うそつけ」
草太「うそでない！」
刑事「なあにいってる、ボクシングしとるべ」
草太「いやボクシングしてるからって」
刑事「ボクシングしとったら兇器だぞその腕は」
草太「したってむこうからしかけられたのに」
刑事「おまえとこは兄貴も三人ともワルだがおめえもどうしようもねえガキだったもナ」
草太「兄貴のことなンか関係ねいべさ」
間。
刑事「兄貴いまどこいるの」
間。
草太「上は東京」
刑事「二番目は」
草太「仙台」
刑事「三番目は」
間。
草太「関係ねいべさ」
刑事「三十五・六まで独身だったたっしょう」
草太「―――」
刑事「農家や牧場じゃ嫁のきてねえもなァ」
草太「関係ねいべさ」
刑事「そうもいっておられん」
草太「―――」
間。
刑事「オラだって嫁の来る見通しあれば、農家つごうと思ってたンだ！」
草太「―――（口の中でブツブツいう）」
刑事「お前が先に手え出したンだべ？」
草太「ちがうっていったべさ！」
刑事「したっけ、何でなぐっちまったの」

ノック。

刑事「ハイ」

戸が開き警官、挙手をしてはいる。刑事にメモ渡し何かささやく。

刑事。

間。

刑事「吉本つららって娘、知っとるかい？」

草太「(見る)——ハイ」

刑事「家出人捜索願いが出されたンだけど、あんた、いる所、知らんべな」

草太の顔。

音楽——キーンと鋭く突きさしてはいる。B・G。

辰巳家

友子「(電話に) ハイ。ハイ。そうです。——いえ置手紙が。——いえアノお金は、貯金通帳を——サアその額まではこっちではっきり」

ヘッドライト

雪原に来てとまる。

おり立つ辰巳。

五郎の家へ歩く。

家・表

五郎と純とびだす。

辰巳来る。

五郎「どうだった」

辰巳「(首ふる) ほかの駅から乗ったらしい。車ありがと(キイを返す)」

五郎「いいからそっちへ置いといてくれ」

辰巳「いや、親せきが来てくれたから」

五郎「どこへ行くって書いてあったの」

辰巳「何も書いてない」

五郎「いったい何が原因なンだ」

辰巳ちょっと首ふる。

行きかける。

急に足とめふりかえる。

入口に、中から出て立った草太。

辰巳。

草太「本当にどこにもおらんのかい」

辰巳「———」

辰巳。

——つかつかと草太による。
いきなり思いっきりひっぱたく。
二発。
三発。
五郎「(制する) 辰巳さん——」
辰巳。
——つばをはく。
草太をにらんで雪原を歩み去る。
純。
なぐられたままの位置に動かない草太。
戸口でいまにも泣きそうな蛍。
五郎。
——草太により肩たたく。
それでもじっと動かない草太。
純。
——ふいに身をひるがえし、中へはいる。

同・二階

純、ドタドタとあがってくる。
布団をかぶって眠っている雪子。
それを見おろし、仁王立ちに立つ純。
純「おばさん」
雪子「——」
純「どうしたンですか」
雪子「——」
純「おばさん」
雪子。
——布団をかぶったまま、
雪子「ごめんなさい。ちょっと熱があるみたいなの」
純「——」
雪子「かぜひいたらしいのよ。頭が痛いの」
純「——」
純。
——ふん然と行きかける。
梯子の上でキッとふりかえる。
純「おばさん、つららさん家出しましたよ」
雪子「——」
純「——」
純、下へ。

同・一階

純がおりてくる。

ストーブのそばにふん然とすわる。
無言でプロペラをけずっている五郎。
よごれた食器を洗っている螢。
とつぜん。
ケーン、とキツネの声。
螢、ふりかえる。
静寂。
――。
ケーンとふたたびキツネの声。
残飯をつかんでとびだす螢。

家・裏

走りだす螢。
雪原に立つ。
螢「ルルルルルルル。ルールルー――」
絶句する。
螢の顔。
ケーン!!　と悲しげなキツネの声。

家・一階

ガラッと螢がとびこむ。
顔をあげる五郎と純。
螢。
――表をさす。その目に涙があふれかけている。
五郎「？（立つ）」

家・裏

螢走ってくる。
ついて走ってくる五郎と純。
螢指さす。
ケーン！　とキツネの声。
五郎の顔。
純の顔。
螢の顔。
間。
はるかにケーン!!　とキツネの声。
純「（低く）何あれ」
五郎。
純「何をひきずってンの？」
五郎「（口の中で）トラばさみだ」
純「（ギクッと見る）」
五郎「左足にワナを――ひきずってる」

純。
螢「(叫ぶ) イヤダーッ!!」
螢、雪原を泣きながら走りだす。
螢「ルールルルルル! ルールルルルルル!!」
森の中で遠くケーン! とまた声。
純の顔。
語り「雪の上に重い鉄のかたまりを、ずるずるとひきずった足あとがあった」
音楽——テーマ曲、イン。B・G。
語り「それは、いつもの螢のキツネの、いかにも軽そうな、一直線の足あととはちがい、雪の上を苦しげにじぐざぐとゆがんで、森の奥へと消えて行っていた」
雪
吹いている。
語り「その晩おそくまた雪になった。父さんは明日夜が明けたら山へ、キツネの足あとを追ってみるといったが、その足あとも消えるだろうと思った」
音楽——もりあがって。

12

家・表

風力発電のための電柱が立っている。
その先端で端子ボックスをとりつけている五郎。
下から見ている純。

語り「つららさんが家出して二日たった。つららさんはどこに行っちゃったのか。でもそのことを父さんにきくと、父さんはひとこと、忘れろといったンだ」
蛍の声「ルールルルルル」
語り「蛍のキツネもあれきりだった」

同・裏

蛍、呼びつつ残飯をまいている。

語り「蛍はそれでも毎日裏へ出てキツネのために餌をまいていた。だけどキツネは来た気配もなかった」

蛍、急に呼ぶのをやめ、山すそのほうをじっと見る。
急に身をひるがえし家のほうへ走る。

同・表

五郎の作業と純。

蛍「(走って来る) 父さん！　父さん！」
五郎「(見る)」

蛍、山すそのほうを指す。
五郎、そっちを見る。
その視線。

山すそ

カンジキをつけたクマ、深雪の中から雪まみれになって森の中から現れてくる。
肩に何やら背おっている。
音楽——テーマ曲、イン。
タイトル流れて。

1

家・土間

ガチャンとトラばさみが土間に置かれる。
息つめて見ている純、螢、五郎。
クマ「二山むこうに仕かけてありましたよ」
五郎「――――」
純「何これ」
五郎「ワナだよ。トラばさみってやつだ」
クマ、かがみこみ、トラばさみの歯を開く。
純「螢のキツネ、これにやられたの?」
五郎「ああ」
クマ「まだこんなもん使ってるやつがいるンだな」
純「キツネ、どんなふうにこれにかかるの?」
クマ「ここを踏むとな(棒をつっこむ)」
ギン!と棒をかむトラばさみ。
螢。

中畑家・居間

卓上に置かれたトラばさみ。
和夫「けどこれいまは禁止されてるンでないのかい」
みずえ「私もそうきいた」
クマ「いや免許がありゃいいみたいですよ」
中川「猟期があるべ」
クマ「一月二十日。ぎりぎりですね」
みずえ「だけどひどいことする人いるわねえ」
和夫「どうなってンだ現場は」
クマ「カマクラみたいに雪積んでありましてね。上にやぐら組んで肉さげてあって、キツネがとびついて落ちたところで、こいつにやられるように仕かけてある」
和夫「プロだな」
クマ「まだ五つほどかけてありましたよ。全部歯をかましてきましたけどね」
中川「けどトラばさみは杭に打ってあったべ」
クマ「それを引きちぎって逃げたみたいだね」
みずえ「それで螢ちゃんに会いに来たのかしら」
クマ「らしいすね」
和夫「どこやられてたって?」
五郎「左の前足」
みずえ「それじゃ獲物がとれないでしょう」
五郎「ひきずって歩くのがやっとだったね」

みずえ「死んじゃうのかしら」
和夫「どうかな」
中川「足がくさって切れるのを待つか、自分の足をくいちぎるか」
みずえ「自分の足を?!」
中川「そうする場合もあるってきくもな。野生の動物はそうやって生きるって」

分校・校庭

涼子と生徒たち。
ウサギの足あと。
涼子「この足あとは?」
子どもたち「ウサギ!!」
涼子「じゃあ、このウサギどっちむきに進んでいるンだろう」
正吉「こっちむき!」
すみえ「うそこっち!」
正吉「ちがうもン! こっちだもン!!」
涼子「じゃあこっちだとどう歩くの? すみえちゃんやってごらん!!」
すみえ「ええとね」
すみえ、はってウサギのとぶまね。
正吉「ちがうもンこうだ!」
正吉もまねる。
子どもたちわいわい議論する。
純もその議論に加わっている。
語り「一月二十日、学校がはじまった」
面白そうに議論させている涼子。
音楽――テーマ曲、イン。B・G。
涼子「どっちなンだろ本当に」
正吉「証拠があるぞ」
涼子「証拠?」
正吉「足も手も先のほうに爪がついとるべ?」
涼子「ああ爪」
正吉「だから」
正吉、かがみこみ、足あとの雪を口で吹きとばす。
正吉「ほら、こうやると爪のあとが見える」
純・螢「本当だァ!」
正吉「だから、な? いったとおりこっちが前だべ」
涼子「正吉君、あなたよく知ってるねえ」
正吉「(照れて) こういうことなら何でもきいてくださいよ」

涼子「じゃあ、あっちのあの足あとは何だろう」
一同そっちへ走る。
すみえ「キツネだキツネ!」
正吉「ちがう!」
純「ちがうちがう、これはキツネじゃない」
正吉「キツネは一直線に歩くもンな?」
涼子「一直線て?」
正吉「こう」
四つばいになってまねる。
純「そうです!」
涼子「じゃあこれは何だろう」
螢「リスじゃない?」
正吉「ちがう!」
涼子「本当?」
正吉「リスだら二つずつ、こう、こう、とつく。これはテンだな」
純「あっちがキツネだ!」
涼子「どれどれ?!」
一同、また雪の中をそっちへ走る。
正吉「そうだそうだ、これがキツネだ」
純「なッ」
正吉「じゃ先生このキツネ、どっちからどっちに行ってるかわかるか?」
涼子「このキツネ?」
正吉「そう」
すみえ「うわァ! 私わかった!」
純「オレもわかった!」
螢「私もわかった!」
涼子「え?——どうして?」
キョトンとした涼子に、一同よろこんで手をたたきよろこぶ。
螢「先生こうするの!」
螢、足あとにはい、口で雪を吹く。
螢「こっちむき!」
涼子「そうか! たったいま教わったンだ!」
正吉「(先生のまねして)応用問題ができないとダメよ?」
一同、ドッととびはねてはやす。
すみえ「先生、こないだ螢ちゃんのキツネ、トラばさみにかかってやられたンだよ」
涼子「え?」

教室

黒板に各学年むきの算数の問題が書かれている。
やっている一同。
涼子。
――やっている螢を見ている。
問題にけん命にとっくんでいる螢。
涼子。

イメージ

キツネにえさをやっていた螢。

教室

螢。
涼子。
音楽――ゆっくりと消えていく。
涼子「(ポツリ) だれがそんなことやったンだろう」
一同、顔をあげ、涼子を見る。
涼子「キツネ。――ねえ、螢ちゃんかわいがってたのに」
螢「――――」
螢、目を落とし、ふたたびノートにむかう。
一同も。
と、急に、

正吉「したけど先生、キツネはわるさする動物だ」
一同、びっくりして正吉を見る。
涼子も。
正吉「あんなもんならすのがまちがっとる!」
静寂。
間。
とつじょもう然と反論する純とすみえ。
純「なぜだよ!!」
すみえ「どうしていけないのよ!!」
正吉も向き直って二人に反論。
たちまち騒然、収拾つかなくなる。
涼子、おさえんとするがおさまらない。
鈴をふりけん命に「静かに!」と叫ぶ。

＊

静寂がもどっている。
涼子「いい? じゃあひとりずつ順番にしゃべるのよ」
一同「――――」
涼子「ハイ、じゃすみえちゃん」
すみえ「動物だって生き物だから、すこしくらい悪さをしたからって殺すのはかわいそうだと思います」
正吉「ハイ! じゃあ動物は全部かわいそうですか」

すみえ「かわいそうです。動物だって神さまが平等につくったもンですから」
正吉「ちがう！　食われるために神さまがつくった動物もいます！」
すみえ「そんなものいません！」
正吉「お前毎日ブタ食ってるべ！」
すみえ「だって」
正吉「ウシだって食うべ！　ニワトリだって食うべ！」
螢「知ってるブタは食べない！」
正吉「知ってたって知らなくたって」
純「じゃお前自分ちのニワトリ食うかよ」
正吉「ああ食うよ」
一同「残酷ゥ」
正吉「だって腹へったらしょうがねえもン」
すみえ「そんなの残酷です！」
正吉「腹へったことねえからだよ」
すみえ「腹くらいへります！」
正吉「本当にへったことねぇンだよ」
純「じゃあお前、本当に腹へったら人間だって食っちゃうかよ」
正吉「馬鹿やろ、人間食うやつがいるかい」
純「なぜ食わねぇンだよ、腹へってンだろ？」
すみえ「そうよ！」
正吉「人間は――食ったってうまくねぇべさ」
純「うまそうなンだって中にはいるゾ」
一同、騒然と口ぐちにわめきだす。
涼子「静かに！静かに！静かにしなさい」
一同、ようやく静かになる。
涼子「話をすこしもどしてみたら？　――たとえば。――そうよね。――先生、いま正吉君のいってることきいて、たしかにそうかなって思ったこともあるの」
一同「――」
涼子「リスはだれでもかわいいと思うわよね」
すみえ「思う」
涼子「でもネズミはかわいいと思わないよね」
螢「思わない」
涼子「でもそれ、ようく考えてみると、ちょっと不公平な気がしない？」
正吉「する！　リスだってしまってあるトウキビかじるし」
涼子「そう。わるさするリスだってたしかにいるし、いたずらしないネズミだっているよね」

すみえ「キツネだってそうです！」
涼子「そうよね。だからって、どれがいいキツネで、どれが悪いかは」
螢「螢のキツネはいいキツネよ」
正吉「そんなことわかるかい！」
純「いいキツネだよ！」
正吉「よそで悪いことしてるかもわからねえじゃねえか」
螢「してない！」
涼子「ちょっと待って。それより先生ね、さっきいちばん先に正吉君のいったことがひっかかってるの。正吉君キツネをならすのがまちがってるっていったでしょ」
正吉「いった」
涼子「あれはなぜなの？」
正吉「だって——えさやればあいつらつけあがって」
純「だれがつけあがったよ！」
すみえ「見たこともないくせに！」
正吉「見なくたってわから！」
螢「螢のキツネはいいキツネだもン!!」
ふたたび、けんけんがくがくになる。
涼子「静かに！　静かに！　静かにしなさい！」
静寂——もどる。
涼子「先生の取り方はね、ちょっとちがうの」
一同「——」
涼子「ちがうけどさっき正吉君のいった、キツネはならしちゃいけないって話——もしかしたら正しいかもしれないなって思うの」
純「どうして?!」
螢「なあぜ？」
すみえ「どうしてですか！」
涼子「それはね、キツネは自然の生き物でしょ。森ン中でネズミとか、いろんなもの見つけて苦労して狩りをして暮らしてるわよね。それが——人にえさをあたえられるくせがつくと、森で狩りするのが下手になるンじゃないかしら。つまり——そのうち狩りすること忘れちゃったりして」
純「じゃあえさやるのが悪いンですか！」
涼子「よくわからない」
すみえ「そんなの変です！」
涼子「でも本当いってよく考えてごらん？　もしかして人がえさやることになれたら、キツネはだんだんそれにあまえてきて、それは結局そのキツネを不幸に」
純「そんなことありません！」

すみえ「それはちがいます！」
正吉「ちがわないよォ!!」
すみえ「ちがうわよォ!!」
ふたたび騒然とどなり合いになる。

家の前

ふん然と帰ってくる純と螢。
純「おかしいよ！　あの先生おかしいよ！」
五郎「(炉で大鍋をかけつつ) 何がおかしいんだい」
螢「キツネにえづけしちゃいけないって」
五郎「どうして」
純「要するにあれはひいきですよ。正吉の家からお歳暮に何かもらったンですよ」
螢「(鍋の中を見て) 何これ」
五郎「(笑う) 牛乳」
螢「牛乳？」
純「だって赤いじゃん！」
五郎「ああ、食紅をまぜられたンだ」
純「どうして！」
五郎「市場に出して売れないようにさ」
螢「なあぜ？」
五郎「うンそれは――ちょっと説明がむずかしいな」
螢「どうするのこれ」
五郎「バターをつくるンだよ」
二人「バター?!」
五郎「そうだよ。赤いバターだ」
純「変だよ！　バターは黄色くなくちゃ」
五郎「そんなことないよ。赤くたってバターさ」
純「変だよ」
螢「どうやってバターをつくるの？」
五郎「これから教えるよ。中へおはいり」
純「(中へ行きつつ) あいつぜったいひいきしたンだ。正吉のじいさんに何かもらって」

笠松家

正吉。

土間に立っている。

カメラ、ゆっくりとまわりこみ、正吉の前の壁にさげられた数個の鉄のトラばさみをとらえる。

正吉。

――そっとそのトラばさみにふれる。

音楽――鈍い衝撃ではいる。B・G。

分校・職員室

ストーブに火をくべつつ、フッと気配に顔あげる涼子。

戸口にしょぼんと立っている正吉。

音楽——

2

分校・職員室

涼子と正吉。

涼子「それじゃあトラばさみかけたのは、正吉君とこのおじいちゃんなの？」

正吉「——（うなずく）」

間。

涼子「螢ちゃんのキツネ、それにやられたのね」

正吉「だと思う」

涼子「——」

正吉「キツネにトラばさみ持ってかれたって、じいちゃん一昨日ぼやいてたから」

涼子「そう」

間。

涼子「おじいちゃんいつもキツネとりするの？」

正吉。

正吉「むかしからじいちゃんのたのしみなンだ」

涼子「——」

正吉「もう何十年もずっとやってる」

涼子「——」

正吉「じいちゃん、とったキツネの皮で、——母ちゃんやオラにチョッキつくってくれたり」

涼子「——」

正吉。

正吉「したけど——」

涼子「——」

正吉「それが螢ちゃんのかわいがってた——そういうキツネだなンて、オラ知らんから」

涼子「——」

正吉「じいちゃんもきっと知らんと思うし」

間。

涼子「わかったわ」

正吉「——」

涼子「正吉君、だまってなさいそのこと」

正吉「——」

涼子「あなたが気にすることなんてないわ」
正吉「――」
涼子「そうよね」
正吉「――」
涼子「正吉君のおじいさんたちは、――そうやってずっと
　暮らしてきたンだもンね」
正吉「――」
　間。
涼子「そうよね。――わかるわ」
正吉「――」
涼子「気にすることないわ」
正吉「したけど、じいちゃん――」
涼子「――」
正吉「評判悪いから」
涼子「――」

笠松家

　杵次、トラばさみに油を塗っている。
　――ふりむく。
　正吉がいる。
杵次「どうした」
正吉「――」
杵次「何しとる」
正吉「――」
　正吉。
　――杵次のわきへすわる。
正吉「じいちゃん」
杵次「ああ」
正吉「トラばさみ、またかけるんか」
　杵次。
　――作業。
杵次「世の中にゃ悪いやつもおるもンだ」
正吉「――」
杵次「わしのトラばさみ一つ盗んで行きよった」
正吉「――」
杵次「おまけにしかけを、全部はずしよって」
正吉「――」
杵次「こんど見つけたらただでおかん」
正吉「――」
　間。
正吉「じいちゃん」
杵次「――あ」

正吉「おいら――。チョッキはもういらん」
杵次「――？」
　正吉。
正吉「キツネの毛皮――もうとらんでくれ」
　杵次の顔。
　ふしぎそうな顔でじっと正吉を見る。
　正吉。
　――その目に涙がにじんでいる。
　音楽――テーマ曲、イン。B・G。
語り「そんなことはぜんぜん知らなかった」

大釜に

　赤い牛乳が煮えている。
語り「ぼくらは赤いバターづくりに、すっかり夢中になっていたわけで」

家の中

　作業する五郎、純、螢。
語り「拝啓恵子ちゃん。
　バターのつくり方を教えます」

鍋

　牛乳のうわずみを一升びんにうつす。
語り「とりたての牛乳を殺菌し、しばらくおくと、上のほうに濃いところがたまります。それをすくって一升びんに三分の一くらい入れて振るのです」

家・一階

　一升びんを振る一家。（雪子もまじって）
語り「三十分くらい振っていると、一升びんの内側にツブツブがすこしずつついてきて、ドロッとしたものが上にできてきます」

一升びんから鍋へ

　網でこしながら牛乳を流す。
　クリーム状の脂肪が網の上にたまる。
語り「これを網の上に流してこすとクリーム状の脂肪がとれます」

表・桶

　水の流れ口で冷やしつつ固める。
語り「それを冷たい水で冷やしていくと、しだいに何となく固まってき」

皿

それをヘラでこねる。

語り「それをお皿の上に移してヘラでねりながら水を抜きます。それがだんだんかたくなってきたら、塩をまぜ」

塩（粗塩）をまぜる。

語り「さらにどんどんねりこんでいくと、それはもうバターになってるわけで」

家・一階

試食する一家。

五郎「どうだ」
雪子「お塩がすこし多かったかしら」
螢「おいしい！」
純「うン、おいしい！」
雪子「おいしいよね！」
五郎「じゃがいもにつけたらこれ最高だゾ！」
雪子「じゃがいもすこしゆでたの残ってる！」
五郎「じゃあこの上に置け！」
雪子「うン！」

雪子、じゃがいもを出しストーブの上に置く。

螢「赤いバターなンて世界じゅうにうちしかきっとないよね」
純「ないない！」
五郎「黒板バターって売り出すか！」
純「うンいいッ。麓郷名産黒板バターってね！」
螢「黒いバターみたい！」
純「じゃ黒板赤バター」
雪子「複雑すぎる」

ドッと笑う。

音楽——もりあがって以下へ。

家の灯

雪の中に暖かくともっている。

同・一階

一升びんをふる純と五郎。
バターをねる雪子と螢。
——一家の、それらの作業の中に。
音楽——ゆっくりともりあがって終わる。

ストーブの火

バチバチ燃えている。

雪子の声「(ポツリ) つららちゃん旭川にいるみたい」

家・一階

五郎。——雪子を見る。

五郎「だれがいった」

雪子「草太さんさがしに行ってたみたい。くわしいこときいてもいわないンだけど」

五郎「——見当ついたのか」

雪子「わからない」

五郎「———」

火のはぜる音。

雪子「義兄さん」

五郎「あ?」

雪子「私——あそこの牧場で働くの——何だか歓迎されてないみたい」

五郎「——どうして」

雪子「——何となく」

五郎「———」

雪子「人手がほしいから来いっていったの、もしかしたら草太さんの独断じゃないかしら」

五郎。

五郎「そんなことはないだろう」

雪子「——そんなことあるみたい」

五郎「———」

雪子「だっておじさんやおばさん私に、あんまり口をきいてくれないし」

五郎「———」

雪子「あのまま働いてていいのかな私」

五郎「——気にすることはないさ。清さんはそうなンだ。あの人はあんまり口をきかない」

雪子「そうかな」

五郎「———」

雪子「本当にそれだけなのかな」

五郎「———」

同・二階

螢の声「(低く) お兄ちゃん」

下へきき耳をたてていた純、——そっとシュラフの中へともどる。

螢「どうしたの?」

純「いや」
語り「この前正吉君にいわれてからぼくは、雪子おばさんと父さんのことがどうしても気になってしかたないわけで」
螢「キツネ、いまどこでどうしてるのかな」
純「――」
螢「この雪じゃ獲物なンて見つからないわ」
純「――」
螢「三本足じゃ仲間はずれにきっとされるし」
純「――」
螢「あの子きっとあのまま凍死しちゃうわ」
純「――」
間。
螢「えさをやったのがいけなかったのかな」
純「――」
螢「えさなんかやらなきゃ人を信じないで――そうすればワナにもかからなかったでしょ?」
純「――」
螢「螢があの子を殺しちゃったのかな」
純「――」
音楽――低い旋律でイン。B・G。

家の灯

また、かすかに音もなく降りだしている雪。
音楽――

3

分校

子どもたちかけだしてくる。
「さよならあ!」
涼子「純君、螢ちゃんちょっと待ちなさい!」
語り「翌日学校が終わったら、涼子先生がぼくらを呼びとめた」

職員室

涼子、ストーブの火をいじる。
純と螢。
純「用って何ですか」
涼子「だいじょうぶよ、べつに勉強のことじゃないンだから」
純「――」
語り「昨日のことの後だから、ぼくは涼子先生に対して、わざと不機嫌な顔をしてたわけで」
涼子「じつはね、昨日のつづきなのよ」
語り「やっぱり！」
涼子。
——ことばをさがしている。
涼子「螢ちゃんのキツネ、まだ出てこない？」
螢「ハイ」
純「先生、あれはもう生きてませんよ。どっかできっと動けなくなって」
涼子「（うなずく）そうね」
純「——」
涼子「純君たちはその人をうらむ？ トラばさみをかけたその人のことを」
純「うらみます」
涼子「ウン。——螢ちゃんも？」
螢「——ハイ」
涼子「そう」
間。
涼子「だけどもしもよ、もしもたとえば——あなたたちのお父さんがニワトリを飼ってたとして、その卵を売ってあなたたちの一家が生活してたと仮定するわね」
純「うちではニワトリは飼っていません」
涼子「でも飼ってる人はいっぱいいるでしょう」
純「——」
涼子「そういう人たちがだいじなニワトリを、キツネにやられたらどんな気持がする？」
純「——それとこれとは話がべつです」
涼子「そうかな、べつだとは思わないけどな」
純「——」
涼子「だったらたとえばネズミでもいいわ。ネズミはしまってある野菜をかじるでしょ？ シカでもいいわ。シカはたしかにかわいい動物だけど、農家にとってはシカは大敵よ。畠の作物を荒らしにくるから。ネ」
純「——」
涼子「こんなことといったら都会に住んでる動物愛護協会のおばさんたちは目をつりあげておこるかもしれないけど、——だけどここではすこしちがうわ」
純「——」
涼子「ここではそういうかわいい動物とも、生きるためにたたかった歴史があるのよ」
純「——」
涼子「そうしてそういう歴史の中で、あるときは寒さから身を守るために、動物の毛皮がどうしてもほしい。だからワナをかけてウサギやキツネをとる」

純「けどいまはそんなことしなくたって、もっとあったかいヤッケやセーターや」

涼子「だけどそういうのは、お金がかかるじゃない」

純「――」

涼子「お金を使わずにやってきた人には、お金を使うのはばかばかしいことでしょう？」

純「――」

涼子「そうでしょう？」

純「――」

間。

涼子「純君、先生ね、本当のことといって、動物を殺すのはとってもいやよ。そんなこと、できればしてほしくないわ。でもね。――そうしなければ生きてこれなかった。長年そうやってずっと暮らしてきた。それが生きるための方法だった。――そういう人がここにはいたってこと。ううん、いまもいるってこと、そのことだけはね、知ってあげてほしいの」

純「――」

涼子「そういう人のことも理解してほしいの」

純。

螢。

涼子「そういう人をにくまないでほしいの」

純。

涼子「わかるかな二人とも。私のいってること」

螢。

語り「いってることは一応わかった」

雪原

雪原の中を帰ってくる二人。

語り「わかったけど、だけど――やっぱりぼくには、先生の意見は勝手なようにも思え」

家の前

二人帰ってくる。

語り「先生の意見のとおりだとすると、動物たちの住んでるところに後から勝手にはいって来たくせに、人間はずいぶんひどい残酷な生き物で」

螢「お兄ちゃん、あれ！」

螢、指す。

家のわきに電柱が立ち、そこにプロペラがセットされて、かすかに風にまわっている。

純「風力発電だ！」

二人、雪の中を家のほうへ走る。

電圧計とレギュレーターを壁に打ちつけているクマ。

働いている五郎、和夫、中川。

純「できたの?!」

和夫「もうじきだ。今夜から電気がつくぞ!!」

二人「やったア!!」

五郎「二人とも、いいか、今日が何の日か知ってるか」

純「知らない」

螢「何の日？」

五郎「雪子おばさんの誕生日だ」

螢「本当に?!」

五郎「ああ、だからな、今夜はパーティを開く」

純「パーティ！」

螢「やったァ!!」

和夫「電気の下でパーティだ」

純「ヤッホー!!」

五郎「さ、早く荷物おいて部屋ン中片づけろ」

中川「(中から顔出す）五郎さん来てみれ！」

五郎「ついた?!」

中川「ま、来てみれ!!」

一同、ドドッと中へなだれこむ。

家・一階

天井からぶらさがっているはだか電球。

クマがひもを引く。

電球！　灯をともす。

純。

螢。

五郎。

一同。

和夫、五郎の肩をたたき握手。

純と螢、手をとり、とびあがってよろこぶ。

音楽——テーマ曲、静かにはいる。B・G。

プロペラ

風にまわっている。

牛舎（共同牧場）

すでに夕暮になり、灯がはいっている。

雪子、手押車を片づけて手を洗う。

正子「雪子さん」
雪子「ハイ」
正子「ちょっといいかい？　父ちゃんが話があるらしいン
　だけど」
雪子「――ハイ」
　音楽――くだける。

窓

　かすかに紛雪が舞っている。
　軒からさがっている氷柱。
清吉の声「いい方をしらんから、かんべんしてくれ」

清吉の家

　清吉、正子、雪子。
　間。
清吉「じつのところ。わしは困ってる」
雪子「――」
　間。
清吉「あんたが家で働くようになった」
雪子「――」
清吉「じつァ家じゃあ迷惑してる」
　雪子。
清吉「草太があんたを誘ったらしい。けどわしは何もきか
　されてなかった」
　雪子。
　間。
清吉「ここは共同牧場だ。三軒でいっしょに経営してお
　る」
雪子「――」
清吉「けどその三軒が食えるほど稼げん。だから一軒はよ
　そに行っとる」
雪子「――」
清吉「ここでは正直、人は雇えん」
雪子「――」
清吉「いや、食わすだけでいいちゅうことはきいた。しか
　しなんぼ食わすだけちゅうても」
雪子「おじさま」
清吉「黙ってきいてほしい」
雪子「――」
清吉「わしはことばの使い方を知らん。だから――きつい
　いい方にしかならんが」
雪子「――」

清吉「知ってのとおり、つららちゃんが家出した」
　雪子。
清吉「あの娘はうちに、嫁に来るはずだった。それがいきなり家出した」
雪子「――」
清吉「原因はあんただ。それはわかるね」
雪子「――」
清吉「いや、あんたを責めたら気の毒だ。悪いのは草太だ。あいつが悪い。あいつがバカだからこうなった」
雪子「――」
清吉「あいつと昨夜、明け方まで話した」
雪子「――」
清吉「あのバカはあんたにほれとるという」
雪子「――」
清吉「ほれとるというものはどうにもならん――それでどうなるのか！　うまくいくのか！　あんたがここに住む覚悟があるのか、それともいっしょにどこかへ行くのか」
　雪子。
　間。
清吉「この前、草太はわしにこういった」
雪子「――」
清吉「何したってよかろう、ほっといてくれ。オレはこの土地にいてやってるンだ」
　雪子。
清吉「いてやってるンだ、とあいつはそういった」
　正子。
音楽――低い旋律ではいる。B・G。
清吉「わしには息子が全部で四人おる。草太をのぞいてみんな出てった」
　正子。
清吉「わしはいま、正直いまのこの仕事を、わしら一代で終わらしてもいいと思っとる」
雪子「――」
清吉「だれも継がんでいいと思っとる」
雪子「――」
清吉「おやじといっしょにここに入植し、――こいつをもらってここまでたえて来た。だがそれもわしらで終わらしていい」
雪子「――」
清吉「ただしだ。ただ一つ、義理だけは果たしたい」
雪子「――」

清吉「いっしょに入植し、いっしょに苦しみ、最後までここにしがみついてきた、仲間たちへの義理だけは果たしたい」
雪子「――」
清吉「辰巳は仲間だ。――つららはその妹だ」
雪子「――」
清吉「草太はあの娘と約束をしとった」
雪子「――」
清吉「それを破る手伝いはわしにはできん」
正子。
雪子。
清吉「あんたと草太がどうなろうとかまわん。しかし、ここには置くわけにいかん」
雪子「――」
清吉「申し訳ないが、置くわけにはいかん」
雪子。
音楽――ゆっくりもりあがってつづく。B・G。

同・表（夜）

雪子、出てくる。

車がついて、草太と友子、吉本家の親せきらしい男がおりる。草太、雪子に気づいて足をとめる。

雪子、けん命に笑い、友子に近づく。

雪子「おばさん」

友子無視して中へ急ぐ。

男もじろりと雪子を見て急ぐ。

草太。

草太「雪ちゃん――」

雪子、ちょっと笑い、草太を避けるように牧場を出る。

家の表

雪子、唇をかみ歩いてくる。
家の近くまできてふと足をとめる。
家に灯がともっていない。
雪子「――?」
音楽――消えていく。
雪子、戸を開け中へはいる。
とたんに家にパッと電気の灯がはいる。
〽ハッピバースディ・トゥユウ、
歌声が起こる。

家・一階

小さなバースディケーキを中にうたっている五郎、純、
螢、和夫、みずえ、すみえ、クマ、中川。
雪子ぼう然。
――電気を見る。
電気――光をともしている。
一同の笑顔、歌声。
雪子の目にふいに涙が吹き出す。
音楽――

4

家・一階

ひっくりかえって笑っている子どもたち。
一同の手拍子。
クマの珍妙なはだか踊り。
そのにぎわいが、

同・表

にも流れている。
ともっている門灯。
そして、かすかにまわっているプロペラ。
それらの凍てついた雪明りの中に、ポツンとひとり立
っている杵次。
中で笑いと拍手がわき、和夫の声がうたいだす。
戸が開き、純が薪をとりに出る。
腕いっぱいに薪をかかえる。
五郎が出てきてそれを手伝う。そして螢も。
三人、フト、立っている杵次に気づく。
杵次。
五郎。
五郎「どうしたンです」
杵次「――」
五郎「はいりませんか」
　杵次。
杵次「電気がついたンか」
五郎「ハイ、まア、何とか」
杵次「――」
五郎「よかったらどうです。――飲んでるンです」
杵次「イヤ、アレダ。――ナンダ」
五郎「――」
杵次「お前、馬ァいらんか」
五郎「馬？」

杵次「ああ。うちの馬――手ばなすことにした」
　純。
　螢。
　五郎。
杵次「ばかな話だ」
五郎「――」
杵次「馬手ばなす気になってはじめて、馬に名をつけてないことに気づいた」
五郎「――」
杵次「二十年近く飼っているのにだ」
五郎「――」
杵次「ここらじゃ馬にはめったに名をつけん」
五郎「――」
杵次「名をつけちゃいかんと教えられた」
五郎「――」
杵次「名をつければ馬に情が移る。手ばなすときに心が痛む」
　純。
　間。
杵次「むかしは冬ごとに馬を手ばなした」
純「――」
　螢。
杵次「夏じゅう働かせて、それでも食えんから、――馬を売ってそうして冬場をしのいだ」
五郎「――」
杵次「春に、新しい馬を買うために、――冬場は山でけものとって売った」
　純。
杵次「シカや、キツネや、ウサギや、テンや――」
　五郎。
五郎「はいりませんか」
　杵次。
杵次「(螢に)キツネがトラばさみにやられたそうだな」
螢「――(うなずく)」
杵次「うン」
螢「――」
杵次「気の毒なことをした。あれはわしがしかけた」
　螢の顔。
　純の顔。
　五郎の顔。
杵次「正吉にチョッキをつくってやりたかった」
　螢。

純。
杵次「だがやつは知らん。——うらまんでやってくれ」
五郎。
——子どもらを見る。
螢「(うなずく)」
純「ハイ」
杵次。
間。
困ったようにフッと山を見る。
杵次「こっちに来て何か月だ」
純「——四か月です」
杵次「そうか、もう四か月ここで暮らしたか」
純「———」
杵次「よくもったな」
杵次、フラリと歩み去る。
五郎「とっつあん、本当にはいりませんか」
純の顔。
五郎の声「中畑の連中もみんな来てるンです」
去って行く杵次。
純の顔。
語り「そうだ。
四か月——もうたったンだ」
音楽——テーマ曲、イン。B・G。

雪

しんしんと降る。
語り「そうして二月をぼくらは迎えた」

一家の生活

雪おろしの五郎。

バターつくる雪子。

雪かきの純と螢。

まわるプロペラ。

——それら、冬の中の一家の姿に。

語り「雪はまだそれからどんどん降ったけど、ぼくらはこの暮らしにだんだんなれていた」

氷柱(つらら)。

ガチガチとふるえている螢。

雪まみれで風呂を焚く純。

語り「しばれにも、深い雪道にもなれた。そうして三月がすぎ四月になるころ」

沢

雪どけ。

沢がのぞく。

ふきのとう。

語り「ようやく沢の雪がすこしずつ融けだし、雪の下からフキノトウがのぞいた」

蛍と純がフキノトウをつんで歩く。

語り「半年近くいた冬の底から、春がもうぼくらの目の前に来ていた」

音楽——ゆっくりもりあがって終結する。

13

山の沢

残雪の中に雪どけの水が流れる。
音楽――静かな旋律でイン。
岸辺に顔出しているフキノトウ。
蛍の手がそのフキノトウをつむ。

山道（森の中）

蛍がフキノトウをつみつつおりてくる。
クマゲラの巣づくり。
フキノトウつむ蛍。
赤ゲラ。
歩く蛍。
子ギツネ。

立ちどまって目を輝かしている蛍。
――呼んでみる。
リス。
ぐんぐん山をおりてくる蛍。

山桜

その下をはねるようにおりてくる蛍。

村道

蛍、はねるように来る。
友子の声「蛍ちゃん！」
蛍ふりかえる。
音楽――中断。
畑のほうから声かけた友子。
蛍「コンニチハ！」
友子「フキノトウかい」
蛍「お味噌汁に入れるの！」
友子「純ちゃんは？」
蛍「（首ふる）いない」
友子「いないって」
蛍「東京」

友子「東京?!」
螢「(うなずく)」
友子「いつ!」
螢「今朝!」
友子「どうして!」
螢「母さんが病気で急に入院して。――雪子おばさんといっしょに行ったの!」

羽田

いきなりたたきつける東京の騒音。
空港ビルから急ぎ出る雪子と純。

モノレール

走る。

高速道路(赤坂見付)

あたかも未来都市を見るような、車、車の激しい洪水。

語り「恵子ちゃん。あれから半年ぶり。ぼくははじめて東京に出た」

音楽――テーマ曲、イン。

タイトル流れて。

1

竹沢病院

小さな、近代的ビルの病院である。

雪子の声「黒板令子です。ハイ。三日ほど前から」

同・受付

雪子「胆石でこちらに入院している」

廊下(二階)

階段をあがってくる雪子と純。

女の声「アアその方でしたら二一一号です。ナースセンターが二階にありますから」

点滴

管から点滴液が落ちる。
ノックの音。

絹子の声「ハイ」

二一一号室(二人部屋)

絹子、戸をあける。
　雪子と純。
絹子「雪子さん――」
　二人はいる。
　ベッドから二人を見る令子。
令子「(口の中で) ウワァ――」
　点滴をうけている令子。
雪子「どうしたの姉さん」
令子「純ちゃん――わざわざ来てくれたの (片手をさし出す)」
雪子「胆石なンだって?」
令子「それがちがうンだって。純ちゃんうれしい。来てくれたなンて」
　純。
雪子の声「ちがうって? それじゃ何だったの」
令子の声「神経性のものなンだって」
雪子の声「神経性?!」
令子「そう。純ちゃん螢は?」
純「むこう。よろしくって」
雪子「だって痛みがひどいンでしょ」
令子「ちょっとね」
雪子「いつ頃から?」
絹子「もう一週間になるンです」
雪子「とれないの?」
絹子「(うなずく)」
令子「螢も元気なの?」
純「(うなずく)」
令子「うれしいなァ純ちゃんが来てくれたなンて」
看護婦「(はいる) 終わりましたか」
令子「ハイ」
看護婦「(点滴を片づけつつ) 異常ないですね」
令子「ハイ。婦長さんこれ、息子です」
看護婦「アラ。(純に) ずい分来るのおそかったじゃない? 母さんもうずうっと苦しんでたのに。(コツン) 冷たい子ね」
　純。
令子の声「どうしてたの?」
純「――」
令子の声「学校休んで来てくれたの?」
純「――(うなずく)」
令子の声「何日こっちにいられるの?」
純「五日」

令子の声「五日——お父さんそれしかいけないって？」
純「学校があるから」
令子「ねえ純、もっとこっち来て」
以上の対話の間に、目くばせしあって外へ出る雪子と絹子。

廊下

二人出る。戸を閉めて、
雪子「どうなの」
絹子「ええそれが——ちょっと、いいですか」

屋上

風になびいている洗濯あがりの包帯。
その間にいる雪子と絹子。
雪子「モルヒネ？」
絹子「ハイ。一日に三回くらい打つんです」
雪子「——」
絹子「切れるとまたものすごく痛むもンですから」
雪子「それで本当に神経だって？」
絹子「検査で胆石は見つからなかったっていうンです」
雪子「ほかにどっかは」
絹子「どっこも悪くないって」
雪子「だって痛みはおさまってないンでしょ」
絹子「（うなずく）逆にかえってひどくなってるみたい」
雪子。
雪子「だいじょうぶなの本当にここの病院」
絹子「そのことなンです。じつはこないだ、美容院のお客様が来てくだすって、先生にいってくだすったンです。病院かえたほうがいいンじゃないかって」
雪子「そしたら？」
絹子「先生ただ笑って、そうねっていうだけで」
雪子「——」
絹子「もっとちゃんとした大きな病院でぜったい診したほうがいいと思うンです」
雪子「知ってる人いるわ大学病院に」
絹子「そのお客さんもいってくだすったンです。ちゃんとした所紹介するって。ところが——」
雪子「——」
絹子「私がいったっていわないでくれます？」
雪子「（うなずく）」
絹子「ここ、吉野さんの紹介なンです」
雪子。

絹子「吉野さんのツテで、入院したンです」
　雪子。
雪子「姉さん吉野さんと、まだつづいていたの?」
絹子「──最近また復活したみたいです」
雪子「────」
絹子「ですから先生──たぶん吉野さんに気がねして」
雪子「体のことじゃない。他のこととちがうわ!」
絹子「ええ。ですからそのこと雪子さんから」
雪子「────」
絹子「ぜったいほかで診てもらったほうがいいです」
令子の声「(笑って) だいじょうぶよ」

二一一号室

令子「だってもうずいぶんよくなったンだもの」
雪子「そうでもないって話じゃないの」
令子「そんなことないわよ、痛みの回数だって、前より
　ずっとへってきたしさ。──純は?」
絹子「ロビーでテレビ見てます」
令子「そうか。あっちにはテレビないのね」
雪子「姉さん」
令子「(笑って) ありがたいけど心配しないでよ。とって
　もよくしてもらってるしさ。そういえばさっきの婦長
　さんたらね──。ウッ」
　雪子。
　絹子。
雪子「どうしたの」
　令子。
令子「ウッ。──ウウッ」
雪子「姉さん」
令子「(とつぜんなぜかニタッと笑った) きたきたッ。ま
　たきたッ」
雪子「姉さん! 姉さん!」
音楽──「愛のテーマ」静かな旋律でイン。
B・G。
苦しみだす令子。
看護婦を呼びにとび出す絹子。
脂汗浮かべて苦しむ令子と、必死に何かいいさすって
やる雪子。
入口にびっくりしてつっ立っている純。
苦しむ母。
語り「母さんはものすごく苦しそうだった。でも」

廊下

小走りに来る看護婦と医師の足。

語り「しばらくしてからお医者さんが来て注射を一本打ってくれたら、まもなく痛みがひいたみたいで、そのままつかれて眠っちゃったンだ」

二一一号室

令子の寝顔。

語り「あんまり長いこと病院にいると母さんをつかれさすだけだといわれて、ぼくらは母さんのアパートへ帰った」

住宅街

雪子と純、歩く。

語り「そこはぼくらが前いたとこから、ほんのすこししか離れておらず」

時計

六時をすこしまわっている。

雪子の声「もしもし。——ミヤコ？　私、雪子。——東京。そう。今日」

令子の部屋

テレビを見ている純。

雪子の声「ねえとつぜんで悪いンだけど、旦那様病院から何時ごろ帰る？」

純。

——会話が気になってチラと雪子を見る。

雪子の声「ちがうの、姉がね。——ウンそう。——そのことでちょっと。——今夜これからおじゃましていいかな。——ゴメン。——それじゃあ今もうすぐ出る。——ついてから話す。——ううん。そんなに大げさなことじゃないの。——とにかくすぐ出る。勝手いってごめん。じゃ。（きる）」

純「母さんうんと具合わるいの？」

雪子「そうじゃないの。ただちょっと知合いのお医者にね、一応相談。悪いけど純ちゃんお留守番してて」

純「いいよ」

音楽——消えていって。

テレビ

歌謡曲をやっている。

居間

純が一人でテレビを見ている。
チラと時計を見る。
急いで立ちあがりカバンを開ける。
ノートをとり出し電話にむかう。
ダイヤルをまわす。
呼んでいる音。
テレビを小さくしようとするが線がのびない。
足で消そうとする。
店屋物の空いたドンブリをひっくり返す。
目をむく純。あわててもとへもどそうとしたとき相手が出る。
純「(あわてて)ア、もしもし、ケ、ケ、恵子ちゃんいらっしゃいますか」
女の声「恵子は英語塾行ってますよ」
純「ア、ハイッ」
女の声「もしもし、どなた」
純、一方的に電話をきり、ドタスタ走ってよごした床をふく。
そのまま表へすっとんでとび出す。
音楽――「東京」軽快にイン。B・G。

道

純、もうぜんとつっ走る。
そのいくつかのショットのつみ重ね。

英語塾・表

純走ってくる。
中から聞こえている英会話の合唱。
純、ソッと窓から中をのぞく。

同・内

勉強している子どもたち。
恵子。
タカシ。
ユタカ。

窓

純の顔。
語り「恵子ちゃんがいた!
それにタカシ君もユタカ君も!」

同・内

先生、ペラペラと英語で何かいう。タカシ、ペラペラとそれに答える。

語り「だけどまったく信じられないことに、ぼくよりできなかったタカシ君やユタカ君が英語をペラペラとしゃべってたわけで」

窓

すこし口をあけているショックの純。

音楽――急激にもりあがって。

ミヤコの家（部屋）

ミヤコと雪子。

ミヤコ「(茶をいれつつ)よくあるのよそういうケースって。どうぞ」

雪子「ありがと」

ミヤコ「私も看護婦してたからわかるけど、いったん入院してた病院からほかに移るってたいへんなのよね。先生によっちゃあつむじ曲げるし、何のかのいって前のカルテや検査資料を頼んでも貸してくれなかったり。結構あるのよねそういうことって」

雪子「でしょうね」

ミヤコ「まして紹介ではいった病院って、そうじゃなくてもかわりにくいでしょ」

雪子「そうなのよ」

ミヤコ「お医者さん敵にまわすような気がするしね」

雪子「そう」

ミヤコ「だけど雪子ぜったい移したほうがいいわよ。前にもそういうことうちであったのよ。レントゲンに胆石が写らなくって。患者は激痛でヒイヒイいってるのに、病院のほうじゃわからないもンだから神経だ神経だって。その人結局どうしたと思う？」

雪子（首ふる）

ミヤコ「死んだのよ。そのまま、その病院で」

雪子「――」

ミヤコ「解剖したら――いわゆる胆砂って――砂状になった胆石があって」

夫「(はいる)雪ちゃん」

雪子「ハイ！」

夫「ベッドは一つ何とか開けられそうなンだけど、姉さんのほう本当に説得できそうか」

雪子「させます！　とにかく明日いちばんで」

夫「うン。——わかった（奥へ）」
雪子「スミマセン」
間。
ミヤコ「たいへんね」
雪子「うン」
ミヤコ「お医者様がどんなにおころうと何しようとそんなことは割り切りゃそれですむけど、本人がうンっていわないンじゃね」
雪子。
ミヤコ、ふたたび茶をいれる。
ミヤコ「だけど、そういうものなンだろうな」
雪子「——」
ミヤコ「恋人が間に立ってるとすりゃあね」
雪子「——」
ミヤコ「気をつかうもンね」
雪子「——」
ミヤコ「女だもンね」
雪子。
間。
ミヤコ「ところでどうなったのあんた自身は」
雪子「何が」
ミヤコ「あの方」
間。
雪子「終わったわ」
ミヤコ「やっぱり」
雪子（ちょっと笑う）
間。
ミヤコ「この前トシコたちと話してたンだ。北海道行って帰ってこないとこみると、これはもう結着ついたンだなって」
雪子「——（苦笑）」
間。
ミヤコ「この先それでどうするつもりなの」
雪子「——」
ミヤコ「北海道にまたもどるつもり？」
雪子「——（うなずく）」
ミヤコ「ずいぶんまたあっちが気にいっちゃったもンね」
雪子「——」
ミヤコ「あやしいゾ。だれかまた、できたンじゃないの？北海道に。もっといいのが」
雪子。
ちょっと笑う。

ちょっと笑って煙草に火をつける。
その顔に、
音楽――「愛のテーマ」しのびこむ。B・G。

回想

草太。
草太とのラブシーン。
牧場で働く草太。
笑う草太。

夜の中（東京）

帰ってくる雪子。
歩いてくる雪子の顔。
音楽――「愛のテーマ」もりあがって。

2

町（朝）

通勤するサラリーマン、学生の群れ。
陽光。

語り「翌朝ぼくはうンと早く出て、恵子ちゃんを道で待ちぶせすることにした」

物陰

純――さり気なくかくれている。

語り「昨夜は待ってればよかったンだけど、何となく英語に圧倒されて取り残されたような気分になり、こそこそ帰ってきちゃったンだ。
それにタカシ君やユタカ君もいたし」

語り「来たッ！」

道

歩いてくる恵子。
恵子。
――純を見て立ちどまる。

恵子「（口の中で）純君――！」

純――もじもじと出現する。

純「しばらくです」
恵子「しばらくです」
間。
純「お変りありませんか」
恵子「ハイ、おかげさまで」

間。
恵子「いつアノ、こちらに」
純「ハイ、アノ、昨日」
間。
恵子「それでいつまで」
純「ハイ、五日ほど」
ユタカの声「オーイ！」
走ってくるタカシとユタカ。
純をみとめてびっくりして立つ。
タカシ「純じゃねえか!!」
ユタカ「純!!」
純「ごぶさたしてます」
二人——びっくりする。
二人「ごぶさたしてます」

純の顔

ウオークマンのヘッドホーンをかけている。
ガンガン鳴っているイエローマジックオーケストラ。
語り「その日はちょうど土曜日だったので、学校が終わってからぼくらはみんなでタカシ君の家に集まることになり」

ケーキに手をのばす子どもたち。
ウオークマンをきき、ケーキを食べつつ、何となくおくしてみんなの話題にはいっていけない純。
部屋のすみで疎外されきいているのみ。
しゃべるタカシ。
しゃべるユタカ。
そしてほがらかにしゃべっている恵子。
語り「ぼくは話にはいっていけなかった。父さん。ぼくは、話にはいれません」
音楽——「愛のテーマ」イン。B・G。
純。
——目をふせケーキを食べている。
語り「だってぼくンちには今テレビがなく、音楽に関しても情報がないわけで」
恵子「純君」
純「ア！　ハイ?!」
恵子「純君ちのほう、いろんな動物いるンでしょう？」
純「ア、ハイ、います」
タカシ「何がいる」
純「リスとか」
恵子「リス!!　ウワァ」

純「キツネ」
ユタカ「見た見た見たゾ、キタキツネ物語！」
タカシ「見たことあるのか」
純「しょっちゅう見てます」
恵子「かわいい?!」
純「ええそりゃ。蛍が餌づけして」
タカシ「エヅケ?!」
恵子「直接、手からエサ食べるの?!」
純「食べますよ」
恵子「ウワァ！」
ユタカ「最高!!」
純「それからシカやミンクやテンや」
タカシ「熊は」
純「ああいますよ」
一同バッとすわり直す。
恵子「熊がいるの!!」
純「いますよ」
タカシ「見たのか!!」
純「ええまァ」
恵子「出てくるの?!」
純「ハイ！」
ユタカ「そばに?!」
純「ええ」
タカシ「どのくらいそばに!!」
純「もうすぐそこですよ」
恵子「だいじょうぶなの!!?」
ユタカ「お前こわくないのかよ!!」
純「平気ですよ。何もしませんし。あそこらの熊は気立てがいいから」
語り「見たことないけどホラ吹いてやった」
子どもらけん命にいろいろ質問する。
純、がぜん話題の中心人物になり、それでもカッコつけていかにもつまらなそうに受け答えする。
音楽――もりあがって以下へ。

道

一人歩く純。
語り「だけど。
父さん、ぼくはやっぱり、心の中で傷ついていた」

雑踏

歩いてくる純の顔。

語り「東京にいなかった半年の間に、ぼくは明らかにみんなにおくれており。
恵子ちゃんたちはかなり先へ行き」

病院

純がはいって行く。

同・階段

あがっていく純。

二一一号室

純はいる。
雪子と令子。
——へんな空気である。
音楽——中断。

令子「純！——どこ行ってたの。おそかったじゃない！」
純「タカシ君たちと会ってたもンだから」
雪子「姉さん、だけどね」
令子「いいじゃないもうそのことは」
雪子「吉野さんには私からいうわ」
令子「やめてよ！」
雪子「——」
令子「そんなことしたら、許さないから！」
純。
雪子。
——急に立って外へ出ようとする。そのとき戸が開いて花を持った男がはいってくる。
——吉野信次。
信次「(雪子に) よォ」
雪子「コンニチハ (外へ)」
令子。
純。
信次。
信次「純君か」
純「——ハイ」
信次「うン (純の頭をなでる)」
令子「純」
純「——」
令子「吉野さんよ。母さんの高校時代からのお友だち」
純「——」
信次「いつ来た」
純「ハイ？」

信次「北海道から来たンだろう？」
純「昨日です」
信次「うン。むこうはまだ寒いか」
純「ハイ。イイエ。――ハイ」
信次「(令子に) どうだ」
令子「時々まだ痛むの」
信次「うン。(花をちょっと見せる) 中田からだ」
令子「スミマセン」
信次「(花びんと花を純に渡す) 水くんでいけて来い」
純「ハイ」
　純、うけとって表へ歩く。
　その耳に、
信次の声「令子」
　純――一瞬足をとめる。
信次の声「店のほうの手伝いの件だけどな」
　純、さり気なく表へ出る。

駅・ホーム

　電車がごうごうと通過する。
　ポツンと立っている純と雪子。
純「おばさん、吉野さんてどういう人？」
雪子「どういうって？」
純「――あの人、母さんのこと――令子って呼びすてにしてたから」
　「フィーリング」低く流れこむ。

令子のアパート

語り「その晩夜中にトイレに起きると、雪子おばさんが電話をかけていた」

プレヤー

　レコードがかかっている。
雪子の声「(低く)そうなの、いったのよその話も全部。砂状になった胆石の場合は小さな病院じゃ発見できないって」

居間 (扉のすき間から)

　雪子の一部が見えている。
雪子「ミヤコの旦那様がベッドとってくれたことも。
――だけどどうしてもうンていわないのよ。
――ちがうのよ。問題は病院じゃないのよ。
吉野さん。

――ホラ、姉さんの彼氏。彼の紹介ではいった病院なのよ。吉野さんの上司の親せきらしいのよ。だから」

扉の陰

きいている純の顔。

雪子の声「(つづく)かわるっていえば吉野さん困るでしょう？　吉野さんの立場を考えちゃってるのよ。――そうなのよ。いったのよ。だけどだめなのよ。私が直接吉野さんにいうっていったら、姉さん本気でおこりだしちゃって、そんなことしたら許さないからって」

音楽――低くしのびこむ。B・G。

純――ゆっくりとその場を離れる。

音楽――

3

テレビ

「ドレミファ・ドン」をやっている。

語り「その翌日は日曜日で、午後から病院に行こうと思ってたら」

電話のベル。

令子の部屋

純、電話をとる。

純「ハイ！」

令子の声「純？」

純「ウン」

令子の声「母さん。ちょっと待ってね」

信次の声「もしもし、純君か」

純「ハイ」

信次の声「吉野さんだ、昨日病院で会った。わかるか」

純「(あわててすわり直す) ア、ハイ」

雪子「だれから？」

純「(すごい顔で〝昨日の男〟と指で合図)」

信次の声「(ダブって) もしもし。わかったのか」

純「ア、ハイッ。母がいろいろお世話になってます」

信次の声「今日これから映画につれてってやる」

純「エ？　ウワッ、本当にィ?!」

信次の声「これからそっちに行く、用意しとけ」

純「ウワァ！　ハイッ。アッ、でもアノ雪子おばさんに」

信次の声「じゃあな (きれる)」

純「ア、もしもしッ」
雪子「どうしたの」
純「やだよやだよオレ、なンだあいつ勝手に」
雪子「だれよ」
純「昨日のあいつだよ病院にいた、映画につれてく用意しとけって、やだよオレおばさん断ってよ！」
雪子「何いってンのよウワッウワッなンて調子よく返事しといてからにィ」
純「だってえ（ひどい顔でブツブツぼやきまくる）」
語り「だけど結局つれて行かれた」

スクリーン

宇宙物をやっている。

語り「それはこの前タカシ君たちがみんな見たがってた最新の映画で。

だけど――」

いびき。

客席

満員。

その中ですごいいびき立てて眠りこんでいる吉野。

「シイッ」

「シイッ」

まわりから声がかかる。

純。

――はずかしさに真っ赤になってソッとつつく。

純「オジサン。オジサン」

吉野、起きない。

純。

――まわりのきつい目にたえかねて、ソッと席をぬけ脱出する。かわりにすぐさまふとった女すわる。

ますます激しくいびきかく吉野。

ハッと目をさまし純を見、ギョッとする。

いきなりたたきつける軽快なマーチ。

ジェットコースター（遊園地）

純と吉野、のっている。

ゲーム

二人、楽しくやっている。

パンチングボール

純たたく。
メーター、わずかしかあがらない。
どやどやと来た、いかれた若者たち、純を押しのけるように挑戦する。
すごい力である。
純、口の中でかん声をあげる。
吉野、何思ったか上着をぬぐ。
挑戦。
メーター、すさまじい数字を指す。
若者たち息をのむ。
信次「(上着をとり) 行くか」
純。
——息をのんでコクンとうなずく。
若者「先輩」
信次「?」
若者「ボクシングやってたンすか」
信次「まねだけだよ」
語り「グッときた」

遊園地内

歩く二人。

語り「"まねだけだよ"
このセリフは素人にはいえないと思われ。
たとえば草太兄ちゃんならたちまち長い解説になるところで。
それをこういうケンソンでいったのは相当の人物であると思われ。
この吉野さんにくらべれば、草太兄ちゃんはやはりローカルで」
信次の声「何だ」
純の声「エ? イエ、アノ、——ハイ」

レストラン

カレーを食っている純と吉野信次。
純「むかし、なすってたンですか」
信次「何を」
純「ボクシング」
信次「なすってなんかいないよ」
純「だけど」
信次「オイ」
純「ハイ」
信次「(食いつつ) どうするつもりだ」

純「何がですか」
信次「母さんのことだ」
純「ア、ハイそれは――ボクは火曜日には帰らなくちゃならないンで」
信次「――」
純「後はよろしくお願いします」
信次「そんな話をしてるンじゃない」
純「――」
信次「ずっとおやじといるつもりかあっちに」
純「ア、ハイ、一応、いまのところは」
信次「考えたのか」
純「――何を」
信次「――男が一人でいることと、女が一人にされることのちがいだ」
純「――」
信次「お前のおやじは男だ。ちがうか」
純「――」
信次「それが子どもを二人ともつれてってる」
信次「母さんは一人だ。不公平じゃないか？」
純。
純「だけどおじさんがいるじゃないスか」

語り「いッチャッタ」
吉野。
――黙々とカレーを食う。
純も。
間。
信次「じゃあいいンだな」
純「――」
信次「オレがもらっても」
純「――」
信次「正式にオレは母さんを取るぞ」
純。
純「もう取ってるじゃないですか」
吉野。
間。
信次「だから正式にだ」
純「――」
間。
純「イヤだっていったらどうするンですか」
信次「だから、そうならお前がいてやれ」
純「――」
信次「お前は東京で母さんと暮らせ」

間。
純「暮らしたらおじさんはもう来ませんか」
間。
信次「それはわからん」
純「そんなの卑怯だ」
信次「卑怯じゃない。自信がないだけだ。自信のない約束をするほうが卑怯だ。ちがうか」
純「ちがうかもしれないけど。――そういう問題は――」
純。
考えつつカレーを食う。
語り「たいへんな話をしていると思った」
音楽――静かにイン。B・G。

道

一人歩く純。
語り「吉野のおじさんは、明らかに母さんと結婚することを考えてるみたいで」
歩く純の顔。
語り「だけど、意外にもぼくは内心、このおじさんをきらいではなく」
音楽――もりあがって以下につづく。

走る車内

はりついている純の顔。

車窓

とんで行く東京。

病院

階段

あがって行く純。

二一一号室

はいる純。
令子。
――点滴をうけている。
純。
あいたほうの手を黙って純にさし出す令子。
令子「ゴメンネ」
純「何が」
短い間。

令子「吉野さんちゃんと付きあってくれた？」
純「（うなずく）たのしかったよ」
令子「――」
純「いい人だった」
令子「――」
間。
令子「純」
純「ウン？」
令子「そこにある包み――開けてごらん」
純。
――見まわす。
デパートの包み置いてある。
純「うわァ！――くれるの？」
令子「ウン」
純「やったァ」
純。
――包みをとり、ひもをほどく。
かなり立派なプラモデルが出てくる。
純「ウワオ！」
箱を開け中の説明書を読む。
ベッドの上から見ている令子。
その目にうっすらと涙がたまる。
令子「（小さく）本当にあさって帰っちゃうの？」
純の手がとまる。
母を見る。
母の目の涙。
純。
ノック。
ふりかえる純。
戸口が開いて、恵子とその母、はいってくる。
純「（口の中で）恵子ちゃん――」
効果音――衝撃。

4

病院表・石段
「グ、リ、コ」「チ、ヨ、コ、レ、イ、ト」
ジャンケンで遊んでいる純と恵子。遊びつつ、
恵子「本当にまたむこうに帰っちゃうの」
純「――うン」
遊ぶ。
恵子「いつ？」

純「火曜の飛行機」
恵子「あさって」
純「そう」
　ジャンケン。
　遊ぶ二人。
恵子「かわいそう」
純「(見る) 何が」
恵子「純君のお母さん」
純「———」
恵子「だって病気なのに一人になっちゃう」
　純。
純「雪子おばさんはこっちに残るって」
恵子「お母さんは純君にいて欲しいのよ」
純「———」
　ジャンケン。
恵子「うちのママ昨夜そういってたわ」
純「———」
恵子「だって螢ちゃんと純君と、二人ともあっちじゃ不公平だわ」
純「———」
　ジャンケンと遊びがつづく。

　間。
恵子「うちのママ昨夜いってたわ。——もしもね、純君のお母さんさえよければ、——純君うちに住んでもいいのにって」
　純の足とまる。
　恵子を見る。
恵子「だってホラ、今うちパパが外国だしお兄ちゃんは大阪だし二人きりでしょう?」
　純。
恵子「うちに下宿すれば最高じゃない?」
　純。
　音楽——軽快にはいってくる。B・G。
恵子「純ちゃんだってもうじき中学だし、そうすればいっしょに塾にも行けるわ」
純「———」
　間。
純「だけど——、そんなにうまくはいかないよ」
恵子「どうして?」
純「だって——東京にもし住むとしたら、——とうぜん母さんといっしょに住むわけだし」
　間。

恵子「でもお母さんにも都合あるでしょう？」
純「どうして？」
間。
恵子「お母さん。再婚するンでしょう？」
純。
純「そんなことボク――きいてないよ」
恵子「――」
間。
恵子「ゴメンナサイ」
純「――（首ふる）」
恵子「でも――」
純「――」
恵子「お母さん仕事があるんだし、だから――、食事の用意なンかたいへんじゃない？」
純「――」
恵子「アッ、じゃあお母さんもいっしょに来ればいいのよ！　うちいま部屋が二つもあいてるし。うちに来れば部屋代もかからないし。そうすればみんなさびしくなくなるし」
音楽――急速にもりあがって以下へ。

道

帰ってくる純の顔。

プラモデル

組立てられてゆく。

令子の部屋

プラモデルを一人組立てている純。その顔に、

イメージ（フラッシュ）

恵子。

純

プラモデルを組立てる。

イメージ（フラッシュ）

恵子。

純

プラモデル

奇怪な形に組立てられてゆく。

令子の部屋

横むきに寝ている純。
——その視線にまだ起きている雪子。

純「ねえ」
雪子「ウン？」
間。
純「ぼく、母さんをほっぽらかしてこのままむこうに帰っちゃっていいのかな」
雪子「(見る)」
純「——」
雪子「だってお父さんと約束したでしょ。五日だけ学校休んでいいって」
純「それはそうだけど」
雪子「(笑う) 母さんのそばにいたくなったな？」
純「——」
雪子「それとも恵子ちゃんに会ったからかな」
純「そういうンじゃないよ！」
雪子「じゃあどういうの？」
純「——」
雪子「母さんのことならおばさんが残るンだから、あなたがいなくたってだいじょうぶ」
純「だけど——」
雪子「——」
純「吉野さんにぼくいわれたンだ」
雪子「何て」
純。
純「父さんは男で、母さんは女だから——」
雪子「——」
純「母さんを一人にしといていいのかって」
雪子。
純。
音楽——じょじょに消えていく。
雪子「それで？」
純「——」
雪子「純君はどう思ったの？」
純「——わからないよ。もっと考えてみなくちゃ」
雪子「そうでしょ、だから」
純「ただ——」
雪子「——」
純。

純「東京に出ることはめったにないし、――これでむこうに帰っちゃったら父さんのペースにまきこまれちゃうし」
雪子「だからチャンスだと思ってるわけ？」
純「――」
雪子「つまりこのまま居残れるかってこと？」
純。
純「そこまで考えてるわけじゃあないよ」
雪子「――」
純「もちろん父さんと話さなくちゃいけないし」
雪子「――」
純「それに、螢にも」
純。

イメージ（フラッシュ）
草原――歩いてくる螢。

令子の部屋
純。
純「螢が何ていうか」
雪子。
雪子「純君」
純「――どうしていいか、よくわかンない」

イメージ（フラッシュ）
歩いてくる螢。

令子の部屋
純。
間。
くるっとむこうを向く。
音楽――テーマ曲、イン。B・G。

草原（家の前）
歩いてくる螢。
草むらの中を家の前に来る。
急にスキップし、家へはいりかける。
その足がとまる。
中からきこえてくる五郎と和夫の対話。
和夫の声「じゃあもし純坊がそのまま東京に、居残る気起こしたらどうするンだ」
螢。

家の中

五郎。そして和夫。
間。
和夫「おふくろさんに会って、しかも病気で。――とうぜんいて欲しいって懇願するンじゃないか？」
五郎。
和夫「ソンとき純坊につっぱね切れるか？」
五郎「――」
和夫「雪子ちゃんがいくらついてたからって、かんじんの純坊がその気になったら」
五郎「――」
和夫「そういう可能性はじゅうぶんあるぞ」
五郎「――」
和夫「もともとあの子は東京にいたいンだ」
五郎。
間。
薪をとって煙草に火をつける。
ちょっと笑う。

五郎「そのときは中ちゃん――。しかたないよそれは」
和夫「――」
五郎「そりゃあ――そのときは」
和夫「――」
五郎「（笑う）反対できないよ」

表

螢。
音楽――もりあがって以下につづく。
間。
螢、そォっと裏へまわる。

水場

螢、来て流れる水を見つめる。
手にしていた花を水にひたしてみる。
手をはなす。
パッと流れ去る花。
螢。
音楽――もりあがる。

14

草原

風の音。

そのむこうにポツンとある廃屋。

廃屋

その前にぼう然と立っている純。

家は荒れはて、純たちがはじめて来たときよりもっとひどくなっている。

はずれた板が風に鳴る。

純。

純「(口の中で) 父さん」

中へ。

同・中

正面の板壁がはがれてむこうが見えている。

純「父さん――螢――、どこにいるの」

どこからか御詠歌の声がきこえる。

同・表

とび出す純。

石炉の所にむこう向きにポツンとすわって何か燃している友子。

純「おばさん！　父さんたち知りませんか」

友子「(むこう向きのまま) 父さんたち?」

純「ハイ」

友子「ここにはだれも住んどらんよ」

純「住んでない?!　だって父さんや螢は」

友子「五郎さんたちだらとっくにおらん」

純「おらん?!」

友子「家をたたんでどっかに行ってしもうた」

純「いつですか！　それは、いつのことですか！」

友子「ずっとむかしじゃ。もうだれもおらん、中畑の家も、草太の牧場も、みんなどこかに行ってしもうて、この麓郷にはもうだれひとりおらん」

純「エェッ?!」
友子「わしもこれから村を出るとこじゃ」
　友子立ちあがって行こうとする。
　純、あわてて追いすがる。
純「お、おばさん！　それじゃボクつれてってください！」
友子「したってわしゃああんたを知らん」
純「知らんて、だって！　つららさんとこのおばさんでしょ?!」
友子「知らん」
純「おばさん！」
　友子はじめてふりかえる。
　見知らぬ老婆の顔である。
　純——後ずさる。
　老婆去り、御詠歌と風の音残る。

廃屋

　ポツンと立っている純の姿。
純の声「父さん——。螢——。母さん!!」

令子の部屋

　純はね起きる。

　ウエストミンスターチャイム八時をうつ。

　純。

雪子の声「(台所から)純ちゃん！　さ早く顔洗って！　九時になったら病院行くわよ！」

純「——」

　純立ちあがり窓を開ける。

　窓の外にひろがっている東京の家並。

　音楽——テーマ曲、イン。

　タイトル流れて。

・

1

病院二一一号室

　眠っている令子の顔。
雪子の声「どうなの」
絹子の声「今朝からまただいぶ痛んだらしくて、さっき注射打って、たったいまようやく」
　雪子、絹子、純。
雪子「ほんと。あなたお店は？」
絹子「ハイもうそろそろ行って開けないと」
雪子「ごめんなさい。どうぞ行ってちょうだい」

絹子「ハイ。アそれからさっき吉野さんから電話があって、
会社のほうに電話くださいって」
雪子「ありがと」
絹子「じゃ私」
雪子「すみません」
雪子、ベッドに近づく。
眠っている令子。
雪子「純ちゃん、悪いけど——つきそっててくれる？」
純「（うなずく）」

日比谷界隈

車の流れ。
喫茶店のムード曲しのびこむ。
吉野の声「わざわざ来てもらって悪かったな」
雪子の声「いいえ」
吉野の声「コーヒーでいい？」
雪子の声「はい」
吉野の声「コーヒー二つ」

喫茶店

雪子と吉野。
吉野「昨日院長と話をしたよ」
雪子「どうでした」
吉野「ウン。やっぱり今のとこ神経性のものとしか考えられないってことなンだ」
雪子「——」
吉野「いったよ君の——ぼくにいったことは。むこうもそれはね、前から考えたことらしい。砂状の胆石——胆砂っていうのか、それと——レントゲンに写りにくいカルクのすくない石のことなンかもね、——とうぜん考えには入れてるそうだ。だけどそれでもなさそうだっていうンだ」
雪子「——」
吉野「まァ正直今のとこ物理的原因はつかめてない。だから、——病院をかえるならかえてくれていいそうだよ」
雪子「——」
吉野「ただこっちでも今まだ検査中のことが——やることが残ってはいるそうだけど、どうしてもっていうならどうぞっていってた」
雪子「——」
吉野「あとは君らの意志しだいだけどね」
雪子「——」

間。

雪子「吉野さんの考えはどうなンですか」

吉野「オレはこれといってとくに意見はないよ」

短い間。

吉野「ただ、姉さんは移りたくないらしいけどね」

雪子「話したンですか姉さんに」

吉野「すこしね」

雪子「――」

吉野「彼女がいうにはちゃんとすこしずつ、よくなってるっていうンだよね」

雪子「よくなってると思います？」

吉野「前よりはいいね」

雪子「――」

吉野「とくに君たちが来てくれてからはね」

雪子「――」

コーヒーが来る。

ムード曲。

吉野「雪ちゃんこれは本当はオレなんかが口出しすべきことじゃないけどね」

雪子「――」

吉野「本当に明日純ちゃん帰すのかい？」

雪子「――」

吉野「そのこと彼女にひびかないかね」

雪子「――」

吉野「かりに神経からきてるとしたら、とうぜん彼女には子どもの問題が大きく影響してると思うけど」

雪子「――」

吉野「ちがうかね」

雪子。

ムード曲。

吉野「そりゃあ学校の問題であるとか、おやじさんとの約束であるとか――まァいろいろとあるとは思うけど――何しろこっちは病気なンだからね」

雪子「――」

吉野「もう一度そこを考えられないの？」

雪子。

ムード曲。

令子の声「純ちゃん」

二一一号室

ぼんやり目をあけた令子。

純。

令子「いつ来たの?」
純「もうだいぶ前」
令子。
──純の手に手をのばす。
令子「母さん夢見てた」
純「──」
令子「何の夢かわかる?」
純「──」
令子「(ちょっと笑う) 自転車の夢」
純「──」
令子「五段ギアつき。ホラあの自転車。おぼえてる?」
純「──うン」
令子「あの自転車まだ物置にとってあるのよ」
純「──ホント」
令子「(半分眠りかけて) あれをあんたが持ち出して──どっか原っぱをのりまわしてるの。──軽業みたいに。──むかしよくやったでしょ」
純「──」
令子「あぶないからやめてって、母さん頼むの。そうするとあんたったら面白がって──座席に立ったり、──両手はなしたり──」

令子、眠りに落ちていく。
令子「母さんがやめてって──いえばいうほど──」
純。
令子。
──眠ってしまったその顔。
その顔に、
音楽──はるかより軽快にイン。B・G。

令子の夢

自転車で走る純のモンタージュ。
軽業のごとく。
螢をのせ。
また一人で。
つぎつぎにいろいろな乗り方をしてみせて。

街

歩く純。
そのいくつかのショットのつみ重ね。

令子の部屋

純、テレビを見ながら昼食をとっている。

その顔に、

イメージ

自転車にのる純。

令子の部屋

純。

物置

出てきた純、物置の戸を開けてみる。
自転車がある。
サビが出ているその自転車。
純、車輪をぐるっとまわしてみる。

車輪

まわる。

玄関・表

純、サンドペーパーで自転車のサビを落としている。
とつぜん手をとめてふりかえる。
音楽——中断。

自転車を押して立っているタカシ。

タカシ「よオ」

2

空地（または公園）

キャッチボールしている純とタカシ。
純はピッチャーとして、一塁走者を警戒しつつ投げるポーズ。

タカシ「ボール！　お前球すじわるくなったな」
純「やってないもン」
タカシ「あっちの学校チームないのか」
純「男はオレのほかに一人いるきりだぜ」
タカシ「本当かよ」
純「それももうじき廃校になるンだ」
タカシ「たまンねえなァ」
純「——」
タカシ「それで本当に明日帰るのか」
純「うン」
タカシ「飛行機で？」
純「うン」

タカシ「どうなンだ母さん」
純「うン」
タカシ「オレはまたこれで、このまま東京に移ってくるのかと思ってたぜ」
純「――――」
投球練習がつづいている。
純「この前話してたの、買ってもらっちゃったよ」
タカシ「何」
純「プラモデル」
タカシ「何の」
純「ガンダム」
タカシ「ヤホ――!! 高いンだゾあれ」
純「値段は知らないけど」
タカシ「だけどもう今はガンダムも古いンだ」
純「だってこの前いちばん新しいって」
タカシ「あれから変ったンだよ」
純「今は何なの」
タカシ「スペース・シャトルよ」
純「フウン」
タカシ「見るか?」
純「持ってるの?!」
タカシ「とうぜん」
純「見たい」
音楽――ふたたび軽快にイン。B・G。

道

自転車でとばす二人。
純「自転車変えたのか」
タカシ「あれもう古いもン。流行らねえよ」
純「――――」
タカシ「今年はお年玉うンとかせいだからな。去年のと合わせて買ったンだ」

坂道

二人、カッコよく自転車でおりる。

タカシの部屋

純の顔。
純「(口の中で) ウワオ」
棚にずらり並んだプラモデルの数。
スペース・シャトル。
スーパーカー。

その一つ一つをとりあげて、純に解説するタカシ。
気押されたようにきいている純。
音楽——ゆっくり消えていって。

同・食堂

冷蔵庫からコーラを出し、純にくれるタカシ。
グラスを出して栓を抜く。
純「いいなァ、あんなにいっぱいもってて」
タカシ「まァな。だけどまァあんなの子どもだましよ」
純「うらやましいなァ」
タカシ「どうってことないよ」
二人飲む。
タカシ「もっといいもの見してやろうか」
純「なに?」
タカシ、飲みつつニヤッと笑う。
タカシ「だれにもいわない?」
純「ウン」
タカシ。
間。
タカシ、純の耳もとに何かいう。
純、——目をまるくする。

純「持ってンのかよ!」
タカシ「兄ちゃんだよ兄ちゃん! 兄ちゃんがかくしてるのオレ知ってンだ」
純「兄ちゃんいくつだ」
タカシ「高校三年」
純「——」
タカシ「ついて来な」
タカシ、裏へ。
純、あせってコーラをゴクゴク飲む。

ガレージ

タカシの兄の作業場らしい。
二人はいって戸を閉める。
タカシ「表、見張ってろ!」
純「ウン」
タカシ、梯子を出し、上の棚の箱をごそごそさがしだす。
純、戸のすきまから外をうかがう。
純のその目がふととまる。
裏のがらくたのくずの上に捨てられている古い自転車。
純の顔。

古い自転車。

間。

タカシの声「オイ！」

　ふりかえる純。

タカシ、梯子の上から雑誌をほうる。

女のヌード写真がどぎつくひろがる。

純。

　タカシ、とびおりる。

　雑誌をバラバラッとめくってみせる。

タカシ「クククッ。持ってけ」

純「い、いいよ」

タカシ「やるよ！　土産だ！」

純「いいよ！」

タカシ「早くかくせ！」

純「悪いよ！」

タカシ「いいから！　早く！　シャツの中にかくせ!!」

　タカシ、純のシャツをめくり、中に押しこむ。

ガレージ・表

　急ぎ出る二人。

　重い戸を閉めて。

タカシ「カマン!!（走る）」
　急いで追おうとし、ふと足とめてくずの山を見る純。
タカシ「どうしたンだよ」
純「あの自転車もう、使えないの？」
タカシ「え？——あああれか。使やあ使えるけど流行りませんよもう。それよりお前、今の本見つかるなよ。ぜったいうまくかくして持ってけよ（走りだす。純も）」
語「そんなこといわれてもたいへんだと思った」

令子の部屋

　純、雑誌をけん命にカバンの奥にしまう。

語「かくすったってカバンしかないし、もしだれかにカバンの中を見られたら。ア!!」

　純の顔。

イメージ

　空港。——荷物検査。

係官「ハイ、つぎの方」

　純、カバンを渡し、検査台をくぐる。

　ベルトにのって出てくるカバン。

ブーと音がする。

純の顔。

女の係官「荷物の中見せていただきます」

令子の部屋

純の顔——がく然。

間。

急いでもう一度雑誌をとり出す。

考え、バッグの中味を全部出す。底の敷板をとり出してその奥にかくす。敷板を上にのせる。その上にやみくもに衣服をつっこむ。

とつぜん電話のベルが鳴る。

純「ハイッ!!」

純とびあがり、カバンを持ってうろうろする。

タンスの裏に押しこんでかくす。

電話にすっとび受話器をとる。

純「ハイ!」

雪子の声「純ちゃん? どうしたの?! つきそってくれるっていってたのに!」

純「ハ、ハイ、アノ、今もう、出ようとしたとこで」

二一一号室

純の頭を雪子がコツンとたたく。
純「——」
令子「いいわよ、ねえたまに東京に来たンだもンねえ」
純「ゴメンナサイ」
雪子、花びんと花を持って外へ。
令子「明日どうしても帰っちゃうンでしょ?」
純「——」
令子。
令子「飛行機は何時?」
純「十二時十五分」
令子「それじゃ朝もう一度顔見れるかな」
純「——(うなずく)」
間。
令子「夏休みには、また来てくれる?」
純「——さァ」
令子「——」
純「お父さんが、——いいっていえば」
令子「——」
間。
令子「むこうはこれからきれいなンでしょうね」

純「――」
令子「いろんな花が、いっせいに咲いて」
純「――」
間。
令子「病気が治ったら母さん一度、あなたたちの所に行ってみたいな」
純「――」
間。
純「ボク知ってるよ」
令子「――」
間。
純「母さん来たでしょ」
令子「――」
純「ラジカセお土産に持ってきてくれたでしょ」
令子「――」
間。
令子「母さんが行ったって、お父さんいったの？」
純「(首ふる) 螢が先に気がついたンだ」
令子「――」
純「パジャマに母さんのにおいがついてるって」
令子。

――目を閉じる。

記憶

螢のパジャマを抱きしめた令子。

二一一号室

令子。
――その目から涙がこぼれる。
純――窓外をじっと見ている。
間。
令子「ラジオ、きいてる？」
純「――(うなずく)」
令子「どんな番組？」
純「――」
令子「いつもきくのはどんな番組？」
純「――」
令子「母さんもきくのよこの頃ラジオ。オールナイトニッポン。すこしおそいかな」
純「――」
令子「今度母さんリクエストしちゃおうかな。北海道富良野の、親愛なる純君へって」

純「（外を見たまま）母さん、ぼくに――東京にいてほしいの？」
令子。
令子「だって――（声がふるえる）父さんと帰るって約束したンでしょ？」
令子。
間。
純「――」
令子「いてくれるの？」
はいりかけギクッと立ちどまった雪子。
純。
令子。
純。
令子「本当に純ちゃん――こっちにいてくれるの？」
物陰の雪子。
純。
令子「明日帰らないで、このままいてくれる？」
純「――」
雪子。
間。
戸を音たてて閉め、中へはいる。

雪子「きれいなお花。ホラ見て姉さん」
松山千春、流れこむ。

食堂

晩めしを食っている雪子と純。
店内に流れている松山千春。
黙々と食う純。
食いつつポツリ、
純「おばさん。ぼく明日帰らないよ」
雪子、純を見もせず黙々と食う。
純「やっぱりぼくこのまま東京にいるよ」
雪子「――（食べる）」
純「父さんとの約束破ることになるけど――。でもぼく、――母さんが病気でねてるのに」
雪子「――」
松山千春。
純「父さんはきっと――おこるだろうけど――だけど――ぼくには――母さんは母さんで――」
雪子「――」
間。
純「やっぱりぼく、東京に来なければよかった」

雪子「──」
間。
雪子「そう決めたンなら、そうすればいいでしょう？」
純。
間。
──はじめてチラと雪子を見る。
雪子「父さんべつにおこらないと思うわ」
純。
間。
雪子「そういうだろうって父さんいってたわ」
純「──」
間。
雪子「純は気持のやさしい子だから──母さん見たらそういいだすだろうって」
純。
間。
純「いいですか」
雪子「──」
間。
純「おばさんは──許してくれますか？」
雪子「──」
間。
雪子「私はべつに関係ないわ」
純。
急激にもりあがる松山千春。
黙々と食べている雪子。
純。
間。
目をふせ箸を動かす。

3

令子の部屋

純の顔。
──口にボールペンをくわえている。
純の声「父さん、お元気ですか。
ボクは元気です」
机の上に書きさしの手紙。
純の声「東京は毎日いい天気です。
今日はタカシ君とキャッチボールをし、それから久しぶりに自転車にのって」
純の顔。

壁の一点を見つめている。

記憶（フラッシュ）

がらくたの中に放置されていたタカシの自転車。

令子の部屋

純の顔。

捨てられた自転車

令子の部屋

純の顔。

捨てられた自転車

カメラぐんと引くとゴミの山。

その山のむこうからじっと自転車を見ている五郎。

令子の部屋

純の顔。

ゴミの山

五郎。

間。

ゴミの山にあがり、自転車に手をふれる。

語り「思いだしていた」

令子の部屋

純の顔。

語り「あれは父さんと母さんが別れる前だ」

ピンクレディの「ＵＦＯ」しのびこむ。以下のシーンへ。

町

子どもたち自転車でつっ走る。

語り「その頃ぼくらの仲間の間では、自転車にのるのが流行りだしていて」

壁

もたれて見ている純。

語り「ぼくは自転車が、とってもほしかった」

自転車置場

自転車の群れ。

語り「みんなほとんど自転車を持っており、持ってないほうが少なかったから、とっても肩身がせまかったンだ」

公園

曲のりをする子どもたち。

語り「ぼくは母さんに買ってって頼んだ。買ってあげるって母さんはいった。どうせ買うなら五段ギアのついた最新型のがぼくはほしかった。ところが」

道

こわれた自転車をかついで来る五郎。

語り「その話をきいた父さんがある日、ゴミ捨て場に捨ててあったこわれた自転車を、仕事の帰りに拾って来ちゃったンだ」

純の声「いやだよそんなのボク」

五郎の声「まァ見てろちゃんと使えるようにしてやる」

テレビ

ピンクレディうたっている。

令子の声「きたないわそんな、だれが使ってたのかわからないものを」

五郎の声「なあに磨きゃあきれいになるさ」

純の声「(泣きそうに)やだよぼくそんなの!」

令子の声「だいたい、いいの? そんなの勝手に持って来ちゃって」

五郎の声「かまわないかまわない。捨ててあったンだ」

自転車

けん命に修理する五郎。

語り「結局父さんは、何日もかかってその自転車を使えるようにしちゃった」

五郎「さ、どうだ! いいだろう! 立派なもンだ」

道

その自転車で走る純。

語り「ぼくは内心不満だったけど、それでもないよりはましだからその自転車をのりまわしていた。
もちろん捨ててあったのを拾ってきたなンてだれにもいえることじゃなかった。
ところが」

家・表（夜）

とび出してくる螢。

螢「お兄ちゃんたいへん！」

塾帰りの純。

螢「（耳もとに）いま交番のお巡りさんが来てる！」

純「なンで」

螢「あの自転車のこと」

純「エ?!」

「ＵＦＯ」加工した音にかわる。

同・玄関

巡査と五郎、令子。

巡査「（手帳をしまう）事情はまァだいたいわかりました。しかしとにかく持主からの、そういう届け出があった以上、このままにするわけにはいかないから、自転車は持主に返しますからね」

令子「ハイ！　すみません本当にどうも」

巡査「まァ先方もおんびんにっていってくれてるし、これ以上何もないとは思いますが」

令子「本当にもう申しわけございません。まったく恥かしいバカなことしまして」

巡査「まァこれからは注意してください。がらくたといえども所有者はいるンだから」

令子「ハイ。アノ先様にはいずれこちらからもごあいさつに」

巡査「まァ近所だからそのほうがていねいかもしれませんね。じゃ」

令子「どうも本当に。おかまいもしませんで」

巡査、立ちあがり表へ出て自転車をつかむ。と。

外に立っている純と螢。

五郎「（とつぜん）お巡りさん」

巡査「ハ？」

五郎「（興奮をけん命におさえる）オ、オ、オレには――アレスヨ――、よく、わからんすよ」

巡査「何が？」

令子「あなた」

五郎「だって――この、自転車は今は――こうやってきれいにしたけど――、見つけたときは――あすこのゴミの山に、雨ざらしになってもうサビついて」

令子「ちょっとあなた！」

五郎「あのゴミの山はその大沢さんの家のちょうどすぐ前にあるゴミの山だし、この自転車はそこにもうずっと一か月近くほうってあったわけで」
巡査「(自転車を置く)」
令子「ちょっとあなた待ってよ！」
五郎「(興奮) おれは毎日それを見てたスよ！ オレが見てるンだから大沢さんだって毎日それを見てたはずだし、あすこは古いタタミとかテレビとか大きなゴミをためとく場所で、だから今さらあれは捨てたンじゃないあすこに置いてあったンだっていったって」
令子「(巡査に) すみません。(五郎に) ちょっと！ もういいじゃない」
巡査「だから？ 何ですか？」
五郎「だから——。ですから——。捨ててあるものをどうして拾っちゃ」
巡査「じゃあ君それが盗難品だったら？」
五郎「——」
巡査「盗難品とは思いませんでしたか？」
五郎「——」
巡査「だいいちまだじゅうぶん使えるものを、ふしぎとも思わず持ってきちゃうっていうのは——これはあなた非常に悪意にとればですよ、泥棒したとそういわれたって」
五郎「しかし」
令子「(同時に)すみません！ ちょっともうわかったやめて！」
五郎「しかし——」
純。
巡査「何ですか」
令子「あなた。お願い」
五郎「しかし——最近、東京では何でも——古くなると簡単に捨ててしまうから」
令子「(絶望) ねえ」
五郎「じゅうぶん使えるのに新しいものが出ると——、流行におくれると捨ててしまうから」
令子「やめて!! お願い!! 本当にもうやめて!!」
純。螢。
語り「母さんが必死にその後あやまって、その事件は何とかそれでおさまった」

自転車の車輪(停車中)
陽光をあびてキラキラとまわる。
「UFO」正常な音にもどる。
語り「それから何日かして母さんはぼくに、新しい自転車を

　　買ってくれた」
道
　　仲間と自転車を走らせる純。
語り「しかもそれは五段のギアつきで、拾ってきたのとはく
　　らべものにならず」
　　純、どんどんと遠ざかる。
語り「ぼくはやっぱり、母さんのほうが父さんよりずっとわ
　　かってると思い」
令子の部屋（現実）
　　ねころび天井を見つめている純。
語り「だから父さんは田舎っぺだと思い」
　　「ＵＦＯ」――静かに消えていく。
　　遠いチャルメラ。
　　純の顔。
語り「だけど――」
　　間。
語り「だけど今ぼくにははじめてすこしだけ、あのときの父
　　さんの気持がわかる」
　　純。

　　間。
語り「何でも新しく流行を追って、つぎつぎに物を買うぜい
　　たくな東京。
　　流行におくれると、まだ使えるのに簡単に捨てちゃう都
　　会の生活」
　　純の顔。
語り「でも――」
イメージ
　　雪山。
令子の部屋
　　純。
語り「ぼくらがこの半年北海道でやった生活は、明らかにそ
　　れとはちがった暮らしで」
イメージ
　　雪山。
令子の部屋
　　純。

語り「ぼくは何もしなかったけれど、それでもぼくは、すこしだけ変っており」

イメージ

水の来なかった家の前の水道。

令子の部屋

純。

語り「たとえば物が何もなくても、何とか工夫して暮らすンだということ」

イメージ

森の中、叫びつつ走る純と螢。

令子の部屋

純。

語り「そういう父さんをすこしわかったこと」

イメージ

走ってくる五郎。（水道完成）

走ってきた純、螢ととびついて喜びあう。

語り「わかるようにぼくが変ってきたこと。母さん――」

令子の部屋

純。

ゆっくり起きあがり、机の上の書きさしの父への手紙を破る。

語り「ぼく――。

やっぱり明日、北海道へ帰ります。

父さんと約束したからじゃありません。

裏切ることになるからじゃありません。

なぜだかわからない。

説明できない」

イメージ

ベッドからゆっくり手をさしのべた母。

語り「東京のほうがいいに決まってる」

令子の部屋

純。

語り「母さんのそばにもちろんいたい。

でも」
音楽——テーマ曲、イン。B・G。

高速道路（朝）
車の流れ。
語り「母さんごめんなさい。
ぼくは弱い子で母さんに会ったらきっとまた気が変る。
だから」

モノレール
走る。
語り「会わないでまっすぐ帰ります」

羽田空港
一人ゲートをはいっていく純。
ふりむく。
無言で立っている雪子。
語り「母さんのことはとっても気がかりです。だけど——。
だけど今は——北海道にボク帰ります」

飛行機
ランプをゆっくり離れる。
語り「早く元気になってください。
それから。
この前いわなかったけど」

滑走路
飛行機ごう然と滑走路を走り、そうして空へぐいと舞いあがる。
語り「吉野のおじさんて、ぼくきらいじゃない」
たちまち小さくなる純の飛行機。
音楽——圧倒的にもりあがる。

4

タンポポ
その白い羽毛が風に飛ぶ。
そのむこうを歩いている純と蛍。
語り「東京から帰って一週間たった。
最初のうち気になった母さんのことも日がたつにつれてだんだん忘れ」
純の声「UFO?!」

螢の声「そう。あれ、ぜったいUFO」

丘の道

はるかな山波。
学校帰りの純と螢。歩きつつ、

純「ばかかお前、そんなもンいるわけないだろ」
螢「見たんだもン」
純「これだから科学に弱いヤツは困るンだ」
螢「だって本当に飛んでたンだもン」
純「目の錯覚だよ」
螢「父さんも見たンだよ？」
純「うそつけ」
五郎の声「うそじゃないンだよ」

家・表

クワの柄を入れている五郎と純、螢。

五郎「本当に、なァ、ちゃんと飛んでるの見たンだ」
純「どこで」
五郎「ここで」
純「どこを飛んでた」
螢「(空をさす)あっちからズーッと来て、この上でしばらく動かなくなって、それから急にまた動きだして」
純「上富の自衛隊のヘリコプターじゃないの？」
五郎「いやあれはちがうな」
螢「じぐざぐに、——こんなふうに飛んだもンね」
五郎「色も変ったしな」
螢「そう。最初青になって、オレンジ色になって」
正吉の声「オーイ!!　(走ってくる)」

あぜ道

純と正吉、急ぎ歩きつつ、

正吉「そんなもンいるわけねえじゃんか」
純「あいつらバカなンだよ」
正吉「そんなもン飛んで来たら大事件だぜ」
純「わかってないンすよ、科学ってもンを」
正吉「それよりお前、持ってきたか」
純「だいじょうぶ。ちゃんとここに入れてある」

ヌード写真（一瞬）

杵次の家

正吉の顔。

――ゴクンとツバをのむ。
純の顔。
――ページをめくる。ツバをのむ。
とつぜんブルルンと馬の鼻息。
とたんに二人パッと雑誌を尻の下に敷き一瞬のうちに机にノートをひろげて勉強しているふりをする。
静寂。
二人。
正吉「馬がただくしゃみしただけだぜ」
二人ホッとし、また雑誌を出しページを開く。
凝視。
間。
純「どうだ」
正吉「すげえ」
純「すげえだろ」
正吉「すげえ」
間。
正吉「お前よくこれ見つからずに持ってきたな」
純「ハラハラしたぜ、空港でチェックされないかって」
正吉「うン」
純「まるでテレビの密輸事件の気分よ」
正吉「見直したぜ」
二人。
間。
正吉「お前――こういうの見てムズムズしねえか?」
純「するンだよオオ!!」
正吉「するべ?」
純「オレ、オチンチンがでっかくなるンだ」
正吉「なるッ。それッ。オレも今なってる!」
間。
正吉「最近朝起きたときもオレそうなるンだ」
純「オレも!」
正吉「ア、お前も!」
純「小便するとちぢまるべ?」
正吉「そう!」
間。
純「これは果たしてどういうことだ?」
音楽――明るく静かな旋律ではいる。B・G。
正吉「じいちゃんにこの前きいたンだオレ」
純「何ていってた?」
正吉「春だからだと」
純「春だから?」

正吉「フキノトウがふくらむのと同じ理屈だと」
純「オレのチンチン、フキノトウかよ!!」
間。
正吉「知ってるかお前、森さんちの新居」
純「去年結婚した兄ちゃんのか?」
正吉「ウン」
純「それがどうした」
正吉「この前の夜あの前とおったらな」
純「ウン」
間。
正吉「なぜかオレ急にでかくなった」
純「どうして!」
正吉「中から変な声がきこえたンだ」
純「どんな」
正吉「泣いてるような、笑ってるような」
純「――だれの」
正吉「あすこの嫁さんの」
間。
純「その声でお前でかくなったのか」
正吉「そうなンだ」
純「そんなバカな!」
正吉「そうなンだオレだって悩んだぜ。だけどたしかにあの声のせいなんだ」
純「――」
間。
正吉「今夜ためすか」
純「――」
正吉「声ききに行くか」
純「何時ごろだ」
正吉「八時――半くらいがいいんじゃないかと思う」
純「八時半か。だけどそんな時間に」
正吉「おやじさん表に出してくれないか」
純「ちょっと待て。口実考える」
二人。
音楽――消えていく。
五郎の声「星の勉強か」
純の声「ハイ、アノ星座の」

家

夕食、終わりかけている。
五郎「そりゃあいい、星ってのはようく知っとくといい。道に迷っても星の位置で方角がちゃんとわかる」

純「ハイ」
五郎「父さんも行こう」
純「(むせる)ア!! イヤ!! ソレハアノ! 正吉君と二人がいいので」
螢「螢もいく!!」
純「ア、ダメ!!」
螢「どうして」
純「だってお前山のずっと奥まで、ア、ハアイ!! (とび出す)」
螢「待って!! 螢も行く!! (追う)」

同・表

とび出す純。待っている正吉。
純「走れ!! (走る)」
正吉「どうしたンだ!! (走る)」
螢とび出る。
螢「ずるいよ、待ってえ!!」
追いかける。
螢「(走りつつ) かけっこなら負けないンだ」

道

月光の下逃げる純と正吉。
追いかける螢。
三つのシルエットのけん命な走り。

丘

三人、つかれはて、走るのをやめてハアハア息をついている。——しばらく。
純「(ハアハア) なァ螢、アノナア、星の勉強はなァ」
とつぜん螢、空を指す。
純「(ハアハア) 女がまじると、——よくないからって」
螢「お兄ちゃん、アレ何?」
純と正吉空を見る。
螢も空の一点を凝視。
長い間。
正吉「動いたゾ!!」
間。
純「とまった!」
正吉「色が変った!!」
螢「アレヨアレヨアレヨお兄ちゃん!!」
純「ア、また動いた」
正吉「UFOだッ!!」

音楽――キーンとさすようにイン。けんらんたる。B・G。

丘の道

空を見あげつつけん命に追って走る三人のシルエット。
そのいくつかのショットのつみ重ね。

同・木の下

走って来てとまる三人。

正吉「オイ見ろ!!」
純「おりたぞ」
螢「UFOおりた!!」
純「どこらだ!」
正吉「あれだらベベルイの登山道のあたりだ!!」
螢「行ってみよう!! (走りだす)」

正吉も走りだす。

純「(追いかけつつ) あぶないよ! だれか呼んでこよう」
正吉「そんな暇あるか!!」

走る三人

月光の下を走る三人の、いくつかのショットの早いつみ重ね。

ベベルイ

登山道をけん命に走る三人。

森の中

けん命に走る三人。
とつぜん先頭を走ってた正吉がとまる。
純と螢も。
音楽――中断。
純。
正吉。
螢。
――三人をふくむ周囲の色が、かすかにオレンジ色に変っている。

語「恵子ちゃん、――
ぼくらはそのときはっきり見たンだ」

純。

語「信じられない話なンだけど、オレンジ色に光る大きな円盤がすぐ前の森の上空にとまってた」

三人。

語り　その顔に当たっている光の色が淡く変化する。

語り「それは——」

　純。

語り「まるでだれかと話でもしてるみたいに、——やわらかく、——やわらかくいろんな色に変った」

　螢。

　正吉。

　純。

　間。

語り「それがどれくらいの時間だったか——ぼくにははっきりわからない」

木の幹

　青い照明が黄色に変る。

語り「ウンと長かった気もするし、短かかったような気もするし。

そして」

森の中

　三人。

　とつぜん色が消え、月光の中に三人残る。

語り「しばらくしてとつぜんその円盤は、音もなく舞いあがり富良野岳の方角へすっと飛んで消えた」

　純。

　正吉。

　螢。

　間。

正吉「(ふるえ声で) 本当かよ」

　間。

　静寂。

純「UFOだ!」

螢「そうでしょ!」

正吉「UFOだ!」

純「だけどUFOが何してたンだ」

正吉「こりゃお前もしかしたらそこらに宇宙人が」

螢「しッ」

　純と正吉。

　螢、森の奥を指す。

螢「だれか来る!」

正吉「ふせろッ!!」

　三人茂みに身をふせる。

　静寂。

三人、ソッと目だけ出しのぞく。
森の奥から白い影歩いてくる。
三人、バッと顔ふせる。
純は口の中で主の祈りをつぶやく。
近づいてくる足音。
螢、——そオッと目をあけてのぞく。
それは何と涼子先生である。
螢の顔。
——純をつつく。
純、目をあげる。
目をまるくする。
螢、出ようとする！　その袖をグイと正吉がひっぱり、
三人ふたたび茂みにふせる。
そのすぐ脇を涼子通過する。
低く鼻唄をうたっている。
足音遠ざかり、涼子去って行く。
三人。
間。
——ようやく身を起こす。
純「涼子先生だ」
正吉「バカありゃ涼子先生じゃないよ！　宇宙人が先生に
化けたンだ！」
螢「だって鼻唄うたってたわ！」
純「そうそう三百六十五歩のマーチ！」
正吉「宇宙人が水前寺清子なンかうたうか！」
螢「だってうたってたもン！」
純「先生だよあれは！」
正吉「先生が何でこんなとこいるンだよ!!　こんな夜中に
こんなとこに一人で!!」
純「——」
間。
螢「先生宇宙人と親しいのかな」
正吉。
純。
螢。
正吉「こりゃオイ、やばいぞ！　見たこと人にいわないほ
うがいいぞ!!」
純「うン!!」
正吉「もしもしゃべって宇宙人に知れたら」
螢「ちょっと今音した！」
間。
純「どこで!!」

蛍「(森の奥を指す)」
三人。
間。
とつぜんこわくなりもうぜんと走りだす。
音楽——テーマ曲、静かにイン。B・G。

道

三人のシルエットけん命に走る。
語り「その夜のことは三人の秘密にした。
だけど、——まちがいなくぼくらは見たンだ!」
音楽——ゆるやかにもりあがって。

15

前回シーン

語り「信じられない事件が起きた。

正吉君と螢と三人、ぼくらはベベルイでＵＦＯを見たンだ。

しかも。

それよりおどろいたことはＵＦＯのいたあたりの森の中から涼子先生が現れたことだ。

涼子先生はぼくらに気づかず歌をうたいながら歩いて消えた。

ぼくらは、あれは先生ではなく、宇宙人が化けたのかもしれないと思い、この事件を秘密にすることに決めた」

音楽──テーマ曲、イン。

タイトル流れて。

1

家（朝）

純「（パッと立つ）ごちそうさま！」
螢「ごちそうさま！」
純「行ってきます！」
螢「行ってきます！」
五郎「どうしたンだオイ、今朝はばかに早いな（二人はもういない）」

道

走る二人。

辻

正吉の声「オーイ!!」
自転車で山道をかけおりてくる正吉。

道

急ぐ三人。
正吉「しゃべらなかったか」

純「だいじょうぶ、しゃべってない」
螢「螢こわくて眠れなかった」
正吉「あれはぜったい先生じゃない！」
純「宇宙人かな」
正吉「たぶんな」
螢「先生今日どんなかしら」
純「いるかな」
正吉「とにかく注意してみよう!!」

分校

始業の鐘の音。

教室

バッと席につく子どもたち。
ガラリと戸が開いて男の先生（立石）はいる。
立石「おはよう（教壇へ）」
純、螢、正吉の顔。
立石「（歩きつつ）今日は涼子先生がいないンで臨時に本校からぼくが来た。立石先生だ。おぼえてるな」
すみえ「ハーイ」
立石「今日は先生がかわりに授業をする。日直はだれだ」
螢「ア、ハイッ。起立ッ。礼ッ。着席ッ」
立石「よし。ええと」
正吉「先生?!」
立石「ア？」
正吉「涼子先生どうしていないンだ？」
立石「涼子先生か？　ちょっと急用で旭川に行った」
正吉「何しに」
純「本当に旭川ですか?!」
螢。
立石「本当に旭川かって、——どうしてそんなことウソつくンだ」
純「——」
立石「ええ、授業の前に伝達事項がある。今度の月曜、急で申しわけないが臨時の父兄参観日とする。授業参観のあと父兄のみなさんにだいじな話が校長先生からあるから、必ずお父さんかお母さんにその日は学校に来てもらうように」
正吉の声「変だゾやっぱり！」
純の声「うン」

校庭

正吉「何となく変だ！」
　正吉の運転する自転車の荷台に立っている純。前に螢。
純「涼子先生やっぱり消えたもンな」
螢「臨時の父兄会って関係あるのかな」
正吉「あるあるぜったい！」
純「もしかしたら先生この世にもういねえぞ」
螢「死んだの?!」
純「殺されたかそれとも」
正吉「ＵＦＯにつれて行かれたかな」
　すみえいきなり前にとび出す。
　自転車、急ブレーキ。
すみえ「ＵＦＯがどうしたのッ」
純「あぶねえなァ!!」
すみえ「ＵＦＯがどうしたのよッ」
正吉「ＵＦＯ見たンだよッ。ただそれだけッ」
中川の声「ＵＦＯ？」

豚舎

　働いている五郎、クマ、中川。
クマ「ＵＦＯって空とぶ円盤のことですか」
五郎「ああ」
中川「見たの？」
五郎「だと思うンだ」
クマ「どんな飛び方してました」
五郎「スーッと来てこうピタッととまってな、色がこう何
　色も変化して」
クマ「じぐざぐにとびましたか」
五郎「そう！　こうじぐざぐに」
クマ「空とぶ円盤です」
中川「そんなもンがこの世にいますかよ」
クマ「あ！　いるンです！　いつかも北見とか函館とか」
和夫「（はいる）五郎！」
五郎「オウ！」
和夫「あとでちょっと家に寄ってくれ」
五郎「何だ」
和夫「イヤあとで」
五郎「うン、わかった」
中川「（ブタに）空とぶ円盤がとんだんだと」
　ブタが「エェッ?!」という顔をする。

中畑家

　手紙がポンとほうられる。

五郎。
——弁当を開きつっとる。
宛名、五郎。差出人の名前はない。
五郎「何」
和夫「今朝とどいたンだ。おれんところとお前ンとこに」
五郎「何だい」
和夫「開けてみな。涼子先生のことが書いてある」
五郎「?（開く）」

新聞の切り抜きコピー

「小学生ビルから投身自殺
先生に叱られ、遺書をのこして」
効果音——衝撃。

中畑家

みずえ「（茶を持ってはいる）見た?」
五郎「——いつの新聞だ」
和夫「昭和五十四年、——二年前だ」

コピー

めくる。
「暴力教師に死の抗議
小学五年厚志君の遺書」
効果音——衝撃。

中畑家

和夫、煙草に火をつける。
五郎、またあくる。

コピー

「厚志君、君の死を無駄にはしない!
教育委員会、調査に動く」
効果音——衝撃。
めくられる。
「遺族、木谷教員を告訴（?）」
涼子先生の写真のクローズアップ。
効果音——衝撃。

中畑家

三人。
間。
みずえ「いったいこれだれが送ってきたのかしら」

五郎「——消印は?」
和夫「——東京になってるな」
五郎「——すると、出したのはこの遺族かね」
みずえ「先生ここにいることわざわざ調べて?」
和夫「おまけに父兄の名簿までな」
間。
みずえ「だけど今ごろ何のために」
和夫「———」
みずえ「だって二年もたってるンでしょう?」
和大「———」
みずえ「いやがらせかしら」
和夫「知ってたかお前」
みずえ「このこと? (首ふる) 知らない」
五郎「おれは知ってたよ」
二人、見る。
みずえ「どこから」
和夫「だれにきいた」
五郎「涼子先生にさ」
みずえ「本人から?」
五郎「ああ」
間。
みずえ「だけどこんなもの——何の目的で」
和夫「われわれンとこに来てるってことは恐らく本校や父兄関係者みんなンとこへも行ってるンだろうけど」
五郎「あの先生はすてきな先生だよ」
和夫。みずえ。
五郎、手紙をビリビリと引き裂く。
五郎「自分の住所も名前も書かずに、——こういうやり方は——まったく卑劣だ」
ちりぢりに破く。
和夫「うン」
和夫も破く。
和夫「本当だな。世の中には——。やなヤツがいるな」

川

石で魚をとるセキを作っている純、正吉、螢。
純「(やりつつ) だけどオレやばいぜ、これからどうするよ!」
螢「どうするって?」
純「だってもし今度先生来たらよ!」
正吉「宇宙人だったらうつされるかもな」
螢「うつされるって何が」

正吉「宇宙人がよ！」
螢「病気とちがうもン！」
純「わかンねえぞお前、こうやってさわると」
螢「やだァ!!」
正吉「うつすぞォ!!」
純「うつすぞォ!!」
螢「ヤダァ!!　キャーッ!!」
水の中を逃げる螢とバシャバシャ追いかける純、正吉。と。
急に正吉、純の手をつかむ。
正吉「オイ！」
純「？」
正吉対岸をアゴで指す。
一人の若い農婦、足をまくり、川にはいってクワを洗いだす。
純。
純「何だ」
正吉「昨日いったろ。森さんとこの新婚の嫁さんだ。ホラ！」
純「アレか！」
女。
正吉の声「アレがな、この前の晩あの前とおったら」
川の音高くなる。
女、さらに足をまくる。
語り「心臓が急にドキドキしはじめた」
純。
語り「足があんまり白かったからだ。白かったからなぜかドキドキした。なぜだかわからない」
女。
――クワを洗う。
語り「見ちゃいけないと思いながら、どうしてもそこに目がいった」
螢の声「お父さん!!」
ふりむく純。
自動車をとめる五郎。
五郎「オイ!!　富良野行くゾ!!　いっしょに行くか?!」
螢「ヤッタァ!!」
音楽――軽快にイン。B・G。

フロントグラス

すっとぶ車窓。

車の中

何か笑いあってる螢と五郎。

語り「街へ行く途中でもどういうわけか、さっきの森さんのお嫁さんの足がチラチラ目について離れなかった」

白い足（フラッシュ・インサート）

純（車内）

白い足（イメージ）

語り「考えちゃいけない。考えちゃいけないと思うのに、思えば思うほど思いだすわけで」

純

スーパーマーケット

買物する三人。

語り「街についたら忘れるかと思ったら、街についたらぼくの症状は、今度は別の形をとりはじめ」

買物する女、女、女。

語り「すれちがう町の女の人たちの、今度は胸がバカに気になり」

通り

歩く三人。

すれちがう女学生たち。

語り「気になったら最後とまらなくなって、どうしてもそこに目が行くわけで。

――なぜだ!!

――どうしてだ!!

――ぼくはいったい」

純、急にギクンと立ちどまる。

音楽――中断。

目にとびこんでくるポルノのポスター。つぎつぎに。

語り「アアモウダメデス」

純、しゃがみこむ。

声「黒板さん！」

五郎、螢ふりかえる。

むこうから走ってくる順子とその父向田。

螢「アラ、こんにちはァ！」

五郎「やァ」

向田「娘がいつも学校でお世話に」
五郎「なンもこっちこそ」
向田「いや、じつァ後でちょっと寄るつもりだったンだ」
五郎「どうしたの」
向田「(近より、小声で) 変な手紙が来なかったかい?」
五郎「変な手紙?」
向田「涼子先生のことで」
五郎「――ああ。来た」
向田「イヤそのことで笠松のとっつあんから、さっきうちところに連絡あってさ、父兄で話し合いしときたいからって」
五郎「――」
向田「今夜七時に公民館に集まらんかって」
五郎「――」
向田「来れんかい」
五郎「わかった。――行くよ」
向田「よかった。中畑さんも来るそうだから」
五郎「うン」
向田「じゃそンとき」
五郎「ああ」
向田父子去る。
五郎。
間。
――ふりかえって純を呼ぶ。
五郎「オイ純、どうしたンだ! 早く来いよ!」
五郎のすぐあとにあるポルノのポスター。
語り「(泣きそうに) そんなところに立たないでよォ!!」
効果音――衝撃。

2

公民館

夜の中に灯がともっている。
向田の声「本当なンだろうか」

例の新聞のコピー

和夫の声「事件のあったのは本当だろう。こうやってちゃんと新聞にのってるンだ」

公民館・内

五郎、和夫夫妻、向田夫妻、杵次。
向田夫人「告訴ってここに書いてあるけど、したら裁判になったちゅうことだろうか」
和夫「クエスチョンマークがついているでしょう。告訴までいったかどうかわからん」
向田「したけど先生この手紙のことで、旭川の教育委員会に今日呼ばれたちゅう噂がある」
和夫「だれにきいたのよ」
向田「いやまァだれって」
杵次「とにかくこいつァ問題だ」
五郎。
みずえ「だけどもうむかしの話なンだから」
杵次「かくしてたことが問題だ」
間。
和夫「べつにかくしてたちゅうわけでもあんめえが」
杵次「わしらァ子どもを預けてるンだ。こんな事件起こしたものァ教師失格だ。それをふせてたとは許せねえ」
杵次、一升びんから酒を飲む。
和夫「じゃァどうするンだ」
杵次「父兄会の日に問いつめる」
みずえ「問いつめるったって」
五郎「そりゃァよくないよ」
杵次「何でよくない」
和夫「いまさらそんなこと持出したって」
向田「けどこの話が本当かどうか」
和夫「本当はわかってる。したけどいまさら」
杵次「あやまるのが筋だ」
五郎「何でおれたちにあやまることがある」
杵次「かくしてた」
みずえ「だけど」
和夫「そんなこと先生を傷つけるだけだ」
五郎「だいたいもし先生がその子をなぐったとしてもだぜ、なぐられた腹いせに自殺するなンて」
向田夫人「あたしは本校に問題があると思うよ」
向田「どうして」
向田夫人「したって小さな分校だと思って、そんな前科のある先生を」
五郎・和夫「前科(っていうけど)」
一同、てんでにしゃべりだす。
音楽——静かな旋律ではいって、B・G。

中畑木材・前

和夫、みずえ、五郎。
和夫「まったく笠松のじいさんときたら」

みずえ「やァねえ、寄り合いの最中にお酒飲んで」
和夫「あいつここンとこ荒れとるのよ」
五郎「何かあったンかい」
和夫「土地のごたすたで裁判に負けて、——あの馬もいよいよ売っぱらうらしいぜ」
五郎「——」

ヘッドライト

闇の中を帰ってくる。

家

五郎、はいる。

同・二階

懐中電灯が純と螢の寝顔を照らす。
のぞいている五郎。
おりかけ、ふと、ワラの間からのぞいているものに気づく。とり出す。
純のボストンバッグである。
何気なく中を開け、また閉じる。
その手がとまる。
もう一度開ける。
中から例の雑誌をとり出す。
五郎の顔。
効果音——衝撃。
ビニール本。
五郎。
純の寝顔。
効果音——衝撃。

分校

夜。
ポツンと窓に灯がともっている。

同・居住区（涼子の部屋）

涼子と向い合っている立石先生。
間。
立石「ま、そのことはもう気にせんでいいですよ」
涼子「——」
立石「本校でもみんな同情してるし」
涼子。
二人の間にある件（くだん）の新聞のコピー。

立石「ただね」
涼子「――」
立石「ついでだからまァいっちゃうけど、――すこし気をつけたほうがいいかもしれませんね」
涼子「――（見る）」
立石「イヤ、先生の、――日常のこの、どういうか。――生徒にたいする全般的態度をね」
涼子。
立石「こういう分校だからマンツーマンのふみこんだ接し方になるのはとうぜんだけど――そういうことさえまァ最近はいろいろいろいう人があるわけでしてね」
涼子。
立石「うちらじゃあんまりそういう人いないけど、町の学校だと課外活動や休みの日に生徒と野球やることまで、教員としてはつつしむべきだって、そういう意見まであるわけでしてね」
涼子。
立石「まァ教員の場も。――いろいろあるから」
涼子。
――無言で煙草に火をつける。

分校（翌朝）

純、螢、登校。

学校の中からとんでくる正吉。

正吉「涼子先生中にいるゾ!!」

職員室・窓

三人、ソオッと中からのぞく。

涼子。

――気づかずコーヒーをいれている。

正吉の声「（ささやき）オイ、よく観察しろ！　どっかちがわねえか？」

涼子の動き。

螢の声「わかンない」

正吉の声「小指みろ小指！」

螢の声「小指?!」

正吉の声「宇宙人は小指がないっていうぞ！」

涼子の手もと。

――指先。

螢の声「あるわ」

正吉の声「そいじゃどっかほかだ!!　変なとこさがせ！　どっかにあるかもしれねえぞ!!　オイ純、ちゃんと、よく見てるのかよ！」

語り「見ていた」

純。

語り「どこを見ていたかというと、先生の胸のふくらみを見てたわけで」

涼子動く。その胸。

音楽——軽快にイン。B・G。

語り「先生ゴメンナサイ。

ぼくはこれまで、一度もそんなこと考えたこともないのに、今日はどうしてか先生の胸へばかりぼくの視線はいってしまうわけで」

純。

——唾をのみ、見ている。

語り「先生、ゴメンナサイ。

ぼくは——

明らかに病気と思われ」

牧場・庭

五郎と正子。
正子「どうしたの」
五郎「うン」
正子「何」
五郎「うン。じつはコノ、何ちゅうか、——教えてもらいたいっちゅうか」
正子「何を」
五郎「うン」
正子「——」
五郎「つまりソノアレ、——おたくの草太君やコノ、男の子の場合だいたいコノ異性にソノ、ウー、興味っちゅうかコノ、ウー」
正子「——」
五郎「アハハハ。イヤいい。ウソウソ。ハハハハ。何でもない、何でもない、アハハハ」
清吉、牛乳を持ってくる。
清吉「ホイ」
五郎「ア、アリガト」
正子、スッと去る。
清吉「（チラとそっちを見てさり気なく）今夜あいてるか」
五郎「うン」
清吉「ちょっと話あるンだ」
五郎「オレもじつはちょっと話ある」
清吉。

清吉「会うこと。ないしょにして」
五郎「――いいよ」
　　間。
清吉「七時半富良野のくまげら。――早い？」
五郎「いやいいよ」
清吉「ないしょネ」
五郎「ウン」
正子の声「だれよまったくこれ!!　またこんなとこ出しっぱなしにして!!」
　　ふりむく五郎。
正子「まったく本当にもう始末わるいったら！　ア、草ちゃん！　ちょっとこれ、あとでたのむね！」
　　機械を運転して来た草太、返事もしない。
五郎「(清吉に) どうしたの？」
清吉「(小声) あとで」
　　歌謡曲。

「くまげら」
　　その看板。
清吉の声「イヤアまいった。もう本当まいった」

同・内
五郎「いったいどうしたの」
清吉「どうしたのってもう――アレ、何日前」
五郎「何が」
清吉「雪子さん、東京に帰ったの」
五郎「ああ――。十日くらい前になるかなァ」
清吉「あれからよ」
五郎「何」
清吉「草太がぜんぜん口をきかんようになった」
五郎「あら」
清吉「ウン」
　　間。
五郎「どうして」
清吉「どうしてって、オレが、裏で手えまわして、雪子さんを東京に追い返したと思ってる」
五郎「そんなバカな、あれは令子が急病で」
清吉「ところが女房までそうだと信じてる」
五郎「――」
清吉「だからあいつも口きかんようになった」
五郎「――」
清吉「人と口きくの十日ぶりくらいよ。今日が。お前とこうやって口きいてるのが」
五郎「――」
清吉「うン」
歌謡曲。
五郎「清さん」
清吉「信じられるか、だってお前あいつ。雪子さんのこと最初にまずいまずいって。出てもらえ出てもらえってさんざん尻つついて、オレにいわしたの正子なンだから!! そういわしといて急に態度変えて、父ちゃんがわるい父ちゃんがわるい、何も追い出す必要はなかったこれでもし草太に出て行かれたら牧場の未来はどうなるンだって、草太の機嫌とってオレに口きかない」
五郎「――」
清吉「もう十日間あいつら黙りっぱなし」
五郎「――」
清吉「人としゃべったの、今日が久しぶり」
五郎「――」
清吉「うン」
間。
歌謡曲。
清吉「お前のほうの話って何なの」
五郎「イヤ。――たいしたことじゃないンだよ」
清吉「――」
五郎「純がさ――変な、――ビニール本てのか? 女のはだかの写真をかくしててさ」
清吉「――」
五郎「どうもそういうの、――どうしたらいいのか。――まったくはじめてでショック受けたもンだから」
間。
清吉「いくつ」
五郎「純かい?」
清吉「――」
五郎「五年だよ。十一」
間。
清吉「お前にくらべりゃだいぶおそいでしょう」
五郎「――」
間。
清吉「お前いくつだった、ホラあの矢沢の、若い嫁さんの風呂場のぞいて」
五郎「イヤもうアノだから。いいンだその話は。いいのいいのそれは。困ったねおたく」
間。

清吉「うン」
間。
五郎「それで、草太君——夜は何してるの」
清吉「ボクシング。ジム。おそくなるまで帰ってこない」
五郎「そう」
清吉「うン」
間。
清吉「とにかくソノあれ。雪子さんの上京のあいつの誤解だけでも、五郎お前何とか解いちゃくれまいか」
五郎「——」

ボクシング・ジム

汗みずくになって練習している草太。
入口の戸を開けて五郎はいる。
五郎、草太に笑いかける。が草太は無視して黙々と練習。

3

「くるみ割り」

無言でコーヒーをかきまわしている草太。
五郎の声「そういうわけなンだ。だから雪ちゃんは令子のことで急に行ったンで、決しておやじさんがどうのこうのと」
草太「いいよ、もうそのことはやめてくれ」
五郎「——」
草太「オレは大人は信じねえことにしたンだ」
間。
五郎「(ちょっと笑って) 草太君オレがいってるンだぞ」
草太「おじさんも結構大人だからな」
五郎。
五郎「それはどういう意味」
草太「——」
五郎「まさかお前オレまでグルになって」
草太「だからもういいンだよその話はやめようぜ」
五郎「——」
ムード曲。
草太「おじさんオレ八月にはじめて札幌でリングにあがるよ」
五郎「——試合か」
草太「前座の前座の四回戦だけどな」
五郎「——そうか。いよいよ試合に出るのか。おめでとう」

間。
草太「オレらにはこれしかねえからな」
五郎「——何が」
草太「人に認めてもらえるにはな」
五郎「——」
草太「多少有名になりゃあきっと女も——、ああいう失礼なこたァしねえと思うしさ」
五郎「女ってだれだ」
草太「——」
五郎「雪ちゃんのことか」
草太「——」
五郎「雪ちゃんが黙って東京に行ったことか」
草太「——」
五郎「だからさっきからいってるじゃないか。雪ちゃんは令子が入院したから」
草太「ふつうだったら連絡くらいするぜ」
五郎「——」
草太「仕事やめるのも、黙ってバイバイだ。じっさい女なンて何考えてンだか」
五郎「——」
間。
ムード曲。
五郎「そんな立派なこといえるのかオイ」
草太「——」
五郎「それじゃお前はつららちゃんにたいしていったいどういう態度とったンだ」
草太「——」
五郎「あれは失礼な態度じゃないのか」
草太「——」
間。
草太「あいつに関しては一言もいえねえよ」
五郎「——」
草太「あいつのこと考えると——」
五郎「——」
草太「——涙が出るよ」
五郎「——」
間。
草太「だからよ——」
五郎「——」
草太「オラは——」
五郎「——」
間。

草太「ボクシングやるンだ」
五郎「――」

家の灯（夜）

同・中

勉強している純と螢。
つくろい物をしている五郎。
間。
五郎「（ポツリ）純君」
純「ウン？」
間。
五郎「花に――オシベとメシベがあるでしょう」
純「ハイ」
間。
五郎「人間でいうと――、父さんがオシベです」
純「ハイ」
間。
五郎「それでメシベはだれですか？」
純「――母さん」
五郎「母さん。そう。そうですね。母さんがメシベ」
純「――」
螢――父をキョトンと見ている。
五郎「アレはひっつくと実ができるンです」
純「ひっつくって？」
五郎「つまり――、ひっつくっていうとコノ、ことばがわるいが――コノ、両方の花粉がとんで」
純「――」
五郎「実ってのはつまり子ども。すなわちうちの場合君たちのことでして」
間。
純「それがどうしたの？」
五郎「ウン」
間。
五郎「いやそれだけです」
二人「――」
五郎「もうねましょうか」

分校

語り「次の月曜、父兄参観日だった」

教室

授業している涼子。

語り「といっても、もともと生徒が五人しかいないンだから、父兄ったって数が知れてる。おまけに正吉君のおじいちゃんはいつまでたっても来なかった」

純、紙切れを正吉にソッと渡す。

紙切れ

「お前のじいちゃん来ないのか」

教室

正吉、紙に書いて純にまわす。

紙切れ

書かれている。

「今朝馬を売った。じいちゃん朝から酒飲んでる」

教室

純、正吉を見る。

ガタンと大きな音が入口でする。

そっちを見る一同。

杵次、片手に一升びんぶら下げ、よろよろと長靴をぬいでいる。

ひっくりかえる。

和夫、そっとぬけ、杵次の立つのを助けようとする。

杵次、ふりはらい、自力で中へ。

和夫、五郎の耳もとにささやく。

和夫「飲んでやがる!」

涼子「それじゃァ今日は授業はここでおしまい。今日は本校から立石先生がみえてます。これから先生からみなさんに大事な話をしていただきます。父兄の方もおききになってください」

立石「ええ、本校の立石です。今日はじつは校長がくるはずでしたが止むをえない用事で来られなくなりましたので、私からかわりにお話しいたします。お話というのはみなさんの今おられるこの分校のことであります。すでにおききおよびのことと思いますが、この分校は今年の九月で廃校になり、東山の本校に統合されます。当初の予定では七月廃校の予定でしたが、工事その他の事情により、九月閉校ということになりました。ついては」

杵次「(とつぜん手をあげる) ちょっと」
立石「――ハイ」
杵次「(よろよろと立つ) そんな話よりききたいことがある」
立石「何ですか、笠松さん」
杵次「木谷先生にうかがいたい。わしら父兄の全員のもとに、こういう文書が二、三日前とどいた」
和夫「とっつあん!」
五郎「(同時に) とっつぁんそんなことは」
杵次「(無視) 本校の先生もおられるからちょうどいい。この中身を読んでいただきたい」
和夫「とっつあんやめろ」
立石「何でしょう」
杵次、立石に手紙を渡す。
立石と涼子、――いっしょに中身をのぞきこむ。
和夫「(はき出す) バカヤロウ!」
読んでいる立石。
――すぐ折りたたむ。
立石「ええ、このことにつきましては、それじゃあ笠松さんこのあと父兄会で」
杵次「イヤ、今答えていただきたい。(指さす) 木谷先生に答えていただきたい」
和夫「子どもたち。子どもたちがいるンだ」
杵次「いや、いるほうがいい。いるからこそこの場で答えてほしい」
五郎「やめろよとっつあん」
和夫「すみません笠松飲んでるンです」
杵次「ここに書いてあることは認めるか先生」
純。
涼子。
杵次「あんたは本当に生徒を殺したのか」
純。
和夫「殺したたァ何だ!」
五郎「(同時) そのいい方は何だ!」
涼子「(立つ) わかりました。私からお話しします」
杵次「それがいい。かくさずに話したがいい」
涼子「ハイ」
立石「笠松さん」
涼子「いいです」
純。螢。
正吉。すみえ。

涼子。

涼子「書いてあることは、そのとおりです」

杵次「具体的にききたい」

涼子「ハイ」

五郎と和夫。

涼子「二年前、東京世田谷区の小学校で五年の受持ちをしていました」

純。

涼子「その頃私、教師になりたてで」

涼子。

涼子「級に秀才といわれる子がいました」

五郎。

涼子「たしかによくでき、学校が終わると学習塾と英語塾、ほとんど毎日遊ぶ時間もまったくなく通って」

純。

涼子「いつも級で一番でしたし、人気もあり常に——学級委員をしていました。

ただ——。

その子には問題がありました。級のほとんどを味方につけて、——勉強のできない子をバカにするんです。

その事で何度か私、——しかりました。

でも。

しかったことがその子にとっては、誇りを傷つけられたと思えたらしく、しだいに私に反抗しだしました。

私のちょっとしたミスをとらえては、バカにして笑い、みんなをけしかけ、——それはもう生徒が先生にたいする——どういうか、ルール。ええルールを完全に無視したもので。

父兄を呼んで注意しましたが——私のことばが足らなかったのか、——お母さんにもわかってもらえず」

間。

涼子「そうして私、ある日授業中に、——みんなの前でその子をぶちました」

間。

純。

螢。

五郎。

涼子「その夕方その子、団地の屋上から、——とびおり自殺をして死んじゃったンです。私に——。抗議の遺書を残して。その遺書には」

五郎「(とつじょ立つ) やめてください！　もう関係ないよッ!!　そんなこと先生がわるいンじゃない」

杵次「イヤ」
和夫「(立つ) 笠松!! 表に出ろ!!」
杵次「常務」
和夫「(ひきずり出す) 出ろッ!!」
立石「中畑さん!! ちょっと黒板さん!!」
男たちもめる、その中で五郎と和夫、杵次を外へひきずり出す。
音楽――静かなる旋律ではいる。B・G。
純。
涼子――ゆっくり椅子にすわる。
語り「父兄会はめちゃめちゃになってしまった」

分校

校庭にポツンといる純、螢、すみえ、順子。
語り「父さんたちはその後職員室で先生たちと何か話してた」
螢「(ポツリ) 涼子先生、かわいそう――」
語り「そうだ。先生はかわいそうだった。
だけど――。
それとはべつに、かわいそうだったのは正吉君だ」

道路

酔った杵次、もう一人では歩けない。正吉、けん命にささえて帰ろうとしている。
語り「正吉君はさっきの騒ぎのとき、チラと見たら涙を浮かべていたんだ。
正吉君は――。
つらかったろうな」
音楽――もりあがって。

4

語り **雨**
「その夕方から雨になった」

雨もり

バケツや鍋に、テン! テン! と落ちる。
語り「学校から帰っても父さんは何もしゃべろうとしなかった。あれは――」

はだか電球

語り「ぼくたちのごはんが終わって、もう九時頃になっていたろうか」

ガタンと激しい音がする。

家・居間

ふりむく一同。
戸を破るように一升びん下げたずぶぬれの杵次が立っている。
雨の音。

五郎「とっつあん——」
杵次「——」
五郎「どうしたンだ」
杵次「——」

五郎、目顔で子どもたちに二階へ行けという。
純、螢、そっと二階へあがる。

五郎「まァそこへすわれよ」

五郎、戸を閉めに立つ。
表の戸を閉める。

五郎「自転車で来たのか」
杵次「(ポツリ) 馬ァもういねえからな」
五郎「(見る)」
杵次「今朝売ったンだ」

五郎。

五郎「そうか。——とうとう売ったのか」
杵次「今頃ァもう肉になっとるだろう」
五郎「——」

二階

きき耳たてている純と螢。

居間

五郎「まァ茶でも飲めよ。酒は出さんぜ」
杵次「五郎」
五郎「ああ」
杵次「あの野郎、感づきやがった」
五郎「——あの野郎って」
杵次「馬よ」
五郎「——」
杵次「今朝早く業者がつれにくるってンで、ゆんべ御馳走食わしてやったンだ。そしたらあの野郎——。察したらしい」

五郎。

杵次「今朝トラックが来て、馬小屋から引き出したら、——入口で急に動かなくなって、——おれの肩に、首をこう、——幾度も幾度もこすりつけやがった」
五郎「——」
杵次「見たらな」
五郎「——」
杵次「涙を流してやがんのよ」
五郎「——」
杵次「こんな大つぶの——。こんな涙をな」

二階（インサート）

純と螢。

居間

杵次。
杵次「十八年間オラといっしょに、——それこそ苦労さして用がなくなって——」
五郎「——」
杵次「オラにいわせりゃ女房みたいなあいつを」
五郎「——」
間。
杵次「それからふいにあの野郎自分からポコポコ歩いてふみ板踏んで——トラックの荷台にあがってったもンだ」
五郎「——」
間。
杵次。
杵次「あいつだけがオラと、——苦労をともにした」
五郎「——」
間。
杵次「あいつがオラに何いいたかったか」
五郎「——」
間。
杵次「信じてたオラに——。何いいたかったか」
とつぜん杵次の目に涙が吹き出す。
五郎。
音楽——テーマ曲、静かにイン。B・G。
杵次。
とつぜん立ちあがる。一升びん下げて外へ出る。
五郎「とっつあん」

表

雨。
杵次、置いてあった自転車にまたがる。

五郎「だいじょうぶか。車で送ろうか」
杵次、答えず自転車で去って行く。
頼りなくゆれながら、その光が遠ざかる。
五郎。
間。
もどろうとし、立っている純と螢に気づく。
二人とも目に涙をためている。
五郎。
間。
もう一度杵次をふりかえる。
杵次はもう見えない。
雨。

語り「雨は明け方まで降りつづいたらしい」

軒

陽光。
雨だれ。

語り「でも、朝起きたらからりと晴れていた」
音楽――ゆっくり消えていく。

道

学校へむかう純と螢。
ふと足をとめる。
かなたの橋のところに人だかりがしている。

二人「?」
走って近づく。

橋

二人、走って来て下を見る。
友子、口をおさえ、河原の辰巳に、
友子「だれ」
辰巳「(下から)笠松のとっつあんだ。橋から落ちたンだ」
友子「息は――」
辰巳「(首をふる)死んでる」
純と螢。

河原(俯瞰)

投げ出された自転車。
つっぷした杵次。
割れた一升びん。
北の誉のレッテル。

橋

純と螢。

間。

もうぜんと家のほうへ走る。

音楽——鮮烈にたたきつけてはいる。

道

純と螢、走る。

狂ったように走る。

どこかでパトカーのサイレンがきこえる。

語り「(泣きそうに) お父さん——。お父さん——。正吉君のおじいちゃんが——」

音楽——急激にもりあがって。

16

河原

杵次の死体。

橋の上

純と螢。

河原

こわれた自転車と一升びん。

道

走る純と螢。

語り「お父さん——お父さん——正吉君のおじいちゃんが
——」

音楽——テーマソング、イン。
タイトル流れて。

1　橋

下をのぞきこむ数人の男女。
パトカー。
車からおりて走る和夫とみずえ。

河原

検死する医師と巡査。
友子と辰巳、遺体にこもをかぶす。

橋

両手で口をおさえているみずえ。

道

車つき、ころげ出る五郎。純、螢。

河原

かけおりる五郎。
こもかけられた杵次の遺体。
和夫、ジャンパーをぬぎ遺体にかける。

橋の上

かけつける清吉と正子。
くるくるまわっているパトカーの回転灯。
音楽——衝撃音。

笠松家・表

とまっている数台の車。

同・物置

アルバムをけん命にさがしている五郎。
みずえ「(かけこむ) 写真、あった?」
五郎「(首をふる)」
みずえ「正吉君にきいてくる!」

同・居間

ふすまなどを片づけている中川とクマ。
集まっている男たちの下半身。
和夫の声「じゃァ葬儀委員長は武田さんたのみます。総務の責任は一応私やります」
正吉。
——ぼう然と豆をくっている。その顔。
和夫の声「(つづく) カンちゃん会計を。それはいいね。それと会場。岩淵さんこれ総括責任。まかないのほうは吉田のおばちゃん」
辰巳「(はいる) 公介さんに連絡とれました。昼の汽車でこっちへむかうそうです。信夫さん秀明さん三次さん、全部そっちから連絡してくれます。みどりさんにはまだ通じません」
みずえ、正吉を外へつれ出す。
和夫「わかった。ええと」
向田「(はいる) 坊さん五時には来てくれると」
和夫「ありがと」
正子「湯のみがあんまりないンだけど、何人くらいみときゃいいだろうか」

物置

正吉、梯子にのり棚の上をさがす。梯子をおさえている五郎とみずえ。三人の耳に表のささやき。

男の声「酔っぱらって橋から落ちたンだって？」
男の声「朝から飲んで荒れとったンだと」
　正吉、アルバムを五郎に渡す。
　中身をさがす五郎とみずえ。
　正吉。その耳に、
男の声「杵次だらいつもそうだべさ」
男の声「ここンとこずっと荒れてたっていうンでしょう」
男の声「告訴されたちゅう噂あったもな」
男の声「告訴？」
男の声「例の土地のことでよ」
男の声「ああ南さんの！」
男の声「杵次のヤツ勝手に杭動かして自分の土地にしとったちゅうでしょう！（つづく）」
みずえ「どうこれ」
五郎「正吉」
　ぼんやり見る正吉。

写真

　まだ若い頃の杵次の写真。
語り「学校の授業は平常どおりあった。でも」

教室

　純。
語り「ぼくは勉強が手につかなかった」
　教えている涼子。
語り「昨夜家に来た杵次のおじいちゃん」

記憶(1)

　ずぶぬれで来た杵次。
語り「あのときおじいちゃんは相当酔っていた。いや」

記憶(2)

　父兄会の杵次。
語り「昼間からもうかなり酔っぱらってた。それは——」

道

　下校する純と螢。
語り「きっとおじいちゃんが昨夜いったように、十八年間飼ってた馬を手放したからにちがいなく」
　車が脇に停車する。
中川「（窓から）オイ、正吉を見なかったか」

純「(首ふる) 家にいないの？」
中川「そうなンだ。――ちょっと乗れ！」
あわててのりこむ二人。

笠松家・居間

和夫「いない？」
みずえ「どこ行ったの」
クマ「それがわかンない」
和夫「よくさがしたのか？」
クマ「さがしたンすけど」
和夫「じいちゃん死んだってのにどこ行ってンだ」

山裾

五郎「(山へ) 正吉！　正吉!!」
涼子「(道から) どうしたンですか」
五郎「ア、イヤ正吉が見あたらないンです」
涼子「見あたらない？」
五郎「正吉!!　オオイ正吉!!」
中川の車来て純と螢おりる。
五郎「おう、お前ら正吉君見なかったか」
二人「(首ふる)」
涼子「どうしたンだろう。心あたりない？」
純「(首ふる)」
辰巳「(遠くから) 五郎さん！」
五郎「おう！」
辰巳「来てくれって。常務が呼んでる！」
五郎、中川、急いで中へ。
涼子「変ねえ。どこにいったのかしら」
螢「(急に) もしかしたらあすこだ」
二人、見る。

道

急ぐ螢。ついて歩く涼子と純。

森の中

急ぐ三人。
涼子「どこなの？」
螢「―――(ぐいぐい歩く)」

同・行手

太い木が近づく。
螢――走りだす。

その木の上に小さな小屋が組まれており、そこへ梯子がかかっている。
純。
涼子。
螢、その下にかけよって、
螢「正吉君！」
鳥の声。
螢「(上を指し) いる」
涼子。――梯子をあがる。

木の上の小屋

涼子、あがって来て首を出す。
一人ひざをかかえ、うずくまっている正吉。
涼子「正吉君」
正吉「――」
涼子「どうしたの？」
正吉「――」
涼子「みんながあなたのことさがしてるわよ」
正吉、目をこする。
涼子。
涼子「しっかりしなさい。男の子でしょ」

笠松家・表（夜）

町内会の提灯と天幕。
まばらにやってくるお年より。
語り「その晩がおじいちゃんのお通夜になった」
音楽――静かな旋律でイン。B・G。

居間

簡単な祭壇。

遺体。

茶わんのめしとつき立てられた箸。

語り「拝啓、恵子ちゃん。

笠松のおじいちゃんのお通夜です」

正吉。――ポツンとすわっている。

語り「どこへ行っても評判が悪く、ヘナマズルインで有名だった正吉君のおじいちゃんは、昨日は酔っぱらって悪態をついたのに今はもう石みたいに動かないわけで」

向田「いやいや公介さん久しぶりだもな」

公介「いやいやどうもご迷惑かけて」

向田「なンも。札幌に今いるンだって？」

公介「手稲にね」

向田「大した羽振りいいって噂でしょう」
公介「なンも」
向田「何年ぶりだろ、こうして会うの」
三次「(はいる) みどり姉さんやっとさっき連絡ついたそうだ」
信夫「あのバカ、アパートに帰ってなかったな」
三次「もうじきこっちに着くそうだから」
向田「あんた三次君かい」
三次「どうも」
向田「今何してンの。どこにいるの」
隅で飲んでいる清吉。
そして老人が二、三人。
三次の声「根室で船にのってるンだ」
向田の声「船に!」

台所

働く正子、みずえ、向田夫人。
酒はこぶ涼子。
草太「(裏から顔出す) 母ちゃんこれ」
正子「ありがと。あんた焼香は」
草太「いやまだ」
正子「して来な」
草太「ウン」

居間

草太はいる。
公介「オヤア! 北村の、草太君かい!」
草太「どうも——とんだことで」
公介「イヤイヤわざわざすまんもねえ」
草太仏前へ。
信夫「(清吉に) りっぱな若い衆なったもなァ」
公介「ずっとこっちから出ないでおるンかい」
清吉「———」
草太「ハイ」
信夫「草太君まァすわれ」
公介「供養だ。飲んでくれ」
草太「イヤオレ車で来てるから」
公介「一杯くらいいいっしょう。車だらだれかかわりにやる」
草太「イヤオレ本当に。もう点ないから」
清吉スッと立ち、表へぬける。
三次の声「よォ」

草太の声「よォ」
三次の声「まだお前こっちにずっといたンかい」
草太の声「まァな」
三次の声「とっくにとび出したと思ってたゾ」

馬小屋

清吉はいってくる。
じっと立つ。
馬のいない馬小屋。

五郎「(後に立つ) 清さん」
清吉「――ウン」
五郎「えらいことだった」
清吉「――ウン」
五郎「ゆんべ酔っぱらって家へ来たンだ」
清吉「――」
五郎「その帰りさ。やっぱり車で送ってやりゃよかった」
間。
清吉「とうとうあの馬売ったんだって?」
五郎「昨日の朝引取りに来たらしい」
清吉「――」
五郎「馬が、別れるとき涙出したそうだ」
清吉「――」
五郎「そんな話をじいさんしとった」
間。
清吉「あれがあの馬の最後の仕事か」
五郎「――?」
清吉「引き出したろう、吹雪の吹きだまりン中から。雪子さんと純坊の乗った車を」
五郎「――ああ」
間。
清吉「車や機械に追い出された馬が、最後の仕事に車引き出したか」
五郎「――」
音楽――テーマ曲、イン。B・G。
ヘッドライトにふりかえる五郎。

同・表

タクシーがつき、みどりがおりる。
馬小屋から出て迎える五郎と清吉。
みどり「(ちょっと笑う) いつかこんなことになると思ってた」
純の声「螢」

家・居間

純と螢。

純「どうしてお前あんな場所知ってたンだ」
螢「木の上の家？」
純「ああ」

間。

螢「前におじいちゃんがつれてってくれたから」
純「いつ」
螢「お兄ちゃんが東京に行っていたとき」

間。

純「そんな話何もいわなかったじゃないか」

間。

螢「おじいちゃんが人にいうなっていったから」
純「――」
螢「さびしいときに、一人で来て泣けって」
純「――」

純。

――ゆっくり螢を見る。

螢、――無言で絵を描いている。

音楽――

2

杵次の遺影

語り「翌日おじいちゃんの遺体は焼かれ、夜は自宅でごちそうが出た」

笠松家・表

遊んでいる純らと親せきの子どもたち。

語り「お葬式に出たのはぼくははじめてで」

台所

立働く女たち。

語り「それは、テレビのドラマなンかだとみんなオイオイ泣いたりするのに、どういうわけかかなりちがっており」

居間

灰皿をとりかえて歩いている涼子。

語り「そういっちゃなンだけどお祭りの晩みたいにみんな比較的たのしそうに見え」
三次「試合っていつ出るンだい」

草太「たぶん夏にな」
三次「四回戦？」
草太「ああ」
信夫「草太が出るんじゃ応援に行かねばな」
草太「いいよ。前座の前座なンだ」
　清吉、五郎、和夫、隅で飲んでいる。清吉のピッチはかなり早い。
公介の声「（つづけて）あれはだれでも出られるもンかい」
草太の声「いや、東京で資格をとるンだ」
信夫の声「自信あるンかい」
草太の声「資格とる自信かい？」
信夫の声「いや勝つ自信だ」
草太の声「やってみねばな」
　みどり。——客と飲んでいる。
信夫の声「（つづく）けんか強かったもンな、むかしから草太は」
三次の声「したけどじいちゃんによくなぐられたべさ」
公介の声「じいちゃんはだれでもなぐったンだ」
信夫の声「オレらもな」
向田の声「なぐられて麓郷逃げ出したンでないかい？」
公介の声「そりゃいえる（笑い）」
信夫の声「おふくろが生きてるときァ詫びにまわってたもンだけどなァ」
向田の声「飲めばちょっと手がつけられんとこあったもな」
信夫の声「あれじゃ近所じゅうで評判落とすわ」
公介の声「ま、よく最後まで世話してもらったわ」
　清吉。またグイと飲む。
三次の声「肩身せまかったぜ、こっちにいるときァ、どこ行ってもおやじの悪口だもなァ」

表

正吉「じいちゃんお前のおやじさんほめてた」
　純、正吉を見る。
　遊んでいる子どもからはなれている二人。
正吉「あいつはいいヤツだってじいちゃんいってた」
純「———」
　間。
純「あの木の上の小屋、いつからあったンだ」
正吉「母ちゃんがオレ置いて出てってからだ」
純「じいちゃんが作ってくれたのか」
正吉「ああ」

純「——」
正吉「おれが泣くとあすこにつれてってくれた」

居間

みどり。
——ぼんやり遺影に向き飲んでいる。
公介の声「あの土地の問題はおやじが悪いンだ」
向田の声「そういう噂だなァ」
公介「おやじだら知らん間に杭動かしてすこしでも人の土地をとろうとする」
信夫「それも一尺だぜ。わずか一尺。
四町歩の境界を一尺動かしていったいどれだけの得があるのよ」
清吉「(急に、静かに) その気持お前らにはわかるめえな」
信夫「え?」
五郎、清吉を見る。
信夫「したけど清さん、こりゃ泥棒だぜ。明らかに弁解の余地のねえことだぜ」
清吉「わかってる」
信夫「勝手に人の土地奪うンだからな」
清吉「そうだ」
間。
公介「オイ、ろうそくが、もう短けえぞ」
三次「うン」
三次、ろうそくをかえる。
清吉「それでもお前らにはおやじはわかっとらんさ」
信夫「何が」
公介「(笑う) 清さん、飲めよ。オイ、酒ないぞ!」
五郎「(小さく) 清さん」
清吉「一尺がわずかか。え? 境界一尺出すことが」
和夫「(笑う) 清さん。どうしたの。ま、飲もうや今夜は」
清吉「一尺四方掘り起こすのに、——たたみ一畳の石あったらどうする」
一同「——」
清吉「でかい木の根が張ってたらどうする」
みずえ「お酒おそくなって——。どうしたの?」
清吉「一町起こすのに二年もかかった、そういう時代に生きてきた人間の土地にたいする執着心がわかるか」
五郎「清さん」
公介「そりゃあ清さんもちろんわかるよ。おれらだってむかしァいっしょにやってきた」
清吉「ならなぜ土地捨てた」

公介「いや捨てたって」
清吉「なぜ逃げ出した」
信夫「いたって食えンべさ。それだけみんなが食っていけるか？」
正子「（はいって）ちょっとあんたどうしたの。——すみません。あんた」
草太。
——黙ってうつむき茶を飲んでいる。
清吉「おれァただ土地から出てったもんは、土地にいるもンをとやかくいう資格はねい。そのことだけをいいたかったンだ」
公介「わかったわかった。わかったから飲も」
みどり、とっくりを持ち、清吉の前へ来る。
黙ってつぐ。
清吉。草太のインサート。
みどり、自分もつぎ飲む。
信夫の声「ところであの馬ァいくらに売れたの」
向田の声「いくらに売れたンだろ」
信夫の声「二、三十万かい」
向田の声「そんなとこだべな」
信夫の声「もちっと早けりゃもっとに売れたにな」
清吉「お前らにはわかっとらん。やっぱりなンもわかっとらん」
純、五郎のところへ何かいいに走りこみ、その場の空気に立ちすくむ。
五郎「清さん」
清吉「お前らだけじゃない。みんなが忘れとる。一町起こすに二年もかかった。その苦労した功績者を忘れとる。功績者の気持をだれもが忘れとる」
向田「清さん」
清吉「とっつあんはたしかに評判わるかった。しかしむかしァみんなあの人を、仏の杵次とそう呼んどったよ。そういう時代もむかしァあったンだ。それが——。どうして今みたいになったか」
五郎。
和夫。
純。
清吉「とっつあんの苦労をみんなが忘れたからだ」
一同「——」
清吉「忘れなかったのは、あの馬だけさ。あの馬だけとっつあんをわかっとった」
一同「——」

清吉「その馬を――。手放すとき」
みどり。
五郎。
純。
清吉「その馬を、売ったとき――」
間。
とつぜん。
――清吉の目に涙が吹き出す。
正子「どうしたのあんた！　人のお葬式で」
公介「（笑う）いや、そうじゃねえンだ。清さんはただ――
清さん、（笑う）あんただんだんうちのおやじに似てきたぜ」
草太、急に立つ。
清吉の脇へ行き、やさしく立たす。
草太「（低く）おやじ。――帰ろう」
草太の目がうるんでいる。
純。
五郎と和夫、草太を助ける。外へ。
涼子、ソッと来て清吉の上着をとる。
あとを追う。
音楽――テーマ曲、静かにイン。B・G。

ヘッドライト

闇を切ってくる。
語り「その晩ぼくらは辰巳さんの車で、父さんを置いて先に帰った」

家・二階

純。螢。
――寝る準備。
語り「だけどぼくには清吉おじさんの、さっきのことばが、灼きついて残っており」
清吉の声「あの馬だけがとっつあんをわかっとった」

記憶（フラッシュ）

清吉。

家・二階

純――着がえている。
清吉の声「その馬を手放すとき」

記憶（フラッシュ）

清吉。

家・二階

純。

清吉の声「その馬を売ったとき」

家（深夜）

同・内

ストーブの音。

語り「夜中に目をさましたら父さんが帰っていた」

二階

純。

間。

寝袋からそっと抜け出す。

一階をのぞきこみ声かけようとする。

音楽——中断。

一階（俯瞰）

ストーブで何か焼いている父。その手もとに急激にズームインするカメラ。

一切の音消えてなくなる。

例の雑誌を一枚ずつ破いて燃している五郎。

二階

凍りついた純の顔。

語り「(口の中で) アタァー!!」

効果音——衝撃。

3

家・一階

雑誌を二、三枚ずつ破ってはストーブの中で焼いている五郎。

その五郎はほかのことを考えている。

五郎の脳裏に鈴の音。

記憶

吹雪。

その中を来た杵次と馬。

鈴の音。

二階

五郎。
間。
鈴の音遠ざかり、フッとあとをふりかえる五郎。
立っている純。
五郎。
五郎「起きてたのか」
純「――」
五郎「つかれたろう」
純「――」
五郎「葬式に出たのははじめてだったかな」
純「――」
五郎、残りの雑誌を火につっこむ。
五郎「ああ、――雪子おばさんから今日手紙が来た」
純「――」
五郎「お前が見舞いに行ったンで母さんとってもうれしかったらしい」
純「（小さく）父さん」
五郎「ん？」
純「――ゴメンナサイ」
五郎「何が」
純「ぼくは――このところ――病気なので」
五郎「病気？」
純「ハイ」
五郎「どこが」
純「それが――」
五郎「――」
純「つまり――。何ちゅうか、――頭が変になってきてており」
五郎「――（見る）」
純「はずかしくって父さんにもずっと、いわないでかくして来たンだけれど」
五郎「――」
純「つまり――いけないいけないと思っても、――女の人が気になるわけで」
五郎「――」
純「女の人の胸とか足とか――、お尻とかつまりそういうとこに――どうしても目がコノいってしまい」
五郎「――」
純「気にすればするほど止まらないので――。これは明らかにどっか病気です」

五郎。
音楽――軽快に低くしのびこむ。B・G。
五郎「純」
純「ハイ」
五郎「それは病気じゃないよ」
純「――」
五郎「大人になったらだれでもそうなる」
純「――」
五郎「それはお前が大人になった証拠だ」
純「イヤでもそれが」
五郎「何」
純「ぼくの場合、とってもはずかしいンだけど――(小声)その度にオチンチンがでかくなり」
五郎「だれだって大人はでかくなる」
純。
間。
純「でもぼくの場合症状が重くて、朝起きるともうそうなっていて」
五郎「大人の男はみんなそうだ」
純。
長い間。

純「本当?」
五郎「本当だよ」
間。
純「父さんも?」
五郎「もちろんさ」
純「――」
五郎「まァ――(ブツブツ)最近はコノ、アンマリアレですけど」
純「――」
五郎「そんなこと何もはずかしいことじゃない。自然現象だ。威張ってりゃいい」
純「ホントオ」
五郎「お前もいよいよ大人になったンだ。これからは一人前に扱わなくちゃな」
純「――ハイ」
五郎「扱われるだけじゃダメだぞ。お前も一人前に働かなくちゃだめだぞ」
純「ハイ」
五郎「うン」
五郎立ちあがり、酒をとりに行く。
純、五郎の湯のみをとりにパッと立つ。

五郎「今年はいろんなたのしいことがあるぞ」
純「どんな？」
五郎「まず――この前植えた種が芽を出す」
純「とうきびやカボチャの？」
五郎「そうだ。それにな――。大秘密を打ち明けようか」
純「なあに？」
五郎「――秋までに新しい家を建てる」

純。

純「家を!!？」
五郎「ああ」
純「家って――だって――、そんなお金」
五郎「金はかけない。自分たちで建てる」
純「自分たちで?!　そんなのムリですよォ」
五郎「そんなことないさ。チャレンジすればできる。電気だって水道だってちゃんと自分らでやったじゃないか」
純「そりゃァそうだけど家ってなると」
五郎「やってみなくて最初から降参か？　今度はお前も手伝うンだぞ？」
純「だけど家となると」
五郎「それもな。がっしりした、丸太小屋だ」
螢の声「丸太小屋?!」
五郎の声「ああ！」

朝

螢の声「どこに!!」
五郎の声「そのあたりだ」

家・表

ランドセル姿の純、螢、そして五郎。

五郎「くわしくはこれから決める」
純「ヤッホー!!」
螢「大きい家?!」
五郎「いや小さいな。小さいけどとってもたのしい家をつくろう」
純「ぼくらの部屋もある?!」
五郎「あるとも！　これから三人で設計するンだ!!」
螢「螢考える!!」
五郎「おお考えろ!!　三人で考えよう」
二人「ヤッホー!!」
五郎「さァ行け、学校におくれるゾ」
二人「行ってきまァす!!」

二人走る。
純、急にとまり、
純「ねぇ、雪子おばさんの部屋も作るンでしょ?!」
五郎。
五郎「たぶんな」
純「ヤッホー!!」
螢「行ってきまァす!!」
二人、もうぜん走り去る。
五郎。
雪子の声「義兄さん、ごぶさたしています」
五郎。
——ゆっくり家へはいる。
雪子の声「その後お変りありませんか」
音楽——変調してテーマ曲となる。

五郎の車

春の中を走る。
雪子の声「姉さんの容態はあまりかんばしくありません」

豚舎

働く五郎。
雪子の声「純から何かきいたかもしれませんが、じつは病院のことで困っています。はっきりいって頼りないのです。まわりのお医者さんにも相談したのですが大きな病院へ移るべきだと、いうのです。ところが姉さんがガンとして応じません」

豚舎・表

働く五郎。中川。クマ。
雪子の声「そのくせ激しい腹痛はつづき、病状はいっこう好転していません」

土場

トラックから古材をおろす五郎、中川、クマ、和夫。
雪子の声「本当のことをいいますと、姉さんが病院をかわるのを拒んでいるのは、——例の、姉さんのあの人が、紹介してくれた病院なんです。あの人の上司の知り合いの病院なの」

道

歩く五郎の顔。

雪子の声「だから病院をかわることになると、あの人の立場が困ることになる。そのことを姉さんは気にしてるわけなの」

畠（夕方）

草むしりしている五郎。
手伝っている純と蛍。
雪子の声「そのくせ原因はいまだつかめず、痛みがくるとモルヒネでおさえてます。
義兄さん。
何とかいってやってください。
気がねより命が大事だってこと。私がいってももうダメなンです」
正吉の声「オーイ!!」
三人、顔をあげる。
音楽――いつか消えている。
あぜ道を来る正吉とみどり。
五郎「よォ」
みどり、――近づく。
そばへ。
みどり「いろいろどうも」
五郎「なンも。すこしは落着いたかい」
みどり「兄さんたちみんな引きあげたから。今日は晩ごはんいっしょに食べよ？」
五郎「いいのかい、家あけて」
みどり「いいの。家いても二人でさびしいし。料理してあげる。材料持って来たから」
純「ヤッホー!!」

4

家の灯

夜の中にともっている。
とび出してくる三人の子ども。
みどりの声「あんまり遠くに行くンじゃないよ!!」
子どもら、遊びにかけ出していく。

同・内

五郎とみどり。
――酒を飲んでる。
静寂。
五郎「たいへんだったな」

みどり「まァね」
五郎「――」
みどり「馬売れなンて――いわなきゃよかったよ」
五郎「――」
みどり「こないだの北村の清吉さんのいったこと。――こたえたな」
五郎「――悪気じゃないンだ」
みどり「ううん。正しいよ」
五郎「――」
みどり「兄貴たちもかなりこたえてたンじゃない？（笑う）」
間。
五郎「兄さんたちいつ帰ったの」
みどり「今朝」
五郎「――」
みどり「帰ったンじゃないよ、逃げ出したンだよ」
間。
五郎「あとの始末がたいへんだろう」
みどり「たいへんだってどうしようもないしね」
五郎「――」
みどり「中畑の和ちゃんがよくしてくれてさ」
五郎「――」
みどり「積んであった古材買いとってくれたり」
間。
五郎「あれおれ、――ずいぶんありがたかったンだよ」
みどり「何が」
五郎「イヤあの材木――。もらうことにしたンだ」
みどり。
みどり「五郎ちゃんがあの古材、買いとってくれたの？」
五郎「いや買いとるとかそういうンじゃないンだよ。家建てる木材さがしてたンだよ」
みどり「あの木で家建てるの?!」
五郎「ああ」
みどり「だってあれ古い――橋こわした丸太だよ」
五郎「見てきたよ。じゅうぶん使えるよ」
みどり「――」
五郎「前から中ちゃんに、たのんどいたンだよ」
みどり「――」
間。
みどり――酒をつぐ。
みどり「幼な馴染ってありがたいね」
五郎「――」

間。
みどり「故郷って結局――。それなンだろうね」
五郎「(笑う) 何いってンだい。こっちがありがたいって
いってるンだ」
みどり「――――」
間。
みどり「中島みゆきの〝異国〟って歌知ってる?」
五郎「いや」
みどり「何ともたまンない歌なンだよね」
五郎「――――」
みどり。
みどり「忘れたふりをよそおいながらも、靴をぬぐ場所が
あけてあるふるさと――ってさ」
五郎「――――」
みどり「中島みゆきっていくつなンだろ」
五郎「――――」
酒飲む二人。
間。
みどり「奥さん、その後どうなったの」
間。
五郎「入院してるよ」

みどり「入院?」
五郎「それがさ」
みどり「――――」
間。
五郎「(ちょっと笑う) 男がいるっていったろう?」
みどり「――うン」
五郎「その男の上司の知り合いの病院に、口きいてもらっ
てはいったらしいンだ。ところがそこが――よくない
らしいンだな」
みどり「病院が?」
五郎「ああ。妹たちが病院移そうって必死になっていって
るらしいンだけど、本人がいいっていいはってるらし
いンだ」
みどり。
五郎「男に気がねしてるらしくてさ」
みどり「――――」
五郎「上司の紹介だから男が困るだろう?」
みどり「――――」
五郎「あのバカ、痛みが治らないのに」
みどり。
間。

みどり、手酌で酒をつぐ。
飲む。
みどり「(ポツリ) いい女だね」
五郎「――」
間。
みどり「いい女だから、惚れたンだねあんた」
五郎「―― (ちょっと笑う) むかしだよ」
間。
みどり「(急に立つ) サ、帰ろう!」
純の声「もう帰るの?!」

表

螢「まだいいじゃない!!」
みどり「(もう歩きつつ) いつまでいたって同じ。バイバイッ」
正吉、急いであとを追う。
螢「バイバイ!!」
純「いつから学校来るンだ!!」
しかし、答えず去って行く二人。
語り「だけど、翌日も、翌々日も」

分校全景

語り「正吉君は学校を休んだ」

教室

鉛筆をくわえ、ぼんやり校庭を見ている純。
語り「ぼくは遊びに行きたかったンだけど、笠松の家は後始末でたいへんだから、じゃましちゃいけないと父さんにいわれ」
すみえの声「起立ッ」
あわてて立つ純。
すみえ「礼!」
一同「さようなら」
一同バタバタと帰り仕度。
涼子「ア、ちょっと待って。みんなにいっとくことがあるの」
一同「――」
涼子「正吉君が学校をやめました」
純の顔。
螢の顔。
涼子「お家の都合で急に昨日おそく、遠くに発つことになっちゃったの」

すみえの顔。
純の顔。
涼子「みんなにさよならいいたかったンだけどいえないで
行っちゃうからごめんなさいって」
音楽——キーンと鋭い衝撃音。
純の顔。
語り「正吉君が——学校をやめた」

道

走る純、螢。
語り「正吉君が——遠くへ行った」

丘

もうぜんと走る二人。
語り「うそだ!! この前はそんなこと何もいわなかった!!」

笠松家

走ってくる二人。
ぼう然と立つ。
戸に板が打たれ、置かれたトタンを風がゆすっている。
純と螢。
間。
二人、裏手の馬小屋のほうへ走る。
ドキンと足とめる。
ポツンと清吉が立っている。
純。
螢。
純「おじさん」
清吉「——うン」
純「正吉君本当に——。もういないンですか!」
清吉「うン」
純「——」
間。
清吉「麓郷にまた一つ、——廃屋が増えた」
純「——」
風の音。

笠松家（遠く）

ポツンと立っている三人の姿。
音楽——テーマ曲、前奏からはいってB・G。

黒い画面

語り「その晩ぼくは夢を見た」

夢

木の上の家。
ターザンごっこして遊ぶ純、螢、正吉。
語り「ぼくは正吉君と螢と三人、あの森の中の木の上の小屋で夢中になって遊んでるンだ。はっぱの間からお日さまがさして、ぼくらは何だかわけもなくおかしく、愉快で愉快で笑いまくっており。——だけど」

家・二階

純の寝顔。
語り「夢からさめたときどういうわけか、——ぼくの目は涙でいっぱいだったので」
音楽——転調してテーマへ。

あぜ道

螢「(走ってくる)お兄ちゃーん!! 早く早くぅ!!」
語り「五月二十六日ぼくらの畠に、ぼくらのまいた枝豆の種がはじめていっせいに小さな芽を出した」

畠

芽の行列。
地べたにはうようにそれを見ている純、螢、五郎。
語り「それは、ここへ来てはじめて感じた、わくわくするような瞬間であり」

電灯

和夫の声「丸太はタイコに落とさんで使うンか」
五郎の声「本当はタイコに落としたいンだが、手間がかかるしな。丸のままで使う」

家・居間

ドキドキ見ている純と螢。
相談している五郎、和夫、中川、クマ。
中川「不揃いですよ」
五郎「いやそりゃ調べた。だいたい似たような太さのものをすこしずつ使ってきゃあ何とかなる」
和夫「大きさは。家の」
五郎「五間に三間。十五坪くらいだ」
クマ「すると、あらかじめ切り込みをしといて?」

五郎「ああ」
和夫「一人でやる気か」
五郎「一応そのつもりだ」
中川「だいじょうぶかな」
クマ「手伝いますよ」

丸太小屋の本（英語）

和夫の声「角は実際にどう組んでくンだ」
五郎の声「だから」

二、三本の丸太の模型

切り込みがつけられている。
五郎、それを合わせて説明。

五郎「こっちをこういうふうに切り込んで、こっち側からこうのせる」
クマ「角は出すンですね」
五郎「ああ。それでこの上をまたこうえぐるだろ？　そこへ、——こう重なる」
和夫「木と木の間にすき間があくべさ」
五郎「そこはしっくいか粘土でうめる。本当はコケがいいっていうンだけどな」
中川「基礎は、手掘りで？」
五郎「ああ。こう——」

図面

図、書かれていく。

五郎の声「丸太一本がだいたい二間として横が五間の、縦が三間。だから途中で継がにゃならんから、基礎はこっちが、一、二、三、四、こっちの縦が、一二、三」
和夫の声「全部で十二か」
五郎の声「ああ。そう穴掘って、そこにこう——」

純と螢

目を輝かして見ている。

五郎の声「——大きな石置いて、そこにこう丸太で」

一階

クマ「するとアレすか。日本家屋みたいに棟上げを先にせずに」
和夫「下からいくわけか」
五郎「そう。だから、たとえば」

描く。
五郎「こうなって——こうなって」
中川「ああ。窓枠を」
和夫「窓枠をさきにつくっといてその位置までいったらまず建てちゃうわけだ」
五郎「そう。だから」
音楽——テーマ曲、イン。

模型の家

下からすこしずつ建てあげられてゆく。
その過程をある程度たんねんに見せて。
見ている純の顔。
螢の顔。
クマ。
つくる五郎。
質問する和夫。
答える五郎。
手伝う中川。
純。
螢。
どんどん建ちあがっていく模型の家。
語り「父さんはみんなに説明しながら、小さな丸太小屋の模型をつくった」

模型の丸太小屋

その完成形。
語り「それは小さいけど夢みたいな家で」
何か父にきく純と螢。
音楽——ゆっくりともりあがって。

17

ミツバチの巣箱

ワンワンと群れているミツバチたち。

そのむこうから歩いてくる学校帰りの純と螢。

純「だけど一日一本がやっとだぜ。あんなのろまじゃどうしょうもないよ」

螢「しかたないわよ。しろうとなンだもの」

純「しろうとったってのろますぎるよ。ああやってコツコツ一本一本。あれで本当に家が建つのかよ」

語り「夏になった。父さんはぼくらの丸太小屋を夏じゅうには仕あげると宣言した。でもじっさいに切り込みをはじめたら思うようにはいかないらしく」

家の前

三本の丸太のまじわる切り込みが複雑で、わからなくなっている五郎。ブチブチブチブチひとりごと。

五郎「こう来てこう来るからこうえぐっといて、そこへこう来るからその分がこうと——（ブチブチ）」

五郎。

間。

ブチブチいいつつ草むらへ歩いて立小便。

しつつなおブチブチつぶやいているが、急に、

五郎「エ?!」

間。

小便をやめて急ぎもどる。

設計図を開いて——ぼう然とする。

五郎「忘れてた。ウン」

五郎。

五郎「トイレがない。——ウン。——完全に忘れてた」

螢の声「父さーん!」

純の声「ただいま——ッ!!」

草原を走ってくる純と螢。

五郎、チラッとそっちを見るが、すぐに設計図に目をもどす。

五郎「いい時小便した。——ウン。——いい時小便した」

音楽――テーマ曲、イン。
タイトル流れて。

1

本校・校庭

野球している本校の生徒たち。
語り「その日は午後から授業は中止で、涼子先生につれられてバスで本校に見学に行った」
校舎から出てくる涼子と分校の生徒たち。
語り「ぼくらの行ってる中の沢の分校は今学期いっぱいで廃校になり、夏休みが終わった新学期からはこの本校に統合されるわけで」

走るバスの中

涼子と生徒たち。
純「涼子先生も本校に移るンでしょ?」
涼子「さァどうなるかな」
すみえ「来なくちゃつまンない!」
螢「来るよね先生」
涼子「どうなるかしらね」
純「先生が来たいっていえばいい」
すみえ「そうよ。どうしても行くっていえば」
純「先生、本校に移りたくないの?」
涼子「そんなことないわ。みんながいるんだし」
螢「じゃァ来て!」
涼子「行きたいけど」
螢「約束!」
すみえ「そう約束」
純「決めましょう先生。ここではっきり決めちゃいましょう!」
涼子「――(笑っている)」

道

下校する純と螢。歩きつつ、
純「先生、ぼくらと来たくないのかな」
螢「そんなことないわ」
純「だってはっきり返事しなかったぞ」
螢「先生が決めるンじゃないンだもン」
純「だれが決めるンだ」
螢「それは知らないけど、校長先生とか」
純「(急にとまる) オイ」

螢「エ？」
純「今だれかオレたちのこと呼ばなかったか？」
声「（かすかに）純君――!!　螢ちゃ――ん!!」
二人、ふりかえり目をこらす。
はるかかなたの道のむこうから荷物を持って走ってくる女の姿。
純。
螢。
女、手をふり、けん命に走るが荷物が重いらしくうまく走れない。
螢「雪子おばさんだ」
純「（走りだす）おばさ――ん!!」
純と螢、もうぜんと走りだす。
音楽――明るくイン。B・G。
二人、もうぜんとダッシュして立ちどまった雪子に激しくとびつく。

豚舎

働く五郎。
声にふりむく。
純・螢「父さ――ん!!」
純「おばさんが帰ってきた!!」
入口にはいってくる雪子。
五郎「雪ちゃん！」
雪子「ただいま」
中川「（はいる）五郎さんあっち、今子ブタ出てきたから――雪ちゃん！」
雪子「ただいま」
五郎「手伝うか」
中川「イヤ今、クマさんが。オレ手伝ってきますからこっち」
五郎「ああこっちはオレやる」
螢「子ブタ生まれたの?!」
中川「ああ、見るか」
純「見ていい?!」
五郎「仕事のじゃまするなよ」
二人「（走りつつ）わかってる！」

子ブタ

母ブタの乳首に群がる。

仔豚舎

目を輝かして見る純と螢。
音楽——終わる。

家・二階

雪子の土産（玩具）に興奮している純と螢。

同・階下

五郎と雪子。

五郎「令子どうした」
雪子「二週間前やっと退院したわ」
五郎「よかった。それでもう店に出てるのか」
雪子「まだ今ときどき顔出してる程度」
五郎「じゃあまだ自宅から病院通いか」
雪子「みたい。義兄さん、本当いうとね。（二階を気にする）——いっしょに来てるの」
五郎「（見る）——」
雪子「姉さんの友だちの本多さんていう人と。——いつか来たでしょ。弁護士やってる」
五郎。
雪子「いろんなこと、今度こそすっきりしたいからって」
五郎「——」
雪子「ごめんなさい。前もって連絡もしないで」
五郎。
五郎「どこにいるンだ」
雪子「ホテル。——悪いけど、——会ってやってくれる？」
五郎「——」
雪子「勝手に決めて申しわけないンだけど、ワインハウスに席とったから、七時前後に来てもらえないかって」
しのびこんでくるムード曲。

ワインハウス全景

同前

車つき、五郎がおりる。

レストラン

五郎、はいってくる。
窓際の席で立ちあがる本多。
（令子はいない）

街（窓から）

流れているムード曲。

本多の声「その節はどうも失礼しました」
五郎の声「いえ」
本多の声「今日はまた、予告もなく押しかけまして」
五郎の声「いえ」

同・内

本多「いつもいきなりいやな話でご気分悪いと思いますけど、いつまでもぐずぐずしているよりも、すっきりさせたいという令子さんの意志で、くっついてくることになったわけです」
五郎「――」
本多「令子さんすこしおくれてまいります。その前に私、代理人として、事務的な話だけしたいと思います。その間彼女にははずしてもらったわけです」
五郎「（口の中で）わかりました」
本多「ええと。――話といってもどうってことないンです。これまでそちらの出されてた条件――お子さんをそちらでお育てになるという。彼女、のむそうです。お子さんたちの籍も今までどおり。つまり令子さんだけが籍を抜いて結婚前の宮前姓に――実家の籍にもどることになります。その点は――そちらには問題ないですね」
五郎「（うなずく）――」
本多「慰謝料については金銭上はいっさいなし。それとええ――財産に関しては東京四谷で住んでらしたアパート。これは現在登記上は五郎さんの名儀になってますが、これを令子さんの名儀にかえる、よろしいですか？」
五郎「結構です」
本多「それと二人の使ってらした乗用車。五十二年の十月購入で、五十四年九月に月賦完済。五郎さんの名儀になってますね。この名儀も令子さんの名儀に移す。よろしいですね」
五郎「ハイ」
本多「それと――。ああそうだ。その場合譲渡した五郎さんのほうに譲渡所得税というものがかかります」
五郎「ハ？」
本多「譲渡所得税です」
五郎「ア、ア、アノオ――所得するのは令子のほうでは」
本多「物を出したほうにかかるンです」
五郎「ホウ」
本多「税法上そういうふうになってるんですね」

五郎「ハハア」
本多「面白いンですよね、税務署のここンとこの考え方。ものを出したほうが損するンです。これがお金で支払う場合はどちらにも税金がかかンないんですね」
五郎「(変に感心して) ハア」
本多「この税金はそちらで負担してください。よろしいですね」
五郎「ハハア」
本多「それと——。預金の名儀は分かれてるからそれでいいと。——そんなとこかな。これ一応きちんと覚え書きにしてそちらへ送ります。おたがいに認め押して一通ずつ持つことにしてください」
五郎「ハイ」
本多「ア、それからこれが役所に提出する離婚届です。ここに印鑑と自筆のサイン。それとそちらの保証人一名これも印鑑と自筆でサインお願いします」
五郎「わかりました」
本多「これで一件落着ってとこかな (ちょっと笑う)」
五郎「どうも、いろいろ」
本多、煙草に火をつける。
本多「ああ、それと」
五郎「(見る) ハ?!」
本多「じつは令子さん最後にどうしても、お子さんたちにお別れがいいたいっていってるンですけど」
五郎「——」
本多「何ならあなたが立ちあってくだすってもかまわないからっておっしゃってます」
五郎「——」
本多「どうでしょう。ちょっとでもそういうチャンスを」
五郎「わかりました」
本多「——」
五郎「結構です」
本多「ありがとう。あの人よろこびます」
五郎。
五郎「明日。——学校を早引けさせます。——午後から二人だけで——ホテルへよこします」
本多「お願いします」
五郎「——」
ムード曲。
本多「日が長いンですね。北海道の夏って」

街 (全景。俯瞰)

薄暮。
ムード曲。
本多の声「今ラベンダーの季節なンですって？」
五郎の声「──ええ」
本多の声「遠いんですか？　ラベンダー畑？」
五郎の声「いや」
本多の声「ああ」

ワインハウス

本多「見えました」
五郎、顔あげる。
入口からはいってくる令子。
音楽──「愛のテーマ」静かにイン。B・G。
まっすぐこっちへ近づいてくる。

ヘッドライト

闇を切り裂いてくる。

廃屋

その灯。
虫のすだき。
純の声「話ってなあに？」
五郎の声「二人ともすわれ」

同・居間

すわる二人。
螢「どうしたの」
洗い物をしている雪子の背中。
五郎。
──煙草に火をつける。
五郎「じつは今母さんが富良野に来ている」
純。
螢。
五郎「今夜と明日の晩ホテルに泊っている」
二人「──」
五郎「今度父さんと母さんは、正式に離婚することになった」
二人「──」
五郎「父さんも母さんも君たちにたいしては──本当にすまなく思っている」
雪子の背中のインサート。
五郎「許してほしい」

音楽――低くつづいている「愛のテーマ」。
五郎「君たちはここで父さんと暮らす。そういうことに一応決まった。でも――」
二人「――」
五郎「もしどうしても母さんといっしょに東京で住みたいなら、それはそれでいい」
二人「――」
五郎「それは君らの意志にまかせたい」
純。
螢。
五郎「父さんそのことでとやかくはいわない」
二人「――」
五郎「君らももう大人だ。考えればいい」
純。
螢。
五郎「明日、君らをホテルへつれてく」
二人「――」
五郎「ゆっくりしておいで。母さんと三人で」
純。
螢。
雪子の背中。
純。
音楽――ゆっくりもりあがって。

2

富良野プリンスホテル

車窓に近づく。
語り「翌日、父さんはぼくらを早引けさせ、車でホテルまで送ってってくれた」

同・入口

おりる二人。
五郎の車、去る。
語り「ぼくらを置くと父さんはすぐ帰った」

同・ロビー

二人、はいる。
立っている令子。
純と螢。
純、行こうとし、螢をふりかえる。
動かぬ螢。

近づく令子。
奥から来る本多。
令子「（ニッコリ）コンニチハ」
二人「――」
本多「これから中富のラベンダー見に行くの。行ったことある？」
純「――（首をふる）」
本多「ようし、いっしょに行こ！　（ベルボーイに）すみません。タクシー一台」
語り「母さんと三人で行くのかと思ったら、弁護士のおばさんもついて来る気配で」
音楽――華麗に。イン。

ラベンダー畑

紫。

本多の声「うわァ！　すてき!!」

ラベンダーの中を歩く四人。

そのいくつかのショットのつみ重ね。

ラベンダーの花。

ハチたち。

純。

花のにおいをかぐ令子。

一人だけすこしはなれている蛍。

本多、三人の写真をとる。

歩く純。

語「ぼくは本当いうと胸がいっぱいでラベンダーなンか見てなかったンだ。これで母さんと縁が切れちゃう。母さんは別の名前になっちゃう。母さん――」

純。

――ギュッとくちびるをかみしめて歩く。

語り「たとえ父さんとどんなことがあったにしても――母さんはいつまでもぼくの母さんで」

令子。

――美しいその横顔。

語り「今もし母さんがぼくらにむかって、いっしょに行こうって一言でもいったら、ぼくはのどから出かかっている答えを何の迷いもなくきっというだろう。それは――昨夜父さんに考えろといわれ、一晩じゅう考えたぼくの答えで。〝母さん!!　ぼくは――母さんについてく!!〟」

同・売店

ラベンダーの花束を買ってもらう純と蛍。

語り「でも、母さんは何もいい出さず」
　歩きかけた純、急に足をとめる。
音楽――中断。
手をにぎろうとした母の手を、スッとさり気なくふりほどいた螢。
純。
令子。
母から逃げるように離れた螢。
純の顔。

ポピー畑

音楽――ふたたび低くイン。B・G。
その中を行く四人。
三人の写真をしきりととる本多。
ポピー。
純と母。
螢。
本多、とつぜん三人に近づく。
本多「ねえ！　純君、今夜ホテルに泊らない?!」
　純。
本多「お母さんといっしょに。三人で寝れば?!」
令子。――チラリと螢を見る。
　螢。
本多「ねえ螢ちゃん、そうしなさいよ！　お父さんには連絡しとくから」
　螢。
――とつぜん激しく首をふり、むこうの花のほうへ歩いて行ってしまう。
本多。
純。
令子。
純。
音楽――ゆっくり消えていく。
ハチのうなり。
ポピー。
令子の声「ねえ、純、あんたたちの学校って遠いの？」

分校・校庭

　トンボをとろうとしている純と螢。
螢の手、ソッとトンボにのびる。
と。
純「螢」

螢「（ふりかえる）」
純「お前は冷血動物だ」
　螢の顔。
　二人の姿が――ぐんと遠のいて。
本多の声「もうじき廃校になるそうですね」
涼子の声「ええ」

職員室

　校庭の二人を見ている令子、涼子、本多。
本多「先生もそちらに？」
涼子「いえまだ私は――決まっていません」
　令子。
令子「（窓外を見たまま）どうなンでしょう。あの子たち」
涼子「――――」
令子「ちゃんとこちらで――やれてるンでしょうか」
　涼子。
涼子「最高の体験をなすっていますよ」
令子「――――」
涼子「何より、――お父さまの育て方がすてきです」
　本多のインサート。
令子。
令子「そうですか」
　間。
本多「いいとこですもンね」
涼子「ええ、でもそれは今の季節だからです」
　令子。
涼子「内地の方は北海道の、いいとこだけを見て感激されますけど、住んだらほとんど厳しさの連続です」
本多「――――」
　間。
涼子「つらかったと思いますよ、この半年は」
　令子。
涼子「二人とも本当に、よくたえました」
　令子。
　間。
涼子「たいへん失礼な質問ですけど――お母さまとお父さまはどうなるンですか」
　令子。
　間。
令子「今回正式に離婚致します」
　涼子。
涼子「それで――純君と螢ちゃんは」

令子「このままここに――。あの人にまかせて」
純「(ふいにはいる) 母さん」
令子「(見る)」
純「螢――帰りたいって」
　令子。
音楽――「愛のテーマ」イン。B・G。

道

　遠ざかって行く純と螢。
純は時折りこっちをふりかえり螢にもふりかえるよう強要しているらしいが、螢はふりかえらずぐんぐん去って行く。
純は追うように歩きながら、明らかに螢に腹を立てている。

分校前

　立っている令子と本多。そして涼子。
本多、チラと令子の横顔を見る。
音楽――大きくもりあがって消える。

離婚届

　保証人、中畑和夫のサイン。和夫の手がその下に印鑑をおす。
和夫の声「それで二人はそのまま帰ってきたのか」
五郎の声「ああ」

中畑家・居間

　五郎、和夫。みずえ。
五郎「令子は今夜できれば二人をホテルにいっしょに泊めたかったらしい」
みずえ「そういったの?」
五郎「例の弁護士がいったンだそうだ。それも螢がイヤだって首ふったって。純のやつ、相当頭にきたらしくて、帰っても螢と口をきかないンだ」
みずえ「――」
五郎「螢のやつ、令子がしゃべりかけても、ほとんど返事をしなかったらしい」
　和夫。
五郎「(苦笑) どうもあいつはだれに似たのか」
みずえ「五郎さんのことを考えてたのよきっと」
五郎「――」
みずえ「見て来たンだもの、ずっと、こっちでの五郎さんの」
　電話のベルがとつぜん鳴る。
和夫「ハイ。——そうです。——ハ？——ああ今いますよ。——どちらさま——。ああちょっとお待ちを。（電話にフタして）例の弁護士からだ」
五郎「（かわる）かわりました、黒板です。——ハ？——ハイ。——ハイ。（緊張）——それで今どんな。イヤ。——もしもし——病院はどこの。何ていう——わかりました。すぐ行きます（きって立つ）」
みずえ「どうしたの」
五郎「令子が急に苦しみだしたらしい。たった今病院に運ばれた」
和夫「（立っている）どこ」
五郎「渡辺医院。末吉町だ」
和夫「雪子さん拾ってすぐ行ってやる」

渡辺医院（富良野）
　夜の中に建つ。
効果音——衝撃。
　車がついて、五郎がおりる。
効果音——衝撃。

同・診察室
　椅子にすわっている五郎の顔。
渡辺の声「ご心配いりません。薬が効いて、今眠ってます」
五郎「どうも」
　老医師渡辺、カルテを書きながら、
渡辺「ご主人ですか？」
五郎「エエ——。ハイ」
渡辺「——（見る）」
五郎「アア、アノ、私はこちらに住んでて。けどアノ、女房は——東京に。——ハイ」
　短い間。
渡辺「最近まで入院しておられたそうですね」
五郎「ハイ。アノ、何か——神経性のものとかで。でもアノよくなって、退院してもう二週間ほど」
渡辺「一度ちゃんとした大きな所で、お調べになったほうがいいと思いますね」
　五郎。
渡辺「設備のいい、たとえば大学病院のような」
五郎「それは。つまりアノ、まだ——この前の病気が——完全によくなっていないというような」

渡辺「ちょっと診ただけですから何とも申せません。しかし症状は似てるようですから。――まァ、あらためてちゃんときちんと、お調べになったほうがよろしいンじゃないですか」
五郎「ハァ」
音楽――鈍い衝撃。くだけて低く、繊細なB・G。

病室

五郎、はいる。
立ちあがる本多。
ベッドの上で、目を開けた令子。五郎を認めて気弱に笑った。
令子「ゴメン」
五郎「だいじょうぶか」
令子「もうおさまった」
五郎「びっくりしたぞ」
令子「ゴメンナサイ」
五郎「バカだな。ちゃんと――。診てもらえよもいちど」
令子「(ちょっと笑う) バチね」
五郎「しばらくこっちで休んでったらいい」
令子「だいじょうぶ。明日はもうよくなる」
五郎「――」
令子「ねえ」
五郎「?」
令子「明日――おまいりにつれてってほしいンだけどな。あなたのお父さまやお母さまのお墓」
五郎「何いってンだ」
令子「まじめな話」
五郎「いいよ。本当に治ったらな」
令子「お願い」
五郎「とにかく今日はこのまま黙って眠ろ。付き添ってるから。(本多に) すみません。あとは。私が」
本多「いえ。でも」
五郎「本当に」
令子「今日のこと。――ありがと」
五郎「何」
令子「純たち。――たのしかった」
五郎。
五郎「明日――治ったらまたつれてくるよ。四人でいっしょにお墓まいりに行こう」
令子「ホント?」
雪子「(急にはいる)どうしたの姉さん、だからいったじゃない!!　ちゃんとしたところで診てもらってって。姉さんまだ完全に治ってないのよ！」
音楽――

3

家・一階

靴をはいている五郎。
二階からおりてくる雪子。
雪子「お義兄さん」
五郎「（見る）」
雪子「螢、お墓まいり行かないって」
五郎。
雪子「具合がわるいンだって。家で寝てるって」
五郎「――」

二階

シュラフの中にもぐりこんだ螢と、怒りに頬をそめている純。
純「うそついたってわかるンだよ」
螢「――」
純「具合わるいってどこがわるいンだよ」
螢「――」
純「熱あるのかよ、持ってきてやろうか熱はかり」
螢「――」
純、ひざをつき、螢の顔をのぞく。
純「これきりでもう会えないかもしれないンだゾ!!」
螢「――」
純「母さんわざわざ会いに来たのに、そういう態度っていいのかよ！」
螢「――」
純「昨日だってほとんど口きかないで、母さんどんな気持だと思うよ！」
五郎「（あがり口から）純」
純「――」
五郎「もうやめなさい」
純「――」
純。
――ふん然と下へおりる。
かわって二階にあがる五郎。
五郎「螢。本当に具合わるいのか」
螢「――」

五郎「具合わるいならお医者さんに診てもらわなくちゃならないな」
螢「――」
五郎「母さんも本当はまだあんまり具合がよくないンだぞ」
螢「――」
五郎「それなのにわざわざお前らに会いに、東京からはるばる来てくれたンだ」
螢「――」
五郎。
五郎「どうしてもダメか？」
螢「――」
五郎「え？　どうなンだ」
螢「――」
五郎。
五郎「わかった。それじゃあ一人で寝てなさい。そのかわりあとで病院に行くンだぞ」

階下

ふん然たる表情の純。
そして雪子。

墓地

カッコウの声。
語り「お墓は村はずれの森の中にあった。
去年の秋こっちへ移ってきてから、お墓まいりするのは今日が二度目で」
長いこと拝んでいる令子。
うしろに立っている五郎。
雪子と純。
令子、立ち、かわって五郎がぬかずく。
カッコウ。
純、父にかわる。
そして雪子。その間に。
令子――すこしはなれた所へ歩く。
カッコウ。
令子。
間。
そのうしろに立つ五郎。
令子「（ちょっと笑う）静かね」
五郎「うン」
令子「カッコウきいたの何年ぶりだろう」

二人。
純。
――おまいりを終えて二人のほうへとんで行こうとする。
と、
雪子「(小さく) 純」
純「?」
雪子「すこし二人にさしといてあげて?」
純「――」
五郎と令子。
五郎「――」
令子「私もここにはいるはずだったのね (ちょっと笑う)」
間。
五郎「だいじょうぶか体」
令子「ありがと。だいじょうぶ」
間。
五郎「蛍は急に熱出しちまって」
令子「――」
五郎「出ちゃいけないってオレがいったンだ」
令子「――わかってる」
五郎「――うン」
間。
五郎「君も――」
令子「――」
五郎「アレだ、コノ、体のことだけは――くれぐれもいいかげんに考えるな」
令子「――」
五郎「診てもらってくれ、ちゃんと。大きな所で」
令子「――(ちょっとうなずく)」
五郎「本当だよ」
令子「――(ちょっとうなずく)」
五郎「帰ったらすぐにだ。いいな」
令子「――(うなずく)」
短い間。
五郎「アレだ、オレたちがどうなろうと君は、――あいつらにとっては母親なンだ」
令子「――」
五郎「あいつらのために、それだけは約束しろ」
令子「――」
五郎「体に関しては、義理なンか忘れろ」
令子。
令子「わかった」

五郎。

間。

令子「(ちょっと笑う) バチね」
五郎「――」
令子「バチがあたったのね」
五郎「――」

カッコウ。

五郎「何時だっけ、汽車は」
令子「――三時四十分」
五郎「(チラと時計見る)」
令子「よろしくね」
五郎「わかってる」
令子「それと――。勝手だけど雪子のことも」

短い間。

五郎「ああ」
令子「――」

間。

五郎「あいつらに会いたくなったときには、遠慮なくいってくれ。いつでも考える。それに――」
令子「――」
五郎「オレのほうも連絡するかもしれない」
令子「――」
五郎「あいつらのことは、永久に二人の問題なンだから」
令子「(ちょっと笑う) アリガト」

カッコウ。

令子。

――かがみこみ、小さな花に触れる。

令子「ねえ」
五郎「?」
令子「丸太小屋建てるンですって?」

富良野駅ホーム

発車のベルとアナウンス。
純の顔。
デッキに立った令子。
五郎の顔。
すこし離れている雪子の顔。
令子、純に手を出す。
純――手を出す。
握手。

令子「頼んだわよしっかり、螢のこと」

うなずく純。

——けん命に涙をおさえている。
雪子。
ベルふいにやみ、ドアが閉まる。
純の顔。
一切の音消えてなくなる。
五郎。
令子。
純。
列車、——動きだす。
凍結したように動かない純と五郎。
しだいにスピードを増し、ホームをはなれる列車。
遠くなる。

走る列車内

本多が一人すわっている。
チラとデッキのほうを見る。
列車の走行音よみがえる。
令子、歩いて来て、本多の向いにすわる。
本多、——さり気なく窓外を見ている。
走行音。

車窓

空知川。
——しばらく。
本多の声「むかし、——一度だけ北海道に来たわ」
間。
本多の声「学生時代。——好きだった人と」

走る車内

令子。
そして本多。
本多「ふられたけどね」
令子「——」
間。
本多「釧路の旅館で、——雪になっちゃって」
令子「——」
じっと窓外を見つめている令子。
本多の声「きれいな川」
令子。
本多の声「これ、空知川?」
令子。
間。

——いきなり窓にはりつく。

窓外

沿線。
川のむこうをけん命に走っている少女の姿。
——螢。

列車

令子、狂ったように窓あけ外へ手をふる。
令子「(口の中で) 螢——」

川岸

螢、走っている。
もうぜんと列車を追い、けん命に走る。

車窓

令子の顔。
音楽——「愛のテーマ」イン。B・G。

川岸

走る螢。
その目からボロボロ涙があふれている。
その姿が——。

列車の窓から

ぐんぐん遠ざかり、やがて見えなくなる。

空知川

とうとうと流れている。

同・川岸

川音。
その中にあきらめ、つっ立っている螢。
間。
螢のうしろに草太が立つ。
肩をたたく。
螢——顔をむける。
草太。
——その目に涙の粒があふれる。
音楽——もりあがって以下へ。

家・表

五郎、丸太を切り込んでいる。

手伝っている純。

二人、チラと見る。

一人帰ってくる螢。

五郎「具合はもういいのか」

螢――ちょっと立ちどまる。

五郎「寝てると約束したはずだぞ」

螢、中へ。

入れちがいに出てきて螢を見る雪子。

雪子「どこ行ってたの？」

螢、中へ。

ジロッと見る純。

二階

螢、シュラフへもぐりこむ。

頭までシュラフの中へもぐる。

やがてその中から嗚咽がもれてくる。

音楽――

4

ヘッドライト

闇を切り裂いて来る。

派手に鳴っているロックンロール。

草原

ヘッドライトとまり、音楽かけっぱなしで草太おりる。

廃屋のほうへはねるように来る。

廃屋

ガラッと戸をあけてはいる草太。

草太「(はいりつつ)オッス。螢いるか。おう純。生きてたか。(上へ)螢!! おりて来い！ さっき話したいかだくだりのこと。おう純。二十六日、日曜あけとけ。いかだくだり大会。空知川の。出ようみんなで。いかすぜお前布部から富良野まで延々八キロ、手製のいかだで――」

草太。

二階からおりて来た雪子。

雪子「しばらく」
草太「──」
雪子「一昨日帰ってきたの」
草太。
草太「(ふいに上へ)蛍！　わかったな！　純もいいな。日曜。二十六日あけとけ！　いいな!!　二人とも元気出すンだぞ!!　(とび出す)」
雪子「草ちゃん！」

同・表

草太、ブツブツといいつつ車へ走る。
闇の中から五郎現れる。
五郎「おう！」
草太「キャッ」
五郎「どうしたンだ」
草太、五郎をひっぱって歩く。
草太「どうもこうも冷いべ冷いべ!!　雪子帰ってンのに何もいわねえで」
五郎「お前もうやめたってこないだいってたじゃねえか」
草太「(車のほうへひきずりつつ)変るべ変るべ人は毎日！人ほど頼りなく変るもンないべさ」
五郎「ひっぱるなよ！　どこに行こうってンだよ！」
草太「いいからちょっと!!　いいから車に!!」

カセット

ポンと押され音楽ストップ。
バタン、バタンとドアのしまる音。

草太の車の中

草太と五郎。
草太、大きくため息をつく。
五郎「何がいったいどうしたっていうンだよ。雪ちゃんなら中にいるはずだよ」
草太「いたよ」
五郎「──なンだもう会ったのか」
草太「会ったさ」
五郎「それならいいじゃねえか」
草太「それがよくない」
五郎「どうして」
草太「したって。──こだわっちまっとる」
五郎「雪ちゃんが？」
草太「オラがだ」

間。

五郎「何いってンだバカ。何をいったいこだわることある」

草太「あいさつされたけどうまく口きけん」

五郎「どうして」

草太「わからん。いねえと思ったンだ。それがいきなり。いきなり出られてキッカケ失った」

間。

五郎「忙しいンだ。オレ行くわ」

出ようとする。草太あわてておさえて。

草太「したっておじさん、ミエってもンあるゾ？　断わりもせんで東京に行っちまって、またヒョッと帰ってコンチハ、シバラク。こっちはその間もんもんとしとるのにへでもねえ顔してシレっとやられりゃァ、こっちだってさんざん腹立てた手前いきなりデレッと変ることできるか？」

五郎「――」

草太「できんべ？」

五郎「――」

草太「男だらそりゃできんぞ？　おじさん」

五郎「――」

草太「男にはある程度ミエもだいじだゾ」

長い間。

五郎「要するにお前、何しに来たの」

草太「――」

五郎「何か用あって来たンだろ家に」

草太「ああ――イヤそれは、いかだくだりのこと。――螢があんまりかわいそうだったから。いかだくだりに呼んでやろうって思って」

五郎。

五郎「螢って何だ」

草太「昼間来たからつれてったンだよ」

五郎「来たってどこに」

草太「どこってうちに」

間。

五郎「何しに」

草太「だからつれてってくれって」

五郎「どこに」

草太「島の下の汽車の見える所に」

五郎「（見る）」

草太「三時四十分の。――おふくろさんののった汽車」

五郎の顔。

五郎「あいつ、一人で送りに行ったのか」

間。
草太「そうだ。ないしょだってオラいわれたンだ」
間。
五郎「螢にか」
草太「うン」
間。
五郎「どうして」
草太「さァ」
間。
五郎「令子、――螢の送ったのわかったか」
草太「気がついた。窓あけて手えふってた」
五郎「――」
草太「螢、川っぷち、延々と追っかけて」
五郎「――」
草太「ぼろぼろぼろぼろ涙流してよ」
五郎。
間。
草太「おじさんたち正式に、別れたンだって？」
間。
五郎「螢がいったのか」
間。
草太「あいつ帰りに、ポツンていやがった。自分らより本当は今父さんが世界じゅうでいちばんかわいそうなンだって」
五郎。
音楽――静かな旋律でイン。B・G。

家の前

帰ってくる五郎の顔。
ふと、足とめる。
その視線――。

風呂場・焚口

じっとすわっている純。
その脇に置かれたラジオからかすかに流れている東京の音楽。
純はどうやら泣いているらしい。
そのうしろに立つ五郎。
純。
気がついてこぶしで涙をふく。
五郎「純」
純「――ハイ」

間。

五郎「螢はどうした」

純「――あいつは眠っちゃった」

五郎「そうか」

間。

五郎「お前まだあいつのことおこってるのか」

純。――乱暴に火をくべる。

五郎。

五郎「けどな」

純「――」

五郎「人はそれぞれ悲しいときに――、悲しさを表す表し方がちがう」

純「――」

五郎「人前で平気で泣けるものもいれば――、涙を見せたくない、そういうものもいる」

純「――」

五郎。

五郎「螢にとって母さんと別れるのが、つらくないことだとお前思うか」

純「――」

五郎「何もいわないでも、もしかしたら螢はお前や父さんよりもっとつらくて――。

だから送りに行かなかったのかも知れんぞ」

純「――」

五郎「そうだろ?」

純。

五郎「ちがうか」

純。

音楽――もりあがって以下へつづく。

二階

純、あがってくる。

むこうを向いて眠っている螢。

純。

洋服を着がえかけ、ふと、手をとめる。

純の視線に螢の抱いている小さなラベンダーの束がある。

ラベンダーは螢の顔にかかっている。

純、手をのばし、とってやろうとする。その手がとまる。眠っている螢の眼じりから頬をぬらしている涙のあと。

純。

その顔のクローズアップ。
音楽――静かに消えていって、かわりにしのびこむ
　「螢の光」の合唱。

分校全景

語り「つぎの日曜日、廃校式があった」

同・入口

　土間、下駄箱にあふれているはきもの。
　「螢の光」
語り「拝啓恵子ちゃん。
　廃校式です」

教室

　あふれんばかりの人。
　その最前列にいる純たち生徒。
語り「去年の秋からぼくらの通った麓郷中の沢のこの分校は
　今日で閉鎖されてしまうわけであり」
　五郎、和夫、みずえたちうたう。
　ゆっくりその大人たちをなめていくカメラ。
語り「父さんも、中畑のおじさんも、おばさんも辰巳さんも
　みんな出席した。
　生徒の父兄として出席したンじゃない。この分校の卒業
　生として廃校式に呼ばれてきたンだ。
　それでも本校の校長先生は、三分の一も来ていないと
　いった。残りはみんな富良野をはなれ、札幌や東京に出
　て行ったンだと」

校庭

語り「廃校式のあと記念撮影があった」
　出席者全員の記念撮影。
　カメラマン、一同をきちんと並ばせる。
語り「新聞社の人も写真をとりに来た」
カメラマン「右すこし寄って。真ん中のおじさん、顔出し
　て。そう。――」
　最前列にいる純と螢。
　螢、純をつつく。
純「？」
螢「(目の前を指す。小さく) クワガタ」
　目の前の地面をはっているクワガタ。
カメラマン「いいかな？　いいかな？――じゃあみんな
　笑って。――ア、そこのおばさん正面、こっち

向いて！」

友子「わたし右顔に自信あるンだよ！（笑い）」

カメラマン「それでもこっち向いて！　いいですか！

笑って！　ハイみんな笑って！」

螢「お兄ちゃん、逃げちゃう！」

純、つんのめるようにクワガタに手をのばす。

カシャッ。

（画面静止）

音楽――軽快にイン。B・G。

ポスター

「空知川いかだくだり大会」

語り「七月二十六日空知川では、いかだくだり大会が開かれることになってた」

空知川

語り「二、三日前からみんな張切って、それぞれいかだを作りはじめており、ぼくや螢も中畑木材の大きないかだにのせてもらうことになり。すごくたのしい一日になるンだけど。――でもそのことは今度話します」

音楽――軽快にもりあがって。

純、螢の耳に何かささやく、ささやきかえす螢。
うなずく純。
二人、大人たちのほうへ近づいて、
純「これ、安全性ありますか？」
和夫「おう、これはぜったい安全だ。去年もびくともしなかった」
螢「名前ついてる？」
和夫「ついてるよちゃんと。〝四畳半〟っていうンだ」
二人「四畳半!!」
中川「シャレた名前だべ」
螢「(口の中で) あんまりシャレてない」
純「おじさん、これまだ余裕ありますか？」
和夫「余裕？」
純「ぼくたち二人、のせてもらう余裕」
和夫「おう、じゅうぶんある。雪子おばさんもこっちのるンだ。お前らものるか？」
純「ハイ！　そう願えれば」
中川「したっけ、おやじさんとのるンでなかったの」
純「ハイ、でもそれが——。あれは沈みます！」
五郎の声「いやァ美しい！　うンこりゃ美しい！」

18

麓郷市街

全速で走ってくる純と螢。

語り「いかだくだりの日が明日に迫った。麓郷ではいい齢した大人たちが子どもみたいに夢中になってそれぞれのいかだを製作しており」

中畑木材・工場裏

いかだを組んでいる和夫、中川、クマ。
走ってきた二人、すこしはなれてとまり、それを注目。

和夫「(二人に気づいて) おう、お前らどうした」
二人「——」
和夫「そっちのいかだはすすんでるか」
二人「——」

豚舎・裏庭

ミニ樽の空きカンによる珍妙なるいかだ。エッにいっている五郎と辰巳。

辰巳「派手さに欠けてないかい」
五郎「派手さね。うン、派手さにはちょっと欠ける」
辰巳「どうせならもちっと目立ちたいね」
五郎「旗立てようか」
辰巳「あ、旗！　いいね」
五郎「どんな旗にする」
辰巳「うン」
五郎「何かこうパアッとゴールにはいるとき、観客がいっせいに拍手するような」
辰巳「うン」

間。

辰巳「〝返れ北方領土〟ってこう、バーン、て書くのはどうだべか」
五郎「ア、それいい、それいい最高に目立つ！」
語り「父さんたちは安全性より、目立つことだけを考えてるわけで」

音楽——テーマ曲、イン。
タイトル流れて。

牧場・裏　　　　1

草太、タイヤにパイプで組んだ自作のいかだ（水すまし号）の手入れをしている。
作業を終えて正子が来る。

正子「（汗ふきつつ）今年もまた出るの」
草太「（手入れしつつ）ああ」
正子「やっぱりそれで」
草太「———」

縦に並んだシートが二つ。

正子「今年はだれとのるの」
草太「一人だ」
正子「一人で」
草太「ああ」
正子「シートせっかく二つあるのに」
草太「———」
正子「雪子さん誘ってやりゃいいじゃない」
草太「（黙々と手入れ）」
正子「もどってきてるっていうンでしょう」

草太「――」
正子「会ってないのかい」
草太「――」
　間。
正子「草ちゃん、父さんとも相談したンだ。今年ァ牛の数増える予定だし、雪子さん、また、手伝いにきちゃくれないだろうか」
草太「――」
正子「あんたから口きいてもらえンかい」
　草太。
草太「何いってンだい、自分らで追いだして。頼みたかったら自分らで頼め」
涼子「(来る) こんにちは」
正子「ああ、こりゃ先生」
涼子「牛乳すこし分けてもらえますか」
正子「ハイハイどうぞ」
　涼子、びんを渡す。
　二人、牛舎へ並んで歩きつつ、
正子「学校とうとう閉鎖でしたもンね」
涼子「――」
正子「先生はまだあすこに住んでなさるンですか」
涼子「ええ」
正子「イヤイヤさびしくなりましたもねえ」
　音楽――静かな旋律ではいる。B・G。

豚舎

　働いている五郎と和夫。
和夫「きいたか」
五郎「何を」
和夫「涼子先生のこと」
五郎「どうしたの」
和夫「イヤ本校への転属問題だ」
五郎「子どもたちといっしょに移るンでないのか」
和夫「いやそれが今いろいろ問題になってるらしい」
五郎「どうして」
和夫「よく知らんが先生のやり方に、いろいろ批判があるらしい」
五郎「やり方って」
和夫「たとえばホレ試験のときあの先生だら、みんなに一律百点やるだろう」
五郎「ああ」
和夫「あのことも問題になっとるらしいし、それに、休みの日に子どもたち誘って、山菜とり行ったり川へ行ったり、――そういうこともなンやかやあるらしい」
五郎「何やかやって何よ」
和夫「つまりよ、今は学校の先生が、学校に出ている時間以外に、必要以上に生徒といるのはかんばしくないっちゅう考えがあるンだと」
五郎「どういうことだそりゃ」
和夫「おれにもよくわからん。したけどそういう方針があるンだと」
五郎「バカバカしい！　先生が生徒と親しくしていったい何がわるいのよ」
和夫「わからん」
五郎「涼子先生に問題があるとしたら、中ちゃんおそらくそのことじゃないぞ。例のいつかの怪文書事件、あれがどっかで尾を引いてンだ」
和夫「そうかもしれんな」
五郎「そうに決まっとる」
和夫「いずれにしても分校廃止で、涼子先生がどうなるかちゅうことは、いろいろむずかしい問題があるみたいだ」
トラック来て、和夫、そっちへ歩く。
中川とクマ、トラックからおり、積んできた飼料をおろしはじめる。
五郎。
――ゆっくりそっちへ歩く。
和夫のおろすのを受けとり、運ぶ。
五郎「したけど中ちゃん、あの先生はオラ好きだど」
和夫「――」
五郎「あの先生がいてくれたおかげで、純や蛍はどんなに助かったか」
和夫「――ああ」
五郎。
――飼料を倉庫へと運ぶ。

分校（夜）

ポツンとともっている職員室の灯。
虫の音。
低く流れているカセットの音楽。
涼子の声「（はいる）父さん？――うン。涼子。――元気」

同・職員室

電話をかけている涼子。

低く流れているカセットの音楽。

涼子「体は？——ホント。昨日から。夏休み。廃校式終わった。——そう。——ううん。——そう。——。まだわからない。新学期は八月二十一日からだから八月の中ごろには決まると思う。どうかな。——わかんない。——たぶんどっかに、移されると思う。本校じゃなくて。——そうじゃなくどっか——。富良野じゃないべつの——北海道のどこか。——べつにそういうこと気にしてない。——ありがと。——だから、そういうわけで、夏休みちょっと帰れそうにないから。——決まったら教える。——ウンすぐ教える。父さん体気をつけて。それから三鷹の兄さんたちにも。——じゃ」

電話をきる。

しばらくそのまま動かない。

五郎の声「こんばんは」

涼子。カセットをきる。

立ちあがる。

教室

涼子出る。

玄関に立っている五郎。

涼子。

五郎「ア、イヤどうも。アレスアノ、先生——明日おひまですか」

涼子「——何ですか」

五郎「イヤアノ空知川のいかだくだり大会——われわれみんな出るつもりなンスけど、もしよろしかったら中畑の四畳半——ア、イヤ、四畳半っていかだの名前なンスが、先生のられるならぜひごいっしょにって」

空知川

キラキラと陽光に輝く。

語り「そうして七月二十六日が来た」

土手

趣向をこらしたいかだをのせてつぎつぎに到着する参加者のトラック。

スタート地点（河原）

つぎつぎに来るトラック。

それぞれのいかだをおろす人びと。

組立て作業。

さまざまないかだとたのしげな笑い。
・運びこまれる「四畳半」。
・「返れ北方領土」号。
・ドラムカンのいかだ。
・純と螢。
・組立てられているスナック「駒草」のいかだ。その周囲にいる「駒草」のママとホットパンツのホステス、こごみ。
・カヌー型のいかだ。
・コマーシャルっぽいいかだ。
・大がかりないかだ。
・いいかげんないかだ。
・凝りすぎないかだ。
・目立ちたがりのいかだ。
・人びとの笑い。
・組立てられる「四畳半」。
・純と螢。すみえ。
・マストに立てられる「返れ北方領土」。
・それらの間を運びこまれる「水すまし号」。
・見つけて走ってくる純と螢。
・「駒草」の隣りで「水すまし号」の組立て作業。

ママ「草ちゃん」
草太「おお」
ママ「またしょうこりもなくそれで来たのかい」
草太「今年は去年とわけがちがう」
ママ「(笑って) 沈むか、沈没したら拾ってあげるからね」
草太「だれが沈むか、逆だべさ」
男1「だれとのるのよ」
草太「一人だ」
男2「今年ァ女の子おらんのかい」
草太「女はあきた。孤独に行く」
ママ「(笑う) 強がりいって!」
・スピーカー (幹事車)。
声「参加する各いかだは登録をすましたらスタート地点に並んでください。登録がまだすんでおられん方は、至急本部へ登録してください! くりかえします」
・涼子来る。
・つぎつぎと水際へ運ばれるいかだ。
・応援に来ている友子、みずえ。
・「四畳半」のとこへふらりと来る草太。
雪子「アラ! 来てたの?! 草ちゃんのどのいかだ?」
草太「(指す)」

雪子「うわァ、カッコイイ!」
和夫「座席が一つ空いてるっしょう」
草太「(無視) 純たちこれのるのか」
純「そう!」
草太「やめたほうがいい。これ沈む」
涼子「コンチハ」
草太「オ、先生もコレか。やめとけ。沈む」
　草太、五郎たちの所へ。
五郎「おう、来てたのか」
草太「アアこれ沈むな。まちがいなく沈む」
五郎「オイ!」
　草太、またつぎへ。
草太「アアこれダメだ。すぐ沈む」
語り「草太兄ちゃんが自分のいかだに雪子おばさんをのせたがってるのは、子どもの目にも明らかであり、でもお兄ちゃんはミエはる人だから」
　とつぜん背後でばかでかい音楽。
　ふりむく純、五郎。
　「駒草」であわててカセットのボリュームをおさえるこごみ。
声「それではスタートの順番を発表します! 一番、北電号!! 二番、山崎電機号。三番、富良野税務署〝納税号〟!」

川

　いかだ、つぎつぎに水に入れられる。
語り「草太兄ちゃんの水すまし号は三十二番目のスタートで、父さんたちは三十六番。ぼくらの四畳半はそのつぎだった」

川の上

　浮かんだ「四畳半」。
　のってる純、螢、すみえ、和夫、中川、クマ、雪子、涼子。
　プシュ——という音に一同いっせいにふりかえる。
中川「何だ今の音」
和夫「どっかパンクしたゾ!!」
純「ア、アレだよアレアレ」
雪子「沈んでく沈んでく」
　すぐ後のいかだ傾いていく。
声「それでは一番から。行ってらっしゃーい!!」
　音楽——軽快にたたきつけてはいる。

第一号いかだ

スタートし、スイと流れにのる。

声「二番山崎電機号、スタート!!」

二番スタート!!

喚声。野次。

語り「こうして大会は始まったわけで」

音楽――

2

スタート地点

つぎつぎにスタートして行くいかだ。

声「三十一番スタート!!」

三十一番スタート。

声「三十二番水すまし号スタート!!」

雪子、螢、純たち黄色い声援。

草太の「水すまし号」スタートする。

流れにのって下流へと遠ざかる。――しばらく見せて、

声「三十五番、駒草号スタート」

スナック「駒草」のいかだ流れにのる。

声「三十六番、返れ北方領土号スタート!!」

純たちの声援。

五郎、辰巳のいかだ何とか流れにのる。

声「三十七番、四畳半スタート!!」

和夫「行くぞオーッ」

中川「つかまってろーッ」

クマ「それえーッ」

クマ、竿で岸をつく。

「四畳半」傾きつつ流れにのる。

女たち「キャーッ!!」

音楽――軽快にたたきつけてイン。B・G。

主観移動

流れにのって行く「四畳半」の上から。

一同のさまざまなアドリブをふくめて。

急流。

カーブ。

迫ってくる岸。

岸の観客。

そしてまた急流。

語り「いくつかのちょっとした急流を抜けたら、あとはもう

ぜんぜんこわくなかった」

空知川全景

色とりどりに散らばったいかだ。

語り「淀になるといかだはのんびり進み、フワフワただよって気持よかった」

「四畳半」

雪子、一方を指し、ゲラゲラ笑う。

一台のいかだ（インサート）

のんびりその上でジンギスカンをやっている男三人。

浅瀬

語り「浅瀬では地面に底をこすって、おりて押さなければならない所もあり」

水中におりて押しているいかだ。

転ぷくしているいかだ

連続的にいくつかみせて、

語り「それでもタイヤのゴムが破けたり、組んだ材木がバラバラになったりで、沈没するいかだが何バイかあった」

「四畳半」

流れる。

語り「いつのまにか父さんたちののったいかだは、ずっと先のほうに進んでってしまい」

和夫「どうだ」

螢「気持いい!!」

雪子「最高ね！」

純「父さんたちのいかだどうしたのかな」

すみえ「見えないね」

涼子「ずっと先行ったわ」

中川「まだ沈まないで行ってるみたいだな」

螢「草太兄ちゃんのも！」

クマ「あれは結構安定性あるンだ」

純「ぼくらビリだね」

和夫「純坊、これは競争じゃないンだ。のんびりくだって楽しむもンなンだ」

友子の声「オーイ!!」

雪子「ア、オバさんたち!!」

一同「オーイ!!」

岸で手をふっている友子とみずえ。
純「父さんたちは――!!」
みずえ「さっき行ったわよーッ!!」
螢「草太兄ちゃんはーッ」
友子「ずっともう先ッ」

急流

草太、一人で奮闘している。

浅瀬

五郎と辰巳、水にはいっていかだを押している。

「四畳半」

涼子、とつぜん一方を指す。
純たちそっちをふりかえる。
その視線に――、
ジンギスカンのいかだ、空気が抜けたらしく沈んでいく。
沈みつつ平然と、まだ食っている男三人。

「北方領土」

水面をのんびり流れている。
五郎「沈まンもンだねえ」
辰巳「とても浮かんと思ったけどねえ」
高中正義の音楽流れてくる。
五郎と辰巳ふりかえる。
近くへ流れてくる「駒草」のいかだ。
いかだに積んだカセットから軽快に流れている高中正義。
そのいかだ上でこっちを向き、すわり、熟れたメロンを食っているこごみ。
五郎。
辰巳。
こごみ、食いつつニッと笑う。
五郎も笑う。
こごみ、メロンを指し、〝食べる?〟とゼスチュア。
五郎、うなずく。
こごみ、メロンをとり二つに割って五郎たちにほうる。
受けとる五郎。受けとる辰巳。
五郎「ありがとう!!」
軽快に流れている高中正義。
かぶりつく五郎。

かぶりつく辰巳。
かぶりつつリズムをとっているこごみ。
食べつつニッと笑い〝うまいよ〟とゼスチュアする五郎。
笑ってうなずきつつリズムをとるこごみ。
こごみを見たままメロン食う五郎。
メロン食うこごみ。
熟れたメロン。
かぶりつくこごみの口。
口のまわりがメロンでぬれている。
かぶりつく五郎の口。
食いつつ見ているこごみの目。
食いつつフッと目をあげる五郎。

川

並んで流れている「北方領土」と「駒草」

岸の花

水面

キラキラ光る。

周囲の山

「四畳半」

「水すまし号」

「北方領土」

五郎、メロンを食い終わる。
紙袋からジュースのカンをとる。
〝飲むか？〟とゼスチュア。
〝ウン〟とうなずくこごみ。
五郎、櫂の上にジュースのカンをのせ、こごみのほうにさし出してやる。
こごみ受けとる。
口の動きだけで〝ありがとう〟という。
とつぜん。
辰巳の声「急流！」
ふりかえる五郎。音楽をかき消してたかまる瀬音。

カーブした急流（A地点）

「北方領土」ぐんと流される。
岸に衝突してかろうじて立直るが、バランスをくずして転ぶくする。
投げ出される五郎。
流される。
必死に泳いで流されてきた「駒草」にしがみつく。
ママ「だいじょうぶ？」
こごみ、五郎の手をつかんでやる。
男たち五郎を引っぱりあげる。

主観移動

流れ。

クマ「左に曲がります！」
中川「ちょっと早いぞ」
和夫「手前からはいろう」
クマ「ソレッ」

A地点

「四畳半」はいって急流にのる。

和夫「岸つけ岸つけ!!」
中川「クマそっちつけ!!」

辰巳の声「オーイ!!」
純「ア、辰巳のおじさん!!」
雪子「どうしたのオ!!」
辰巳の声「ひっくりかえったァ!!」
純「父さんは——ッ!!」
辰巳の声「どっかのいかだに拾われた——ッ」

急流を抜ける。
通り抜けた岸にしがみついている辰巳。

辰巳「のせてくれーッ!!」
和夫「とまンねえンだよーッ!!」
中川「あきらめろーッ!!」
螢「さよならァ——ッ」
辰巳「冷てえぞ——ッ!!」

音楽——静かに明るい旋律ではいる。B・G。

空知川全景

流れるいかだたち。
そのいくつかのピックアップ。

「水すまし号」

こわれたらしい。草太、浅瀬で手入れ。

その脇を流れている「四畳半」。
一同、さまざまに草太を野次ったり声かけたりするが、
草太、無視していかだの修理。

「駒草」

五郎、シャツをぬぎしぼっている。

ママ、五郎にタオルを貸してくれる。

五郎をつつき、〃ビール飲む？〃とゼスチュアするこごみ。


「四畳半」

一同のんびり合唱している。

うたいつつ純、何気なく岸を見る。

また歌にもどり、ドキンともう一度岸を見る。

岸（ロング）
あしの中にポツンといるつらら。

純の声
純の声「おばさん！」

「四畳半」

ふりむいた雪子。指さす純。

雪子見る。

岸
つらら。
スッとあし原の中に消えた。

「四畳半」

雪子の顔。

雪子「（口の中で）つららちゃん」

ふりむいた螢。

和夫、中川たち。

岸
もうだれもいない。
音楽――キーンと鋭くはいる。

3

「駒草」

ゆるやかに川を流れる。
ママと男たちの楽し気な会話。
笑い声。
最後尾にいる五郎とこごみ。
川音。
こごみ「はじめて?」
五郎「何が」
こごみ「いかだくだり」
五郎「うン」
こごみ「———」
五郎「去年の夏はいなかったンだ」
間。
こごみ「こっちの人じゃないの」
五郎「生まれはこっちだよ。ずっと東京に出ていてね」
こごみ「私もそうよ」
五郎「(見る)」
こごみ「東京にいたわ」
五郎「本当」
こごみ「五年近く」
間。
五郎「東京はどこ住んでた」
こごみ「最初阿佐ヶ谷。それから新大久保」
五郎「新大久保?」
こごみ「うン」
五郎。
——こごみを見る。
こごみ「?」
五郎「どこいら」
こごみ「明治通りのほう」
五郎「交差点越える?」
こごみ「越える」
五郎「それで」
こごみ「まっすぐ行って——牛込のほうに。——詳しい?
あすこら」
五郎「そのすぐそばにつとめてた」
こごみ「どこ!」
五郎「明治通りを左に行って右側」
こごみ「すぐそば」
五郎「牛込のほう行くと団地があるだろう」
こごみ「そこよ!」
五郎「左側の」
こごみ「そこに住んでたの。友だちの部屋に。居候」

五郎「本当！」
こごみ「うわァ」
　間。
五郎「知らないかな、スタンド。ガソリンスタンド」
こごみ「(首かしげる) わかンない」
五郎「そこにつとめてた」
こごみ「本当！」
五郎「本当かい」
　ゆっくり流れる空知川。
　音楽――「愛のテーマ」
　静かにイン。
こごみ「いつまでいたの？」
五郎「去年の秋までね」
こごみ「(見る)」
五郎「去年の十月に、帰ってきたンだ」
　こごみ。
こごみ「私も十月に帰ってきたのよ」
五郎「(見る)」
ママ「(うしろから) ビールありますか」
五郎「ありがとう。あります」
　間。
五郎「このお店の人？」
こごみ「そう」
　短い間。
五郎「名前は？」
こごみ「――こごみ」
　音楽――もりあがって以下につづく。

五条橋

　見物の人びと。
　その下をつぎつぎに通過するいかだ。
　それらの中に「四畳半」。
友子の声「純ちゃ――ん!!」
純「(上を見て) キャッホー!!」
　通過。

主観

　淀の上。
和夫「さァ、これからが難所だぞ」
　グイと急流にズームアップするカメラ。
和夫「みんなしっかりつかまってろよ!!」
　瀬音、いきなりたかくなる。

B地点（なめこ山下）
激流。
・「駒草」もまれつつかろうじてのっ切る。
・転ぷくするいかだ。
・突入する「四畳半」、必死にのりきり、流される。

富良野大橋
その下を行くいかだたち。
和夫の声「さァもう一つだッ!!」

C地点（ベベルイ合流）
濁流。
その中をもまれて行く「駒草」、ほかのいかだ。
そして「四畳半」。
音楽――静かな旋律ではいる。B・G。

ゴール地点
語り「ベベルイ川との合流点をすぎたら、ようやくゴールが目の前にあった」
人びと。
ゴールインしたいかだたち。
語り「ぼくらはついに完走したンだ」

河原
到着した「四畳半」。
とんできて迎える友子、みずえ、そして辰巳。
雪子、いかだからとびおりて、友子のもとへ水の中を走る。
友子の手を引き、脇へひっぱる。
雪子「（低く）おばさん！　さっき、つららちゃんを見たの！」
友子「（息をのむ）ェ？」

土手（川岸）
逆光の土手を歩く涼子、純、螢のシルエット。
キラキラ背後に光っている川。
いかだを積んで追い越して行くトラックのシルエット。
音楽――静かに流れている。
涼子「たのしかったね（以下、歩きつつ）」
螢「最高だった」
純「父さんどこに行っちゃったのかな」

涼子「見つかんなかったね」
螢「先に帰ったンだ」
涼子「すてきな一日」
純「先生、来年もまた乗ろうね」
涼子「そうね」
純「来年はもすこしいい名前つけてさァ。四畳半なンていかさないよ」
螢「面白いじゃない」
純「カッコ悪いよ」
涼子「(笑う)」
純「正吉いたらなァ。よかったのになァ」
螢「どうしたの先生」
涼子「見てごらん。あそこ。一番星」
螢「本当だァ!」
純「こっちにも出てるよ」
螢「どこどこ?」
純「ホラアレ!」
螢「本当だ!　二番星!」
涼子「ねえ。二人とも——UFOって信じる?」
　二人。
涼子「いないと思う?」
螢「——私、見たもン」
涼子「本当?」
螢「見たよこないだ。お兄ちゃんもいっしょに」
純「(螢をソッとつつく)」
螢「正吉君も見たンだよ」
涼子「ホントオ。——それじゃあ螢ちゃんは信じるのね」
螢「信じる」
涼子「純君は?」
純「ハイ。まァ」
　歩く三人。
涼子「UFO、よく見たい?」
螢「見たい!」
涼子「見せようか」
純「見せるって?!」
涼子「信じない人には教えるのいやだけど、本当に信じるなら見せてあげてもいい」
純「見せるって、どうやって見せるンですか」
涼子「今夜UFO、きっと飛んでくるわ」
螢「本当にイ?!」
涼子「たぶんね」
純「どうしてそんなことわかるンですか」

涼子「カンよ」
純「カンって？」
涼子「先生のカン。何となくそういう気がするの」
螢「うわァ螢見たい！」
涼子「つれていこうか。よく見える場所に」
螢「ウン！」
涼子「ちょっとベベルイの、山のほうにあがるけど」
螢「行きたい！」
純「だけど——危険はないンですか」
涼子「山ったってすぐよ」
純「いえ、そういうんじゃなく、宇宙人に誘拐されるとか」
涼子「ハハハハハハハ、それはだいじょうぶ。——先生宇
宙人とお友だちだから」
トラックのシルエット来て、脇へとまる。
和夫「さァ乗れ。先生、送って行きます」
音楽——くだける。

家の表

歩いてくる純と螢。
歩きつつ。
純「いいのかよ行くなンて気やすく返事して！」
螢「(笑う) 面白いじゃない！」
純「ヤバイよ！」
螢「どうして？」
純「だってこの前いっしょに見たじゃんか！ 涼子先生も
ともと怪しいンだ。もしかしてお前、宇宙人出てきたら」
螢「心配性ねえ。平気だったら！ (戸を開けて中へ) アラ、
おばさんたちまだ着いてない」
純「父さんもまだかよ」
螢「私たち先に帰って来ちゃったンだ」

ヘッドライト

薄暮の道をすっとばしてくる。
辰巳の家の前でそれがとまる。

辰巳家・表

車からとびおりる辰巳、雪子、友子。急いで中へ。
友子「(戸を開けながら) だれも来たようすないけどねえ」
辰巳、靴をぬぎすて急いで中へ。
灯がはいる。
友子「おじいちゃんたちは？」
辰巳「来たようすない」

雪子「(急に)おばさん!」
土間から一枚の紙片をとりあげる。
友子に渡す。
出てくる辰巳。
友子。
——一読して辰巳に渡す。
雪子。
辰巳——読む。

紙片
走り書き。
つららの声「ちょっと来ました。元気でやってます。心配
しないで。つらら」

辰巳家・玄関
辰巳の顔。
友子の顔。
雪子の顔。
効果音——衝撃。

4

家・玄関
純と螢、そして帰って来た五郎。
五郎「つららちゃんを?!」
純「(うなずく) 見たンだボク、いかだでくだってるとき、
川原の草の中に立ってるの見たンだ」
五郎。
純「雪子おばさんも見たンだよ。それに、辰巳さんの家に
来たらしいンだって。玄関に置手紙がはさんであったっ
て」
五郎。
五郎「雪子おばさんは」
純「辰巳のおじさんと駅に行った。つららさん駅にいるか
もしれないからって」
五郎。
間。
五郎「父さんもちょっと駅まで行ってくる」
歩きだす。
螢「父さん!」

五郎「(ふりかえる)」
螢「涼子先生とUFO見に行ってかまわない？」
短い間。
五郎「あんまりおそくなるンじゃないぞ」
螢「ハイ」
五郎。車のほうへと歩く。

車

五郎のりこむ。ちょっと考える。
間。
エンジンをかける。カーラジオから流れだす急テンポの音楽、以下に。

芦別連峰

夕焼けの名残りの中にシルエットで浮かびあがっている。

道

五郎の車とばしてくる。
そのいくつかのショットのつみ重ね。

牧場

五郎の車、はいって来てとまる。
おりる五郎。
正子。
五郎「草太は」
正子「さっき、電話があって出てった」
五郎「だれから」
正子「辰巳さん。——どうしたの？」
五郎「——つららちゃんを純と雪ちゃんが見たンだ」
正子「(口の中で) ェ？」

道

ヘッドライトがすっとばしてくる。

眼下に

富良野の街の灯がひろがる。

富良野駅

アナウンス。
改札がはじまっている。
乗客を見張っている辰巳。

そして雪子。

ホーム

階段をおりてくる乗客。
そのホームをじっと見張っている辰巳。
ホームのアナウンス。

待合室

ソッと立ち、さがしている雪子。

駅・表

五郎の車来ておりる五郎。

ホーム

列車がはいって来る。

時計

ホーム

乗降客。
その中を移動してさがす辰巳。

階段をかけおりてくる五郎。
いっしょにさがす。
発車のベル。

待合室

雪子。
その耳にきこえている発車のベル。
とまる。
雪子の視線に——列車動きだす。

駅・改札

「狩勝六号」の札がはずされる。
閉められる改札。
もどってくる辰巳と五郎。
ガランとした構内。
雪子も加わる。
三人。

時刻表

その前にポツンと立っている三人。
五郎と辰巳、指で時刻表を追っている。

間。

五郎「しばらくあるな」

辰巳「――」

間。

五郎「車の中から張ってようか」

駅・表

三人出る。

車へ歩く。

雪子の足がフッととまる。

対岸に立って、煙草に火をつけている草太。

雪子。

五郎、雪子を見、草太に気づく。

草太。

間。

チラと二人を見る。

無言で喫茶店「エル・パテオ」への階段をあがって消える。

雪子。

低くしのびこむムード曲。

「エル・パテオ」

雪子と五郎はいる。

草太を見つけてその席へ。

すわる。

三人の席から見えている駅。

ウエイトレス「何にいたしましょうか」

五郎「コーヒー」

雪子「私も」

ウエイトレス「(草太を見る)」

草太「コーラ」

ウエイトレス去る。

ムード曲。

五郎「(草太に)きいたか」

草太「――(駅のほうをぼんやり見ている)」

五郎「家にも寄ったらしいな」

草太「――」

雪子。

間。

五郎、――煙草に火をつける。

ぼんやり駅のほうを見たままの草太。

雪子。

チラと見る五郎。

五郎「(雪子に) どこらで見たンだ」

雪子「――布部と富良野の中間くらい」

五郎「うン」

雪子「――」

五郎「雪ちゃんが最初に気づいたのか」

雪子「純が気づいて――私も見たの」

間。

五郎「つららちゃん、こっちがわかってたのか」

雪子「わかってたと思う。こっちを見てたから」

五郎「声はかわさなかったのか」

雪子「呼ぶひまなかったの。呼ぼうと思ったらスッと草むらの中に消えちゃって」

草太。

ムード曲。

五郎の声「だれかといっしょだった？」

雪子の声「ううん。一人きり」

草太。

ムード曲。

五郎「(草太に) お前はぜんぜん気づかなかったのか」

草太「――」

ムード曲。

五郎「(明るく) でもまァ、とにかくよかったじゃないか。無事でいることがわかっただけでも」

草太「(低く) 信じられないぜ」

五郎。

五郎「(笑って) 何が」

短い間。

草太「大学まで出てる女にしちゃあよ」

雪子。

――見る。

草太「あいつの気持もわかってやってくださいよ」

雪子。

五郎。

草太「あんたが駅にうろちょろしてたンじゃ、のりたい汽車にまでのりそびれちゃうぜ」

五郎。

五郎「草太」

草太「悪いけど帰ってもらえねえかな」

五郎「――」

草太「あいつはあんたには会いたくないと思うぜ」

雪子。

五郎。
草太「コーヒー飲んだら帰ってくれよな」
雪子。
雪子「ゴメンナサイ」
五郎「草太」
雪子「わかるわ。——本当にそうだ」
草太「——」
五郎「(草太に) そういういい方はないと思うぜ」
雪子「義兄さん、草ちゃんのいうとおりよ」
五郎「雪ちゃんお前らのこと心配して」
雪子「いいのよ、本当よ。草ちゃんのいうとおり」
五郎。
間。
ムード曲。
五郎「つららちゃんのことは雪ちゃんの責任か?」
草太「——」
五郎「お前じゃなくて、わるいのは雪ちゃんか?」
草太「——」
五郎「ずい分勝手な言いぐさだな」
ウエイトレス「お待たせしました」
飲物が来る。
それぞれの前にそれぞれの物を置き、そうして去っていくウエイトレス。
五郎「もともとお前が男として無責任に」
草太「わかってるよおじさん」
五郎「——」
草太「いわないでくれよ、もう」
五郎「——」
間。
草太「煙草くれ」
草太、五郎の煙草から一本とってくわえ、火をつける。
間。
草太——けん命にことばをさがして。
草太「釣りあるべ釣り」
五郎「釣り?」
草太「釣りしたことあるべ」
五郎「釣りがどうしたンだ」
草太「糸がからまるべ。からまったことあるべ。こんがらがってこうクチャクチャになってどうにも解けねえ、そういうことあるべ」
五郎。
五郎「それがどうしたンだ」

草太「オラの頭が今その状態だ」
五郎「――」
草太「カラッポのとこに、こんがらがって解けん」
五郎「――」
草太「どうしていいか、自分でわからん」
五郎「――」
ムード曲。
草太「雪ちゃんごめん。さっきのは忘れてくれ」
雪子「――」
草太「オラ今めちゃめちゃで。もともとバカだから――」
雪子「――」
草太「二つ以上のこと、考えることできん」
雪子「――」
間。
草太「昨日は、雪ちゃん。今日はつらら。いや――」
雪子「――」
草太「雪ちゃん来てから、――去年の秋から――雪ちゃんのことばかしオラ考えてて。だから今日だけは。――せめて今日だけは――あいつのことだけ考えてやろうって」
雪子。
五郎。
草太。
ムード曲。
草太「去年の夏、オラ――いかだくだりに――。あいつと出たンだ、今日のいかだで――」
雪子「――」
草太「あいつ、最初はヤダヤダっていって」
雪子「――」
草太「泳げねえンだもナ。水がこわいって」
雪子「――」
草太の顔。
草太「急流にはいったら、あいつ泣きだして」
草太。
草太「平気だ平気だってオラがいうのに」
草太の目にとつぜんあふれだす涙。
雪子。
五郎。
草太。
音楽――とつぜんけんらんとたたきつけて、B・G。

回想（去年の夏）

ベベルイ合流。
ごう然たる急流、もまれつつ流される「水すまし号」。
草太にしがみつき大声でオンオン泣いているつらら。
叱咤しつつけん命に櫂をあやつる草太。
キラキラ輝く流れの上をもうぜんと流される草太とつらら。
音楽――以下に。

ヘッドライト

闇を裂いて行く。
自動車の走行音。
五郎の声「雪ちゃん」
間。
五郎の声「どうした」
間。
雪子の声「何でもない。――でも」
間。
雪子の声「草太さんてすてきね」
間。
雪子の声「私さっきはじめて――そう思った」

時計

九時前後。
語り「つららさんは結局見つからなかったらしい。でも」

駅前

ポツンと立っている辰巳と草太。
語り「草太兄ちゃんと辰巳のおじさんはずっと駅の前で待っていたそうだ」
音楽――変調してテーマ曲になる。

家の前

純、ポツンと立っている。
語り「それはともかくぼくンちのほうでも、別の事件が起こりかけていたンだ」

家の中

時計を見る五郎と雪子。
語り「UFOを見に行った涼子先生と蛍が、九時をまわっても帰らなかった」
間。
五郎、外へ。

家・表

純。

出てくる五郎。純に何かきく。

純、何か答え、フッと空を見る。

語り「空中全部が降るような星だった。こわいみたいにそれはきれいで」

出てくる雪子。

語り「東京で、習ったけど見たことのなかった、天の川がはっきりと頭の上にあった」

音楽——異常に大きくもりあがって。

19

前回シーン

語り「いかだくだりがあったその晩、涼子先生とUFOを見に行った螢は、九時を過ぎても帰ってこなかった。空中全部が降るような星だった。こわいみたいにそれはきれいで、東京で習ったけど見たことのなかった天の川がはっきりと頭の上にあった」

音楽――テーマ曲、イン。

タイトル流れて。

1

時計

九時半をすでにまわり、コチコチと時を刻んでいる。

五郎の声「おそいな」

雪子の声「いくらなンでもおそいわ」

家・一階

五郎、純、雪子。

五郎「どっか道にでも迷ったのかな」

純「だから行くなってボクいったンだ」

雪子「純ちゃんはどうして行かなかったの？」

純「――」

雪子「純ちゃんも、行こうって誘われたンでしょ？」

純「ヤバイもんだって。UFOなンて。もしも宇宙人でも出てきたら」

雪子「――」

純「螢はああいうとこ無鉄砲なンだよ」

五郎「だいたいどっちのほうに行くっていってた」

純「さァわかンないけど――たぶんベベルイのほうじゃないかと思う」

五郎「ベベルイ？」

純「原始ヶ原に行く登山口のほうに、何軒か廃屋があるでしょう？　いつか先生あっちのほうに行くと、UFOよくみえるっていってたことあるから」

五郎「うン」
雪子「いくら何でも非常識だわ。先生が生徒つれてこんな
　時間まで」
五郎「迷ったンだろう道に」
雪子「――」
五郎「(立つ) ちょっと見てくる」
　五郎、外へ。
純「ぼくも行く」
五郎「いや君たちは家にいなさい」
純「だけど――」

表

　五郎、車のほうへ歩いて行く。
純「(見送って) 父さん! ベベルイのずっと奥のほう」
五郎「わかった」
語り「ぼくは――。いおうかいうまいかと迷っていた」
　純、――立っている。
語り「いつか正吉君と螢と三人で、涼子先生を見たあの晩の
　ことをだ」
　純の顔。
語り「あの晩、ぼくらはUFOを追っかけて、ベベルイの奥
　で先生を見たンだ」

回想

　森の中から出てきた涼子。
語り「先生は真っ暗な森の中から、まるでこわいなンて関係
　ない顔で歌をうたいながら一人で出てきた」
　物陰から見ていた三人。
語り「ぼくらはてっきりあれは宇宙人が、先生に化けたにち
　がいないと思い、ヤバイからだれにもしゃべらないこと
　を約束し」
　逃げる三人。

家の前

　純。
語り「だいたいこの世であってはならないことをみだりに人
　にしゃべったりすると、みんなに頭がおかしいと思われ。
　ワリをくうのはこっちのほうで。それに――」
　純、中へ。

家・一階

　純はいって戸を閉める。

語り「あの晩のことはあとで考えると、夢を見てたような気もするわけで」
雪子「純」
純「ン？」
雪子「あなたいつだったか螢とどっかでUFOを見たっていってたでしょう」
純。
純「イヤあれは——そのときはそんな気がしたけど、あとになって考えると本当にUFOか」
雪子「——」
純「もしかしたら上富の自衛隊のヘリが夜間演習してたのかもしれないし」
雪子「——」
純「どうも今になると自信がなくて」
雪子「頼りないのね。あンときはムキになって見た見たっていったくせに」
純「そりゃあ、あンときは、そんな気がしたンで」
雪子「父さんも見たっていってたじゃない？」
純「でも父さんも——本当はどうだか」
雪子「——」
純「おばさんはUFOが本当にいると思う？」
雪子「思うわよ」
純「本当に?!」
雪子「だって見た人が何人もいるじゃない」
純「でもそういうのはサッカクかもしれない」
雪子「見たっていう人が全部サッカク？」
純。
雪子「見たっていう人も信じるべきじゃないかな」
純「だけど」
間。
雪子「なあに？」
間。
純「えらい科学者や、新聞やなんかはそんなのうそだっていつもいってるよ」
雪子「——」
純「そういうことすぐ信じるのはバカだって」
雪子「——そうね」
純「だから、やっぱり見たっていう人はウソをついてるか、サッカクしてるか」
語り「恵子ちゃん」
純「いるわけないよ、UFOなんて」
語り「拝啓。恵子ちゃん」

純「そんなの――本気で信じるほうがバカだ」
語り「ぼくは卑怯な男です」
　純、二階へ。
語り「本当ははっきりこの目で見たし、あれはサッカクやなンかじゃなかった。なのにそういうと人がどう思うか、――そのことばかりを心配しているわけで」
　音楽――静かな旋律ではいる。B・G。

時計

　十時をまわっている。
　セコンド音。
語り「十時をまわっても父さんは帰ってこなかった」
　十時四十分。
語り「十時半をまわっても何の連絡もはいらなかった」

二階

　純。
語り「最初心配してた蛍にたいして、だんだん腹が立ってきた。あいつはだいたい変ってるンだ。この前母さんが来たときのことだって」

時計

　十一時五分
語り「十一時すぎまでおぼえてる。そのうちつかれちゃってすこし眠ったらしい」
　ガラッと戸の開く音。
　音楽――中断。
雪子の声「どうしたのッ!!」

二階

　純、はね起きて下をのぞく。

一階

　五郎、――入口でよろよろとひざをつく。
雪子「(かけよる) どうしたのッ!!」
五郎「蛍が――」
雪子「どうしたのッ!!」
五郎「先生と空とぶ円盤にのせられて」
　純の顔。
五郎「追いかけて。そしたら蛍のやつ窓から――オレに向かって笑いながら手をふって」
　雪子。

純。
五郎、くるったように外へとび出す。
五郎の声「(絶叫) 螢――ッ!!」

二階

純――夢からさめ、はねおきる。
階下で男たちの声がする。
純――のぞく。
声「それじゃあ自分はこれで」
五郎の声「どうもお騒がせしてすみません」

一階

敬礼して出て行く巡査。
送って出て行く和夫たち。(中川、クマ)
純「(上から) 父さん! 螢は?!」
五郎「ああ見つかった。だいじょうぶだ (外へ)」

家・表

五郎、出る。
巡査を送っている和夫たち。
五郎「悪かったな」
和夫「なンも。お巡りさんには今よく頼んどいた」
五郎「すまん」
和夫「お前らも今日のことはしゃべるんじゃないぞ」
クマ・中川「わかりました」
和夫「じゃあ行くわ」
五郎「本当にさわがしたな」
和夫たち去る。
純、出る。
純「どこにいたの」
五郎「ベベルイの奥のほうだ。(風呂場へ) まだか」
雪子の声「もうすぐ!」
五郎、純の頭を抱くように中へ。

家・一階

はいる二人。
五郎「純」
純「ン?」
五郎「今日のことはだれにもいうな」
純「――どうして?」
五郎「涼子先生が問題にされる。みんなにも、だれにもいうなといってある」

純「――うン」
五郎「涼子先生をそうじゃなくてもとやかくいうやつがいっぱいいる。だから今日のことは人にはしゃべるな」
純「わかった」
湯あがりの螢、とびこみ五郎にしがみつく。
五郎「だいじょうぶか」
螢「平気。ゴメンナサイ」
雪子もはいる。
雪子「ああもう命がちぢむ思いした。心配させないで。お願いよ螢」
螢「ゴメンナサイ」
純「(つぶやく) バカヤロウ」
虫のすだきがしのびこむ。以下に。

二階

並んで寝ている純と螢。
螢「(低く。以下同じ) お兄ちゃん、起きてる?」
純「眠れるわけないだろ! さんざん人に心配かけて!」
螢「ゴメンナサイ」
純「だから行くなっていったンだ」
螢「でもすごかったンだよ! 信じられないもの見たンだから」
純「何を」
螢「UFO」
純「――」
螢「それも円盤だけじゃないの。母船! 葉巻型の。すごく大きいの」
純、螢のほうに寝たまま向きなおる。
螢「お兄ちゃんもいっしょに来ればよかったのよ! 涼子先生すごいンだから! UFOと交信できちゃうの」
純「交信?」
螢「そう! 母船にむかって先生が叫ぶの。地球の友から宇宙の友へ。どうぞ合図をしてください! そうするとね。母船の窓みたいなとこにパパパパッと一列にあかりがついて、母船の底から円盤がとび出すの。はっきり先生に返事する感じで。それで螢にもやってごらんていうから螢もやったの。そしたらやれたンだよ?! ちゃんとUFO返事してくれたの!」
純。
螢「お兄ちゃんもいっしょに来ればよかったのよ!」
純「オイ」
螢「ン?」

間。
純「お前、熱あるンじゃねえか？」
螢「熱なんてないもン」
純「そんじゃあ夢でも見てたンだろう。そんなバカなこと
起こるはずないだろ」
螢「見たンだもン螢。本当に先生と」
純「螢お前そんなこと人にいうなよ」
螢。
間。
螢「どうして？」
純「頭がおかしいと思われるだけだぞ」
螢「だって本当に見たンだもン。お兄ちゃんだっていつか
見たじゃないＵＦＯ」
純「あれは一種の目のサッカクだったンだよ」
螢「ちがうもン！」
純「ちがわないの！」
螢「だって――父さんも信じてくれたもン」
純「それは信じたふりをしただけ」
螢「ちがうもン。中畑のおじさんたちも」
純「みんな信じたふりをしただけ。父さんが酔っぱらって
しつこくなったとき、いつもやるじゃんか、みんなで適当に。アアソウカソウカホントオ、ヘエエ、アアソウ。
あれと同じよ。だれもまともに返事しちゃいないの」
螢「(泣きそうに) ちがうもン」
純「ちがわないの」
螢「見たンだもン」
純「見てないの」
螢「(半泣きで) だって――本当に――螢ＵＦＯと」
雪子「(あがる) どうしたの。もう二時よ。しゃべってな
いで早く寝なさい」
螢、泣きだし、布団にもぐる。
雪子「どうしたの」
純「(口の中で) バカヤロウ！」
くるっと背中を見せ布団にもぐる。
語り「本当は信じていなかったわけじゃない。みんながあれ
ほど心配してたのに、螢がぜんぜんへっちゃらでいたこ
と。ぎゃくに得意そうに興奮してしゃべったこと。恵子
ちゃん。たぶんぼくの中には、――螢へのやきもちが
あったと思われ」
音楽――明るい旋律でイン。Ｂ・Ｇ。

森の中

歩く四人。

語り「翌日ぼくらは父さんにつれられ、はじめて丸太小屋を建てる場所を見に行った」

歩きつつ、螢と口きかない純。

語り「そこは今住んでるぼくらの家から一キロくらい北へ行ったところにあるぼくらの土地のはじっこにある森で」

現場

螢「うわァ！　ここに立てるの?!」

五郎「そうだ。ホラ、そこの石塚があるだろう？　それをそのまま利用して建てる」

雪子「この上に？」

五郎「ああ。その先をまっすぐ行ってごらん。水が湧いてる」

螢「水が?!」

雪子「どこだろう！」

五郎「さがしてきてみな」

螢「うン！」

螢と雪子、草を分けて行く。

五郎、かついで来た杭を出し、純に渡してかけやをとる。

五郎「手伝え」

純「うン」

五郎、スケールで場所を計り決める。その作業をしながら、

五郎「純」

純「ん？」

五郎「螢を泣かしたそうだな」

純「――」

五郎「あいつショックをうけてたぞ。お兄ちゃんが信じてくれないって」

純。

純「だって」

五郎「螢がお前にうそつくと思うか」

純。

純「だけど、あいつのいう話ったら」

五郎「どうしてあいつがお前にうそつくンだ」

純「――」

五郎「何のためにお前にウソつく必要がある」

純「――」

五郎「妹のいうことが信じられないのか」

純「――」

五郎「おさえてろ」

音楽——いつか消えている。

純、杭をおさえる。五郎かけやで杭を打つ。

純。

語り「頭にきた」

純。

語り「そりゃァそうかもしれないけれど、しかし、UFOと交信したなンて」

雪子「(遠くから) あったァ!!」

螢「父さん水あったァ!!」

五郎「あったろう?!」

螢「この水飲んでもかまわないの?!」

五郎「おお！　いい水だぞ。ちょっと待ってろ」

五郎、湧き水のほうへと行く。

取り残される純。

語り「父さんはいつも——螢の味方で」

音楽——静かにイン。

純、ふてくされて自分で杭を打つ。

2

ヘソ祭りポスター

語り「七月二十八・二十九日の二日は、富良野の町のヘソ祭りの日で」

家・表

雪子と純。

語り「父さんは夕方からみんなで見に行こうと張り切っており」

純「そんなのおれあんまり行きたくないよ」

雪子「どうして」

純「大人がおヘソ出して踊るだけでしょ！　ヘソなンか見たって面白くもない」

雪子「純ちゃん。あんたまだこだわってるな」

純「何を」

雪子「螢ちゃんのこと。こないだおこられたから」

純「(急に声をひそめ) おばさん。おばさんは本当に信じる？」

雪子「螢ちゃんが見たっていうUFOの話？」

純「ウン」
雪子「だって螢ちゃんは見たっていうンでしょう？」
純「だけど本当にそんなことあったンならこりゃ大事件だよ、地球をゆるがすような」
オートバイで来る草太。
純「（つづけて）だってそうでしょ。涼子先生が」
草太「オッス」
雪子「コンニチハ」
草太「今日町に来るべ？　ヘソ祭りだから」
雪子「ウン、そのつもり」
草太「何時ごろ？」
雪子「踊りはじめるの七時ごろなンでしょ？」
草太「そうかな」
雪子「どうして？」
草太「イヤ、アノ――そのころオレ、ジムにいるから。よかったらちょっと寄れ」
雪子「何かあるの？」
草太「イヤ何かって――（デレデレと）イヤ、オレ本当はやなンだけどよォ、会長が段どりしちゃったもンだから」
雪子「どうしたの？」
草太「イヤ、新聞社――ホレ、札幌の。今度のオラの試合に出ること。取材さしてほしいってカメラマンつれてわざわざ」
雪子「本当ォ?!」
純「キャッホー!!　本当!!」
草太「イヤもうホラ、アレ。オラそういう派手なの好きでないンだ？　したけど会長が――知らない？　鉄工所やってる、成田の新吉さん、往年のボクサー。あれが派手なの好きなもンだから」
雪子「うわァ！　見に行く」
草太「（ケタケタ）イヤイヤ来ンでくれ。来られたらオラとってもはずかしくて。ハハハ。じゃあな。（行きかける）」
純「お兄ちゃん」
草太「ア？」
純「そのことわざわざいいに来たンですか？」
草太「――そういうわけじゃねえよ」
行こうとする。
純「お兄ちゃん」
草太「何だよ」
純「こないだ、つららさん結局わかりませんでした？」

草太。
――絶望的に目を閉じる。
草太「純」
純「ハイ？」
草太「お前ってどこか――。インサンなガキだな」
草太、ごう然とオートバイで去る。
語り「インサン。――いえる」

富良野・裏町

どこかからきこえる祭りの音頭。
祭装束の人びとがとおる。
語り「そういうわけで、ぼくらはその夕方、祭りの前に草太兄ちゃんのボクシング・ジムをのぞいたわけで」

ジム・表

窓からのぞいている和夫と中川。
純の声「おじさん!!」
二人、ふりかえる。
和夫「よォ」
五郎「うけてるのか草太、インタビュー」
和夫「今、写真だ。それが、まァ見てみなよ」
雪子「どうしたの？」
和夫「新公新公、成田の新公。アノ野郎、草太より目立ちたがりやがって」

ジム

リング場。
草太と打ち合っている会長こと成田新吉。
記者とカメラマン。
新吉、草太を軽くあしらい、いろいろいいながらガンガン草太にパンチを当てる。
記者「ストップ。ちょ、ちょっとすみません」
二人、やめて記者を見る。
記者「ええと――アノ、会長スイマセン。今日はアノ、アレですからなるべく北村さんのほうに打たして」
新吉「ア、そうか、わかった。オイ。遠慮なく打ってこい！」
草太「(新吉を脇へ) 新ちゃんちょっと」
新吉「会長って呼べ？　このヤロ会長って。何だ」
草太「きたないじゃないきたないじゃない。もすこし遠慮してくンなくちゃ」
新吉「してるべ？　だから遠慮なく来い！――ハイどうぞ」

また、殴り合い。

草太、カッカとしてムキになってむかうが、新吉も簡単に本気になるので、とても勝負になってない。

草太はついにノックアウトされる。

ジム・内

隅にすわっている純たちの顔。
記者の声「すると北村さんとしては、将来目標をどこらへんに」
新吉「イヤ、マアあれだな目標っていっても」
（このシーン、要するに記者が草太に質問するのだが、草太が答えるより早く、新吉がかわって答えてしまう。草太はどんどんクサッていき、新吉は一人で目立ちたがる）
五郎「（純たちに低く）オイ、そろそろ祭り見に行くぞ」
純「ボクこっち見てく」
五郎「じゃ、あとで来い。農協の角あたりで落ちあおう。（ソッと立つ）」
新吉「ま、さっきの貧しさの話だけどな、オラなンかも、もともと八人兄弟の七番目でよ。自分が世間に認められるってったら頼りになるのは腕力だけだもナ。苦労した。うン。そりゃつらかった」
語り「会長さんの独演会が続いた。もうみんないいかげんあきあきしており」
記者、うなずきつつメモ帳をしまう。
螢の声「うあァ」
雪子の声「やってる！」

祭り

ヘソ祭り。

見物客たち。

踊りの列。

見物客たちのあとから踊りを見つつ移動する五郎、雪子、和夫ら。螢は五郎に肩車して。

踊りの波。

五郎。

螢。

――何か上下でしゃべっているが聞こえない。

ジム

変な雰囲気になっている。
新吉「どういう意味よ」

純。
いい争いの声、遠のいていって、純の心臓の鼓動の音はいる。
純。
純「(ソッと。カメラマンに) おじさん」
カメラマン「(見る)」
純「UFOって、本当にいると思いますか」
カメラマン。
間。
黙って雑誌の写真を指す。
カメラマン「おれが撮ったンだ」
純、目をまるくする。
純「本当に見たンですか」
カメラマン「見たから撮れたンだ」
純「――」
間。
純「ぼくの妹も見たンです。おととい」
カメラマン。
カメラマン「どこで」
純「このすぐそばで」
カメラマン「――」

草太「イヤどういうって」
新吉「じゃなにか。オレがしゃべりすぎだってお前いうのか」
草太「イヤそういう」
新吉「よし! そういうンならオラもうしゃべらん。何もしゃべらん。お前勝手にやれ」
記者「イヤ、アノ会長」
草太「オレ、そんなこと」
記者「イヤアノ、ですから会長にはですね」
新吉、ふてくされ、腕を組んでもう一切しゃべらない。
記者「弱ったなァ、つまり。ア、だからですね」
語り「変な雰囲気になっちゃっていた」
隅にいる純。
その脇で関係なく雑誌を読んでいるカメラマン。
語り「新聞社の人は困りはてており、カメラマンの人は知らん顔して、持ってきた雑誌を読んでおり」
純、脇を見る。
もめている三人を見る。
ドキンともう一度脇を見る。
カメラマンの読んでいる雑誌。
その雑誌に出ているUFOの写真。

純「それも葉巻型の母船から、円盤がとび出すとこ見たっていうンです」
カメラマン。
カメラマン「一人でか」
純「(首ふる) 受持ちの先生と」
カメラマン「先生と?」
純「ハイ! その先生——女なンだけど——前からUFOと交信してるらしくて」
カメラマン。
——じっと、純を見る。
心臓の鼓動音たかくつづいている。
カメラマン「時間は」
純「——夜中の十二時くらいです」
カメラマン「——」
純「あんまり妹帰ってこないから、お巡りさんまで出て騒ぎになっちゃって」
語り「いけない! と思った。しゃべっちゃいけない! そのことはしゃべらないって約束したンだ」
記者「(もどる) まいったナ」
カメラマン「その先生は?」
純「ハイ」
カメラマン「富良野に今いるの?」
純「——ハイ」
記者「どうしたの」
カメラマン「(記者に何かささやく)」
語り「いけない。いけない。これ以上しゃべっちゃいけない」
祭囃子、低くしのんでくる。
記者、純に何かきく。
純——困りつつ、しかし答える。
語り「だけど恵子ちゃん。ぼくの悪いくせは、——男にはめずらしいおしゃべりなところであり」
祭囃子とつじょもりあがって。

祭り

踊りの波。
見ている螢。その笑顔。
下にいる五郎に何かいう。
五郎も何かいい大きく笑う。
その顔がフッと一か所に固定する。
踊り。
その中にいるこごみとママ。
五郎。

こごみ。

――五郎には気づかず真剣に踊っている。

五郎。

踊っているこごみの顔。

五郎。

踊りの音が遠のいて去って、こごみ。

五郎。

無言の中の踊りの波。

螢。

五郎。

こごみ。

五郎。

語り「その晩、ぼくたちは町に用事があるという父さん一人を、富良野に残して麓郷へ帰った」

走る車の中（和夫の）
はしゃいでいる雪子、螢。
語り「雪子おばさんや螢やみんなは、祭りのことをたのしく話してた。でも、ぼく一人は気が気じゃなかった」
純。
語り「ぼくはもうすっかり後悔していた。人にしゃべらないと約束したのに、新聞社の人にベラベラしゃべった。螢や、UFOや、あの晩のことを」

ヘッドライト
闇を切り裂いてゆく。

語り「父さんが知ったら何ていわれるか。ぼくのおしゃべりは、もともと父さんがいちばんいやがってたところのことであり」

しのびこんでくる歌謡曲。

語り「何かとってもいやな予感がした」

路地
「駒草」という小さな看板。
その前に立つ五郎。
ちょっと考え、戸を開ける。

同・内
「いらっしゃい」

ママがふりかえる。

ママ「アラ」

奥の席――客に抱かれて笑っているこごみ。

3

「駒草」

カウンターにいる五郎。

水割りをつくるママ。

ママ「こないだはどうも」

五郎「いや。こっちこそ」

ママ「あとできいたの、中さんのお知り合いの方なんだって？」

五郎「中さんて——中畑の和夫のことかい」

ママ「そう。（グラスを出す）どうぞ」

五郎「ありがと。同級生だよ」

ママ「本当」

五郎「今はさんざん世話になってる。——来るのか、ここに」

ママ「前にはね。今年の冬ごろはよくみえた」

五郎「そうか」

ママ「このごろあんまりみえないみたいだけど」

五郎「うン」

カラオケで得意になってうたっている客。

ママ「あの方もたいへんね。お子さんどうなった？」

五郎「お子さん？」

ママ「ずっと入院したきりなンでしょ」

五郎「入院？」

ママ「札幌の病院に」

五郎「——お子さんって」

ママ「下のお子さん」

五郎。

五郎「あいつ、子どもは一人だぜ？」

ママ「うそよ。生まれつき腎臓のわるい」

五郎「——？」

ママ「私よけいなこといっちゃったかな」

間。

五郎「中畑木材の中畑和夫だろ？」

ママ「そうよ」

とつぜん隣りにこごみがとんで来てすわる。

こごみ「ジャンジャカジャーン！　いらっしゃい」

五郎「よォ」

こごみ「約束守って来てくれた！　えらい人。チュッ（五郎の頬にキス）ママ、水割り。私のボトルある」

五郎「オレのを飲めよ」

こごみ「ダメ。もったいない。取っときなさい」
ママ「こごみ、じゃあ、あとこちらお願い。あんまり調子のるんじゃないわよ」
こごみ「ワカマシタ。(自分の頬をたたく)ワカリマシタ」
首をすくめてクスッと笑う。
グラスをあげて、
こごみ「乾盃。隅田川以来」
五郎「(ちょっと笑う) 隅田川か」
飲む二人。
こごみ「(フーッと) ああ、酔ッパケタ」
五郎「今日、見ていたよ」
こごみ「なあに?」
五郎「踊ってるとこ」
こごみ「アラヤダ。ああいうの苦手なんだ私」
五郎「なかなかよかったよ」
こごみ「付きあい付きあい (笑う)」
後の席の笑いと拍手。
カラオケ終わって有線のムード曲。
五郎「中畑、前によく来てたンだって?」
こごみ「(グラスを口に運びかけたまま見る)」
五郎「中畑木材の、中畑和夫」
こごみ。
こごみ「ああ、あの人。うン」
五郎「同級生でね」
こごみ「悲劇サン」
五郎「悲劇サン?」
こごみ「だって悲劇のかたまりみたいじゃない?いつ来ても悲しい話ばっかり。――もっともそれで同情かって、結局最後はモテちゃうンだけど」
五郎。
五郎「麓郷の中畑の、和夫のことだぜ」
こごみ「そうよ。お子さんはずっと病気だし、ご両親とは生き別れ。妹さんは札幌のトルコ」
五郎「ちょちょちょ、ちょっと待てよ」
こごみ「アハハハハハ。ウソよ。みんな作り話。あの人の趣味なの。自分を悲劇の主人公にするのが」
五郎。
――ポカンと口をあけている。
こごみ「だけどうまいのよ。何たって話が。ママなんて今もって全部信じてる」
五郎「――」
こごみ「いつもものすごくシリアスな顔で来て――どうし

たのってきいてあげると（声ひそめ）じつは父親の
居場所がわかった」
五郎「――」
こごみ「北見枝幸にいた。明日会いに行く」
五郎「――」
こごみ「かと思うと生き別れの妹さんがとつぜん見つかって、札幌にこっそり会いに行ったらその妹さんがトルコにつとめてて。今会って帰って来た。――話しながらあの人本当に泣くのよ！」
五郎「(口の中で）あいつが」
こごみ「そのときなンか、まただなって思ったンだけど、きいてるうちにだんだんのせられて――こっちまでもらい泣きしちゃったンだから」
五郎「アタア――」
間。
こごみ「ウソなンでしょその話」
五郎「ウソだと思うぜ」
こごみ「やっぱりウソか」
五郎「きいたことないもンな」
こごみ「だけど本当に涙出すンだからァ」
五郎「(感心して）ハアア!!」
間。
ムード演歌。
こごみ「(真剣に）奥さんの話は本当なンでしょ？」
五郎「何」
こごみ「東京で奥さんに逃げられた話」
五郎「(見る)」
こごみ「奥さんがほかに男こさえちゃって。子ども二人こっちに押しつけられて」
五郎。
こごみ「奥さんの妹があと慕って来て、その人が今の奥さんになったって」
五郎。
間。
ムード演歌。
五郎「その奥さんて――美容師やってたか」
こごみ「美容師！　そう美容師。じゃあその話は本当なンだ」

麓郷・中畑木材（深夜）

ガンガンガンガン、ガラス戸をたたく音。

中畑家・居間

灯がつき寝巻姿のみずえが起きてくる。

みずえ「ハーイ!　どなた?」

戸をたたく音。

みずえ「どなた?」

和夫、不機嫌に起きてくる。

和夫「何だ今時分。だれよッ」

和夫、カギをあけ、戸をあける。

五郎。——ヘラヘラヘラヘラ笑っている。

和夫「何だお前今ごろ。酔ってるな」

みずえ「どうしたの五郎さん」

五郎「(ヘラヘラ) みずえさんわるい、水一杯チョーダイ」

みずえ「ちょっと待って (奥へ)」

和夫「どうしたンだよ」

五郎「クククククク。たいへんネ」

和夫「何が」

五郎「お子さん病気で。ククククククク」

和夫「——」

五郎「生き別れの妹さん、トルコにいるンだって?　ククククッ」

和夫「——」

五郎「知らなかったなァ。オレ知らなかった。クククククク。ヘヘヘヘヘ」

みずえ「ハイお水、どうしたの五郎さん」

五郎「イヤナンモ。ちょっとこいつにおくやみ。ウフフフフフ。ワリイネみずえちゃん。(和夫に) エヘヘヘヘヘヘ」

和夫「送ってくわ。行こッ」

五郎「いいのいいの」

和夫「送ってくッ (押し出す)」

五郎「イイカライイカラ。エヘヘヘヘヘヘヘ」

音楽——いきなり急テンポではいる。B・G。

家・表

見知らぬ男二人、家から出てきて、置いてあった自転車にのって急ぎ去ってゆく。

語り「会ったことのない本校の先生が二人、いきなり螢を訪ねてきたのは、その二日後のことであり」

水場のほうから現れる純。

不安気に二人を見送って中へ。

語り「父さんも雪子おばさんも、仕事に出ていてぼくと螢しか家におらず」

同・一階

純と螢。

螢「UFO見に行って道に迷った」

純「この前の？」

螢「この前の夜のこと」

純「何の話だったンだ」

純。

純「何だって」

螢「だから――そのときのこと、いろいろきかれた」

純「UFOのことか？」

螢「UFOのことじゃなく凉子先生の。どこでどうやって道に迷ったのかとか、お巡りさんもさがしに出たのかとか――発見されたのは何時ごろかとか」

純。

純「それで――何て答えた」

螢「正直に答えた。だってとってもこわい顔するンだもの」

純。

純「いっちゃいけないって父さんいっただろう」

螢「でももう先に、全部知ってたもン」

音楽――いつか消えている。

純。

心臓の鼓動しのびこむ。

螢「何か、たいへんなことになるンじゃないかな」

純「どうして」

螢「だって先生たち凉子先生のことを、困ったもンだとかいっておこっていたし」

純。

語り「やっぱりぼくの悪い予感が当たった」

心臓の鼓動音以下につづいて。

道

純、急ぎ足に学校へ歩く。

語り「ぼくがあのとき、調子にのって新聞社の人についしゃべったこと。ぼくはUFOのことをしゃべったわけだけど、もしかしたら本当はUFOのことより、凉子先生が螢をつれて道に迷ったことのほうが問題かもしれず。だから父さんはぼくにあの件を人にしゃべるなと口止めしたわけで」

中畑木材・工場

刷込みの作業をやっている雪子。

激しい機械音。
そばに来た男、雪子をつつく。雪子顔をあげる。
入口にしょんぼり立っている純。
雪子、そっちへ。

雪子「どうしたの？」
純「――父さんみなかった？」
雪子「さっき工場にいたわ。あのことでしょ純ちゃん」
純「(ドキンと) あのことって？」
雪子「この前の晩のこと。涼子先生と螢の。新聞社の人にしゃべったでしょ純ちゃん」
純「(おびえて) だれからきいたの」
雪子「新聞社の人が父さんとこに来たのよ」

純。
雪子「(純のおでこをちょっとつつく) 男のおしゃべりはみっともないわよ」

音楽――低い旋律ではいる。B・G。

夕陽

山波

その夕暮。

草原

帰ってくる五郎。
語「その晩父さんは夕方帰って来た」

水場

顔洗う五郎。
語「父さんはとっても暗い顔をしており、雪子おばさんや螢が声かけてもほとんど返事らしい返事もかえさず。それは――」

電灯

ともっている。
語「おそらくおしゃべりな息子に、絶望してしまったせいだと思われ」

居間

食事している四人。
雪子「(螢に) おかわり？」
螢「すこし」

音楽――消えていく。

五郎。
純。
純「(箸を置く) 父さん」
五郎「——(見る)」
純「スミマセン。ぼくがしゃべりました」
五郎「——」
純「UFOのことを質問するつもりで、ついうっかりと、この前の晩のことを。——新聞記者にぼくがしゃべりました」
五郎「——」
純「スミマセン」
五郎。
——黙々と食う。
間。
五郎「しゃべっちまったことはしょうがないだろう」
純「スミマセン」
五郎、口の中でゴチソウサマといい立つ。
雪子「アラもう終わり?」
五郎、外へ。
純。
螢。
雪子。
雪子「(明るく、純に) だいじょうぶよ、もう。気にしない気にしない」

表

その一劃が作業場になっている。
五郎来て、灯をつけ、ぼんやりと立つ。
虫の音。
五郎、ノミをとり、丸太にホゾをうがっていく。
素人ばなれしたその腕前。
——よく見せて。
五郎。
手をとめる。
間。
ふりかえる。
後に立っている雪子。
雪子「新聞にのってるの? あの晩のこと」
五郎「——さァ」
雪子「義兄さん、純ひどく気にしちゃってるわ」
五郎「——」
雪子「もうこれ以上おこらないでやって」

間。

五郎「そのことでくさってるわけじゃないンだ」

雪子「?」

五郎「――」

五郎、ポケットから一通の封書を出し、雪子に渡す。

五郎「(ちょっと笑い)見てみろよ雪ちゃん。それ一枚で全部終わりだ」

雪子「――」

雪子、封筒の裏を見、中から紙を出す。

離婚届の受理通知書がはいっている。

雪子。

五郎「簡単なもンだな」

雪子「――」

間。

五郎「これで雪ちゃんとも、――他人になっちゃったよ(ちょっと笑う)」

雪子。

五郎「ちょっとオレ町まで飲みに行ってくるわ」

雪子。

しのびこんでくる歌謡曲。

「駒草」看板

灯がともっている。

同・中

五郎がはいる。

ママの声「いらっしゃい」

五郎、無言でカウンターにすわる。

4

「駒草」

五郎とこごみ。

こごみ「元気ないみたい」

五郎「――」

こごみ「どうしたンですかッ?」

五郎「イヤ」

こごみ「暗い顔して。酒場でいけませんッ。もっと明るい顔をしなさいッ」

こごみ、五郎にビールをつぐ。

こごみ「(じっと目を見て)奥さんとけんかした。そうだな」

五郎「ちがうよ」
こごみ「そんじゃあ逃げられた！」
五郎「(見る)」
こごみ「当たったでしょうッ」
五郎「――」
五郎。――ちょっと考え、ポケットから、例の離婚通知書を出してこごみに渡す。
五郎「今日着いたンだ」
こごみ、手にとって読み、思わず両手を口に当てる。
五郎を見る。
五郎、笑って通知書をしまう。
こごみ。
こごみ「(ひどくしょんぼり) ゴメンナサイ」
五郎「(笑って) いいよ」
こごみ「ひどいこと私、いっちゃった」
こごみ、ビールをグイと飲む。
こごみはひどく落ちこんだらしい。
五郎「この前、中畑のことといってただろう」
こごみ「――？」
五郎「東京で女房に逃げられた云々って」
こごみ「――」
五郎「あの話、そっくりオレのことなンだ」
こごみ「――」
五郎「妹の話だけはでたらめだけどな」
こごみ「――」
間。
こごみ「東京の人だったの」
五郎「ああ」
こごみ「きれいな人だった？」
五郎「――うン」
間。
こごみ「さびしいね」
五郎「そうだな。――さびしいなやっぱり」
こごみ「――」
ムード演歌。
こごみ「どうやって知り合ったの？」
間。
五郎「おれのつとめてたガソリンスタンドのすぐその隣りが美容院でさ」
こごみ「――」
間。
五郎「変なことときくけど、あんた東京にはじめて出たとき

――スパゲッティ・バジリコってどういうもンか知ってたか？」
こごみ「スパゲッティ・バジリコ？」
五郎「ああ」
こごみ「どうかな。知ってたかな。知らなかったンじゃないかな」
五郎「オレそんなもンきいたこともなかったよ」
間。
こごみ「スパゲッティ・バジリコがどうしたの？」
間。
五郎「つくってくれたンだ」
間。
こごみ「彼女の家で？」
五郎「アパートで。うン」
間。
こごみ「おいしかった」
五郎「おいしいっていうより――感動しちゃってさ」
こごみ「――――」
五郎「スパゲッティ・バジリコなンて。――もうその名前に感動した」
間。
こごみ「わかる私」
五郎「わかる？」
こごみ「うン、私わかる」
間。
五郎「東京で、女にオレ――。スパゲッティ・バジリコ！」
こごみ「――――」
ママ「(来る) どうしたの二人で。ねえ、うたわない？カラオケあるのよ」
五郎「イヤ、オレ歌は」
こごみ「(急に) うたおッ。ネッ、うたお！」
五郎「イヤ、オレ」
ママ「うまいのよこごみ」
こごみ「二人でうたお。あ、あれがいい。銀座の恋の物語。知ってるでしょあれなら」
五郎「いやきいたことは」
ママ「銀座の恋の物語ね。OK、石原裕次郎さん。(かけに行く) よかったね裕ちゃんよくなって」
こごみ「(本をさがしてたが) あった！ これ。ここ――男がうたうのよ」
五郎「イヤ、オレ本当に」
こごみ「元気を出してッ」

カラオケ演奏、いきなりはいる。

こごみ「(うたう)〽心の底まで　しびれるような」

五郎「(仕方なく)〽吐息が切ないささやきだから」

こごみ「〽涙が思わずわいてきて」

五郎「〽泣きたくなるのさ　この俺も」

二人「〽東京で一つ　銀座で一つ　若い二人が、初めて逢った　真実の恋の　物語」

ママと他の客たち拍手。

間奏。

五郎、目を閉じマイクを持ち直す。

二番が始まる。

と。

どこからか盛大な拍手と笑いの幻聴がきこえ、こごみの歌声が令子の声にかわる。

記憶

形ばかりのウェディング・ケーキを前に、花嫁、花婿の令子と五郎、マイクでデュエットをさせられている。

すっかりアガってしまっている五郎。

しあわせそうな令子の笑い。

歌。野次。

完了して大拍手。


「駒草」


拍手。

後奏。

こごみ、いっしょに拍手しつつ笑って五郎を見る。

ドキンとする。

五郎の目に涙があふれている。

こごみ。

——すぐ目をもどす。

音楽——テーマ曲、静かにイン。B・G。

五郎——さり気なく涙をぬぐい、こごみにむかってちょっと笑いかける。

こごみ。

間。

こごみ「(五郎を見ずに、低く)ねえ、店終わったら私の部屋に来ない?」

五郎「——」

こごみ「スパゲッティ・バジリコ、つくってあげるから」

アパート

裏町にポツンとともっている窓の灯。

こごみの部屋

流しに入れられている汚れた皿。
こびりついているスパゲッティ。
五郎の声「ずいぶん本があるンだな」
こごみの声「本読むの趣味なの」
灰皿の上の吸いさしの煙草。
五郎の声「カイコウ──ケンか」
こごみの声「トチ狂ってるのいま開高健に。開高健と高中正義」
つぼにいっぱいのドライフラワー。
五郎の声「高中正義って作家は知らねえな」
こごみの声「高中は音楽よ。すてきよ。きかす」
プレヤー。
こごみの手がふたを開け、ケースの中からレコードをえらぶ。
こごみの声「あなたは本を読む？」
五郎の声「あんまり読まねえな」
こごみの声「一番最近どんな本読んだ？」
レコード、プレヤーにかけられる。

音楽──テーマ曲、消えている。
五郎の声「じゃりン子チエかな」
ふりかえったこごみの顔。
あまりの感動に物もいえない。
こごみ「ゴロちゃん。好きよッ!!」
とびつく。
五郎、ひっくりかえる。
高中正義「虹伝説」イン。以下に。

富良野市

しらじら明けがすぐそばへ迫っている。
影のように現れる芦別岳の稜線。

アパート

五郎、そっと出てくる。

裏町

五郎、駐車してあった車に歩く。

道

まだ明けやらぬ国道を五郎の車がライトをつけて走る。

麓郷街道

五郎の車の見た目で走る。

麓郷市街地

五郎の車通過。

草原

車からおり、歩いてくる五郎。

家の前

五郎、来てソッと戸を開ける。

同・中

静かに五郎はいる。
戸を閉め、はいろうとし、ドキンとする。
音楽――中断。
ちゃぶ台につっ伏して眠っていたらしい、雪子が立ってにっこり笑う。

雪子「お帰ンなさい」
五郎。

五郎「（かすれる）どうして――。待っててくれたのか」
梯子に音がして螢、はいってくる。
螢「お帰ンなさい」
雪子「螢もずっと起きて待ってたのよ」
五郎。
間。
螢を抱きあげ頬ずりする。
五郎「悪いことしたな。待っててくれたのか」
螢、とつぜん、五郎を押しはなす。
五郎「?」
螢「父さん、ラベンダーのにおいがする」
五郎、ドキンと。
――螢をおろす。
自分の服をかいでみる。
五郎「そうかな」
雪子。
音楽――いきなりテーマ曲、イン。B・G。

新聞記事「地方版」

語り「その記事は、その朝新聞にのった」
『小学校教員、遭難をかくす。受持ち児童をつれ、U

FO見物？』

涼子の写真がのっている。

語り「その記事のおかげで草太兄ちゃんのことは、ほんの

ちょっとしかのってなかった」

同、下段。片すみ。（一段）

『富良野からボクサー』

草太の写真なし。

音楽――急激にもりあがって。

20

新聞記事

『小学校教員、遭難をかくす。受持ち児童をつれ、UFO見物?』

効果音——衝撃。

二階

掃除している純。

語り「その記事が出てから何日間かぼくは完全に落ちこんでいた。だってそりゃそうだ。ぼくが余計なことをしゃべらなければあの晩の事件は表沙汰にならず。新聞に出たことで涼子先生はきっと本校の校長先生たちにひどくしかられたにちがいなく」

作業場

丸太に切り込みの作業している五郎。

語り「父さんたちはそのことについては、話題にするとぼくが落ちこむからしゃべらない方針をとっているらしく。でも」

一階

食事する一家。

語り「そういう気配は子どもにもわかるし、ぼくはその点ナイーブだから、気をつかわれるとかえって傷つき」

音楽——テーマ曲、イン。

タイトル流れて。

1

家・全景

夜。虫のすだき。

螢の声「(低く)お兄ちゃん——父さん、また外にでかけた」

二階

勉強している純と螢。

純「それがどうした」
螢「ここんとこしょっちゅう富良野に行ってる」
純「だからそれがどうしたっていうンだよ」
螢「何も感じない?」
純「何を」
螢「この前朝になって帰ってきた時、父さんラベンダーのにおいがしたンだよ」
純「ラベンダー畑に行ってたのか」
螢「ちがうよ石鹼、石鹼のにおい」
純「石鹼?」
螢「それも今うちにあるようなンじゃなく、母さんが前よく使ってたみたいな」
純「だから何なンだよ」
間。
螢「女の友だちができたンじゃないかな」
はじめてギクッと螢を見た純。
間。
純「父さんに」
螢「そんな気がする」
間。
純「どうしてわかる」
螢「カン」
間。
純「お前のカンは当たるからなァ」
螢「——」
純「女の友だちができたらどうなるンだ」
螢「——」
純「(スットンキョウな声で) 結婚する気か?!」
螢「しッ。——知らないよそんなこと」
純「相手はどんな人だろう」
螢「知らない」
純「雪子おばさんや母さんよりきれいかな」
螢「そういう希望はあんまりないンじゃない?」
純「いっそおばさんと結婚すりゃいいンだ」
螢「そんなわけにはいかないよ」
純「でもお前まんいちつららさんみたいな強烈なのが来たらどうするよ」
螢「——」
純「きいてみたらどうだ一度おばさんに、父さんのお嫁さんになる気ないかって」
螢「ないよォ」
純「そうかなァ」

螢「だっておばさんには草太兄ちゃん」
純「ありゃお前お兄ちゃんの片想いだ。それよりおばさんはむしろ父さんのほうが好きなンじゃないかとオレはふんでる」
間。
螢「そうだろうか」
間。
純「当たってみるか」
螢「当たってみようか」
純「遠まわしにな」
螢「うン」
純「お前当たれ」
螢「イヤだァ。お兄ちゃん当たってよ」
純「よし。ジャンケンだ」
二人「ジャンケン、ポイ！ポイ！ポイ！ポイ！ポイ」
語「結局負けた」

一階

雪子——弁当をつくっている。
純「おばさん」
雪子「（ふりかえる）？」
純「おばさんはアレ。アノ、——ずっとこっちにいるンでしょう？」
雪子「いるわよ」
純「ずっと——齢とるまで？」
雪子「そうしたいなァと思ってる」
純、チラと二階を見あげる。
二階からのぞいている螢。
純「——そうすると、結婚もこっちでするンだ」
雪子「かもね」
純——螢に指で丸をつくってみせる。
純「相手については、予定あり？」
雪子「どうかな。どうして？」
純「いやどうしてって。——おばさんがよそにお嫁に行っていなくなったらさびしいもン」
雪子「さびしい？」
純「そりゃあさびしいですよォ」
雪子「ありがと。明日の朝、卵一個よぶんに使っちゃう」
純。
純「だからさ。——いれば？　ずっとこの家に」
雪子「そうしたいけど。そうもいかないわ」
純「どうして？」

雪子「だって純だってわかってるでしょ？　おばさん今は
　もうお父さんとは、いってみれば他人になっちゃった
　ンだもン」
純「そこなンだ」
雪子「？」
　純。
　間。
純「ケッコンしちゃえば？」
雪子「――(見る)」
純「父さんと」
　雪子。
　純。
　螢。
純「父さんきらい？」
雪子「――」
　間。
純「やっぱり、顔なンか問題にする」
　雪子。
　螢――おりてきて純の脇に立つ。
雪子「父さんの顔ってわるいと思う？」
純「(笑う)そりゃァ客観的見地から見れば――じゃァム
　スバレレば？」
　雪子。
純「いいと思うよ」
　雪子。
純「そういうことぜんぜん考えたことない？」
　雪子。
純「かまわないンでしょ？　母さんの妹でも」
雪子「それじゃいおうかな」
純「何？」
雪子「おばさんあんまりもうこの家にいないのよ」
二人「どうして!!」
雪子「今度の新しい丸太小屋が建ったら、おばさんよそに
　出てくつもりなの」
螢「どうして!!」
雪子「出てどっか小さな部屋借りて、一人で住もうと思っ
　てンの」
純「だって！――そのこと、父さんも知ってンの?!」
雪子「父さんとはべつに話したわけじゃないわ」
螢「父さん困るよ」
純「そうだよ。だって父さん」
雪子「父さんもそのつもりじゃないかなァ」

純「どうして！」
雪子「だって――（ちょっと笑う）丸太小屋の模型見てごらん？　おばさんの寝る場所あそこにはないわよ？」
純。
螢。
雪子「そのほうがいいのよ。私も気楽で」
純。
螢。
雪子。
音楽――静かな旋律でイン。B・G。
語り「ショックだった」

丸太小屋模型

語り「そういわれれば、気になってたンだけど、ベッドはたしかに三つしかなく」

家の表（夜）

虫のすだき。
帰ってくる五郎。
語り「その晩も父さんはおそく帰ってきた」
五郎、はいりかけ服のにおいをかぐ。

一階

電気を消し、かわりにランプにする。
寝床にもぐりこみ、持って帰った本をとり出す。
開高健。
むずかしい顔で読んでいるがすぐ大あくび。
しきい際からにらんでいる純。
語り「（かぶせて）本当は雪子おばさんのことできいてみたいと待ってたンだけど、父さんのようすはそんなムードでなく」
五郎、純に気づいてはね起きる。
五郎「ア、ゴメン！　起こしちゃった?!」
純「こんなおそくランプつけて何してンのさッ」
五郎「（笑う）本読んでンでしょう。ホラ開高健」
純「灯油をもっと大切にしてよッ」
五郎「ハハハハ。ごめん。こりゃあいわれた」
純「だいたいそんなむずかしい本わかるの？」
五郎「バカにするなよ。父さんだって」
純「じゃりン子チエだってむずかしいっていったくせに！」

表（翌朝）

道具を持って現場へむかう五郎。

語り「つぎの日は日曜で、父さんもおばさんも仕事が休みであり、父さんは朝から丸太小屋の現場へ基礎づくりに一人で出かけて行っており」

音楽――消えていく。

台所

螢、たのしそうに雪子に料理を習っている。

雪子「ハイそこで入れる。火がすこし強い」

ジューッと油の音。

雪子「うまいうまい。それで？」

螢「お塩」

雪子「そうです」

螢「コショウも少々」

雪子「よくできました！」

表・作業場

純、汗だくで丸太に墨つけを行なっている。

雪子「(出てくる)純君、お昼よ！　本日は螢ちゃんお手製のお弁当！」

純「螢の?!」

弁当箱

かわいらしい弁当箱がつくられていく。

一階

ブツブツロの中でいいながら弁当を仕あげていく螢。

螢「ようし。これでよしッ」

雪子「(はいる）できた？」

螢「うンッ。螢父さんにとどけてくるッ」

雪子「感激するわよきっと父さん！」

純「(はいる)だいじょうぶかよ。本当にアタンないのかよ」

雪子「だいじょうぶ、だいじょうぶ。最高のお弁当！」

螢「行ってきますッ（外へ)」

雪子「お茶持った？」

螢の声「(外から）持った!!」

音楽――軽快なリズムでイン。B・G。

森の中

螢、弁当と茶を持ち、はずむように行く。

そのいくつかのショットのつみ重ね。

動物たち。

沢を渡る螢。

小鳥。

いかにもたのし気な螢の姿。

現場付近

森を抜けてくる螢。

スキップして来て。——とつぜんとまる。

音楽——中断。

螢の視線に——現場。

石塚の上にすわっている五郎と女。

女——こごみ。

こごみのつくってきたサンドイッチとコーヒーを、たのし気に食べている五郎の笑顔。

二人の談笑。

螢。——。

後退し身をひるがえして今来た道を走りだす。

森の中

螢、走る。もうぜんと走る。

そのいくつかのショットのつみ重ね。

とび立つ小鳥。

逃げる動物。

沢

螢走って来てハアハアと立つ。

螢。

沢音。

螢、とつぜん弁当の包みを開け、中味を沢へ投げ捨てる。沢の底に沈んだ螢の料理。

螢。また、もうぜんと森の中を走る。

音楽——静かな旋律ではいる。B・G。

語り「螢が何もしゃべらなかったら、そんな事件のことは知らなかった」

草原（家の前）

友子が急ぎ足にやって来る。

そのあとについている一人の男。

語り「東京から来たというテレビ局の人を、友子おばさんが案内して来たのはすぐその翌日のことであり」

家・表

純「東京のテレビ局?!」
友子「午後のニュースショーに出てほしいンだって！」
純「螢に?!」
友子「そう」
純「何で?!」
友子「(男に)さァどうぞどうぞ！　本当にきたないとこですけど」
純「(とびこむ)螢!!　オイ螢!!　たいへんだぞ螢!!」

二階

二階から「?」とのぞく螢の顔。
音楽――はじける。

2

草原（家の外）

家へむかって急ぎ歩く五郎と純。
五郎「テレビ局?」
純「そうなンだ螢に出ろってさ。すごいよ。全国放送なンだって」
五郎「何で螢に用があるンだ」
純「UFOだよUFO！この前螢が先生と見たっていう」
五郎「――」
純「そのことをテレビできかしてほしいって」

一階

着がえている五郎と食事の仕度をしている雪子。
そして純、螢。
螢「螢、出たくない」
雪子「どうして?」
螢「何となく」
雪子「でもテレビなんて面白いじゃない」
螢「だけど」
五郎「気がすすまなきゃ断わるンだな」
純「でもアノ明日、撮影に来るって」
五郎「まァよく一晩考えろ。いやなら明日断わりゃあいい」
純、ソッと螢のそばに近づき、
純「(小声で)螢。ちょっと」

水場

純と螢。
純「どうして出ないンだよ」

螢「何となくやだもン」
純「全国放送だぞ全国放送！　いいか、そこンとこよく考えろ！　あの番組は長くつづいてて、美容院で母さんいつも見てたンだぞ。きっと今だって見てると思うンだ。そこにお前がいきなり出たら」
螢「(小声で）お兄ちゃん。私見た」
純。
純「何を」
螢「女の人。父さんといっしょにいた」
純。
純「どこに」
螢「昨日現場に父さんつれてきてた」
純「紹介されたのか」
螢「螢かくれた」
純「――――」
間。
純「どんな人だった」
螢「よくわかンない」
間。
純「父さんどうしてた」
螢「たのしそうだった」
純。
音楽――低くしのびこむ。B・G。

窓の灯

虫のすだきの中に。
螢の声「（ささやく）おばさん」
雪子の声「どうしたの？」
間。
螢の声「そっち行っていい？」
雪子の声「いいわよ。どうしたの？」

二階

雪子の布団にもぐりこむ螢。
雪子「どうしたの」
螢「ねえ。螢テレビに出たほうがいいのかな」
雪子「出たくなければ断わりゃいいじゃない？」
螢「でも、お兄ちゃんは、全国放送だから、もしかして母さんが見るかもしれないって」
雪子。
螢「母さん、もし見たら、よろこぶかな」
雪子。

雪子「そりゃよろこぶと思うけど」
螢「――」
　間。
螢「おばさん」
雪子「ん？」
螢「母さん、――再婚すると思う？」
　雪子。――ドキンと螢を見る。
　螢。
　間。
螢「父さんもいつかは再婚するのかな」
　雪子。
　間。
雪子「どうして急にそんなこときくの？」
螢「――」
　螢。
　雪子の胸に急に顔うずめる。
雪子「どうしたの螢」
螢「――」
雪子「何よ、――甘えん坊！」
　音楽――変調して明るく軽快に。B・G。

家の前

　螢、テレビのインタビューをうけている。
語「螢は結局テレビに出演した。ぼくは、もしそのテレビの放送を母さんが東京で偶然見たら、ぼくも写ってたほうがよろこぶと思い。
――まァそれは一種の言い訳だけど。
カメラの方角にはいるようにさり気なくうろうろしていたわけで。しかしカメラの人は意地悪でまるでぼくのことを意地でも写すまいとしてるみたいに、いないほういないほうへとまわりこむので。おかげでぼくはかなり露骨にうろちょろ動かざるをえなかったわけで」
カメラマン「坊や」
純「ア、ハイ」
カメラマン「ちょっと君じゃまだからこっちにどいてて」
語「ブスッ」

中畑家・居間

語「そのインタビューが放送されたのはそれから三日後の正午の時間で」
　音楽――くだける。
すみえ「これ、東京から？」

みずえ「そうよ」
和夫「しッ。始まる！」
　一同、クマと中川もいる。
アナ「ではつぎへいきましょう。ローカル情報四番目。
　北海道のＵＦＯ騒ぎを田辺キャスターにレポートして
　もらいましょう」
田辺（女）「ハイ。まず地図をごらんください」

地図

田辺の声「ここは北海道の中心部。ヘソといわれる富良野
　市から二〇キロほど奥にはいった富良野岳のふも
　との布礼別という村のさらに奥のほうの山裾なン
　ですが、ここで最近地元の小学校教員とその受持
　ちの九ツになる女の子がＵＦＯを目撃したってい
　うンですね」

インタビュー・シーン

一同の声「出た出たッ!!」
中川の声「待ってましたッ」
和夫の声「しッ」
田辺の声「それではまずはその女の子の目撃談から」

螢「すぐそこにとまったの」
田辺「すぐそこって？」
螢「森の、木のすぐ上」
田辺「大きさは？」
螢「こんな。ジェット機くらい」
すみえの声「アッ純君！」
雪子の声「純写った今、チラッと！アッホラ!!」
五郎の声「しッ」
田辺「葉巻型？」
螢「そうだって先生がいってた」
田辺「先生、くわしいンだ」
螢「そう。呼んじゃうの」
田辺「呼んじゃう？」
螢「ＵＦＯと先生交信できるの」
田辺「交信ってどうやって？」
螢「叫ぶの」
田辺「何て」
螢「地球の友から宇宙の友へ。どうぞ返事をしてくださ
　い！　そうするとね、その葉巻型の母船の窓にパパ
　パパッと一列に光がついて母船の底から円盤がとび出す
　の」

田辺「円盤が?!」
螢「そう。ピュッ、ピュッって」
田辺「本当に見たの?」
螢「見た」
田辺「こわくなかった」
螢「こわくない。きれいで夢見てるみたいだった」
田辺「何時ごろだったンだろう」
螢「うーんと。だいたい、九時半ごろからね」
　VTR消え、スタジオが写る。

スタジオ

　司会アナ、田辺キャスター、それにゲストの文化人男女各一名。
　しいンとした間。
　それから何となくざわざわと、一同の間にしのび笑い。
田辺「(ちょっと笑って)とまァ、この子の話はこういうことなンです」
一同「フウン(笑い)」
田辺「ちなみにその時同行してUFOを呼んだという受持ちの先生。まだ二十三歳の女の先生なンですが、じつはこの方、今の子をつれて帰りに道に迷っちゃいまして。(一同の笑い)まァUFOとそんなに親しいなら誘導してもらえばよかったと思うンですが(一同の笑い)。夜中の十二時すぎ一時すぎになっても子どもが帰らない。村じゃ大騒ぎになりまして警察まで出動する遭難さわぎをまきおこし、さいわい発見はされたンですけど、それだけのことを起こしながら学校に報告もしなかったというお粗末」

中畑家

　テレビを見ている一同。
田辺の声「今度のことで取材を申し込んだら、テレビに出るのはおきらいだそうで」
　ドッとスタジオの笑い。

スタジオ

田辺「さて、いかがでしょう竹上先生」
　竹上教授のパイプをくわえた顔。
　間。
　スタジオに起こるクスクス笑い。
竹上「まァ——何ていうか」
　間。

出演者たちの笑い。

竹上「今の子、いくつなの？」

田辺「九ッです」

竹上「九ッねえ。——九ッっていうと東京あたりじゃ結構大人に近くなってるけど」

出演者たちの笑い。

竹上「夢遊病の一種にこういう症状ってないのかね石島さん」

石島（女）「きいたことないですねえ（笑い）」

竹上「夢と現実がごっちゃになるっていうか」

アナ「幻覚症状」

竹上「まさか覚醒剤のむ齢でもない」

田辺「毒キノコ食べて当たったとか」

石島「いやなのね私、こういう話。（笑い）催眠術でもかけられたンじゃないの？」

アナ「先生に」

竹上「エロエムエッサイ」

田辺「おそろしい」

竹上「だいたいその先生が出てこないのがおかしい」

田辺「そうなンです」

竹上「だいたい小学校の教員たるものがだね、空とぶ円盤だか超能力だか」

中畑家

五郎。

竹上の声「（つづく）そういう変てこな非科学的なことを子どもに話すのがおかしいし」

石島の声「今一つの見方としていえると思うのはね——そういうめずらしいものを自分は見た。そういうことを周囲にいうことで自分を目立たせたい。そういう心理ね」

純。

石島の声「さっき出てきた女の子、トクトクとしてしゃべってたわよね。それでみなさん気づいてたかどうか。あの子の話、ちゃんとストーリーができてる気がするのね」

雪子の声「（低く）失礼だわ」

純、雪子を見る。

雪子の目に涙が浮かんでいる。

石島の声「（つづく）ってことはもう何人か、ずいぶんの人におそらくこの話をしたと思うし、話ってホラ何度もくりかえしてるうちに自分でもリアリティもってきちゃうでしょう」

竹上の声「だれかさんみたいだ（笑い）」

石島の声「それともう一つ。あの子がそうだってわけじゃないけどあの子、なかなか美人だったじゃない？きれいな女の子ってそういうとこあるのよね。とにかく周囲を惹きつけておきたい。それが」

とつぜん五郎立ちテレビを切る。

すみえ「ああダメ!!（つけようとする）」

和夫「つけなくていいッ」

沈黙。

五郎。

みずえ。

和夫。

螢「（小さく）見たもン」

純、螢を見る。

ドキンとする。

螢の目に涙があふれている。

五郎。

——螢に近づき、頭をなでようとする。

螢「見たもン螢」

一同「——」

螢「ウソじゃないもン」

一同「——」

螢、とつぜん立ち、表へとび出す。

雪子「螢！」

純、追ってパッと外へ。

音楽——美しくたたきつけてイン。B・G。

道

走る螢。

追う純。

丘

走る螢。

追う純。

螢の目からボロボロ流れている涙。

純の目からも。

語り「（声がつまる）何ていっていいかわからない。

くやしかった。

ぼくは——。

くやしかった。

全国に流れるテレビの中で——母さんも東京で見てる

かもしれないのに。
恵子ちゃん。
あいつらは――
オレは――。
オレは――」
音楽――圧倒的にもりあがって。

3

家の灯

語り「その晩父さんは早く帰ってきた」

一階

豚鍋。
――ぐつぐつと煮えている。

語り「父さんは中畑のおじさんの豚舎から豚肉のサガリを分けてもらって来」
五郎「もういいぞ、さァ食え」
雪子「ハイ、タレ」
五郎「とってやる。いれ物かしなさい。うまいぞォ」
雪子「ハイ、螢ちゃん大根おろし」

一同、食べはじめる。
五郎「ウン、うまいッ」
雪子「おいしい」
純「ウン、おいしい！」
食べる一同。
五郎「（食べながら）螢。――くさるな。もう忘れろ」
螢「――」
五郎「君は自分がその目で見たことを見たとおりしゃべった。当り前の話だ」
螢――食べている。
五郎「（食べつつ）人が信じようと信じまいと君が見たものは信じればいい。父さんも信じる。雪子おばさんも信じる――純も信じるな？」
純「（大きくうなずく）」
五郎「ウン。それから中畑のおじさんやおばさんやすみえちゃんや中川の兄ちゃんやクマさんや、今日いたものはみんな信じてる。そういう人間が君にはいっぱいいる。だからそれでいい」
螢「――」
五郎「忘れろ、今日のことは。きれいに忘れろ」
螢「――（ちょっとうなずく）」

五郎「その話はやめよう。それより明日はピクニックに行くぞ」
純「ピクニック?」
五郎「ああ、父さんのかくしてあった秘密の場所でな、材料持ってって料理して食う」
純「ホント?!」
五郎「もう準備のほうは全部たのんである」
純「だれに?!」
五郎「富良野の人にだ」
純「中畑のおじさんたちもいっしょに来るの?」
五郎「イヤ、明日は来ない。内輪だけで行く」
純「ヤッホー! おばさんもだいじょうぶだね」
雪子「私は行けないわ。仕事があるし」
純「どうして!」
雪子「私は無理よ。またにする」
純「そんなの——」
雪子「いいわよ、今度連れてってもらうから」
五郎「——うン」
雪子「螢。——ここらへんもう食べれるわよ」
螢「うン」
純。
——食べつつチラと雪子の顔を見る。
螢に豚肉をとっている雪子。
黙々と食べている五郎。
純。
音楽——明るく、けんらんと、イン。B・G。

語り **朝**
「翌朝おばさんが仕事に出かけると、父さんは急にはしゃぎだした」

表・水場
木にぶら下げた鏡にむかい、ヒゲをそりつつうたっている五郎。
語り「それは、これまでの経験からしても、考えられない態度であり」

二階
リュックを背負い仕度している二人。
純「父さんどうしたンだ。ちょっとおかしいぞ」
五郎の声「(下から) 純君、螢君! さァ行きますよォ!!(外へ) 〽ラランラランランラランラ、ウサギのダン

二人、気味わる気に下をのぞいて顔を見合わせる。

語り「そうしてぼくははじめてその人が家の表に立ってるのを見たンだ」

表

こごみ。

出てきた二人を紹介する五郎。

紹介して一人で照れているバカ。

音楽――消えている。

語り「ひょっとして運命の出会いかもしれないから、正確な時間を言いそえておけば、時、一九八一年八月五日午前九時一三分」

高中正義「虹伝説」イン。以下へ。

山道

歩いて行く五郎とこごみ。

すこしはなれてついて行く二人。

純、蛍の耳に何やらささやくが、こごみが急にふりかえってニコリとするので、あわててニコッと笑ってみせる。

草原

花の中を抜けて行く四人。

森

歩く四人。

そのいくつかのショットのつみ重ね。

山

動物・小鳥たち

森の道

抜けて行く四人。

五郎、こごみの荷物を持ってやる。

純、蛍をつつく。

河原

ピクニックの準備。

木をきり三脚を立てる五郎。

持参のまな板の上で、野菜を刻んでいるこごみ。

石炉をつくっている純と螢。
つくりつつ顔寄せ、低くささやく。
純「七五点」
螢「五五点」
こごみ、石炉の上の煮たった鍋にスパゲッティをほうりこむ。
火を見ている五郎。
もう一つつくった石炉の所で鍋をかきまぜつつ父とこごみを観察している純と螢。
こごみ、五郎に何か頼む。
五郎、すっとんで、その物を取りに行き、流れの中のコケにすべる。
しらけた顔の純と螢。

川

川音。
音楽――その中に消えていって。

河原

食事している四人。
五郎「うまいなァ！　うまいよ。（二人に）なァおい。うまいねえ！　こんなうまいめし久しぶりだホント」
川音。
五郎「知ってるかこれ。スパゲッティ・ボンゴレっていうんだぞ。ボンゴレ。ドュ・ユウ・ノウ？　アハハハハ」
二人「――（食ってる）」
五郎「スパゲッティてのは、イタリアの料理だ。な?!　スパゲッティ・イタリアーノ。アハハハハ。父さんむかし、マカロニのな、中抜いたもンがスパゲッティだと思ってた。マカロニとスパゲッティ。このちがいわかるか？　え？　純、わかるか？　螢、わかるか？」
こごみ、純にスープをとってくれる。
純「スミマセン」
こごみ「遠慮しないでうンと食べて」
純「ハイ」
五郎「わるいな。螢。お前ももっと食え。ああそうだ、いうの忘れてたな。こごみさんはな、東京にいたンだ。東京の新大久保。ホラ、父さんのつとめてたガソリンスタンド。あのすぐそばに去年の秋まで」
語「父さんはいつになくよくしゃべり笑った。それは、軽薄ということばがぴったりくるほどで。つまりそのことは父さんが明らかに、こごみさんという人のことを気にいっている証拠でもあり」

黙々と食う純。

語り「父さん。あんまり軽薄にならないでください。ぼくや螢にとって父さんは一応、尊敬できる父親なのであり」

五郎「何してるンだ」

純、顔あげる。

父を見、螢を見る。

螢。

——スパゲッティを一本ずつ指でつまんでは川に流している。

五郎「何してるンだ、オイもったいないじゃないか」

螢「(やめない) お魚がよろこぶ」

純。

五郎「そりゃあいいけど——。もったいないよ。スパゲッティは人間の食い物だ」

こごみ「いいじゃない。螢ちゃんてやさしいのね」

螢「(とつぜん) 雪子おばさんは料理とっても上手だよ」

こごみ。

五郎。

螢「毎日とってもおいしいものつくってくれる」

純。

こごみ。
五郎「そうだな。だけど」
螢「(バッと立つ) お兄ちゃん、ザリガニさがしてくる！ (走る)」
五郎「螢、オイもう食わないのか！」
螢、川下へバシャバシャ走る。
五郎「(苦笑) 何だあのヤロウ」
語り「螢の気持が何となくわかった。螢は今日ピクニックに来なかった雪子おばさんのことを考えてるのであり」
純「(立つ) ごちそうさまッ。おいしかった！」
螢のほうへ走る。
こごみ。
五郎「オイ、純！——まったく、しょうがねえな」
——微笑で食べつつフッと遠くを見る。
語り「その帰り道、夕立ちにあった」

草原 (花畑)
一つのコートをかぶって走る五郎とこごみ。
別のコートで純と螢。
音楽——テーマ曲、イン。B・G。
遠景の森に陽があたっている。

語り「陽は照っているのに、ぼくらのところだけ、えらんだように雨が降っていた。雨は、ぼくらが走っても走っても、追いかけるように降ってついてきた」

音楽――ゆっくりたかまって。

4

中畑木材・工場（夕方）

空カンに細工をしている純。

教えてくれているクマと見ている純。

語り「八月七日は旧の七夕で。北海道では七夕の晩、子どもたちが空カンで提灯をつくり、各家をまわる習慣があり」

すみえ「（走ってくる）純ちゃーん!!」

純「（見る）」

すみえ「たいへん！　涼子先生転勤だって!!」

純と螢。ゆっくり立ちあがる。

すみえ「今父さんがきいてきたの！　涼子先生は本校行かないで、どっか遠いとこの学校に行くンだって!!」

純。

螢。

すみえ「この前、螢ちゃんと山で迷った責任とらされたって、父さんたち話してた！」

純。

音楽――キーンとつきさしてはいる。B・G。

純。もうぜんと走りだす。

螢も。

すみえ「ちょっと純ちゃん！　どこ行くの!!」

道

つっ走る純。そして螢。

語り「ぼくの全身はガクガクふるえていた。先生――。ぼくです。ぼくが悪いンです。ぼくが――よけいなことしゃべらなければ」

分校

二人来て扉へ。

扉は開かない。

二人、急いで窓へまわる。

中を見ながら住宅のほうへ、

窓が開かないかためしてみる。

開かない。

純。
螢「私、裏のほうさがしてくる」
裏へ走る螢。
取り残される純。
泣きそうな顔で窓の中を見る。
純の目に、キチンと整理された職員室。
純の顔。
純「(小さく呼んでみる)先生――先生。――(泣きそうに)
涼子先生」

麓郷住宅地

〽ろうそく出せ出せよ
出さないと　かっちゃくぞ
おまけに　くいつくぞ
提灯をさげた子どもたちの列。
その中に混じっている純と螢。
純。
――歩きつつブルルッとふるえる。
螢「お兄ちゃん、どうしたの」
純「何だか、ゾクゾク寒気がするンだ」
螢「風邪かな」
おでこに手を当てる。
純「よせよ。人が見る」
螢「だいじょうぶ？　帰ろうか」
純「平気だよ」
〽ろうそく出せ出せよ
出さないと　かっちゃくぞ
おまけに　くいつくぞ

民家

主婦が、ろうそくと菓子をくれる。
子どもたちつぎへまわって行く。
〽ろうそく出せ出せよ
出さないと　かっちゃくぞ
純。
――足をとめる。
町角に涼子。
――にっこり笑って立っている。
純「(口の中で)先生」
螢「(気づく)涼子先生」
すみえ「先生！」
三人列をはなれ、涼子のほうへ走る。

涼子の笑顔。
すみえ「先生！　本当⁈」
純「先生転勤って本当なンですか⁈」
涼子「本当よ」
すみえ「どうして⁈」
螢「どこ行くの⁈」
涼子「ホラホラ、それよりみんな行っちゃうわよ」
すみえ「(ふりかえる) まだいるンでしょ」
螢「待っててね！」
子どもたちの行列を追って走る。
一人だけ残る純。
涼子「(笑顔) どうしたの純君は」
純「先生。ぼくは——話があるので」
涼子「なあに？」
純「——あやまらなければならないので」
涼子「何を？」
純「ぼくが——あの晩のUFOの話を——人にいわなければよかったのに。——そうすれば螢も——傷つかなかったし——先生も転勤しなくてすンだと」
涼子「———」
純「みんな、——このぼくに責任があるので」
涼子「(笑う) 私の転勤は関係ないわよ」
純「いえ」
涼子「あのことは私がわるかったのよ」
純「いえ、このぼくがよけいなことしゃべったから」
涼子「純君には何の責任もないの。それより、螢ちゃんだいじょうぶだった？」
純「ハイ？」
涼子「テレビのこと——見たンでしょ、純君も」
純「ア、ハイ。でもあれは。父さんが螢に——人がどういおうと父さんは螢を——信じているから、それでいいじゃないかって」
涼子「——(ちょっとうなずく)」
純「だからあいつは——もうだいじょうぶで」
涼子「(うなずく) 純君も螢ちゃんを信じてあげた？」
純「——。ハイ」
涼子「(うなずく)」
純「イエアノ、——本当は——最初はぼくも一瞬。」
涼子「人に信じてもらえないのはつらいわ」
純「———」
涼子「螢ちゃんに先生、わるいことしちゃった」

純「――（首ふる）」
涼子「さァ早く行きなさい。みんな行っちゃうわよ」
純「（急に）先生、ぼくも連れてってください」
涼子「どこに？」
純「ぼくにもＵＦＯを見せてください！」
涼子。
間。
涼子「どうしようかな」
純「人にはいいません。ぼく約束します。先生に迷惑はぼくかけません」
間。
涼子「本当に見たいの？」
純「本当です。お願いします」
涼子「――――」
純「ぜったいぼく、今度こそ、人にはいいません！」
間。
涼子「そうだな。――それじゃあ、明日の三時に、原始ケ原の登山口においで」
純「三時ですか?!」
涼子「そう、午後の三時」
純「でもアノ、そんな昼間の時間じゃァ」
涼子「（ちょっと笑う）ＵＦＯは見る気ならいつでも見られるわ。夜じゃなくたって、昼でも朝でも、信じる人のところにならＵＦＯは来るわ」
純。
純「じゃあ、きっと行きます。三時に登山口」
涼子「（ちょっと笑う）」
純「約束ですよ！」
涼子「（ちょっと笑いうなずく）」
純「じゃァぼく――（後退）三時にぜったい行きます。それから本当に――人にはいいません」
涼子「（笑っている）」
純、――行列を追って走る。
語り「今度こそ本当にだれにもしゃべらない」

行列

〽ろうそく出せ出せよ
――走って加わる純。
語り「螢にも、父さんにも、雪子おばさんにも。心の中にかたまっていた重いかたまりがスッととろけた」
音楽――静かな旋律でイン。Ｂ・Ｇ。

家・二階

　純、雪子に薬をのまされる。
語り「その晩、ぼくはすこし熱を出した。風邪をひいたらしく、頭が痛んだ」
　あがって来た五郎、おでこに手を当てる。
語り「父さんは翌日は熱がさがっても外へ出るなとぼくに命じた。でも」

朝日

　山々を染めている。
語り「翌朝になると熱はさがっており」

二階

　眠っている純。
語り「それでも午前中は薬をのんで眠っていた。三時までに登山口に行けばいいわけで」
　すこし汗かいている純の寝顔。
語り「ぼくはいろんな夢を見ていた。中でも恵子ちゃん。その夢はたのしく」
　音楽――転調してけんらんと。B・G。

川

　水しぶきをあげて走る純と螢。
恵子の声「純君――!!　螢ちゃーん!!」
　二人、ふりむく。
　川原で恵子、皿にスパゲッティを盛り、二人にむかって高くかかげる。
恵子「ダメよ食べなくちゃ!!　熱ひかないわよ――ッ!!」
純「また、スパゲッティだ!!」
螢「ボンゴレだ!!」
純「逃げろッ!!」
　二人、キャッキャと水しぶきをあげて逃げる。
　皿をかかげ大きく叫びながら、水の中を走って追って来る恵子。
　純たちの笑顔。
　恵子の笑顔。

二階

　純。
　――眠っている。
　音楽――消えていき。
　遠い雷鳴。

純、目をさます。

間。

時計を見る。

三時二十分。

純、仰天してはね起きる。

水場

洗濯していた螢ふりむく。

急ぎ足に出て行く純のうしろ姿。

螢「(あわてて立ち)どこ行くのお兄ちゃん!」

純、どんどん走る。

螢「ダメよ、お兄ちゃん! 今日は寝てるって約束したでしょ!」

登山口標識

純、来てつっ立つ。

語り「登山口についたのはもう四時に近かった。涼子先生はいなかった」

純「アタア!」

遠雷。

純、チラと空を見あげる。

分校

純、走ってきて戸口へ。

開かない。

窓をのぞく。

涼子先生はいない。

純「(口の中で)いない」

純。

ふたたびもうぜんと走りだす。

登山口

純、またかけて来る。

涼子はいない。

純、山のほうをふりかえる。

その視線に――。

一筋の光

レンブラントの絵のように山にむかって落ちている。

登山口

純。

語り「三時に来るってぼくは約束した。先生はおこって一人で行ったンだ」

純「(口の中で)先生」

山のほうへかけだす。

道

純、ハアハアと走って来る。

とつぜん、雨がサアッと降りだす。

その雨の中をけん命に走る純。

いなづま。

雷鳴。

森の中

純。走る。

純「先生——ッ。涼子先生——ッ!!」

とつぜん近くでバリバリッと落雷。

純、思わず耳をふさぎ、ヤブにつっ伏す。

はね起き、走りだす。

またもバリバリッとすぐ近くに落雷。

純。またつっ伏す。

あたり、急に夜のように真っ暗になる。

風が轟と過ぎ、木の葉がざわめく。

純、起きんとする。

ほとんどその頭上にベキベキッと落雷。悲鳴をあげて耳ふさぎ伏せる純。

純。

長い間。

ふしぎな静寂があたりを支配している。

純。

——ふせたままビクンと耳をすます。

かすかに涼子の歌声がきこえる。

〽しあわせは歩いて来ない

だから歩いて行くンだね

一日一歩三日で三歩

三歩進んで二歩さがる

——。純、恐る恐る顔をあげる。

ドキンとする。

純の視線に——そこだけ天からの光を受けている一本の大木。

その大木の枝に腰かけて、涼子先生が空を見、小声でうたっている。

純。

純「(口の中で) 涼子先生——」

涼子。——急に歌をやめ、空を見たまま枝の上に立つ。

涼子に落ちている白い光、ゆっくり、強烈な光線となり、光の中に涼子は溶ける。

純の顔。

語り「(ささやき) そして、そのときぼくは見たンだ! 涼子先生のいる木のすぐ上に、巨大な葉巻型宇宙船の底が音もなくゆっくりゆっくりおりてきたのを。そして先生は——その中に吸い込まれた」

木の枝。——光ゆっくりと弱まる。

涼子はもういない。

純。

語り「恵子ちゃん。ぼくは。——本当に見たンだ」

とつぜんまた、落雷。

純、悲鳴をあげ地に伏せる。一瞬真っ白に変色した画面。

音楽——「愛のテーマ」静かにはいる。B・G。

白い画面

語り「その後のことはよく覚えていない。ぼくはその夕方びしょびしょにぬれて、幽霊みたいに帰って来たらしい」
画面、ゆっくり映像を結ぶ。

二階

寝床でポッカリ目をあけてる純。
語り「ぼくはその晩からすごい熱を出し、五日間たっぷり起きられなかった」

山

語り「ぼくはようやく元気をとりもどし、学校に行ったのは一週間目だ」

分校

その戸や窓に板が打ちつけられ、すでに完全な廃校になっている。
その校庭にポツンといる純。
風の音。
男が一人、ほうり出されたがらくたを焼いている。
純、近づいて、
純「おじさん。——ここの先生はもういないンですか」
男「ああおらんよ」
純「いつここを出て行ったンですか」

男「いつ？」
純「はい」
男「いつかな――ああちょうど一週間前か。ひどい雷の日があったべさ。あの日だ。あの日に転勤してった」
純「(口の中で) ヤッパリ」
男「何が」
純「イエ。いいンです」
語り「そうだ。やっぱりそうなンだ。あの日ぼくの見た宇宙船にのって、涼子先生はどっかへ行ったンだ」
純。
語り「人はおそらく信じないだろう。だからこのことはだれにもいわない。だけど恵子ちゃん。ぼくは見たンだ」
音楽――ゆっくり消えていって。

水の流れ

語り「その日から急に涼しくなった。八月半ばなのにもう秋風が富良野の盆地に流れだしていた。そのころ」
しのびこむ演歌。

「駒草」の灯

語り「富良野の町の夜の飲屋で一つの噂が流れていたことを、ぼくはぜんぜん知らなかった」
男1の声「麓郷にいた娘？」
男2の声「そうなンだと。たしかに前に会っとるンだと」
こごみと並んでいる五郎。
男1の声「ススキノのトルコでバッタリ会ったってかい」
男2の声「イヤイヤ指さしてア、アっていったら、むこうも指さしてア、アっていったと (笑い)」
男1の声「麓郷のいったいどこの娘よ」
男2の声「どこの娘か知らん。したけど以前農協のスーパーで働いていたことがあった娘だと」
五郎。
男1の声「名前は」
男2の声「本名はもちろん知らん。したっけ店での名は雪子っていうンだと」
五郎。
音楽――鋭くつきさしてはいる。

21

水の流れ

語り「涼子先生がいなくなってから、富良野は急に秋めいてきた。そのころ」

「駒草」の灯

語り「富良野の街の夜の飲屋で、一つの噂が流れていたことを、ぼくはぜんぜん知らなかった」

「駒草」の内

男1の声「麓郷にいた娘?」
男2の声「そうなンだと。たしかに前に会っとるンだと」
　こごみと五郎。
男1の声「ススキノのトルコでバッタリ会ったってかい」
男2の声「イヤイヤ指さしてア、アっていったら、むこうも指さしてア、アっていったと（笑い）」
男1の声「麓郷のいったいどこの娘よ」
男2の声「どこの娘か知らん。したけど以前農協のスーパーで働いていたことがあった娘だと」
男1の声「名前は」
男2の声「本名はもちろん知らん。したっけ店での名は雪子っていうンだと」
　五郎。
　音楽——テーマ曲、イン。
　タイトル流れて。

1

道

　ランニングする草太と、ついて自転車で走っている会長。草太、走りつつシャドウ・ボクシング。
語り「草太兄ちゃんがはじめて札幌で出る四回戦の試合の日が迫った。お兄ちゃんは毎日会長さんと最後の仕上げに移っているらしく」
　草太、走りつつ新吉（会長）と別れる。

牧場への道

かけあがって行く草太。

語り「試合の当日は雪子おばさんがはじめてぼくをサッポロにつれて行ってくれる約束で」

牧場

草太、走り終え柔軟体操。

手押し車を押してくる正子。

草太「おやじは？」

正子「(山を指す) 五郎さんが来てる」

草太「おじさんが？　今朝はまたバカに早いな」

放牧地

牛の群れと、立っている五郎、清吉。

間。

清吉「本当の話なのか」

五郎「たしかめてきたンだ」

清吉「――――」

五郎「噂をまいたその米山ってのに直接会って話きいてきた」

清吉「――――」

五郎「ウソじゃないらしい」

清吉。

清吉「ススキノのトルコにか」

五郎「夢枕って名前の店だそうだ」

清吉「――――」

五郎「そこで――――」

清吉「――――」

五郎「まいったぜ清さん、つららちゃんその店で、雪子って名前で出てるンだそうだ」

清吉。

牛の群れ。

清吉「だれかにしゃべったか」

五郎「しゃべれるわけないだろう。だれも知らないよ」

清吉「辰巳は」

五郎「気づいてないみたいだな。米山ってのにもよくいっといた」

清吉「――――」

五郎「もっとも飲屋でしゃべるくらいだから口のかたさは信用できんが」

間。

清吉「ありがとう。よく、知らしてくれた」
五郎「なンも」
清吉「――」
五郎「それじゃあ（行きかける）」
清吉「（ポツリ）そうか」
五郎「え？」
　清吉。
清吉「雪子って名前で出てンのか」

中畑木材・工場

　原木がごう快に製材されてゆく。
　働いている雪子。
　一人の中年の女はいり、雪子をチラと見て、脇で働きだす。
和夫の声「どうしたンだ」

中畑家

　茶を片づけているみずえ。
みずえ「佐々木のおミツさんが今寄ってたのよ」
和夫「何しに」
みずえ「それがね、雪ちゃんに頼まれたンだって」
和夫「雪ちゃんに？　何を（書類ひろげる）」
みずえ「部屋をさがしてほしいって」
和夫「――（見る）部屋？」
みずえ「雪ちゃんあの家出る気らしいのよ」
和夫「どうして」
みずえ「知らない。人にはいわないでくれって」
和夫「――」
みずえ「ねえ」
和夫「――」
みずえ「五郎さんだれか好きな人できたの」
和夫「五郎に？」
みずえ「――ちがう？」
　和夫。
和夫「どうして？」
みずえ「おミツさん何だかはっきりしないンだけど、そんな感じのことほのめかすのよ」
　和夫。
和夫「それで出るっていってるのか」
みずえ「だからそこンとこがよくわかンないンだけど」
和夫「――」

豚舎

五郎「部屋をさがしてる?」
　五郎と和夫。
和夫「ああ」
五郎「雪ちゃんが?」
和夫「佐々木のおミツさんにたのんだらしい」
　五郎。
五郎「そんな話ぜんぜんオレきいてないな」
和夫「――」
　間。
和夫「五郎」
五郎「?」
和夫「お前、だれか――好きな女がいるのか」
　五郎。
　間。
五郎「どうして」
和夫「――」
五郎「雪ちゃんが何かいったのか」
和夫「――そういうわけじゃない。けど――」
五郎「――」
和夫「雪ちゃんお前にほれてるンじゃないのか」
　五郎。
五郎「バカいえ」
和夫「――」
五郎「別れた女房の妹だぞ」
　和夫。
和夫「関係ないだろうそんなことべつに」

中畑木材・工場

　機械音。
　黙々と働いている雪子の顔。

同・工場

　雪子をソッと見ている五郎。
　間。
　煙草に火をつけそっと去る。

道

　歩く五郎。
　その顔に、
　低く演歌がしのびこんできて。

「駒草」

　こごみと五郎。

こごみ「会えたの?」
五郎「だれに」
こごみ「米山さん」
五郎「——会った」
こごみ「どうだったの」
五郎「——そうだった」
こごみ「本当だったの?!」
五郎「そうらしい」
こごみ「そう」

　間。

こごみ「つらい話だね」
五郎「——つらい話だな」
ママ「(来る)いらっしゃい」
五郎「ああ」
ママ「米山さん会えた?」
五郎「ああ、ありがとう」
ママ「何の話だったの?」
五郎「イヤ、ちょっと」
ママ「気さくな人だったでしょ、口ちょっと軽いけど。(入口へ)あら、いらっしゃい(去る)」

　間。

こごみ「でもさ、意外と人が考えるほど本人は惨めじゃないかもよ」
五郎「——」
こごみ「(手にしたグラスを見たまま笑って)私も瀬戸際まで行ったことあるもン」
五郎「——」
こごみ「東京で男にだまされましてね、(ちょっと笑う)——ちょうどそンとき誘いがかかったの」
五郎「——」
こごみ「誘いかけてきたのが彼の親友。彼本人もご存知だったらしいの」
五郎「——」
こごみ「それ知って、どうでもよくなっちゃってね(笑う)」
五郎「——」
こごみ「結局行きはしなかったけど」
五郎「——」
こごみ「でも、べつに、行ってもよいって思ったな」

　こごみ、笑って五郎を見る。

五郎。

間。
目をそらす。
こごみ「ごめんね、変な話」
五郎「――」
こごみ「(明るく) 忘れてちょうだい」
五郎「――」
間。
こごみ「どうだったあの日。――純君と螢ちゃん」
音楽――静かにイン。B・G。

家・一階

純「お兄ちゃん」
草太が来ている。
純「何かグサッとくるいいことばってない?」
草太「どういう意味」
純「だからそいつにさ、ピクニックに来た。今度来たときいってやりたいンだ。グサッと傷ついて二度と家にもう来なくなるような」
草太「来るのいやか」
純「いやだよォ、だいたいまいったよ父さん、あの顔でその人にベタベタベタベタベタ」
草太「――」
純「子どもの前であゝいうのはよくないよ。あれは子どもの不良化のもとですよ」
草太「純」
純「ン?」
草太「お前もつまンねえこと考えるな」
純「――」
草太「お前のおやじだってもともと男だぜ。男はときどきさびしくなるンだ。いくつになったってそれァ同じだ」
純「――」
草太「それくらいお前もすこしわかってやれ」
雪子「本当よ純、おばさんもそう思うな。だいたい、人をことばで傷つけようなンて、ぜったいしちゃあいけないことよ」
螢のインサート。
雪子「けがした傷ってすぐ治るけど、――ことばで受けた傷はなかなか治らないわ。それに――」
純「――」
雪子「あとでかえって自分が傷つくもの。だからいけませんそういうこと考えちゃ」
純「――」

雪子「わかる？」
純「わかるけど――」
間。
雪子「（草太に）どうしたの？」
何か手帳に書き込んでる草太。
雪子「何？」
草太「イヤ。（閉じる）そういう気の効いたことオラいいたいもなァ！　しびれるもなァそういういい方されると」
雪子「何よ」
草太「忘れるからオラ書きつけとくンだ。――けがした傷ァすぐ治るけどことばで受けた傷ァなかなか消えん」
間。
草太「（感動の大声）しびれるもなァ！　もう、まいるもなァ！」
雪子「ヤァねえ」
草太「こういうことばどこで覚えるの」
雪子「どっかでいつか読んだンじゃない？」
草太「そうだべなァ！　自分じゃ考えられンもなァ!!」
雪子「――」
草太「こないだもホラ、（手帳のページをさがす）――神妙寺の坊さん――いいこといったもなァ、ア、コレ、あった。〝病気は治るがクセは治らん。お前のバカはクセだから治らん〟うまいもなァ！　ハハ、ばっちりいうもなァ!!」
雪子「（笑って）どうなのそれでボクシングのほう」
草太「ア、来れるな？」
雪子「行くわよ」
草太「純も来るって？」
純「ハイ！」
草太「ちょっとじゃまだけど仕方ねえべな。アハハ。螢は来ないって？」
螢「こわいから」
草太「ウン。気が効く。やさしい」
純「勝てそう？」
草太「オイ純、あんまし人をなめるンでないぞ。ほかに取りえはないけどこうみえても、腕力だけはオラ――ア、雪ちゃん！（手帳またさがしつつゲラゲラ笑う）神妙寺の坊主また、――これもうまかったわ！　コレ！
〝バカにつける薬はない。けど腕力は多少気休めになる〟アハハハ、うまいべ!!　なッ、うまいよなッ、わかるもなァ、オレ!!」

新吉「負けるな」
中川「勝つべか草太」

富良野・裏町（深夜）

フラフラ歩いてる中川と新吉。

新吉「負ける。うン。自信持っていえる。負ける」
中川「ひでえもナ新ちゃん、自分のジムのもンを」
新吉「自分のジムだって負けるもンは負ける。あいつには根性もパンチもある。したけど何か足らん。あいつァ負ける」
中川「おらァ意外と勝つと思うぞ」
新吉「賭けるか？」
中川「おおいいぞ」
新吉「いくらだ」
中川「千円」
新吉「ケチだなお前」
中川「したら二千円」
新吉「よし、オラ負けるほうだ」
中川「オラ勝つほうだ。したけどひでえな、自分の弟子を――ン？」

二人の視線。

アパート階段

コツコツとあがって消えていくこごみと五郎。

裏町

中川と新吉。

新吉「今の、黒板の、――ゴロさんでないか？」
中川。
中川「（口の中で）アタア――!!」

効果音――衝撃。

中畑木材・事務所

和夫とみずえ。
入口の外から――中川。

和夫「何だよ」
中川「ハイ、ちょっと」
和夫「はいればいいべさ」
中川「イエでもちょっと」
和夫「何だもうグダグダ女みたいに！」

同・表

和夫「(出てきつつ、つづけて) うちの女房がいたらいいえンことでもあるのか！」
間。
中川「専務がお困りになると思って」
和夫「オラが?!」
中川「駒草のこごみの話ですよ」
和夫。
間。
和夫、自分から脇のほうへ歩く。中川つづく。
二人、とまって。
和夫。
和夫「お前また家にもめごと起こす気か」
中川「だから表に誘ったンじゃないスか」
和夫「こごみのことはもうカタついたンだよ！」
中川「新しい男こさえたみたいス」
和夫「結構じゃねえか！」
中川「それが結構じゃない」
和夫「いいか、オラはもうきれいにあの女とは」
中川「今度はゴロさんです」
和夫。
——凍結。
間。
中川「親友がついに、兄弟におなりで」
和夫。
間。
中川、——はじめてニターッと笑う。
和夫。
効果音——衝撃。

2

豚舎

五郎、クマ、中川働いている。
五郎、つつかれふりかえる。
和夫。
中川、クマに何かささやく。
和夫、五郎を表へ、アゴでしゃくう。
五郎「?」
和夫と五郎、外へ。
中川とクマ、ニターッと笑う。
和夫「働け！　ちゃんとコノッ(ゴツン)」

表

二人出る。
五郎「どうしたの」
和夫「うン。――いや」
和夫、どんどん裏へ。

裏

和夫来る。ついてくる五郎。
五郎「どしたの。――何か、――雪ちゃんのことか？」
和夫「イヤ」
和夫――立小便。
五郎も――並んで。
五郎「どしたの」
二人。
――終わる。
五郎「？」
和夫「いや。夜話そ。今夜ゆっくり」
ポンと肩たたいて行ってしまう。

富良野の灯

眼下にひろがっている。

とまっている車

五郎と和夫。
――煙草を吸っている。
長い間。
五郎「どしたの」
間。
和夫「お前こないだ、――豚舎の事務所で、――開高健の随筆読んどったべ」
間。
五郎「（クックッ笑いだす）中ちゃんコラちょっとたまげたゾ。お前の口から開高健なンて、高級な名前きくたァ思わなかったもな。アハハハハハ。よく知ってたね開高健て名前」
和夫「じょうだんいってる場合でないンだ」
間。
五郎「何で」
間。
和夫「オラも読んだんだ、その気になって」
五郎「――」
和夫「読んだってもまァ――。すぐ眠くなったけどな」

五郎「――」
　間。
和夫「こごみだべ」
五郎「――」
和夫「駒草の、こごみだべ」
五郎「――」
和夫「あいつの部屋行って――。読む気になったンだべ」
五郎「――」
　間。
五郎「中ちゃん」
和夫「五郎、女ってあいつのことか」
五郎「――」
和夫「この前口にごしてた女ってあいつか」
五郎「――」
和夫「あいつだら、じつは――。オラもあったンだ」
五郎「――」
和夫「去年の暮から今年の二月にかけて――。いろいろあったンだ。たいへんだったンだ」
五郎「――」
和夫「女房に気づかれて、十日間お前完全に飯干されて」
五郎「――」
和夫「食いに行ったべ、お前ンとこにも」
五郎「――」
和夫「二月できれいに終わったけどな」
　五郎。
　間。
　変になまなましいため息をつく。
和夫「ありゃいい女だ。本当気だてのいい女だ。その点はオラが保証する。したけどよすぎるンだ。よすぎてちょっとうまくないンだ」
五郎「（かすれて）どう」
和夫「あわれな男の話をきくべ」
五郎「――」
和夫「そうするとなンかしてやりたくなるンだ」
五郎「――」
和夫「そんで。――まァ。――いわゆる。――してくれるンだ」
五郎「――」
和夫「それもあの娘の場合――押しつけとかコノ、――恩きせがましくとかコノ、――そういうのとぜんぜん無関係になンちゅうか――ごくコノ自然に――そうなっちゃうンだ」

五郎「――」
和夫「それがあの娘の、まァ性格だ」
　五郎。
　――非常に大きなため息。
和夫「おらだけじゃないンだ。ほかにもいるンだ」
五郎「――」
和夫「オラその一人は知ってるけどな」
五郎「――」
　間。
和夫「富良野の本屋じゃ結構ここンとこ、開高健が売れてンでないかい？」
五郎「――」
　五郎、またまた、大きなため息。
和夫「そういう女なンだ、こごみって女は」
五郎「――」
　五郎。
　――新しい煙草をとり出してくわえる。
　フト気がついて和夫にもすすめる。
　和夫、ライターをすってやる。
　ホッと大きく煙はく二人。
　長い間。
　五郎、和夫を見て複雑に笑う。
　和夫。
　また、間。
五郎「しかし」
和夫「え？」
　間。
五郎「いや」
和夫「うン」
　眼下にひろがっている富良野の街の灯。
　五郎、また大きくため息をつく。
　音楽――静かな旋律ではいる。B・G。

ヘッドライト

　闇を裂き帰ってくる。

草原

　五郎、車をとめ、ライトを消す。
　そのまましばらく動かない。

家の前

　五郎、帰ってくる。

家にはいりかけ、足をとめる。
風呂の焚き口のほうへと歩く。
火をいじる。
五郎。
音楽——中断。
ふりかえる五郎。
立っている雪子。
雪子「待ってらしたのよ」
入口にいる清吉。
五郎、立つ。
雪子「どうぞ——中で」
清吉「いや、ちょっと五郎と」
雪子「そうですか」
雪子中へ。
五郎と清吉。
五郎「どしたの」
清吉「札幌、行ってきた」
五郎。
清吉「こないだの話。——本当だった」
五郎。
五郎「会ってきたのかい、つららちゃんに」
清吉「見つけた。したけど——よう会えなンだ」
五郎「——」
清吉「店から帰るとこ、——ずっと待ったンだ」
五郎「——」
清吉「朝の三時ごろ。——あの娘出てきた」
五郎「——」
清吉「五郎。オラ陰からずっと見てたよ。つららが店出てタクシーとめるまで」
五郎。
虫の音。
清吉「どうしていいかわかンなかった」
五郎「——」
清吉「足がただガクガクふるえるばかりで」
五郎「つららちゃん——どんなようすだった」
清吉「それがさァ、——まるで、いいとこのお嬢さんみたいに、——きちんと、上品になっちまってるンだよなァ」
五郎「——」
清吉「ウン」
五郎「——」
清吉「店出て、スーパーで果物買ったンだ。それがさ五郎。

――明るいンだよなァ」
五郎「――――」
清吉「こっちいたときから想像もつかん」
五郎「――――」
清吉「何ちゅうか――堂々と。――清けつで。――上品で」
五郎「――――」
間。
清吉「そういうとこつとめて、あれはどうしてだ。え?」
五郎「――――」
清吉「どうしてあんなに堂々としてンだ?」
五郎「――――」
虫の音。
音楽――いきなり軽快にたたきつける。B・G。

モンタージュ

走る草太と自転車の新吉。

語り「試合の日にちが目の前に迫って、草太兄ちゃんは毎日走っていた」

晴れた日。

雨の日。

見ている純、螢。

語り「お兄ちゃんはいつもと明らかにちがっていた。家のそばをとおっても寄らなかったし、声をかけても返事もしなかった。

お兄ちゃんはいかにもつらそうで、いつもくちびるをギュッとかみしめ、もう前みたいなお兄ちゃんじゃなかった。

男っぽくて、すごくすてきだった。

お兄ちゃんは完全なボクサーだった。

ぼくはお兄ちゃんに勝たせたいと思った。その気持はぼくや螢だけじゃなく、雪子おばさんも同じだったと思う」

音楽――川の音にとけこんでいって。

川

草太水に頭をつっこみ、ハアハアと激しく息をしている。

間。

草太、気をとり直し、立とうとする。

立っている雪子。

雪子「だいじょうぶ?」

草太「――――」

草太の目つきがこわいように鋭い。
雪子「がんばってね、きっと応援に行くから」
草太、走りだす。
すぐとまる。
間。
おこったような顔で帰ってくる。
草太「雪ちゃん」
雪子「ン?」
草太「札幌に、オラ試合の前日にはいってる。あんたも前の日はいってくれ」
雪子「前の日?」
草太「アア、前の晩、オラあんたの顔見たい」
雪子。
雪子「試合終わってからじゃいけないの?」
草太「負けたらだれにも会いたくないからな」
雪子「――」
草太「札幌で、オラいっしょに歩きたいンだ」
雪子。
雪子「わかった。できるだけそうするわ」
草太「宿はオラちゃんととっとくから」
雪子「いいわよ」
草太「とっとく。もうとってあるンだ」
雪子「――純の分も?」
草太「ああ。雪ちゃん。――オラこの試合がたぶん一生の、一回こっきりのケジメになると思う。オラそのつもりで闘う気でいる」
雪子「――」
草太「これに勝てたら、そンときオラ自分が、はじめて雪ちゃんと対等になれる気がする」
雪子「対等って、だってこれまでだって」
草太「いやそうなンだ。そういうもンなンだ。オラにとって今まで雪ちゃんはちがったんだ。だからオラ勝つ。ぜったいに勝つ。勝ったら雪ちゃん――。オラ話がある」
雪子。
草太「オラそう決めてる。自分に決めてる。だからそンときァ本気できいてくれ。バカのいう夢も本気できいてくれ」
雪子。
草太「答えはいいンだ。ただオラまじに――」
雪子。
間。

草太「(急に) あとの話だ」
　走り去る。
　雪子。
　音楽――津波のようにはいって。B・G。

車窓

　風景――札幌の家並。
語り「そしてその試合の前日の夕方、ぼくはおばさんとはじめて汽車で、札幌の街へはいったわけで」

札幌

　歩いてくる雪子と純。
語り「恵子ちゃん。
　札幌は――
　北の都で」
　音楽――もりあがる。

3

宿・表全景

　緑の中に、灯がともっている。

語り「その晩ぼくらは草太兄ちゃんがとってくれた宿屋の一室で、お兄ちゃんからの連絡を待った。
　でもお兄ちゃんは何もいってこず」

宿の一室

　テレビ見ている雪子と純。
雪子「おそいねえ」
純「(テレビ見ている)」
雪子「純君、おなかすいたでしょう」
純「うン」
雪子「もすこし待ったら先に食べようか」
純「お兄ちゃん減量でごはんなんか食べちゃいけないンじゃない?」
雪子「それはあるかもね」
純「――」
雪子「でもそれにしても連絡ぐらい」
　電話のベルがいきなり鳴る。
雪子「来たッ。(とる) ハイ。ア。ハイ。どうも。――ア、そうですか。――ハイ。――ハイわかりました、すぐおります」
純「お兄ちゃん来たの?」

雪子「会長さん。下にみえてるンだって。いっしょにお食事しましょうって」
純「お兄ちゃんは？」
雪子「来てないみたい」

料理屋・小上り

食事する三人。
新吉の猛食欲。

語り「それからぼくらは会長さんにつれられ、近くのビルの中の料理屋さんに行った。でもお兄ちゃんは来ておらず。会長さんはおこったみたいな顔ですごい勢いで食べるばかりで」
新吉「(食いつつ。以下同じ)今まであいつを怒鳴ってたンすよ」
雪子「――(見る)」
新吉「あんたらとこれから会うっていうからね」
純「――」
新吉「いや、あんたらがわるいンじゃない。あいつは何もわかっちゃいないンす。ボクシングやることの厳しさってもンがね」
雪子「――」
新吉「オラなンぞ――むかし――現役の時代には、試合の前なンてったら死ぬ想いでしたよ。稽古と減量で苦しんで苦しんで」
雪子「――」
新吉「水禁じられて飲みたくて飲みたくて道ばたの水たまりの水すすったこともある。(鳥の骨と格闘)」
雪子「――」
新吉「それでもどうしても勝ちたかったからね」
雪子「――」
新吉「どうしても勝って、抜け出したかったからね。百姓がやでやで、あの暮らしから」
雪子「――」
新吉「だから――。苦しいとき考えたのは――、畠のうねね。気の遠くなるような。あのあぜの上はいつくばって朝から晩まで草むしってる、あの姿。おれの。兄きたちの。おふくろの。あれ思うとオレがまんできたンだ」
雪子「――」
新吉「(食いつづける) 坊や」
純「ハイ」
新吉「ボクシング見るのはじめてか」

純「ハイ。イエ、テレビでは」
間。
新吉、手づかみで鳥の骨となお格闘。
新吉「ボクシングってまわりに人がいるべさ。リングの脇でボクサーの世話する」
純「ア、ハイ」
新吉「勝てばいい。けど試合に負けるとな、あいつらみんな、もう声もかけんであとほっといてサーッと帰っちゃう」
純。
新吉「グラブの紐もといてくれない。物もいわずにサーッと帰っちゃう」
純「――」
新吉「テープも包帯(バンテージ)もといてくれなきゃ、クツの紐も何も面倒見てくれない」
純「――」
新吉「勝てばチヤホヤみんなでやってくれる。負けたら最後、パーッとみんな消えてたった一人きり。ガランとした控え室で一人でこうやってグラブの紐といて。こうやって、まいてある包帯とって。傷だらけの体と負けた惨めさで、涙出てくるの必死でがまんして」
純「――」
新吉「勝つか負けるか。一人はそれだ。そりゃァ惨めさ。あればかりはね」
純「――」
新吉「どんなに上位のボクサーだってそうだ。負ければ一人でそうやって紐といて――」
純「――」
新吉、なおも鳥骨と格闘。
音楽静かな旋律でイン。B・G。
語(り)「会長さんはまた黙ってしまった。会長さんはきっとむかしの、現役のころのことを思い出したンだ」

テレビ塔のネオン

語(り)「それからぼくらはめしを終わって、会長さんに宿まで送ってもらった」

宿・フロント

雪子「どうもすみません。ありがとうございました」
新吉「うン」
雪子「じゃあ明日、――草太さんにがんばってくださいって」

新吉「うン」
雪子「じゃァ」
純「おやすみなさい」
新吉「ちょっとアノ、あんたに」
　雪子。
雪子「純、先に一人でお部屋行ってて」
純「うン」
　純、——階段をかけあがって去る。
　雪子。
　新吉。
雪子「何か」
　間。
新吉「おらァ、しゃべるのが上手でないから——」
雪子「——」
新吉「気をわるくしないできいて欲しいンだ」
雪子「——何か」
新吉「さっきオラ、草太を怒鳴って来たっていったが——
　それはあいつが明日の試合を——あんたのために勝
　つっていったからだ」
雪子「——」
新吉「ふざけるンでないってオラ叫んだよ」
雪子「——」
新吉「愛だの恋だのそんなことのために、ボクシングやる
　なンて映画の話だ。したけど——」
雪子「——」
新吉「もしも女思うなら、つららのこと考えろってオラ
　いったンだ」
　雪子。
新吉「あいつが不幸にした、つららのことをな」
雪子「——」
新吉「それを置いといてあんた招待して、前の日にデイト
　だ？　ふざけるンでない」
雪子「——」
　間。
新吉「あんた今つららが何してるか知ってるか？」
雪子「——(見る)」
　間。
新吉「あいつァ札幌にいる」
雪子「札幌にですか」
新吉「ああ——働いてる」
雪子「ご存知なンですか」
新吉「知ってる」

雪子「草太さんは？」
新吉「——だからついさっき、オラが教えた」
雪子「つららちゃん、どこに」
　新吉。
新吉「トルコだ」
　雪子。
新吉「ススキノのトルコに出てる」
　雪子の顔。
　——両手で口をおおう。
吉「オラさっきはじめてあいつにいってやった」
雪子「——」
新吉「あいつ、オンオン泣き出しやがってな。だから——」
雪子「——」
新吉「オラいってやった。泣くな。腹立てろ。腹立ててたたかえ。てめえに腹立ててつららのために勝て」
ワーンとたたきつけるボクシング会場のノイズ。
ゴング。

会場

　試合開始。
　とび出す草太。

語り「試合は午後の四時すぎにはじまった。メインエベントの前座の前座の、そのまた前座の四回戦だったから、会場はまだほとんどがら空きの状態で」

試合中継

　第二ラウンド終了のゴング。

4

試合中継

　ゴング。
語り「第三ラウンドがはじまった」
　草太、たたかれる。
ひたすら、ぼろ屑のようにたたかれる。
もはや草太はエネルギーをつかい果たしている。
たたかれる草太。
必死の反撃。
たたかれる草太。
たたかれる草太。
反撃しようという空しい気力。
しかし体が動かない。

もうろうとひたすらたたかれている草太。
その姿に――、
音楽――静かな旋律ではいる。B・G。

客席

雪子――両手で口をおさえている。
純――半泣きで叫んでいる。
ゴング。

リング

高々とあげられる相手の手。
誇らし気なその顔。

客席

雪子。

リング

をおりる敗者草太のうしろ姿。

客席

純。

遠い通路を、急ぎ足に去る肩を落とした草太のうしろ姿。
新吉。
雪子「(立つ。小さく) 行こ」
純、あわてて立つ。
二人、別の通路を外へと急ぐ。
メインエベント目当ての客がそろそろすこしずつはいりだしている。
その波にさからって外へむかう二人。

同・表廊下

純と雪子出る。そのまま急いで歩きかけたとき、ポンと雪子の肩がたたかれる。
ふりかえる雪子。
一切の音消えてなくなる。
目に涙ためて、つららが立っている。
純。
純「(口の中で) つららさん――」
涙ためたままニッと笑うつらら。
雪子の顔。

喫茶店
　雪子と純。つらら。
　低くしのびこむクラシック曲。
つらら「(明るく。純に) 元気そうじゃない?」
純「ハイ」
雪子「あなたは?」
つらら「元気。このとおり。きれいになったでしょう」
雪子「—— (笑ってうなずく)」
つらら「草ちゃん、ちょっと気の毒だったみたい」
　雪子——ちょっとうなずく。
雪子「あなたが来てたこと知ってるの?」
つらら「(ちょっと笑って首ふる)」
雪子「会わないの?」
つらら「(笑って首ふる)」
雪子「会えば?」
つらら「(首ふる。笑って)もうむかしのこと。遠いむかし。
　麓郷のことはみんな忘れた」
語り「つららさんは、すごくアカヌケしちゃってた。ぼくは、空知川のいかだくだりの日、見に来てたでしょうと、いおうかいうまいか」
女「お待たせしました」
　飲物が来る。
　配られる。
　雪子。
女「ありがとうございます」
　女、去る。
　間。
雪子「本当にすっかり、きれいになっちゃって」
つらら「おつとめの関係」
純「どこつとめてンの?」
つらら「ファッション関係」
純「ウワオ! カッコいい! オレそう思ったよ。ぜんぜんナウイもン」
つらら「ううんッ!! アイスクリームもひとつおごっちゃう!!」
純「本当だよッ。本当ッ (もうぜんと目の前のアイスクリームを食う)」
つらら「あわてないでもだいじょうぶ」
　クラシック。
　雪子。
雪子「でも——厳しいでしょ、都会のおつとめ」
つらら「(明るく) ぜんぜん。楽すぎて困ってるぎゃくに」

雪子「――」
つらら「ときどき楽なのが不安になるぐらい（笑う）」
雪子「（笑う）ホント」
つらら「もともと都会に合ってたのかもね」
雪子「――」
クラシック。
コーヒーに砂糖を入れるつらら。
つらら「でも」
雪子「？」
つらら「何だかふしぎですよね」
雪子「何が？」
つらら「都会って――あっさりお金かせげて、ファッショナブルに毎日送って――何でもお金で人にたのむと、すぐだれか来てやってくれちゃって」
雪子「――」
つらら「自分でやることないンですからァ」
雪子「そうね。――そうかもしれないわね」
クラシック。
黙々とアイスクリームを食べている純。
つらら「（フッと笑う）私のアパートの隣りの部屋に、ベランダでカボチャ作ってる人いてね」
雪子「カボチャ？」
つらら「鉢に三つばかカボチャの苗植えて毎日毎日水やってンの」
雪子「――」
つらら「お金出せばカボチャなンてゴロゴロあるのに」
雪子「――」
つらら「なぜあゝいうことしたくなるンでしょうね」
雪子「――」
つらら「本能かしらね。もともと人間の」
雪子「――」
純「終わりましたッ」
つらら（レジのほうを見る）
雪子「たのんでらっしゃい。自分で行って」
純「（つららに）いい？」
つらら「いいわよ」
純、うれしそうにレジのほうへ行く。
つらら「私思いますよ、ときどきフッと。それにくらべると、本当にダサイけど――農家の暮らしって本当かもしれない」
雪子「――」
つらら「お金にもならないのに、汗水流して、天気の心配

　して、地べたはいまわって」
雪子「――」
つらら「札幌来て私、はじめて思いました」
雪子「――」
つらら「でもあの暮らしってもしかしたら本当は、とって
　もすてきなことなのかもしれないって」
雪子「――」
　間。
　クラシック。
つらら「（笑う）私はもうあすこには帰りませんけどね」
　つらら。
　雪子。
　雪子の目にかすかににじんでいる涙。
　つららの顔。
　雪子。
純「（とんで帰る）おばさん！　できればアイスクリームより」
　雪子の涙を見て絶句する。
　つらら。
　間。
　つらら膝もとでハンドバッグを開き、煙草を一本とり出してくわえる。
　音楽――テーマ曲、静かにはいる。B・G。
語り「おばさんが何で涙を浮かべてたのか、ぼくにはぜんぜんわからなかった」

夜の道

　歩く雪子と純。

語り「ぼくの考えではきっとおばさんは草太兄ちゃんのことを考えたンだろうと思う」

　歩く二人のいくつかのショット。

語り「昨夜会長さんがいっていたようにお兄ちゃんはグラブの紐もといてもらえず一人で泣きたいのをがまんしながら、モゾモゾ紐をといたンだろうか」

　歩く純。

語り「でも――

お兄ちゃん――

すてきだったよ！」

イメージ

　たたかっていた草太。

語り「お兄ちゃん本当に――。

すてきだったよ。
感動したもの。
ぼくは本当に」
螢の声「お兄ちゃん、どうしたかな」
虫の声。

家・一階

砥石でカンナをみがいている五郎。そして螢。
螢「勝ったかな」
五郎「どうかな」
間。
螢。
――弁当をつくっている。
つくりつつ、ポツリ。
螢「父さん」
五郎「ああ」
螢「この四、五日町に出かけてないね」
五郎「――」
間。
螢「行ってくれば？」
五郎「――」
間。
螢「螢は平気だよ」
五郎「――」
螢「螢は――父さんに――好きな人ができても」
五郎「――」

道

登校する純と螢。
語り「八月二十日で夏休みは終わった。
ぼくらは本校へ通いはじめた」

森の中

純と螢、朝もやの中を行く。
語り「富良野はもう秋がはじまりかけていた」
ぐんぐん歩いて行く純と螢。
二人を包んでいる秋の森。
音楽――ゆっくりともりあがって、

22

ランドセル背負った純と螢走る。

画面に文字が――「十月」

走る二人のいくつかのショット。

語り「拝啓恵子ちゃんお元気ですか。いよいよ今日から夢にまで見たぼくらの丸太小屋の組立て工事が現場で朝からはじまってるはずで」

二人、足をとめ、顔見合わせる。

カーン、カーンとノミの音。

螢「やってる！」

二人、また走る。

現場

丸太小屋、三段目の組みにはいっている。
五郎、和夫、中川、クマ、一同、丸太を合わせながら、
五郎「よし！　ずらして！　もすこしずらして！　――OK！」
和夫「合ったか？」
五郎「こっちはぴったり！」
中川「ここすこしすいてます！」
クマ「ノミかしてノミ！」
中川「ちょっと持ちあげて」

語り「札幌で草太兄ちゃんのボクシングの試合があってから、もうひと月が過ぎていた。あの日から雪子おばさんが何となく変った。草太兄ちゃんは顔を見せなくなり、そのことについてぼくがきいても、おばさんは、そうね、というだけだった。そうだ。一度だけこんなことがあった。晩ごはんのとき父さんに、ぼくがつららさんと会ったことをしゃべったンだ。そしたら父さんは返事をしなかった。雪子おばさんも何もいわなかった。ぼくは何となくそこらへんのことは、触れちゃいけないことなんだと思い――。

十月にはいって待ちに待った日が来た」

森の中

目を輝かせて見ている純と螢。
カーン、カーンとひびくノミの音。
音楽――テーマ曲、イン。
タイトル流れて。

1

現場

ノミ使う五郎。

和夫「いいか?」
五郎「OKやってみよう!」
和夫「行くぞ!」
クマ「セエノ!」
一同「よッ!!」

一同、丸太を持ちあげ、下の丸太と直角に合わせる。
はめ込む。

和夫「どうだ」
五郎「――(点検)いいンでないかい?」
和夫「よし!」
五郎「じゃもう一度あげて」
和夫「コケ、コケ!」
五郎「(クマに)イリザネ!」

純、積んであるコケをとり急いで渡す。

語り「丸太小屋を組むやり方はいろんな方法があるらしいンだけど、父さんのは丸太と丸太の合わさる所にミゾを掘りそこにイリザネという板をはさんで上下にしっかり固定するやり方です」

――それらの語りを映像でわかりやすく見せて、

語り「丸太と丸太が重なり合う角には山でとってきたコケをつめます。コケは強いから生きていて、中でしっかり根をはるようになり、合わせた切り口をうめていくわけで」

石炉に

鍋がかかり、おやつのブタ汁がグツグツ煮えている。
雪子よそって、

雪子「ハイ」

螢、受けとって小休止の一同に配る。

中川「意外とうまくはまるもンだね」
五郎「いちいち合わせてやってたンだもン」
和夫「五郎お前意外と器用だな」
五郎「見直したかい」
和夫「屋根にかかってみんとわからんけどな」

中川「この分でいったらわりと早いスね」
クマ「屋根組むとこがたいへんですよ」
和夫「屋根の下までで何段だっけ」
五郎「十二段」
中川「一時間いま一段くらいの割りでいってますよ」
和夫「スピード出てきたな」
五郎「この分でいくと今日明日で壁だけはいくンでないかい」
みずえ「(来る) どう?」
和夫「おお」
みずえ「うわァ、進んでる」
和夫「うちの連中は」
みずえ「今三、四人手伝いに来る」
雪子「螢ちゃん! 純君! アラまた消えちゃった」
五郎「何だあいつら、また消えたのか」
雪子「今いたのにもう、パッと消えちゃう」
和夫「子どもはしようがない。そういうもンだ」
語り「消えたわけじゃなかった」

森

純と螢行く。

語り「ぼくらは山ですることがあったンだ。それは——」
音楽——軽快にイン。B・G。

森の動物たち

エゾリス。
小鳥たち。

語り「父さんはすっかり忘れてるンだけど。じつはあさってが父さんの誕生日で」

山

ぐんぐん小道を分けて行く二人。

語り「ぼくらはこっそり誕生パーティを開いてあげようと準備しており。そのことは本当は父さんを除く、中畑のおじさんやクマさんやみんなにもないしょで伝えてあることであって」
螢「お兄ちゃん、あった」
純「よし!」
螢「うわァ、こっちにもいっぱいある!」
語り「その誕生日のプレゼントとして、ぼくらはこっそり山ブドウを集め、来年用の父さんのブドウ酒をびんにつめてプレゼントしてあげるつもりで」

二人、夢中で山ブドウをとり、持ってきた大きな袋につめる。
とりつつ、
螢「お兄ちゃん」
純「ン？」
螢「誕生日にあの人呼ばなくていいのかな」
純「だれ」
螢「ホラ――。こごみさん」
純――。山ブドウをとる。
純「いいンじゃねえか？」
螢「だけど――父さんの誕生日よ」
純「――――」
螢「父さんいちばん呼んでほしいンじゃないかな」
純「だけど最近会ってないみたいだゾ」
螢「そのことだけどさあ」
純「なにさ？」
螢「ピクニックのときのこと、父さん気にしてるンじゃないかなあ」
純「ピクニックって何よ」
螢「私たち、ホラこごみさんのこと――何となく嫌って冷たくしてたでしょ。だから、父さん私たちに気がねして、こごみさんに会いたいのに会わないンじゃない」
純「そうかな」
螢「やっぱり呼んだほうがいいと思う私」
純「やなンだよなオレあの人来ると」
螢「どうして」
純「だって父さん、デレデレデレデレ――（不意に）ウワッ」
螢「え？」
純「あれ見ろ！　あんなにあるゾ!!」
螢「本当だ!!」
二人もうぜんとヤブを分ける。
螢「うわァこっちにも!!」
純「すげえぜここは!!」

現場

手伝いの人数が増えている。
中川「何番?!」
五郎「南の６Ａ!!」
中川「南の６Ａ!!」
木材に印されたナンバーをさがす。
五郎「コケ、あとどうした？」

和夫「クマ！　クマ!!」
中川「さっき小便に行きましたよ！」
和夫「いつまで小便してやがンだ」
作業がつづく。
森の奥からモゾッともどってくるクマ。和夫に近づく。
和夫「おおクマ!!　お前、とってきたコケ」
クマ「切株倒してアリ食った後があります」
和夫「ン？」
クマ「熊が来てるみたいですね」
和夫。

森

古い切株がひっくりかえされてる。
一同。
地面にかがみこむ中川。
和夫、五郎らも。
熊の足あと。
間。
和夫「いつごろだ」
中川「まだ新しいね」
和夫「――大きさは」
中川「コッコだね。三歳のオスってとこか」
五郎。
中川「コッコっていっても六十キロはあるよ」
五郎「三歳のオスってどうしてわかる」
中川「メスだと足の裏の豆がまるいからね。こいつァ豆がまるくないからオスだ」
中川、立ってあたりを見まわす。
中川「やっぱりここはとおり道なンだな」
一同。
和夫「ま、こンだけ人がいりゃ出てこねえべさ」
五郎「うン」
クマ「やりますか」
和夫「そうだな」
一同、現場へもどる。
中川「常務」
和夫「？」
中川「オレちょっとそこいらまわってみますわ」
和夫「ああ」
音楽――静かな旋律ではいる。B・G。

現場

七、八段目にかかっている。

五郎「はいこっち！」
クマ「こっち!!」
和夫「どうだ！」
五郎「おろして！」
和夫「カケヤ!!」
五郎「ちょっと待ってすこしずつ!!　もうちょい！　もうちょい!!　よしハイおろして!!」

山波

夕陽に赤く染まって、
工事現場の人びとの声。

現場

仕事が着々と進んでいる。
窓枠の板が組み込まれる。

紅葉

現場

組み込み作業。

つぎの丸太のナンバーをさがす和夫。

中川の声「常務」
和夫ふりかえる。
立っている中川。

和夫「おお、どうだった」
中川「オレちょっと鉄砲とりに行って来ますわ」
音楽――消える。
ふりかえったクマ。
和夫。

和夫「まだそばにいるのか」
中川「もう一頭いますわ」
和夫「もう一頭?!」
ふりかえった五郎。

中川「母子だね。それも親のほうは相当でかいわ。百六、七十ありそうです」
和夫「オイオイ」
男「おれも行くわいっしょに」
中川「ウン」
和夫「うちのジープ使え」
中川「借りていきます。（歩きだす）」
五郎「ああ！　わるいけどちょっと家に寄って子どもら山

のほうに行かんようにいっといて！」
中川「わかりました」
音楽――静かな旋律ではいる。Ｂ・Ｇ。

家

雪子と中川。
雪子「熊?!」
中川「ええ、近くをうろついてるみたいです」
雪子「やあねえ」
中川「ですから子どもらに山のほうへは行かないように」
雪子「わかった。町のほうに行ってるンじゃないかと思うから、もしも会ったらそういっといて」
中川「わかりました（外へ）」
語り「そんなことはぜんぜん知らなかった」

森

山ブドウを無心にとりまくっている二人。
語り「ぼくらは町どころか、まさにその山の、それもかなり奥のほうにはいってたわけで」
純「もういいンじゃねえか？　袋いっぱいだぞ」
螢「もうすこしだけとってこ」
純「お前もしつこい女だなァ本当に」
急に二人ドキリとあとをふりむく。
音楽――中断。
間。
ゆっくり顔を見合わせる。
純「何か今音したな」
螢「うン」
間。
純「何の音だ」
間。
螢「キツネじゃない？」
純「――」
螢、また山ブドウをとる。
純「行こうぜお前もう日が暮れちゃうぜ」
螢「これだけでやめる」
純「チェッもうッ」
二人、とる。
螢「ねえ、あのキツネどうしたかな」
純「何が」
螢「トラばさみにやられた螢のキツネ」
純「知るかそんなこと」

螢「キツネって、トラばさみにやられてもさ、自分の足くいちぎって生きるっていうじゃない？」
純「――」
螢「生きてるかな。それとも――死んじゃったかな」
純「そんなことお前」
急にまた二人ドキッとふりむく。
間。
純「やっぱり何かいるぞ」
螢「――」
間。
純「（ふるえる声で）何だと思う？」
螢「熊かな」
純「――!!」
純、螢のそばににじり寄る。
純「どうしてお前こういうときに、そういうやなこと平気でいうの」
間。
螢「熊ならぜったい走っちゃダメだって。歌かなンかうたって平気な顔で、知らんぷりしていたほうがいいって」
純「――」
螢「歌うたって帰ろ」
純「ナ、ナニうたうンだ」
螢、いきなりバカでかい声でうたいだす。
螢 〽クマが出た出た
クマがァ出たァ
純 （か細く）〽ヨイヨイ
二人〽東大演習林の中にィ出た
二人、ブドウの袋持って大声にうたいつつ歩きだす。
二人〽あんまり山子が稼ぐので
春でもないのに
クマが出た　サノヨイヨイ
音楽――静かな旋律ではいる。Ｂ・Ｇ。

家

茶碗持つ純と螢の手が、カタカタ小きざみにふるえている。
語り「本当に熊が出たンだって話を、夜になってからぼくらはきいたんだ」
炉ばたに立てかけられた鉄砲。
中川たちと話している五郎と雪子。

語り「あまりのことに声も出なくて、ぼくらは山へブドウをとりに行ったことをないしょにした」

二階

向い合い、手を組み小声で主の祈りを唱えている純と螢。

語り「その晩二人で久しぶりにお祈りした。神様がぼくらを守ってくれたと思った」

音楽──

2

現場

作業。かなり進んでいる。

コケの運搬を手伝っている純。

語り「そのつぎの日は日曜日で、ぼくらは朝から仕事を手伝い」

家

昼の仕度をしている螢と雪子。

螢「これは？」

雪子「ああそれそのまま持ってって。むこうに行ってつくるから」

螢「ハイ」

雪子「それだけ先に運んで来て」

螢「ハイ」

声「コンニチハ」

螢、外を見る。

ニッコリ立っているこごみ。

螢「うわァ──こごみさんだァ」

こごみ「しばらく。螢ちゃん元気にしてた？」

螢「うン」

雪子「(中から) どなた？」

螢「こごみさん、ホラ、ピクニックに行った」

雪子「ああ。──雪子です」

こごみ「はじめまして。丸太小屋もう建てはじめてンですか？」

雪子「ええ、昨日から。螢ちゃんこれ」

こごみ「何かお手伝いしましょうか」

森の中

食料を運ぶこごみと螢。

こごみ「熊?!」
螢「そう。親子づれ」
こごみ「こわい!」
螢「ばったり会わなきゃ何もしないって」
こごみ「螢ちゃん強いなァ」
螢「親子づれの場合はね、親は必ずメスなンだって」
こごみ「へえ」
螢「それで子どもはね、メスの場合は二歳の秋で親とはなれて、オスの子だけ三歳まで母親といっしょにいるンだって」
こごみ「本当ォ」
螢「ア、ソウダ!!」
こごみ「どうしたの?」
螢「ねえあさっての晩お誕生日やるの」
こごみ「だれの?」
螢「父さんの」
こごみ「本当ォ」
螢「みんなにもうこっそり声かけてあるの。でも父さんだけ知らないの」
こごみ「齢だからお誕生日忘れちゃってるンだ」
螢「(笑って)そう!! ねえ来てくれる?」
こごみ「もちろん! よろこんで」
螢「七時ごろからだから。約束よ!」
こごみ「わかった」
螢「(現場が見えて)うわァ! もうあんなに!」

現場

作業。

螢の声「お父さ——ん!!」
ふりかえる五郎。
螢「(来る)こごみさん手伝いに来てくれたァ!!」
こごみ「コンチワァ!!」
丸太を運びつつギョッとふりむいた和夫と中川。
こごみ「アラ! 悲劇ちゃんも手伝ってンだ!」
和夫思わず丸太から手を離す。中川、丸太を足にぶつけて、
中川「アイタタタタタ」
和夫「(あわてて)ア、ゴメン! だいじょうぶ?! どうした?! だいじょうぶ?!」
コケを運んで立ちどまった純。

石炉

石狩鍋が煮えている。
雪子とこごみがドンブリにつぎ、螢がそれを手伝って配る。
一同食事がはじまっている。
食べている純。
語り「とつぜんこごみさんが現れてから何となく現場の空気が変った」
黙々と食っている五郎と和夫。
語り「なぜだか事情はよくわからない。でも、それまでみんなよくしゃべってたのが何となくしいんとしゃべらなくなってしまい」
自分の箸とドンブリを持ち、五郎の脇へストンとすわるこごみ。
こごみ「(笑って) ここで食べる!!」
五郎「───」
こごみ「(食べつつ) 元気だったの？　悲劇ちゃん!」
和夫「ええ───まァ。(ボソボソ) お茶は、と───」
こごみ「ア、持って来る!」
和夫「いい、いい、いい、いい! (立って) いいの、いいの!」
その場から離れる。

こごみ。
───食べつつ小さな声で、
こごみ「許せない!」
五郎「いや何やかや忙しくってね」
こごみ「そのことじゃない!　あんなきれいな妹さんそばにいて!」
五郎「───」
こごみ「もういやッ。本当に!　きれいなンだもン!!」
食事を片づけつつチラと見る純。
和夫そばに来て、
和夫「オイ」
純「?」
和夫「落葉キノコでもさがしてくるか」
純「ウン!」
とつぜんクマと中川の、変に意識的なせきばらいがきこえる。
ふりむく和夫。
とうきびをかかえてやってくるみずえとすみえ。
みずえ「おつかれさまァ」
男たち「(ボソボソ) どうも」
みずえ「雪子さんこれ」

雪子「すみませんこれ」
みずえ「それと、これ、手紙」
雪子「アラ、すみません」
　とうきびと手紙を渡そうとし、手紙が落ちる。螢拾って渡しかけ、
螢「母さんからだ」
雪子「アラ本当だ。後で読んであげるね」
　みずえ、こごみの存在に気づく。
　こごみ、五郎と目を伏せ食っている。
みずえ「(雪子に) どなた？」
雪子「ええ、アノ――」
和夫「(とつじょ割りこむ) アレダアノ、オマエ――ホラ、アノ、ナニノアレ――今朝いった、ホラ、アレ。何だっけアレ、ホラ。――アノ話どうした？」
　みずえ、キョトンと、
みずえ「何の話ですか？」
和夫「いったじゃねえかホラ！　アレノナニ――エエト、ホラホラ――ここまで出かかってて、――いいや！　おいすみえ！　落葉キノコさがしに行こう！」

森の中

　キノコをさがしている純と和夫。
　離れてさがしているみずえの姿。
純「やなンだよなァオレあの人来ると」
和夫「どうして」
純「だってさ。父さんみっともないンだもン。ヘラヘラヘラヘラしちゃってさ」
和夫「――最近もよく来るのか」
純「ここしばらくは来なかったけど」
和夫「――」
純「やだよオレああいう人。来てほしくないよ！」
　キノコさがす二人。
和夫「それは――あの人が飲屋につとめてるからか」
純「(びっくりして見る) 飲屋の人?!」
和夫「(あわてて) いやアノ、飲屋って。――まァそりゃいいけど」
純「飲屋の人なの?!　そういうとこの人?!」
和夫「いやまァべつに飲屋だからって」
純「そういう人か、なるほどそうか」

現場近く

螢「こごみさん！」

中川と二人でいたこごみふりむく。
螢。
こごみ。
——ニッと笑い、一方へ歩きだす。
螢「どうしたの?」
こごみ「(明るく)またね」
螢「どうしたの? 帰るの?」
こごみ、笑って手をふり、スキップしながら去って行く。
螢「どうして?」
去って行くこごみのうしろ姿。
螢「(中川に)こごみさん、どうしたの?」
中川「さァ」
木立の陰からソッと見ている五郎。
スキップして消えていくこごみのうしろ姿。
音楽——静かな旋律ではいる。B・G。
五郎。
——ゆっくり一方へ歩く。

現場

みずえと雪子が後片づけ。
それぞれねそべっている男たち。
五郎。
——ゆっくり丸太小屋の中へはいり立つ。
間。
和夫来て脇へ立ち、煙草をくわえる。
五郎にさし出す。
五郎、とってくわえる。
火をつけてやる和夫。
和夫「だいぶ進んだな」
五郎「——」
和夫「そろそろやるか」
音楽——たかまって以下につづく。

作業モンタージュ

しだいに高く組まれていく壁面の丸太。
その過程をいくつかの段階で見せて。

夕陽

芦別の稜線を染めて。

現場

作業が終わり、男たち車にのりこんでいる。
和夫、立っている五郎に近づく。
和夫「どうだ。あとで一杯」
五郎「うン」
和夫「めしすんだら来いよ」
五郎「ああ」
和夫「じゃあ」
和夫、車にのり、一同と去る。
静寂が残り、屋根にかかりかけた丸太小屋の脇にポツンと一人残って立った五郎。
五郎の顔に――

記憶（フラッシュ）

スキップして去って行ったこごみ。

現場

立っている五郎。

家・表

五郎、帰ってくる。
戸をあけて手がとまる。
純の声「じょうだんじゃねえよ！　飲屋につとめてる女なンだぞ!!」
音楽――消える。
五郎のクローズアップ。
純の声「そんな女、父さんの誕生日に呼べるかよ」

同・中

螢「だって私もう呼んじゃったもン」
純「じょうだんじゃねえよ断わって来いよ！」
雪子「純」
純「オレいやだよ！　ぜったいイヤだよ!!」
雪子「飲屋につとめてたらどうしていやなの？」
純「イヤだよオレぜったい！　そんなの不潔だよ!!」
螢「こごみさん不潔なんかじゃないもン」
純「不潔！」
螢「そんなことない」
純「お前は子どもだからわかンないの！」
雪子「純ちょっと待って」
純「とにかくオレはやだ！　ぜったいいやだ!!」

同・表

五郎の顔。

純の声「せっかくおれたちが父さんのためにこっそり誕生日の準備してるのに、そんなヤツ呼んだらぶちこわしだろッ。今日だって見たじゃんか。みんなシラけて！　それまでみんなたのしくやってたのに、あいつが来たらとたんにシラけて」

五郎。

音楽――鈍い衝撃ではいる。くだけて静かなB・G。

その顔につきあげているいかり。

五郎。

――煙草を出してくわえる。

その手がすこしふるえている。

飲屋

和夫「どうしたンだ」
五郎と和夫。
和夫「飲めよ（つぐ）」
五郎「――」
和夫「どうしたンだ」
五郎「――（かすれて）いや」
音楽――

3

飲屋

五郎と和夫。
うすく流れている演歌。
和夫「どうしたンだ。――何かあったのか」
五郎「――」
間。
五郎「純に何かいったか」
和夫「何を」
五郎「こごみのことで」
和夫「――」
間。
和夫「純がお前に何かいったのか」
五郎「――」
演歌。
和夫「五郎」
五郎「――」
和夫「きいていいか」
五郎「――」

和夫「お前まだこごみと付きあってるのか」
五郎「――」
和夫「え？」
間。
五郎「付きあったらわるいか」
和夫「（苦笑）そうトンがるなよ」
五郎「――」
和夫「付きあったってべつにかまわん」
五郎「――」
和夫「ただあれだ――。あんまり真剣になるな」
五郎「――どういう意味だ」
間。
和夫「この前もいったはずだ。こごみって女は」
五郎「おれは中ちゃんとは考え方がちがう」
和夫「――」
五郎「相手がどういうつとめの者であろうと、そんなことおれには関係ない」
和夫。
間。
和夫「（苦笑）何だよ五郎。何をそうムキになってるンだ」
五郎「――」
和夫「おれはただ子どもらのことを心配していってるンだ」
五郎「――」
和夫「純が昼間ひどく気にしてたぞ」
間。
五郎「何を」
和夫「だから――。こごみのことをさ」
五郎「どう」
和夫「はっきりいって――イヤだっていってた」
五郎「――」
演歌。
和夫「五郎」
五郎「――」
和夫「お前の気持はわかるよ」
五郎「――」
和夫「けどな」
五郎「――」
和夫「純たちの身にもなってみろ」
五郎「――」
和夫「父親と母親がこういうことになって――。しかも今お前が――グラグラはじめたら」
五郎「――」
和夫「たまンないンじゃないかやっぱりあいつらは」
五郎「――」
和夫「あいつらにとっては何つってもお前は、唯一理想のおやじなンだからな」
五郎。
演歌。
和夫「だからさ」
五郎「――」
和夫「こごみとは外だけにしとけよ」
五郎「――」
和夫「外というかまァつまり――」
五郎「――」
和夫「深刻になるなよ必要以上に」
五郎。
その顔に。

イメージ（フラッシュ）
スキップして去って行ったこごみ。

飲屋
五郎。

イメージ
去って行ったこごみ。

飲屋
五郎。

その顔に、
低くしのびこむ高中正義「虹伝説」。

五郎。

和夫の声「（笑って）まァ飲めや」

ついでくれる。

五郎。

飲まずにじっとグラスを見ている。

五郎「中ちゃん、お前はまちがってるよ」

和夫「――何が」

五郎。

五郎「おれは子どもから尊敬されるような、理想の父親なンかじゃないよ。それに――」

和夫「――」

五郎「ただの遊びで女と付きあうほど――」
和夫「――」
五郎「器用でも――、それから――無責任でも――」
和夫「――」
間。
五郎。
急に立つ。
五郎「帰る（外へ）」
和夫「五郎！」

同・表（麓郷）

五郎出て夜道を歩きだす。
店の外まで追って出る和夫。
そのまま立って五郎を見送る。

夜道

歩く五郎。
その顔につきあげているいかり。
「虹伝説」もりあがって、
――プツンと切れる。

家・一階

螢とびこむ。
螢「お兄ちゃん！　父さん帰って来た！」
純、あわててつめかけの山ブドウとびんをかくす。
螢もあわてて手伝うが、ひろげた山ブドウはなかなか片づかない。
戸の開く音。
あせる二人。
手をとめてふりむく。
立っている五郎。
純「（仕方なく）あああ、バレちゃった」
五郎「純」
純「――ハイ」
五郎「父さんの誕生日をやってくれるそうだな」
純「あああ！　せっかく秘密にしといたのに」
五郎「こごみさんには、もう断わったか」
純。
螢。
外からはいって来て立ちどまった雪子。
五郎「来ないでほしいと断わりに行ったか」
純「――イヤ。アノ」

五郎「純」
純「――ハイ」
五郎「来てほしくなければ断わればいい。父さん行って断わって来てやる。ただし」
純「――」
五郎「こごみさんが飲屋につとめてる人だからいやだという考えは父さん許さん」
純「――」
五郎「人にはそれぞれいろんな生き方がある。それぞれがそれぞれ一生けん命、生きるために必死に仕事をしている。人には上下の格なンてない。職業にも格なンてない。そういう考えは父さん許さん」
雪子。
純。
螢。
五郎「こごみさんには断わってきてやる。父さんの誕生日は――。それも断わる」
螢。
純。
五郎、表へ去る。
純の手から抱えていた山ブドウが落ちる。

表

音楽――「愛のテーマ」イン。B・G。
雪子、五郎を追いかけて外へ。

五郎、車へぐいぐいと歩く。
雪子、追う。

車

五郎のりこみエンジンをかけライトをつける。
雪子「(追いついて) 義兄さん！」
五郎。
――すでに自己嫌悪がつきあげている。
五郎「(ポツリ) わかってるよ」
雪子「(首ふる) 純のことならだいじょうぶ。――これ」
手紙をさし出す。
五郎「?」
雪子「今日私あてに、姉さんから来たの。迷ったンだけど――読んでみて」
五郎「――」
封筒から中身を出す。
目を走らす。

音楽、低くつづいている。

五郎。

間。

目をあげる。

雪子を見て、——笑う。

五郎「よかったじゃないか」

雪子「はずかしい。私——」

雪子、急に身をひるがえし家のほうへ走る。

五郎。

——封筒を脇へ置き車を出す。

家

走りこむ雪子。

足をとめる。

純。

——黙々と山ブドウをびんにつめている。

純の目からボロボロ涙がこぼれている。

手伝っている螢。その目にも涙。

雪子。

雪子「だいじょうぶよ。お父さん、つかれていただけ」

作業を手伝う。

音楽——ゆっくり消えていって、
働いている三人の顔に。
令子の声「雪ちゃん。あなたにお手紙を書きます」

夜の丘陵

ポツンととまっている五郎の車。

眼下にひろがっている富良野の灯。

無音の世界。

令子の声「本当は五郎さんに書こうと思ったンだけど、どうしても書く事ができません。あなたからあの人に伝えてください」

とまっている車の中

手紙を読んでいる五郎。

令子の声「吉野さんと近々いっしょになります。といっても正式ではありません。女性の場合離婚後六か月は結婚することができないのです。だけど、——とにかくいっしょになります。

本当はもう半分、いっしょに住んでます。

純や螢にはいわないでください。いえ、いうべきかどうなのか、私には判断つきません。あの人にいっさいおまかせします」

五郎、手紙を置き、車をスタートさせる。

令子の声「(つづく)離婚成立からわずか二か月。きっとあなたはおこるでしょうね。

でも私には二か月ではなく、じっさいは二年半、いえもっとでした。もっともっとつらいたった一人の、どうしようもない歳月でした。一人での歳月は家族との歳月の何倍何十倍に思えます。もう一刻(とき)も一人っきりはいや!」

音楽——テーマ曲、低くはいる。B・G。

富良野・路地裏

五郎、しのぶように「駒草」へ歩く。

その目が一方を見てフッととまる。

小公園

こごみが仔犬と話している。
こごみ「ダメなの。ここにいて。ついてこないで」
こごみ「駒草」のほうへ走りかける。仔犬チョコチョコとついてくる。
こごみ「(困って)ダメなのォ! お店には置いてやれないのォ!」
仔犬、まとわりつく。
こごみ——愛しさがつきあげて、仔犬を抱きあげ頰ずりする。
こごみ「困っちゃうじゃない! 困っちゃうなァ!」
柵の外から見ている五郎。
五郎、かがみこみ口笛を吹く。
仔犬、五郎のほうへ走ってくる。
こごみ「アラ」
五郎「早く逃げろ」
こごみ「(逃げつつ) お店に来てくれるンでしょう?」
五郎、うなずき口笛を吹き仔犬を引きつけつつ、逆方向へもうぜんと走る。
音楽——

4

「駒草」


カウンターにいる五郎。

笑いつつ水割りをつくっているママ。

演歌。

ママ「仔犬とかけっこしてきたンだって？」
五郎「（ちょっと笑う）」
ママ「すみません。困ってたの。何だかお店にはいって来
ちゃって」
グラスを出す。
ママ「ずいぶんご無沙汰だったじゃない！」
五郎「うン」
ママ「忙しかったの？」
五郎「まァね」
ママ「ネズミ花火、しゅんとしてましたよ」
五郎「（見る）ネズミ花火？」
ママ「こごみのこと。どこに飛んでってはじけるかわかン
ないから」
五郎「——（ちょっと笑う）」
ママ「（小声で）ほれてるみたいよ。——来ました」
こごみ来てすわる。ママはボックスへ。
こごみ。
間。
手をのばし、のろのろと自分の水割りをつくる。
五郎。
五郎「どうしたンだ」
こごみ「だって——残酷なンだもン」
五郎「——何が」
こごみ「仔犬の捨て方。——馴れすぎてる」
五郎「君が困ってると思ったからじゃないか」
こごみ「——そうなの。本当はとっても困ってたの」
急に調子をガラリと変え、明るく、
こごみ「乾盃！」
グラスを合わせ、水割りを飲む二人。
五郎「どうしたンだ今日。——急に帰っちゃって」
こごみ「（首ふる）ちょっと急用思い出したから。（明るく
ささやく）いい子だったでしょッ？」
五郎「何が」
こごみ「ひと月もじっとがまんして待ってて」
五郎「——」
こごみ「何も。連絡もしてこないンだから」
五郎「わるかったな。ちょっと——忙しかったンだ」
こごみ「これからは？」
五郎「——」
こごみ「これからも忙しい？」
五郎「——」
こごみ「（笑う）いいのよ。うそよ。深刻な顔しないで」

演歌。

五郎「じつはな——ちょっと——あやまりに来たンだ」

こごみ「どうしたの？」

五郎「今日昼間——螢が——何かいったろ？」

こごみ「——」

五郎「おれの——誕生日を——するとかなンとか」

こごみ「ああ——ハイ」

五郎「その話だけどな」

こごみ「——」

五郎「じつは——ダメなンだ」

こごみ「——」

五郎「いやコノ、オレの——暇がなくてさ」

こごみ「——」

五郎「あいつらせっかくおれにないしょで——こっそり計画してたらしいンだけど」

こごみ「——」

五郎「誕生日はやらないンだ」

こごみ「——」

五郎「どうしてもダメなンだ」

こごみ「よかったァ」

五郎「——」

こごみ「ちょうどダメだったのよ私も」

五郎「——」

こごみ「お店休めないし。——わるいけど断わるつもりだったのよ」

五郎。

間。

一瞬、こごみを見る。

すぐ目をもどす。

演歌。

五郎「今日——」

こごみ「——」

五郎「あいつらに何かいわれたのか」

間。

こごみ「べつに」

五郎「——」

こごみ「どうして？」

間。

五郎「中畑のかみさんに——会ったことあるのか」

こごみ。

こごみ「（見る）どうして？」

五郎「——（ちょっと首ふる）」

こごみ「何かいってた？」
五郎「イヤ」
二人。
長い間。
こごみ「人の噂って――五郎さん信じる人？」
五郎「いや」
間。
こごみ「じゃあ過去は？」
五郎「――」
こごみ「過去にはこだわる？」
五郎「――」
こごみ「許せないタチ？」
五郎。
間。
ちょっと笑う。
五郎「いや、もうそういうのは卒業したな」
こごみ「――」
五郎「いや、してないかな」
こごみ「――」
五郎「どうかな。自分じゃ――。よくわかンないな」
こごみ「――」
演歌。
五郎「むかし――女房のあやまちを見ちゃって」
こごみ「――」
五郎「そのことに以来ずっとこだわって」
こごみ「――」
五郎「何度も何度も手をついてあやまるのを、どうしても
オレ許すことできなくて」
こごみ「――」
五郎「子どもたちまでまきぞえにして」
こごみ「――」
演歌。
五郎「だけど最近ずっと思ってた」
こごみ「――」
五郎「人を許せないなンて傲慢だよな」
こごみ「――」
間。
五郎「おれらにそんな――権利なンてないよな」
こごみ「――」
五郎。
――煙草を口にくわえる。
こごみ、マッチをすってやる。

目が合う。
五郎、かすかに笑う。
五郎「ありがと」
演歌。
五郎「女房――男といっしょになったって――妹ンとこに今日手紙来たンだ」
こごみ。
――ゆっくり五郎を見る。
五郎、ちょっと笑う。
五郎「ホッとしてンだ」
こごみ「――――」
間。
五郎「卑怯かなオレ」
こごみ「――――」
ママの声「いらっしゃい」
五郎。
こごみ。
ママの声「どうぞ」
五郎。
こごみ。
ママの声「何か」

五郎、――何気なく入口を見る。
入口からクマと中川がのぞいている。
五郎「――おお」
二人「――――」
五郎「どうしたンだはいれよ」
二人、目顔でちょっとと表へ誘う。
五郎「どしたの」
立って外へ。
演歌。
こごみ。
間。
のろのろと手をのばし、五郎の水割りを新しくつくる。
五郎の灰皿に吸いさしの煙草。
こごみ、灰皿をとりかえる。
そこへ吸いさしの煙草を置く。
もどってくる五郎。
間。
吸いさしの煙草に立ったまま手をのばす。
その手がふるえて灰が落ちる。
こごみ、五郎を見る。
五郎「(かすれて) いくら?」

こごみ「もう帰るの？」
五郎「うン」
こごみ「どうしたの？」
五郎「うン」
こごみ「——急用？」
五郎「——うン」
こごみ「——何かあったの？」
五郎「——」
五郎、こごみを見てけん命に笑う。
五郎「何だか——話がよくわかンないンだ」
こごみ「——どうしたの」
五郎「いや。——女房がね、——死んだっていうンだよ」
こごみ。
いっさいの音消えてなくなる。
五郎「だいぶ前退院して——こっちにも来たのに」
こごみ「——」
五郎「（笑う）同じ病院で死んだっていうンだよ」
こごみ。

家の前

雪子のクローズアップ。
両手で口をおさえている。
その前に立っている和夫とみずえ。
雪子「（小さく）どうして——!!」
語り「そのころ、ぼくは夢を見ていた」
音楽——「愛のテーマ」静かにはいる。B・G。

二階

寄りそうようにして眠っている純と螢。

語り「そこは演習林をずっとはいった大麓山の奥のほうだと思う。まわりじゅう山ブドウがいっぱいなってて、ぼくと螢はそこにいるンだ。

ぼくたちはむこうの稜線を歩いて行く母子づれの熊をじっと見ていた。

仔熊は二ひきいた。

そして親熊は——。

とってもやさしく」

純の目にポツンと浮かんでいる涙。

語り「母さん——。

親熊は——。

ときどき仔熊たちをふりかえり」

音楽——もりあがって。

23

朝

秋晴れの麓郷。その自然。

語り「その朝のことはよくおぼえてないンだ。いつになく早く目がさめたら、壁のふし穴から光がはいってた。ひどく気持のいい秋晴れの朝で、父さんたちはもう起きていた。雪子おばさんはお弁当をつくってた。二人とも何もしゃべらなかった。
どうしたのって螢がきいたら、父さんはちょっと笑ってみせて、母さんが急に死んだんだよっていったンだ。
冗談でしょうってぼくは笑った。でもおばさんの顔を見たら、目から涙があふれてるンだ。それで螢もぼくも黙った。それくらいしかおぼえてないンだ。とにかくその昼には雪子おばさんとぼくと螢は汽車にとびのって、千歳空港にもう着いていたンだ」

音楽——テーマ曲、イン。

タイトル流れて。

1

ろうそくと線香

心細くゆれている。

絹子の声「(電話に) 昨日の夜の九時十三分です。ハイ。——いえちがいます、病院で、ハイ。一昨日です、ハイ。一昨日入院して。——そうです。遺体は——イエ今朝こっちに」

令子のアパート・母の部屋

アルバムから写真をさがしている純と螢。

弘子伯母「(はいって) あった？」

純、何枚かの令子の写真をさし出す。弘子見くらべて、

弘子「どれがいいと思う？」

螢、その中の一枚を指す。

居間

立ち働いている男女の足。
葬儀屋の声「だいたいみえる方何人くらい？」
前田伯父の声「どのくらいだろう」
京子伯母の声「美容院のほうの関係は？」
絹子の声「組合のほうにだけは先ほど連絡を」
弘子「（はいる）写真これ」
葬儀屋「ああこっちにいただきます」
弘子「これで伸びます？」
葬儀屋「だいじょうぶです」
一同のむこうに令子の遺体。その脇にぼう然とすわっている吉野。
葬儀屋「ご主人のほうのご関係は」
京子「いえそれが今」
前田「一人でして」
葬儀屋「あ、お一人」
前田「最近別れて」
葬儀屋「するとあの――（吉野をチラと見る）あちら」
前田「ええあの――近々、再婚する予定の」
葬儀屋「するとあの喪主は」
京子「子どもがいるンです。前の夫の。それとあの、妹が」
入口におびえて立っている純と螢。
葬儀屋の声「すると喪主としてはそのお子さんたちが」
小山「（はいる）あ、喪主は子どもがつとめます。それとアノ妹の雪子さん。あ、雪子さんは？」
弘子「さァあのさっき、お友だちとちょっととって」

喫茶店

雪子とミヤコ。
クラシック曲。
ミヤコ「三日前の晩よ。お姉さんから電話があったの。具合がどうもまたよくないからって。苦しそうだったわ。主人にすぐに連絡して、病院のほうに来てもらうようにって。――宿直だったから、ちょうどその晩」
雪子「――」
ミヤコ「十二時近くに主人から電話で、待ってるンだけどまだ来ないんでどうなってるのかって。でアパートに電話したけど電話出ないのよ」
雪子「――」
ミヤコ「翌日の昼ごろ連絡がはいったわ。入院したって。前の病院に。おこったのよ私、だめだっていったでしょうって。ちゃんとしたとこで診なくちゃダメだって。お姉さん、ごめんなさいってあやまるだけで」

雪子「――」

ミヤコ「やっぱり例の方がからんじゃったみたいね」

雪子「――」

ミヤコ「そっちの義理を捨てきれなかったみたい」

雪子「――」

ミヤコ「翌日主人に行ってもらったのよ。帰ってきて主人あきれはててたわ。病院じゃ神経だってまだいってンだって」

雪子「――」

ミヤコ「モルヒネで痛みを抑えるだけで。――でもモルヒネって限度があるのよ。それでね、痛みだすと――信じられないことするンだってそこ」

雪子「――」

ミヤコ「ビニールの袋を口にあててね、吸わすンだって。そうするとすこし楽になるらしいのね」

雪子「――」

クラシック。

雪子「病院では死因は何だっていってるの？」

ミヤコ「知らない。だけど――主人いってたわ。――痛みで死にっていうンだって実際にあるンだぞって」

雪子「――」

ミヤコ「あれは、死因を糾明すべきだって」

雪子「――」

語り「夕方にはもう写真ができてきた」

令子の遺影

語り「母さんは黒いリボンをかけられた額ぶちの中でちょっと笑ってた」

居間

人びと。

語り「母さんのいとこの弘子おばさん。京子おばさん、前田のおじさん。それに美容院のお店の人たち」

黙って煙草を吸っている吉野。

語り「吉野さんはよっぽどショックだったらしく遺体のそばにすわりっぱなしで」

廊下

雪子「純ちゃんたち母さんのそばにいてあげなさい」

純「だけどあの人がそばにいるから」

雪子「何いってるの！　あなたたちが喪主よ！」

居間

雪子、純と螢を母のそばへすわらす。
吉野に何か話している小山。

語り「吉野さんが気の抜けてしまっているぶん、吉野さんの友だちのその人が働いた」

小山。テキパキと立つ。
葬儀屋と打合せ。

語り「小山さんという吉野さんの親友で、何でもまわりにお葬式があるとこの人がいないと始まらないくらいお葬式に関するベテランだそうで」

京子、弘子、小山に何事か相談。
てきぱき処理して動きまわる小山。

語り「おどろいたことに伯父さんも伯母さんもみんなこの人の部下みたいになってしまい」

受付

小山、テキパキと指図。
ぶんまわされている葬儀屋。

語り「葬儀屋さんまでこの人の前ではまるきり学校の生徒みたいで。だけど——」

居間

純。
——ぼんやりと遺影を見ている。

語り「拝啓恵子ちゃん。人が死んだのにあんまりテキパキ馴れすぎてる人がいるというのは、ぼくには何だかさびしく思われ」

螢。

語り「まして——死んだのはぼくらの母さんで」

音楽——静かにイン。B・G。
人びとの動き。
純と螢。
小山はいって来、吉野の耳に何かささやく。
ぼんやりうなずく吉野。
急ぎ去る小山。
焼香する人。
純。
そして螢。
焼香した人、純らに目礼し、それから吉野にていねいに礼をして引きさがる。

入れちがいにはいってくる二人の子ども。(純らと同年輩、男)

子どもたち、オズオズと吉野の所へ来る。

純、何気なくその子たちを見る。

子「(低く)父さん——」

吉野、顔をあげ、ぼんやり二人を見る。

吉野「ああ——」

子どもたち「———」

吉野「母さんにお別れいいなさい」

音がなくなる。

純の顔。

螢の顔。

二人の子、うなずき遺体の前へ進む。

焼香。

純。

螢。

雪子がはいってくる。小山が追って来て雪子に何かいう。雪子また外へ。

二人の子焼香を終え、父の所へ来てもじもじする。吉野何かいう。吉野の耳に何かいう下の子。

そこへ新たな男女がはいる。吉野ひざをただし、男女とあいさつ。

螢、ソッと立つ。

チラと見て純も立つ。

廊下

二人出る。

歩く。

雪子が小山と何か話している。

令子の部屋

純、螢はいって戸を閉める。

間。

螢、洋服ダンスに行き、戸を開ける。

母の洋服のにおいがある。

二人。

京子「(急にはいる)アラ、ここにいたの? ごめんなさい、ちょっと着がえに借りるわよ」

二人、出ようとする。

京子「あんたたちなるべく母さんのそばにいなさい」

廊下

二人出る。
人の行き来が二人を無視する。
二人、そおっと居間をのぞく。
その目に、

居間

車座になって何か話し合っている男たち。
吉野、上の子どもに何かいう。
子ども、線香を香炉に足す。

廊下

純と螢。
純「(ポツリ) 腹へらねえか」
螢「うン」
純「何か食いに行こう」
螢「(うなずく)」
音楽——静かな旋律ではいる。B・G。

街

歩く二人。
無数の車。
螢、手を出し純の手をにぎる。
手をつないで行く純と螢。

今川焼屋

今川焼を買う純と螢。

細い石段

腰かけ、今川焼を食べている純と螢。
間。
螢「(ポツリ) 父さんどうしちゃったのかな」
純「——」
螢「すぐ行くっていったのに、なかなか来ないね」
純。
その顔に、

イメージ (フラッシュ)

さっきの子どもたち。

石段

今川焼を食っている純。

イメージ

さっきの子どもたち。

石段

無言で食べている純と螢。
音楽――ゆっくり消えていって。
無音の世界。
吉野の声「母さんにお別れいいなさい」
画面いきなり真っ黒になる。

黒い画面

派手にたたきつけるロックンロール。

令子の部屋

テレビを見ている純と螢。
テレビから流れている激しいリズム。そして歌声。
京子かけこみ、いきなりテレビを小さくする。
びっくりしてみる二人。
京子「小さくね」
二人「――」
雪子の声「(とつぜん)そんなの変じゃありませんか?」

ふりかえる二人。

居間

うつむき、こぶしをにぎっている雪子。
そのまわりにいる伯父、伯母。
そして吉野と小山。
弘子「何が変なの?」
雪子「――」

玄関付近

うつむき、耳をすましている美容院の絹子たち。
弘子の声「診断書はちゃんと見たじゃないのさっき」

居間

弘子「病院が出してくれた死亡診断書」
雪子「私、納得いかないンです」
弘子「――」
間。
小山「それじゃ雪子さんどうすればいいンですか?」
雪子。
雪子「しかるべき所で解剖してもらってください」

一同。

雪子「(吉野に) すみませんけどおねがい致します」

うつむいて煙草を吸っている吉野。

小山「だけど雪子さん解剖ってそんなあなた、簡単なことのようにおっしゃるけど」

雪子「姉は病院を信じてたンですよ」

小山「――」

雪子「吉野さんの上司の紹介の病院だから、最期まで信じとおしたンですよ」

小山「――」

雪子「いえ病院っていうより吉野さんの立場を――最期まで思ってかわらなかったンじゃありませんか?」

小山「――」

雪子「それをいつまでも神経だ神経だって。人間、神経で死んじゃうンですか?」

吉野。

雪子「そんな変なことないンじゃないですか?」

廊下

立ちすくんでいる純と螢。

玄関

美容院の人びと。絹子。

居間

雪子。

間。

吉野「(ボソリ) 本当に雪ちゃんのいうとおりだよ」

雪子「――」

吉野「おれが悪いンだよ。そのとおりだよ」

雪子「――」

間。

前田「ま、雪ちゃんのあれだよ。気持はわかるけど――どうしようもないじゃないかいまさら何したって」

雪子「――」

前田「令子さんが最期まで自分の意志でさ――吉野さんを立てようと思った気持をさ――ま、この際素直に――そっとしとこうじゃないか」

雪子。

間。

雪子「(小さく) わかりマシタ」

急に立ちパッと外へ出る。

廊下

雪子とび出す。
純と蛍。
雪子、涙があふれそうになり絹子たちを分けるように玄関へ。
サンダルをはきかけフッと目をあげる。
そこに清吉が立っている。

2

忌中札

音楽――低い旋律ではいる。B・G。
語(り)「その翌晩の十一時すぎ、みんなはようやく引きあげた」

遺影

語(り)「ぼくらは母さんの部屋で眠っており、後には雪子おばさんと清吉おじさんと、それから吉野さんの三人だけが残った」

ろうそく

語(り)「家の中は急にしいンとなった」

居間

遺体の前の清吉と吉野。
語(り)「雪子おばさんは本当は内心吉野さんに帰ってもらいたかったらしいンだけど、吉野さんは黙って立とうとしなかった。だけど――」

令子の部屋

喪服の用意をしている雪子。
語(り)「ぼくには吉野のおじさんは、来ない父さんより誠意が感じられ」
寝床から雪子を見ている純と蛍。
語(り)「このままでいくとぼくや蛍は、吉野さんや吉野さんの子どもたちに死んだ母さんをとられちゃう感じで」
純「おばさん」
音楽――消えていく。
雪子「どうしたの？」
純「父さんどうして来ないのかなァ」
雪子「――」
純「清吉おじさんは何かいってなかった？」

雪子「明日の朝には来るだろうっておっしゃってたわ」
純「おそいよ」
雪子「——」
間。
純「父さん母さんのこと死んじゃってもまだ、会いたくないって思ってンのかなァ」
雪子「そんなことないわ」
純「——」
雪子「お父さんは丸太小屋の建て込みのために、忙しい人たちに体あけてもらってるでしょう?」
純「——」
雪子「無理いってるから勝手できないのよ」
間。
純「だけど吉野のおじさんだって本当は仕事が忙しいはずでしょ」
雪子「——」
純「なのにああやって早くからいるじゃない」
雪子「——」
じっと見ている螢のインサート。
純「吉野のおじさんは母さんと知り合ってまだ何年もたってないわけでしょう?」
雪子「——」
純「だけど父さんは——ずっと古いンだし」
雪子「——」
純「本当はぼくや螢といっしょに、すっとんでくるンだと思ってたンだ」
雪子「——」
純「だってもう会いたくても——。会えなくなるンだし」
螢。
雪子。
純「死んじゃったものには会ってもしようがないって——父さん本当は考えてるのかな」
雪子「——」
純「だとしたらぼくまた、父さんにたいして——」
純、ことばを切る。
立っている清吉。
雪子、ふりかえる。
純「おやすみなさい」
純と螢、布団にもぐりこむ。
雪子。
清吉。
清吉「つかれたでしょう」

雪子「イエ。アノ、本当にすみません遠いとこ」
清吉「今あの人にあすこ頼んできた。ちょっと何か口に入れたいンだが——あんたすこしだけつき合ってくれんか」
雪子「——」
演歌。

屋台

柱にぶらさがったトランジスタラジオからかすかに流れている演歌。
おでんをつついている清吉と雪子。

清吉「えらいことだったね」
雪子「あんまり急で」
清吉「うン」
雪子「——」
清吉「みえたンでしょう？　夏に。たしか富良野に」
雪子「ハイ、アノちょうど、ラベンダーの季節に」
清吉「ああ」
演歌。
雪子「アノ——おじさまは昨日何時の飛行機に」
清吉「最終便だ。あぶなく間に合った」
雪子「義兄(あに)はアノ。義兄にお会いになりました？」
清吉「うン」
雪子「いつ発つっていってました？」
清吉「すぐ発つといってた。着いてると思ってた」
雪子「——」
清吉「草太が、くれぐれもよろしくといってた」
雪子「——」
清吉「あいつはどうしても来るといったンだ」
雪子「——」
清吉「あいつはあんたがかわいそうだいうて、わしが出るときも涙ためとった」
雪子「——」
清吉「札幌からこっち——会っとらんのかね」
雪子「ハイ」
清吉「うん」
演歌。
清吉「あれ以来あいつ——変ったですよ」
雪子「——」
演歌。
清吉「何があったか、わしは知らん。——けど」
雪子「——」

清吉「あいつはあれでもボクシングも捨てたし――あそこに居つく覚悟をしたようです」
雪子「――――」
　間。
清吉「こんな関係ない話しとってかまわない？」
雪子「――そのほうが気分がまぎれますから」
清吉「うん」
　演歌。
清吉「お酒もう一つだけ」
おやじ「へい」
　演歌。
清吉「いつかわし――――」
雪子「――？」
清吉「あんたに失礼をいうたでしょう」
雪子「――――」
清吉「うちから――草太から離れてほしいって」
雪子「いいンです私よく――わかりましたから」
　間。
清吉「後悔したですよあの後ずいぶん」
雪子「――――」
清吉「わしらは都会の娘さんを見ると疑ってかかる習慣がしみついとる」
雪子「――――」
清吉「これァ習慣だ。長い間の」
雪子「――――」
　演歌。
清吉「長男がいまこっちの――、板橋におるがね」
雪子「――――」
清吉「気性の荒い子でけんかばかりしとって。だが牛扱わせたらそりゃあうまかった」
雪子「――――」
清吉「それが出稼ぎに出て東京の娘にほれてね」
雪子「――――」
清吉「食堂の娘。王子の駅のそばの」
雪子「――――」
清吉「つれてきた」
雪子「――――」
清吉「いい娘でね。わしも女房も気に入った」
雪子「――――」
清吉「文句もいわずによく働いてくれたよ」
雪子「――――」
清吉「当時旧式の蓄音器があってね、二人でよく夜中にレ

　コードきいてた」
雪子「――」
清吉「うちにあったのは軍歌ばかりでさ、クラシックどっかからかっぱらって来て。――スメタナのモルダウ。――すり切れるほど毎晩きいてた。うン」
雪子「――」
清吉「クラシックきかすと牛がよく乳出すってね」
雪子「――」
清吉「うん」
　すり切れたモルダウ、幻聴のようにしのびこむ。
　間。
清吉「牧場つぐもンと信じとったですよ」
雪子「――」
清吉「毎日仲よく働いとったからね」
雪子「――」
　間。
清吉「ある朝起きたら部屋がからっぽ」
雪子「――」
清吉「たった一枚置手紙があったです」
雪子「――」
清吉「彼女がもたンから東京へ出るってね」
雪子「――」
清吉「ぼう然とした。――うん」
雪子「――」
　間。
清吉「ぼう然ってことばはああいうときのもンだ」
雪子「――」
清吉「うん」
　間。
清吉「それでもしばらく、乳出るっていうから、そのレコード牛にきかしたンだけどね」
雪子「――」
　モルダウ、ゆっくり消えていき、かわりに演歌、低くよみがえる。
　間。
清吉「おかしな話、私、してますね」
雪子「――」
　間。
清吉「何話す気でいい出したのかな」
雪子「――」
　間。
清吉「姉さんの亡くなった後だちゅうのに」

雪子「――」
　演歌。
清吉「姉さん――おでん好きだった？」
雪子「エ？――ハイ」
　演歌。
清吉「（おやじに）おでんすこし土産に、皿に盛ってちょうだい」
おやじ「へい」
清吉「あ、もう一つ。ついでに。つごう二つ。仏さん用と生きてる人用」

遺影

　遺体の前に置かれているおでん。
　その脇でボソボソ食っている吉野。
　音楽――静かな旋律でイン。

カーテン

　さしこんでいる朝の光。
語り「翌朝起きたら八時をまわっていた」

廊下

　純そっと起きてくる。
語り「家の中はまだしんとしており」

居間

　徹夜したらしい三人の大人。
　それぞれの恰好で眠りほうけている。

廊下

　のぞいている純。そっと洗面所へ。
　ふと台所を見てドキンとする。
　純の顔。
　音楽――中断。

台所

　その隅の床にあぐらをかき、インスタントラーメンを食っている五郎。
　純。
　五郎、純に気づいて、
五郎「おお」
純「――」
五郎「いま着いたンだ。腹へっちまって」

純「――」
　五郎、ずるずるとラーメンを食う。
五郎「食うか？　戸棚にまだあるぞ」
　純。

3

受付
　準備が始まっている。
語り「その日は朝の十時頃から、みんなアパートに集まってきた。二時から母さんのお葬式があるからで」

居間
　小山と葬儀屋、祭壇を飾る。
語り「例によって小山さんがみんなに命令した。吉野さんはいつのまにか姿を消していた。それはいいンだけど、まいったのは父さんだ」

台所
　五郎、エプロンをかけ、料理を始めている。

　京子や弘子、しきりと止めるが五郎はぜんぜん受付けない。

語り「父さんはその朝母さんの死に顔を、たった一度のぞいて手を合わせたきりずっと台所にはいりっぱなしだった。台所でその晩みんなに出す食事のおかずの仕込みを始めちゃったンだ」

　雪子もはいって止めるがきかない。

　入口から見ている純と螢。

語り「おばさんたちが何と止めても、父さんはぜんぜん受付けなかった。もしかしたらそれは朝着いたとき、吉野のおじさんがいたからかもしれない」

　純。

語り「だけど――。父さん。だめだよ父さん。おそく来て今頃がんばってみせたって――そんなのかえってしらけてみえるよ」

　働く五郎のうしろ姿。

語り「それじゃどうしてもっと早く来なかったの？　吉野さんはゆうべも徹夜したンだよ。雪子おばさんも徹夜したンだよ。清吉おじさんまで付きあったンだ。ぼくは父さんに早く来てほしかった」

　純。

　黙々と働く五郎のうしろ姿。

語り「父さん——そんなに働かないでください。いまはそんなことすべきじゃありません。もとの夫なンだからいまは黙って、母さんのそばにすわってればいい。働いたってだれもみとめない。そんなの母さんちっともよろこばない。母さん——」

純、螢をソッと誘う。

音楽——静かに「愛のテーマ」イン。B・G。

語り「そうだ。いつだってそうだったンだ」

廊下

人びとの間をしのぶように来る二人。

語り「東京にいたときいつも父さんは、客が来ると裏で働こうとした」

純、居間を見る。

母の遺影

かすかに笑っている。

語り「母さんはそういうのをすごくいやがった」

廊下

目をそらし入口のほうへそっと歩く二人。

語り「そういう父さんにひどくいらついた。そのことで父さんは何度もおこられた。だけど父さんは最後までそうだった」

表

ポツンと立っている純と螢。

語り「父さん——。今日くらいやめてください。父さんは忘れたかもしれないけれど、母さんは父さんのそういうところをいつもとってもきらっていたので」

公園

ギターをひいてうたっている若い男。
ぼんやり石にすわり見ている純と螢。
ギターの男のうたっている歌。

〽むかし、子どもたちは
　夢のなる樹だったよ
すり傷だらけで
　いつも神様の隣りにいた
むかし、子どもたちは
　ねずみ花火だったよ

どこにはじけてとんでくか
　だれにもわからなかった

螢、純をつつく。
純、見る。
はるかむこうの砂場のふちにすわり、ぼんやり砂をいじっている吉野。
純。
螢。
歌。
吉野、無精ひげの顔でぼんやりギターに目をあげる。
その目が純と螢に気づく。
二人、目をそらす。
ギターと歌。

螢「(低く) お兄ちゃんあの人こっちに来る。見ないで!」
純「――」
　そばに来る吉野。
　間。
　並んですわる。
　螢、ふいに立つ。
螢「ブランコしてくる!」
　走って去る。
　純。
　吉野。
　間。
吉野「(ポツリ) まいったな」
純「ハイ」
吉野「うん」
　間。
　ギターと歌。
吉野「純はあれか」
純「?」
吉野「ガールフレンドはいるか」
純「――さァ」
吉野「女の人を好きになったことあるか」
純「――さァ」
吉野「まだかな」
純「――さァ」
　間。
吉野「いまに好きになる」
純「――」
吉野「何度も――いっぱい、好きになる」

純「――」
吉野「これから始まる」
純「――」
　間。
　ギター。
吉野「おじさんは終わった」
純「――」
吉野「もうこれで終わった」
純「――」
　間。
純「アノ、一昨日来てたのは、おじさんの子どもですか？」
吉野「一昨日？」
純「――」
吉野「ああ――そうだ」
　間。
純「おじさんは奥さんがいるンですか？」
吉野「いたンだ」
純「――」
吉野「死んだ。三年前に」
純「――」
吉野「おじさんの好きな人はみんな死んでく」
　純。
　チラと吉野を見る。
　吉野の目に涙が浮かんでいる。
　ドキンと胸うたれ目をそらす純。
　ギターと歌。
　間。
吉野「いつからはいてる」
純「え？」
吉野「その靴だ」
純「ア、ハイ。去年の十月から」
吉野「――」
純「ずっとはいてるから、ちょっとボロボロで――」
吉野「――」
　間。
吉野「(立つ) ちょっと付きあえ」
純「ハ？　どうしてですか？」
吉野「いいからついて来い。――妹も呼びな」
純「ア、ハイ。螢！」

街

　スピーカーから流れているマーチ。

吉野にややおくれてチョコチョコ小走りに行く純と螢。

螢「(小声で) どこ行くの?」
純「さァ」
螢「いやだよ螢」
純「付きあえっていうンだもン」
螢「アパートに帰る!」
純「悪いだろそんなの」

吉野、ふりかえる。
靴屋にはいる。
純。

靴屋

吉野「いくつだ。サイズ」
純「ア、いや、いいんです!」
吉野「いくつだ」
純「エエト——21・5」
吉野「君は」
螢「螢いらない」
吉野「これから母さんの葬式だ。そんなきたない靴はいてたら母さん悲しむ」

店員が二人の運動靴を出す。

店員「これ、もの、いいですよ」
二人「——」
店員「あ、こっちのほうがいいかな」
吉野「好きなのえらびなさい」

純——値段を見る。

語り「高い!」
吉野「値段なンか子どもが気にするな」
店員「これがいいかな? はいてみて」
吉野「(螢に) 君も」

二人、強引に新しい運動靴をはかされる。

吉野「どうだ」
純「——ハイ」
吉野「合った?」
純「ハイ。ぴったり」
吉野「君は」
螢「(うなずく)」
吉野「よし。じゃはいてけ」
店員「こちら (古い靴) お包みいたしますか?」
吉野「いや、もうそれは——」
店員「捨てましょうね」
純「ア、イヤ」

吉野「持ってくか?」
純「イエアノ、――いいです」
吉野「うン。じゃア――いくら?」
純と螢、紐を結びつつ、チラと古靴の行方を気にする。
店員二人の古靴をつかみ、無造作に段ボールのくず箱にほうりこむ。
しのびこむ読経。
語り「お葬式は二時から始まった」

忌中札

読経。

土間

いっぱいのはきもの。

棚の上にある二つの新しい運動靴。

廊下

純と螢、居間にはいろうとして、人びとの後に立っている。
螢「(とつぜん)ねえ」
純「?」
螢「あの古い靴――さっきのお店にまだあるかな」
語り「ドキンとした」
雪子、二人を中へ押し入れる。
語り「ぼくがさっきからこだわってたことに、螢もこだわってたことがわかったからで」

居間(葬儀会場)

喪主席の純と螢、雪子。

純、チラと目をあげ父をさがす。

一番後の隅にいる五郎と清吉。

語り「心が痛んでいた。あの、置いてきた運動靴は、去年父さんが買ってくれたもので」

読経。

顔ふせている純。

語り「むこうに行ってからはじめて町に――富良野の町に買物に出たとき、金市館で父さんが選んでぼくらのために買ってくれたもので」

イメージ

運動靴を手にとり値段見た父。

居間
語り「そのとき、父さんは靴のデザインより、集中的に値段ばかり見」

イメージ
運動靴を決めた五郎。
語り「結局一番安いのに決めて、これが最高、と笑ったわけで」
不服そうな顔の純と螢。
語り「だけど――」

居間
焼香が始まる。
まっ先に純と螢。雪子につきそわれて。
語り「その靴はそれから一年、冬の雪靴の期間をのぞけばぼくらといっしょにずっと生活し」

運動靴のモンタージュ
語り「ほこりの日も、雨の日も、風の日も、寒い日も――それから雪どけの泥んこの日も、学校に行くにも畠で働くにも、ずっとぼくらの足を守ってくれ」

音楽――静かにイン。B・G。
語り「だからすりへり、何度も洗い、そのうち糸が切れ、糸が切れると父さんが縫い、底がはがれるとボンドでくっつけ、そうして一年使いこんだもので。その靴を――」

居間
焼香の列。
その最後のほうにいる五郎の姿。
語り「ぼくは捨てていいといい」
純。

イメージ
段ボール箱に投げこまれた運動靴。
（スローモーション）

居間
純。
合掌している父の姿。
正座した足の靴下が破れ、足の親指がとび出している。
純。
語り「父さんに断わらず、――捨てていいといい」

音楽——もりあがる。

4

遺骨と遺影

音楽——静かにイン。B・G。

語り「その晩、母さんはお骨になっていた。
母さんのあの目や、やさしいまゆ毛や、口や、耳や、そ
れから細い指は、二度ともう見ることができないわけ
で」

忌中札

外される。

語り「焼場から帰ってみんなで食事をし、それからみんな引
きあげて行った」

居間

線香を足す雪子。

語り「清吉おじさんも子どもの家へ行き、大人で残ったのは
この三人で」

五郎、雪子、前田。

前田「つかれたろう雪ちゃん、だいじょうぶか」
雪子「だいじょうぶ」
前田「何とかまァとにかく一応終わった」
間。
前田「子どもたちだいじょうぶかな」
五郎「だいじょうぶです」
前田「つよいなしかし、あの二人とも。——最後まで涙一
つ見せなかったじゃないか」
雪子、茶をいれる。
前田「五郎さんはいつまでいられるの」
五郎「明日の朝一番で帰らなきゃならないです」
前田「あすの朝一番？」
五郎「ハイ」
前田「そりゃたいへんだ」
菓子を持ってはいる純。
前田「それじゃほとんど日帰りじゃないか」
茶をくばる雪子。
五郎「雪ちゃん——今夜オレ何したらいい」
雪子「————」
五郎「いってくれないかオレにできること」
雪子「——べつにないわ」

五郎「――」
雪子「できるだけここにいてあげて」
五郎「そのつもりだよ。今夜はここにいる」
　五郎。
　――そばに来た純の頭をなでる。
純「明日の朝帰るの？」
五郎「ああ」
純「もすこしこっちに――いられないの？」
五郎「むこうで、みんなを、待たしちゃってるからな」
純「――」
　茶をすする三人。
　間。
音楽――いつか消えている。
五郎「（ポツリ）しかし――」
雪子「（目をふせたまま）義兄さん」
五郎「あ？」
雪子「もすこし――いてやってくれない？」
　純。
　目をふせ、湯のみを見つめている雪子。
五郎「ダメなンだいま」
雪子「――」
五郎「そうじゃなくても農繁期のところへ、無理いって手伝い頼んであるから」
　前田。
　――目をふせ煙草をくわえる。
雪子「だけど――こういう場合なンだし」
五郎「――」
雪子「純たちといっしょにここにいてやってほしいわ」
五郎「――」
　純。
雪子「姉さんだってきっと――」
五郎「――」
前田「五郎さん、オレもそう頼みたいね」
五郎「――」
前田「そりゃあ正式に別れたンだから、もう――だれも強制はできないけどね」
五郎「――」
前田「何てってもこの子たちの母親なンだからね」
　純。
前田「せめてもう一晩いてやるくらいの――何ちゅうか――人情はあってもいいンじゃないかね」
五郎「――」

前田「いろいろ許せんこともあったンだろうけど、——令子も、もう、きれいになっちゃったンだしね」

雪子。

前田「今朝来て明日の朝じゃ——冷たすぎないかね」

純。

五郎。

間。

五郎「すみません。でも——。（かすかに笑う）だめなンですよ」

間。

前田「——そう」

五郎「すみません」

五郎、スッと立つ。

廊下

五郎、出る。

間。

ちょっと考え、令子の部屋へ。

令子の部屋

螢——一人で絵を描いている。

五郎、わきにしゃがむ。
絵をのぞきこみ、煙草に火をつける。
間。
五郎「何の絵だい」
螢（首をふる）
五郎「わかンない絵だな」
螢。
——やみくもに暗い色を使う。
五郎、螢の頭をなでて立とうとする。ドキンととまる。
螢の目に涙がゆれている。
五郎。
螢「父さんおぼえてる？」
五郎「——何」
螢「こわかった夜のこと」
五郎「こわかった夜のこと？」
螢「父さんが——急に早く帰って来て、母さんおどかそうって美容院に行った日」
五郎。

イメージ（フラッシュ）

情事の現場からふりむいた令子。

令子の部屋

五郎。

五郎「螢はまだそんなことおぼえてたのか」

螢「思い出そうと思ってただけ」

五郎「なぜ思い出す」

螢「——いやだったから」

五郎。

五郎「どうしていやなこと思い出す」

螢「いいことばかり思い出しちゃうから」

五郎「——」

螢「いいこと思い出すとつらくなるから」

五郎。

音楽——「愛のテーマ」低くイン。B・G。

五郎「螢」

螢「——」

五郎「母さんもう死んじゃったンだ」

螢「——」

五郎「母さんのやなことは全部許してやれ」

螢「——」

五郎「むかしのことなンかもう忘れろ」

螢。

——無言で色をぬりつづける。

螢「父さんは？」

五郎。

五郎「父さんか」

螢「——」

五郎「父さんは——とっくに許してた」

螢「——」

五郎「ぎゃくに父さんが——」

螢「——」

五郎「許してほしかった」

音楽——低く以下に。

語り「その晩、ぼくがトイレに起きたら、居間から変な音が聞こえた」

廊下

純のぞく。

語り「父さんだった。

父さんが一人で泣いていた」

居間（純の目）

五郎、遺骨の前で肩をまるめ、声を殺して動哭(どうこく)している。
音楽――ゆっくりもりあがって。

朝

語り「父さんは結局翌朝早く帰った」

遺影

語り「翌日もボチボチおまいりの人がみえ、一日じゅう結構忙しかった。夕方はまた、清吉おじさんも来てくれた」

居間

茶を飲んでいる京子、弘子、前田、雪子。

京子「あい変らずだねえ五郎さん」
弘子「昨日だって本当に弱っちゃったわよ。台所に一日じゅうはいりっきりでさ」
京子「そういえば、令子さんむかしよくいってたじゃない」
弘子「そうそう、ゴキブリ亭主ではずかしくなっちゃう」
雪子「お茶どうぞ」
京子「だけど一日しかいないってのもどうかね」
前田「ありゃないいね」
京子「いくらもう正式に別れたっていったってさ」
弘子「そうよ、じゃあ吉野さんどうなのよ。ねえ」
京子「そう」
弘子「あっちはそんなふうないい方したらぜんぜん責任ない立場じゃない？」
京子「そうよ！」
弘子「それをあんなに友だちまでつれてきて一生けん命――徹夜までして」
前田「誠意がちがうよだいたい誠意が」
京子「そうよ」
弘子「だいたい子どもの気持考えたら、いっしょに来るのが当然じゃない？」
京子「そう」
弘子「それをおくれてきてまたパッと帰っちゃう」
前田「結局、よっぽど憎んでたってことかね」
清吉「（とつぜん）それはちがうんじゃないですか」

一同びっくりして清吉を見る。

清吉。

――湯のみを台に置く。
その手がかすかにふるえている。

清吉「深い事情は――わし、知らんですよ。けど――。それはちがうんじゃないですか」
前田「いや」
清吉「五郎は早く来たかったンですよ。本当は、純や――螢や雪ちゃんと――いっしょにとんで来たかったンですよ」
一同「――」
清吉「あいつがどうにも来れなかったのは――」
雪子。
清吉「はずかしい話だが――金なンですよ」
一同「――」
清吉「金が――どうにもなかったンですよ」
一同「――」
清吉「あの晩あいつ――わしとこに借りに来て、――はずかしいがうちにもぜんぜんなくて――近所の親しい農家起こして――大人一人と子ども二人――航空券と千歳までの代――それやっと工面して――発たせたですよ」
雪子。
清吉「翌日の昼、中畑ちゅうあれの友だちが、それをきいてびっくりして銀行に走って――でもあいつそれを、受け取るのしぶって」
一同「――」
清吉「だからあのバカ、汽車で来たんですよ。一昼夜かかって汽車で来たんですよ」
一同「――」
清吉「飛行機と汽車の値段のちがい――わかりますかあた。一万ちょっとでしょう。でもね、――わしらその一万ちょっと――稼ぐ苦しさ考えちゃうですよ。何日土にはいつくばるか。ハイ」
一同。
清吉「おかしいですか、私の話」
雪子。
清吉「それとね、これもいえるんですよ。天災にたいしてね――あきらめちゃうですよ。何しろ自然がきびしいですからね。あきらめることになれちゃっとるですよ。だから――たとえば水害にやられたとき、――今年やられましたよ北海道さんざん、――めちゃめちゃにやられてもうダメッちゅうとき――テレビ局来てマイクさし出されたら、みんなヘラヘラ笑っとるですよ。だめだァって、ヘラヘラ笑っとるですよ。あきらめちゃうですよ神様のしたことには。そういう習慣がついちゃっとるですよ。だからね――」

廊下

純——きいている。

清吉の声「だから五郎の場合も（つづく）」

音楽——静かな旋律ではいる。B・G。

純、急にふりむく。

立っている螢。

街（夜）

二人、ぼんやり歩いている。

公園

二人、ブランコにすわっている。

純「（急に）オイ」

螢「？」

純「昨日の靴屋にあった靴まだあるかな」

螢。

螢「行ってみよう！」

二人走りだす。

靴屋前

二人走ってきてとまる。

すでによろい戸が閉まっている。

純と螢。

間。

純あきらめて行こうとする。

螢「お兄ちゃん！」

一方を指す螢。

収集用に出したゴミの山。

その中にある靴屋の段ボールの中をさがす。

ない。

つぎをさがす。

ない。

つぎをさがす。

声「何してるのお前ら」

音楽——中断。

若い巡査が立っている。

純「ア、ハイ、運動靴さがしてます」

巡査「——だれの」

純「ぼくらの」

巡査。

巡査「どういうこと」

純「ハイアノ昨日おじさんがぼくらに運動靴買ってくれて
　そのとき、前はいてた古い靴を、もう捨てなさいと渡し
　ちゃったので」
　　巡査。
純「でもアノ、それはまだはけるから」
　　巡査。
巡査「おじさんは捨てろっていったンだべ？」
純「でもアノ、おじさんは——事情をよく知らず」
巡査「おじさんってだれだ」
　　純。
純「母さんがいっしょになるはずだった人です」
　　巡査。
巡査「母さんてどこにいる」
純「四日前死にました」
　　巡査。
　　間。
巡査「このゴミの山にたしかにあるのか？」

純「いえ、そこンとこは」
巡査「あっちにもあるぞ。うン。あっちはオレがさがして
　やる」
純「ア、イヤ」
巡査「お前らそこさがせ（行く）」
純「ハイ」
語り「急に。涙がつきあげた。
　拝啓恵子ちゃん。なぜだかわかりません」
　音楽——テーマ曲、流れこむ。

布部川（夢）
語り「その晩ぼくは夢を見た。螢とぼくは布部川のふちを一
　生けん命走っていた。見つからなかったあの古い靴が、
　川の上をどんどん下流へ流れ、ぼくらはそれを必死に追
　いかけた。靴は水にぬれぼろぼろだったけど——それは
　——父さんが買ってくれた靴で」
　音楽——もりあがって。

24

令子の遺影

アナウンサーの声「これで危惧された関東地方への影響は回避されたものと思われますが、台風はなお北上をつづけており」

令子の部屋

テレビを見ている純と螢。

会葬礼状のあて名書きをしている雪子。

アナの声「（つづく）進路にふくまれる北海道東部では厳重な警戒が必要です。以上をもちまして台風に関する情報を終わります。つぎに——。鈴木総理大臣は——（つづく）」

螢「父さんたち、無事に帰れたかな」

雪子「（書きつつ）父さんはもう発ったの三日前ですものとっくに家についてるわよ」

螢「清吉おじさんは？」

雪子「おじさんだってもう一昨日じゃない発ったの。何もいってこないから無事ついてるわよ」

螢「うちのほう台風の影響受けてるのかな」

雪子「関係ないンじゃない？　ずっと東のほうとおってるみたいだもン」

純、チャンネルを切りかえる。

お笑い番組。

見ている純。

螢「東京のテレビって北海道のこと、あんまりくわしくやらないンだね」

雪子「（書きつつ）そうかしら」

螢「だってさ——台風来るかどうかって、ここンとこ毎日騒いでいたのに——東京さけたら簡単になるンだもン」

雪子「————」

螢「東京のことだけが大切みたい」

雪子。——あて名書きに熱中しながら、

雪子「本当にたいへんならもっとやるわよ。たいしたことないから簡単にしてるのよ」

語り「拝啓恵子ちゃん、ずっと待ってます。母さんが死んでからもう一週間近く。来てくれると思った恵子ちゃんは、ぜんぜん現れる気配なく」

木が——

はげしく風にゆられて、

中畑家・台所

すさまじい風雨の音。

夕食の仕度をしているみずえ。

電気が消える。

ガラガラッと戸の開く音。

同・玄関

ぐしょぬれでとびこむ和夫。

みずえ「(とび出す) 電気消えたわ!」

和夫「麓郷街道えらいことになっとるわ。でかい木がバタバタ道に倒れとる」

みずえ「本当——」

和夫「(電話へ) 車とおれんで置いてきた」

みずえ「富良野は?!」

和夫「空知川どんどん増水してる。ア、もしもし豚舎?そっちはどうだ」

空知川

濁流。

断続的に鳴るダム放流の緊急サイレン。

森

すさまじい風雨が樹々をたたく。

空知川

サイレンの中に渦巻き流れる。

空知川は完全にたけり狂っている。

音楽——テーマ曲、イン。

タイトル流れて。

1

令子の部屋

手紙を書いている雪子。

雪子の声「草太さん。ご無沙汰しています。先だってわざわざお父さまが、姉の葬儀に来てくださり、あなたのお話うかがいました。姉が死んでとうとう一人になりました。——でも元気」

線香

細く煙をあげている。

雪子の声「あれからもうひと月になりますね」

令子の部屋

雪子、筆をとめ、ぼんやりライターをいじっている。

雪子の声「お父さまとお通夜の晩、すこしお話ができました。お父さまはあなたのこと、あれ以来変ったとおっしゃってました。お父さまはよろこんでおいでのようでした」

雪子の顔。

雪子の声「あの晩のことが昨日のようです」

間。

雪子の声「試合の翌日あなたが札幌から、たった一人で顔をふせるように富良野の駅に帰って来たあの晩」

富良野駅（記憶）

列車からおり、ホームをひっそり歩く草太。

雪子の声「前の晩、ライトをあびていたあなたが、かくれるように帰って来たあの汽車」

改札口

重い足どりで出てくる草太。

歩きかけフッと足をとめる。

物陰にひっそり立っている雪子。

草太。

しのびこんでくる中島みゆきの「生きていていいですか」

草太——勝手に歩きだす。

雪子、ためらいつつ後にしたがう。

雪子の声「何ていっていいか、わからなかった」

喫茶店

低く流れている中島みゆき。

草太と雪子の前に置かれるコーヒー。

砂糖を入れてやる雪子。

雪子「(明るく）いくつ？」

草太「———」

雪子、二つ入れる。

雪子「すこしあまいかな?」

草太「――」

中島みゆき。

間。

雪子「すてきだったわ、昨夜の試合」

草太「――」

雪子「感動したわ。――本当。――ウソじゃない」

草太「――」

雪子「純ものすごく感激したみたい」

草太「――」

中島みゆき。

間。

草太「ひとつきいていいか?」

雪子「なあに?」

間。

草太「女が――。どういうか――。体を張る暮らしにはいるちゅうことは――アレか――、もう夢を完全に捨てたちゅうことか?」

雪子。

草太「一生の夢を捨てたちゅうことか?」

雪子。

雪子「どういう意味かよくわかンないけど――」

草太「――」

雪子「必ずしもそんなことないンじゃない?」

草太「――どうして」

雪子。

中島みゆき。

雪子「夢を持ったからそうする人だって、きっと中にはいるンじゃない?」

草太「――」

雪子「持ったからっていうか、――持とうとしてるから」

草太「――」

間。

低く流れている中島みゆき。

草太「(低く)つららが札幌にいた」

雪子「――」

草太「ススキノのトルコで働いてた」

雪子「――」

草太「昨夜真夜中に電話してきたんだ」

雪子、草太を見る。

雪子「何だって?」

草太。
草太「もう富良野には帰らないっていった」
雪子「——」
草太「私のことは全部消してくれって」
雪子「——」
草太「消してくれって、——あいつそういった」
雪子「——」
草太「だから——雪子さんと——遠慮なくやれって」
雪子「——」
草太。煙草に火をつける。
草太「だからな」
雪子「——」
草太「だからオラもう会わん覚悟した」
雪子「——」
草太「雪ちゃんとだ」
雪子「——」
草太「つららの口からそういわれたら、雪ちゃんともう会えんて、オラそう思った」
雪子「——」
間。
草太「すくなくとも今日から二年八か月——オラ雪ちゃんと会わんことにした」
雪子「——」
草太「二年と八か月——」
雪子「——」
草太「計算したンだ」
雪子「——」
草太「つららと知り合って——付きあった時間だ」
雪子「——」
草太「そう誓ったオラ。——自分にたいしてだ」
雪子「——」
草太「五十九年の四月までになる。——うん」
雪子「——」
草太「そういうことに——オラ決めたンだ」
雪子「——」
草太「だから——」
雪子「——」
草太「そういうことだ。うン」
雪子「——」
雪子、ちょっとうなずく。コーヒー飲む二人。
中島みゆき。静かにつづいている。
草太「この先ずっと——富良野にいるの？」

雪子。
――あいまいに首をかたむける。
草太。
草太「うン」
間。
草太「帰ってくる汽車ン中でずっと考えてた」
雪子「――」
草太「五十九年の四月っちゅうと――」
雪子「――」
草太「オラ三十二になっちまってる」
雪子「――」
草太「雪ちゃんいくつだ」
雪子。
長い間。
草太「いるかな、雪ちゃんそンときまでここに」
雪子の声「そのことばが胸に焼きついてます」

バス停

バスを待っている二人。

なおもつづいている中島みゆき。

雪子の声「そのとき私がここにいるかどうか」

バスが来る。
雪子の声「草太さん――」
二人、のりこむ。
雪子の声「いまあらためてそのことを私は、姉の位牌の前で考えています」

バス

走ってくる。
雪子の声「姉が死ぬ前私にいいました。この前夏に富良野に来たとき。どうしてあんたここにいるのって」

同・車内

ゆられている雪子と草太。

雪子、窓外の闇を見ている。

雪子の声「いつか草太さん私にいいましたね。東京の女は北海道にあこがれる。でもいざ嫁に来ないかといわれると、急によそよそしく逃げ腰になる。

そういう女の子を軽べつしてました。

私はちがうと思っていました。でも――。

もしかしたらそうなのね。

私もどっかで――。

やっぱりそんな気がしたの」

バス停（八幡丘）

おりて行く草太。

立って雪子を見る。

バス、出る。

雪子――ちょっと手をふる。

闇に消える草太。

中島みゆき――つぎのシーンの中でゆっくり消えていく。

黒い画面

雪子の声「純や螢がこの一年で、どんどん何かをつかんで伸びてった」

令子の部屋

雪子。

雪子の声「私は結局何をしてたンだろう」

令子の遺影。

雪子の声「純や螢が住民になったのなら――、私は最後まで旅人で終わった。そんな気がするの。そしていまそのことがとってもはずかしい」

雪子のイメージ

牧場。

働いている草太。

音楽――テーマ曲、静かにイン。B・G。

雪子の声「今度、私がそちらで暮らすなら、そのときこそ私は住民になりたい。あなたがあれ以来変ったというように、私もしっかり根をおろしたい」

山々。――限りなく澄んでいる。

雪子の声「いつかまた富良野で会えるといいですね。こないだきかれて答えなかったこと。いまから二年と八か月後――。私――」

令子の部屋

雪子。

雪子の声「二十九になってます」

音楽――消えている。

静寂。

街（東京）

螢の声「お兄ちゃん！」
走ってくる螢。
立っている純。
螢「どうしたの」
純の視線を見てびっくりする螢。
二人の目の前の工事現場。
ぼう然たる純。
語り「恵子ちゃんの家が消えていた」
純。
螢。
ビルが建つらしい杭打ちの音。
語り「恵子ちゃんの家がどこにもなかった」
声「純じゃないか」
純ふりかえる。
純「(口の中で) 小川先生——」
杭打ちの音。

2

寺の境内

小川先生と純、螢。

小川「どうしてた」
純「ハイ」
小川「北海道の暮らしはどうだ」
純「ハイ」
小川「勉強してるか」
純「イエ——アンマリ」
小川「みんなしてるぞ」
純「——」
小川「タカシも清水も予備校に行きだした。恵子ちゃんは
——そうだ、きいてるか？」
純 (見る。首をふる)
小川「アメリカに行ったンだ」
純。
螢。
小川「家の仕事の都合でな。この前むこうから手紙が来て
た。英語の手紙だぞお前、立派なもンだった」
螢、チラと純を見る。
純。
小川「純はいま毎晩何時頃寝てる」
純「さァ——九時頃かな」
小川「九時?!」

純「ハイ」
語り「ショックだった」
小川「ずい分お前早く眠るンだな。みんな十二時頃までは
　勉強してるぞ」
純「――」
小川「タカシも清水も向井も――山岡まで。もう後一年で
　受験だからな」
語り「拝啓恵子ちゃん。ショックです」
小川「どうするンだお前中学に行くときは」
純「――」
小川「やっぱりあっちか？」
純「――」
小川「何ていってる母さん」
純「――母さん死にました」
小川「（ギョッと見る）死んだ?!」
純「ハイ」
小川「いつ！」
純「一週間前です」
小川「本当か」
純「――」
小川「そいつぁ――」
純「――」
小川「それで来てたのか」
純「――」
小川「教育熱心ないい母さんだったよな」
純「――」
小川「教育熱心だし、きちんとしてらしたし、きれいな人
　だったし」
語り「さびしかった」
　しゃべりつづけている小川。
語り「何がかわからない。だけど――さびしかった。
母さんのことをいわれたからもある。だけど――。
恵子ちゃんの話をきいたからもある。だけどいま先生が
この先生を――むかし好きだった。だけどいま先生が
――ちがってみえた」
　しゃべっている小川。
語り「きっと先生が変ったンじゃない。ぼくのほうが変った
ンだ。きっとそうだ」
　純。
　――足もとの土をいじっている。
　螢も。
語り「先生。

涼子先生――。
どこにいるンですか。
とっても先生に会いたいンです」
　音楽――軽快なリズムでイン。B・G。

涼子の記憶（モンタージュ）
語り「先生は東京の先生みたいに勉強勉強っていいませんでした。ぼくはあの頃とってもつらい時期で、――何もかも東京とくらべちゃっていたから――先生を半分バカにしていました。でもいま東京ではじめて思うのは、この一年の分校の楽しさで。
山や。
原っぱや。
雪の中や河原や、――先生がぼくたちといっしょになってふしぎがり、習い遊んでくれた毎日」

街
　歩いて行く純と螢。
語り「先生。ぼくは先生に会いたい」
　音楽――消えていく。

遺影
雪子の声（電話に）「そうです。二人でだいじょうぶだっていうから。――富良野の駅までお願いしますよって義兄さんに。すみません。よろしく」

令子のアパート・居間
純「どうしたの？」
雪子「台風あっちものすごかったンだって。家の屋根半分すっとんじゃったって」
純「本当?!」
雪子「だけど丸太小屋はだいじょうぶだったって」
純「できたって?!」
雪子「お父さん一人でもう住んでるって」
純「本当！」
螢「(はいる) おばさん、こんなもの母さんの本の間にあった」
雪子「なあに？」
螢「母さんの手紙みたい。書きさしの」
　純。
　雪子、ひったくるようにそれを取って読む。
　のぞきこむ純。

令子の声「純ちゃん。螢ちゃんお元気ですか」

純の顔。

令子の声「北海道はもう寒いですか？」

令子の遺影。

――すこし笑っている。

令子の声「この前あなたたちに案内してもらった富良野のことすごくなつかしい。母さん、あなたたちがそこで一年どんなふうに父さんと暮らしてきたのか、ゆっくり話をきかしてほしかった。

今度手紙で教えてちょうだい」

雪子。

螢。

令子の声「母さんがこの夏そちらに行って、いちばん印象に残ったのは雲です。あんな雲、母さん何年ぶりに見た。

あんなに雲がきれいだったたってこと」

手紙

母の字。
語り「手紙はそこできれていた」

令子の遺影

令子の部屋

純と螢。
語り「母さんそこまでしか書いてなかった」
音楽――テーマ曲イン。B・G。

雲

美しく秋空を飾っている。

森

空の美しさと対照的に無残な台風のつめ跡が残っている。

布部川

どこにも台風のつめ跡。

森

樹木の山。

その中にぼう然と立っている和夫、五郎、クマ、中川。

和夫ら、木の番号を調べノートにつける。

麓郷街道

五郎の車走ってくる。

眼前にせまっている芦別の夕映え。

富良野駅前

五郎の車はいって来てとまる。

エンジンをとめ、チラと時計を見る。

そのまま背もたれに首をもたせかける。

間。

ドアのガラスがノックされる。

こごみ。

窓をあける五郎。

五郎「どうしたんだ」

こごみ「ちょっとね、人を見送りに来たの」

五郎「――」

こごみ「そっちにのっていい？」

五郎「ああ」

こごみ――のりこむ。

間。

こごみ「いつ帰ってたの」

五郎「もう四日前だ」

こごみ「ほんと」

五郎「子どもたち今日、帰ってくるンでね」

こごみ「ほんと」

間。

こごみ「心配してた」

五郎「――何を」

こごみ「まいってるンじゃないかって」

五郎「―― (ちょっと笑う) だいじょうぶだよ」

こごみ「ウン」

間。

こごみ「どうもこのたびは」

五郎「エ？」

こごみ「―― (笑いだす) ダメだ。うまくいかない、そういうあいさつ」

五郎「(苦笑い) いいンだよもう」

間。

こごみ「私今日暗い？」

五郎「べつに。どうして」

こごみ「ならいいの。暗いの好きじゃないから」

五郎「何かあったのか」

こごみ「べつに。——何もない」
　こごみ、チカッと笑ってみせた。
　五郎。
こごみ「お店に来る人」
五郎「見送りってだれ」
五郎「———」
こごみ「釧路に支店長で栄転してくンだって」
五郎「フム」
こごみ「頭きちゃった。はしゃいでンだもン」
五郎「———」
こごみ「大きな街行くのがそんなにいいのかッ」
五郎「——（ちょっと笑う）」
　短い間。
こごみ「いかだくだりにも出てたのよその人」
　五郎。
五郎「いかだくだりか」
こごみ「——なつかしいね」
五郎「ああ」
　間。
こごみ「来年の夏——」
　間。
五郎「何」
　間。
こごみ「（笑って首ふる）ううん。何でもない」
五郎「———」
　間。
こごみ「（ポツリと）先のことはいいの」
五郎（見る）
こごみ「（急に）ア、来た！　じゃあ行く！（おりかけ、
　ふいに）また来てくれる？」
五郎「行くよ」
　こごみ。
　——じっと見る。
こごみ「本当よ」
五郎「行くよ」
こごみ「うン（ニッコリ）じゃッ」
　こごみとびおり、駅のほうへスキップして行く。
　五郎。
　その耳に改札のアナウンス。
　五郎もゆっくりと車をおりる。

駅・構内

五郎はいる。
栄転して行く男を囲んで、人びと、握手をかわしている。だれかが万歳を叫ぶ。
照れて逃げるように中へはいる男。
笑う人びと。
その背後に――
こごみがポツンと立っている。
こごみ――急にスッと涙をふく。
五郎。
音楽――テーマ曲、静かにはいる。B・G。
五郎、しのぶようにその場をはなれる。

職員駐車場

五郎、ソッと来て柵ぎわに立つ。
はいって来る列車。
煙草をくわえる五郎。
うつむき、ライターで火をつける。
間。
とまった列車からおりてくる純と螢。

階段

純と螢、おりてくる。

改札口

二人、出る。
立っている五郎。
五郎、二人を両手で抱きしめる。

丸太小屋

煙突から煙があがっている。

同・内

炉にパチパチと火が燃えている。

同・台所

螢、けん命に料理をつくっている。

同・内

純が炉端に薪を運びこむ。

同・外

五郎が壁の手直しをしている。

音楽——静かに消えていって。

ランプの灯

チロチロと燃えている。

丸太小屋の中

机を囲んで三人。

令子の手紙を読んでいる五郎。

純。

螢。

五郎。

——読み終え、煙草に火をつける。

五郎「(ポツリ)そうだな。——一年もうたったんだな」

二人「——」

間。

螢「ねえ、前の家、屋根とんだって本当？」

五郎「ああ半分な、持ってかれちゃった」

螢「螢、行ってみたい！」

五郎「これからか？」

螢「だって——あっちが家だったンだもン」

五郎。

五郎「よし。じゃァ行くか。月が出てるし」

螢「ヤッタア！」

草原

月光の中分けて行く三人。

立ちどまる。

屋根の半分すっとんだ廃屋。

純。

螢。

螢「かわいそう——」

五郎「——」

螢「最初に来たときみたい」

五郎「裏の畑もめちゃくちゃにやられてる」

螢「見てくる！」

裏へとんで行く。

純。

ふたたび廃屋となった家の中へはいる。

同・内

純、はいって立つ。

五郎も後に。

五郎「捨てたら何だかなつかしいもンだな」
純「――」
五郎「ここで一年、がんばったンだもンな」
純「――」
間。
五郎「純」
純「――」
五郎「まいってるか」
純。
――首をふる。
純「(小さく) だいじょうぶです」
五郎「そうか」
純「――」
五郎「強いな」
純「――」
五郎「父さんはまいってる」
純。
――父を見る。
すぐ目をそらす。
五郎「男が弱音をな――」
純「――」

五郎「はくもンじゃないがな」
純「――」
五郎「しかしな――」
純「――」
五郎「まいってる」
純「――」
五郎「いまだけだ」
純「――」
五郎「許せ」
純。
間。
五郎「つらいなァ」
純「――」
五郎「え? 純」
純「――」
五郎「(かすれる) つらいなァ」
純。
間。
螢の声「(外から、低く) 父さん!」
五郎「――」
螢の声「父さん!!」

五郎。
——とつぜん、明るさをつくって、
五郎「どうしたンだ！」
螢の声「しッ。キツネが来てる！　それが——足が変!!
——ねえ！　三本しかない！　いつかトラばさみに
やられたやつみたい！」
五郎「ちょっと待て！　餌さがす！」
五郎、あわてて戸棚をさがす。
螢の声「そうみたい！　ぜったい!!　生きてたンだあのキ
ツネ!!」
餌をつかんでとび出す五郎。
純。
螢の声「ル——ルルルルル。
ル——ルルルルル」

牧草の斜面

風が木の葉を舞いちらす。
その中にいる一匹のキツネ。
螢——近づく。
螢「ル——ルルルルルルルル。
ル——ルルルルルルル」

餌をさし出す。
純。
近づいてくる三本足のキツネ。
語り「それはたしかにあのキツネだった」
餌をやる螢。
食べる!!
五郎も近づく。
語り「左の前足がなくなっていたけど、それはたしかに螢の
餌づけした、トラばさみにやられたあのキツネだった。
あのキツネが生きて——そして帰ってきた！」
音楽——テーマ曲、静かにはいる。B・G。
螢「ル——ルルルルル」
五郎「ル——ルルルルルル」
三本足のキツネ、螢の手から餌をとる。
五郎の手からも餌をとる。
切断されている左の前足。
五郎、純を呼ぶ。
純、オズオズ近づいてかがむ。
餌を渡されキツネにさし出す。
キツネ、純の手からも食べる。
螢、純に笑う。

五郎も肩たたく。
枯っ風。
その中を去って行くキツネ。
三人「ルーーールルルルル。
ルーールルルルルルルル」
音楽──ゆっくりともりあがって終わる。

3

丸太小屋

夜の中にポツンと灯がともっている。
語り「その晩はじめて丸太小屋に寝た。丸太小屋でぼくは夢を見ていた」

同・二階

眠っている純。
語り「夢の中で母さんはまだ生きており、その母さんにぼくは手紙を一生けん命書いているわけで。そうだ。母さんいっぱいあるんだ。書くことが一年分たっぷりあるンだ」
螢の声「川!!」

流れる川（車窓から）

五郎の声「空知川だよ」
音楽──テーマ曲、イン。B・G。

はじめて見た廃屋

ぼう然たる純の顔。
語り「はじめてここへ来た去年の秋の日」
純の声「電気がないッ?!」

家・裏

純「電気がなかったら暮らせませんよッ」
五郎「そんなことないですよ」
純「夜になったらどうするのッ」
五郎「夜になったら眠るンです」
純「眠るったって、だってごはんとか勉強とか」
五郎「ランプがありますよ。いいもンですよ」
純「イーーごはんやなんかはどうやってつくるの！」
五郎「マキで焚くんです」
純「そ、そ、テレビはどうするの！」
五郎「テレビは置きません」
純「アタア!!」

家・横

純「(ふん然と) 信じられないよッ。電気がなかったら暮らせるわけないだろクソッタレ!!」

石運び

語り「そうしてぼくらは激しくこき使われ」

純「まだですかァ!」

五郎「後五十回!!」

純「きいたか!! やっぱり殺す気だ!」

労働モンタージュ

語り「母さん、本当に助けてほしかった。ぼくは何とか逃げ出そうと思い」

中畑木材・事務所

純と五郎。

純「父さん――」

五郎「――」

純「螢を町に行かしたのはぼくなので」

音楽――消えていく。

純「ぼくが――母さんに手紙を書いて――東京にどうしても帰りたいから、その手紙を出して来いって螢にいったので」

五郎「――」

純「責任はぼくに――全部あるので」

五郎「――」

純「だけど」

五郎「――」

純「だけど」

五郎「――」

純「ぼくの体質には――北海道は合わないと思われ」

五郎「――」

純「やはり東京が合っていると思われ」

布部駅

語り「母さんはもしかしたら知らないと思うんだ」

見送りの清吉。

車内の純と雪子。

語り「でもぼく一度東京に帰る気で雪子おばさんと家を出たンだよ」

清吉の声「十一月だったな。親しかった仲間が――四軒いっしょに離農してってね。

――そんときわし――やっぱり送りに来たもンだ。
――雪がもうチラホラ降りはじめててな。
――北島三郎が流行ってた」

走る列車

窓外の風景と純。

清吉の声「出て行くもンの家族が四組。――送るほうはオレと女房の二人。だれも一言もしゃべらんかった。だけどな。
そんときわしが心ん中で――正直何考えてたかいおうか。
お前らいいか。
敗けて逃げるンだぞ。
二十何年いっしょに働き――お前らの苦しさもかなしみもくやしさもわしはいっさい知ってるつもりだ。だから他人にはとやかくいわせん。他人にえらそうな批判はさせん。しかしわしにはいう権利がある。
――お前ら敗けて逃げ出して行くンじゃ。
――わしらを裏切って逃げ出して行くンじゃ――そのことだけはようおぼえとけ」

泣きそうに窓外を見つめている純。

語り「結局ぼくは麓郷に帰った。そして長い冬を迎えた」

音楽――静かにイン。B・G。

雪

キツネ

コエゾイタチ

語り「はじめての冬はつらかったよ母さん。父さんはぼくを――きらってたみたいだし」

螢の声「お兄ちゃん!!」

草原

ふりむいた純。

五郎に肩車した螢。

キツネにむかって石投げる純。

螢「いやだァ!!　やめてえ!!」

純、また石をつかみほうり投げる。

五郎、純の頬をたたく。

純。

五郎、もう一度純の頬をたたく。
草太「おじさん!!」
　純、もうぜんと走りだす。

雪

　ダイヤルをまわす音。

中畑木材・事務所

　こっそりダイヤルをまわしている純。
　待つ。
令子の声「ハイ」
　純。
令子の声「もしもし」
　純。
令子の声「純ちゃん?」
　受話器を手にした純の顔。
令子の声「そうでしょ？　純ちゃんなんでしょ?」

家の表

和夫「純」
純「―――」

和夫「母さんがいなくてさびしいのはお前も父さんも同じことだ」
純「―――」
和夫「いや本当いうと父さんのほうがもっとさびしいンだ。その父さんがさびしいのをがまんしてああやって必死にがんばってる」
純「―――」
和夫「それにくらべてお前はダメだ。父さんの手助けを何もしてない」
純「―――」
和夫「女の螢より働いていない」
純「―――」
和夫「今のままではお前はダメだ」

杵次の家・表

　大晦日。
純「やってるぜ!」
　螢と家のほうへ走る。
　中から聞こえてくる紅白の歌声。

同・中

二人、走って来る。
「こんばんは！」
純、靴をぬぎはいろうとする。
その笑顔が一瞬とまどったように固定する。
室内。
正吉と母。
テレビを見つつじゃれている母子。
純。
ふざけあう母子。
純。――障子からそっと身をひく。
ふりかえる。
螢。
八代亜紀の歌流れている。

同・表

〽雨々ふれふれもっと降れ――
そっと出てくる純と螢。――歩きだす。

雪

しんしんと降っている。

語り「だけどうれしいこともあったよ」

水道完成

森の中を走り、抱き合った三人。

語り「父さんの水道がやっととおった日」

風力発電

語り「風力発電で電気がついた日。東京で感じるうれしいこととぜんぜんちがった、そういううれしさを、ぼくらすこしずつ知っていったンだ」

吹雪

ワイパー

せわしく動く。

雪子「純君！　右見てて！　道の右側!!　牧場のゲートがあるはずだから!!」

純の顔

雪子の顔

スピードメーター

雪子の声「ア！」
　メーター、ガンとゆれ、零に落ちる。

猛吹雪

　その中でけん命に雪を掘る。見る雪子。

夜

　猛吹雪。
　ラジオの漫才。

車内

　身を寄せ合っている雪子と純。
純「父さんたちがさがしてくれてるかな」
雪子「くれてるよぜったい。もうじき来てくれるわ」
　ラジオ。
純「この漫才の人――東京からだよね」
雪子「そうね」
純「この人たちきっと――想像もしないよね」
雪子「――」
純「ぼくらがこんなとこで――ラジオきいてること」
雪子「――」
純「いいよな――東京の人は」
雪子「――」
純「気楽でいいよな」
　吹雪のごう音。
雪子「純君ダメよ!!　眠っちゃダメよ!!」

吹雪

　ほとんどうまった車。

車内

　眠ってしまっている純と雪子。
　かすかに近づいてくる馬ソリの鈴音。
　眠っている二人。
　鈴音――高くなり急にとまる。

吹雪の中

　馬ソリ――とまっている。
　とびおりてくる五郎と杵次。
　狂ったようにスコップで掘る。
　音楽――静かな旋律ではいる。B・G。

自然

雪どけの中のフキノトウ。
ヤチブキ。そして桜。

家・階下

ふりむいた一家。
酔って立っている杵次。

五郎「どうしたンだ」
杵次「――」
五郎「自転車で来たのか」
杵次「馬ァもういねえからな」
五郎（見る）
杵次「今朝売ったンだ」
五郎「――そうか。とうとう売ったのか」
杵次「今頃ァもう肉になっとるだろう」

二階

きき耳をたてている純と螢。

階下

杵次「あの野郎、気づきやがった」
五郎「あの野郎って」
杵次「馬よ」
五郎「――」
杵次「今朝早く業者がつれにくるってンで、ゆんべご馳走食わしてやったンだ。そしたらあの野郎――察したらしい」
五郎「――」
杵次「今朝トラックが来て馬小屋から引き出したら――入口で急に動かなくなって――おれの首にこう――幾度も幾度もこすりつけやがるンだ」
五郎「――」
杵次「見たらな」
五郎「――」
杵次「涙を流してやんのよ」
五郎「――」
杵次「あいつだけがオラと苦労をともにした」
五郎「――」
杵次「あいつがオラに何いいたかったか」
五郎「――」
杵次「信じていたオラに――何いいたかったか」

道（朝）

走る純と螢。

友子の声「だれ?!」

辰巳の声「笠松の父っつあんだ！　橋から落ちたンだ」

河原

投げ出された自転車。

つっぷした杵次。

割れた一升びん。

友子の声「息は？」

辰巳の声「死んでる」

橋

純と螢。

音楽――急激にもりあがって、終わる。

ラベンダー畑

音のない世界。

語り「それから夏になって母さんが来てくれた」

紫の中をスローモーションで歩く令子、純、螢。

語り「母さん――

ぼくは本当いうと胸がいっぱいでラベンダーなんか見えてなかったンだ。母さんと父さんが正式に別れる。これで母さんと縁が切れちゃう」

富良野駅

純の顔。

令子の顔。

五郎の顔。

発車。

走る車内

令子。

間。

――いきなり窓にはりつく。

窓外

沿線。

川のむこうをけん命に走る螢。

窓を開け狂ったように手をふる令子。

画面、ゆっくりと白くなる。

丸太小屋・二階

向い合って眠っている純と螢。
ランプの灯がゆれ、五郎がそっとのぞきに来る。
灯影にゆれている二人の顔。
語り「そうして富良野の短い夏が来た」
高中正義「虹伝説」イン。

早朝の芦別

夜明け

空知川いかだくだり

四畳半。
北方領土。
水すまし。
駒草。
底抜けに明るい人びとの顔、顔。

ヘソ祭り

見物する純たち。
踊りの中のこごみ。
五郎。
こごみ。

七夕

その中で会った涼子先生。

川原のピクニック

ボクシング

たたかれる草太。

喫茶店（札幌）

つらら。

ボクシング

たたかれる草太。
たたかれる。たたかれる。
高中正義、つぎのシーンの中で遠ざかっていって。

山波

語り「そうして秋になり、ぼくらが夢の丸太小屋を組んでいるとき。——母さんはふいに逝っちゃった」

丸太小屋

朝日がさしている。

語り「母さん——

さびしいよ。とってもつらいよ。

でも——

ぼくや螢のことは心配しなくていいよ。ぼくすこしこの一年で強くなったンだ」

廃屋前

くんせいをつくっている純と螢の二人。

語り「背も十センチ伸びたしね。螢は十二センチも伸びたンだよ」

森

音楽——テーマ曲、静かにイン。B・G。

鳥のさえずり。沢の音。

太い木をかついで行く純と螢。

語り「ぼくらの生活が見たかったら、いつでも富良野に来てごらん。何もない町だけどぼくらいつもいるよ」

川

小橋を渡している五郎と和夫たち。

語り「父さんもいるよ。雪子おばさんもきっといると思うよ。草太兄ちゃんも、清吉おじちゃんも、中畑のおじさんもクマさんも和さんも。それから町の「駒草」に行けば、こごみさんもきっといると思うよ。それに何より空がきれいだよ。母さん——」

音楽——変調して「愛のテーマ」。

語り「雲が、今日もきれいです。母さんが見たという雲はわかりません。だけどその雲をぼくと螢はどれだったンだろうとときどき話しており」

音楽——もりあがって、以下へ。

雲

さまざまな雲の姿。

その雲をバックにこのドラマに関係したすべての人びとの名がアイウエオ順でゆっくりと流れる——。

エンドマーク

本作品は、舞台となっている時代を活写するシナリオ文学のため
現在の感覚では違和感を感じられる表現もそのまま掲載しています。

スタッフ

脚本……………倉本　聰
プロデュース…中村敏夫
　　　　　　　富永卓二
　　　　　　　山田良明
演出……………富永卓二
　　　　　　　杉田成道
　　　　　　　山田良明
音楽……………さだまさし
制作……………フジテレビ

キャスト

黒板五郎…………田中邦衛
黒板　純…………吉岡秀隆
黒板　蛍…………中嶋朋子
黒板令子…………いしだあゆみ
宮前(井関)雪子…竹下景子
北村清吉…………大滝秀治
北村正子…………今井和子
北村草太…………岩城滉一
木谷涼子…………原田美枝子
吉本つらら………熊谷美由紀
　　　　　　　　(現在は松田美由紀)
吉本辰巳…………塔崎健二
吉本友子…………今野照子
中畑和夫…………地井武男
中畑みずえ………清水まゆみ
中畑すみえ………塩月徳子
　　　　　　　　中島ひろ子
松下豪介(クマ)…南雲佑介
井関利彦…………村井国夫
笠松杵次…………大友柳太朗
笠松正吉…………中沢佳仁
笠松みどり………林美智子
川島竹次(タケ)…小松政夫
吉野信次…………伊丹十三
成田新吉…………ガッツ石松
中川………………尾上　和
本多好子…………宮本信子
こごみ……………児島美ゆき
沢田松吉…………笠　智衆
沢田妙子…………風吹ジュン
水沼什介…………木田三千雄

和泉…………奥村公延
時夫…………笹野高史
中畑ゆり子………立石涼子
中畑　努………六浦　誠
駒草のママ………羽島靖子
大里政吉………坂本長利
大里の妻………小林トシ江
大里れい………横山めぐみ
飯田（北村）アイコ…美保　純
飯田広介………古本新之輔
中津…………レオナルド熊
中津チンタ………永堀剛敏
先生…………鶴田　忍
宮田寛次（シンジュク）…布施　博
運転手…………古尾谷雅人
和久井勇次………緒形直人

勇次の伯母………正司照枝
エリ…………洞口依子
竹内…………井川比佐志
赤塚満次（アカマン）…矢野泰二
財津…………北村和夫
加納金次………大地康雄
松田タマコ………裕木奈江
タマコの叔父……菅原文太
タマコの叔母……神保共子
小沼シュウ………宮沢りえ
小沼周吉………室田日出男
黒木夫人………大竹しのぶ
黒木　久………井筒森介
石上…………冷泉公裕
中津完次………小野田　良
笠松　快………西村成忠

井関大介………いしいすぐる
　　　　　　　沢木　哲
高村吾平（トド）…唐　十郎
高村　結………内田有紀
高村　弘………岸谷五朗
山下先生………杉浦直樹
清水正彦………柳葉敏郎
三沢のじいさん…高橋昌也
三沢夫人………根岸季衣
佐久間拓郎………平賀雅臣
熊倉寅次………春海四方
医師…………串田和美
木本医師………佐戸井けん太
三平…………山崎銀之丞
ほか

初放送

北の国から　１９８１年10月9日～１９８２年３月26日
北の国から'83冬　１９８３年３月24日
北の国から'84夏　１９８４年９月27日
北の国から'87初恋　１９８７年３月27日
北の国から'89帰郷　１９８９年３月31日
北の国から'92巣立ち　１９９２年５月22日、23日
北の国から'95秘密　１９９５年６月９日
北の国から'98時代　１９９８年７月10日、11日
北の国から2002遺言　２００２年９月６日、７日
（以上フジテレビ系全国ネットで放送）

原本

北の国から（前編）　１９８１年10月
北の国から（後編）　１９８１年11月
北の国から'83冬　１９８３年３月
北の国から'84夏　１９８４年９月
北の国から'87初恋　１９８７年２月
北の国から'89帰郷　１９８９年３月
北の国から'92巣立ち　１９９２年２月
北の国から'95秘密　１９９５年２月
北の国から'98時代　１９９８年６月
北の国から'02遺言　２００２年８月

倉本 聰（くらもと・そう）

1935年、東京都出身。脚本家。東京大学文学部美学科卒業後、1959年ニッポン放送入社。1963年に退社後、脚本家として独立。1977年、富良野に移住。1984年、役者やシナリオライターを養成する私塾・富良野塾を設立（2010年閉塾）。現在は富良野塾卒業生を中心に創作集団・富良野GROUPを立ち上げる。2006年よりNPO法人富良野自然塾を主宰。代表作は『北の国から』『前略おふくろ様』『うちのホンカン』『昨日、悲別で』『優しい時間』『風のガーデン』『やすらぎの郷』（以上TVドラマ）『明日、悲別で』『マロース』『ニングル』『歸國』『ノクターン―夜想曲』（以上舞台）『駅 STATION』『冬の華』（以上劇映画）他多数。

北の国から'81～'82

著者　倉本 聰

発行者　内田克幸

編集　岸井美恵子

発行所　株式会社理論社

〒101-0062 東京都千代田区神田駿河台 2-5
電話　営業 03-6264-8890　編集 03-6264-8891
URL　https://www.rironsha.com

協力　株式会社フジテレビジョン

2021年10月初版

2021年10月第1刷発行

印刷・製本　中央精版印刷株式会社

ISBN978-4-652-20460-3 NDC912 四六判 19cm 630p

思い出せ！
五郎の生き方

倉本 聰

北の国から

全3巻

Ⅰ 北の国から '81～'82

Ⅱ 北の国から '83～'89

Ⅲ 北の国から '92～'02

1981年　物語はここからはじまった
国民的大河シナリオ文学をいま